KB270053

THE PEOPLE
ON PLATFORM 5

5번 플랫폼의 사람들

일러두기

1. 주석은 모두 옮긴이주다.
2. 본문 중 고딕체나 볼드체는 원서에서 이탤릭체나 대문자로 표시한 부분이다.

나의 딸 엘리자에게
언제나 '더 아이오나 같기를'

기차는 경이롭다.
기차 여행을 한다는 건 자연과
인간, 마을과 교회, 그리고
강물, 즉 삶을 바라본다는 것이다.
— 애거사 크리스티

ROUTE DETAILS

Reservation available   Standard Class

Continue

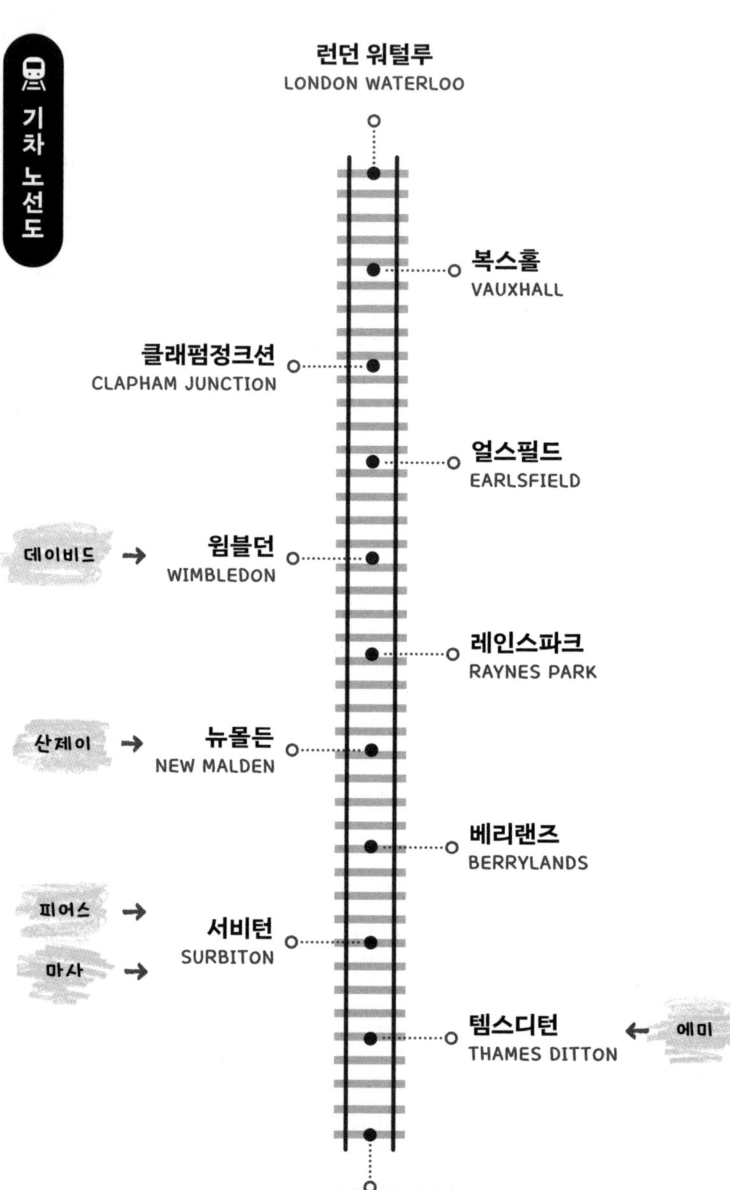
기차 노선도
런던 워털루
LONDON WATERLOO
복스홀
VAUXHALL
클래펌정크션
CLAPHAM JUNCTION
얼스필드
EARLSFIELD
데이비드
윔블던
WIMBLEDON
레인스파크
RAYNES PARK
산제이
뉴몰든
NEW MALDEN
베리랜즈
BERRYLANDS
피어스
마사
서비턴
SURBITON
템스디턴
THAMES DITTON
에미
햄프턴코트
HAMPTON COURT
아이오나

아이오나

여느 날과 다를 바 없는 하루였다. 8시 5분에 웬 남자가 눈앞에서 죽어가기 전까지는.

아이오나는 항상 7시 반에 집을 나섰다. 하이힐을 신고 역까지 걸어가는 데 걸리는 시간은 평균 20분이었기에 보통 워털루행 열차가 출발하기 15분 전에 도착하곤 했다. 루부탱을 신으면 2분 더 걸리고.

늘 타는 객차의 늘 앉는 자리를 사수하려면 제시간에 도착해야 했고, 그녀는 늘 제시간에 도착했다. 패션이나 영화, 심지어 케이크에 관해서라면 참신함이 훌륭한 가치겠지만 매일의 출퇴근길에선 달가울 게 없지.

얼마 전 편집장은 아이오나에게 재택근무를 제안했다. 그게 요즘 엄청 유행인데다 충분히 원격으로 업무를 볼 수 있지 않겠나면서. 한 시간 더 잘 수 있고 더 유연하게 일할 수 있다는 사탕발림으로 사무실에서 쫓아내려 하더니, 통하지 않자 핫데스킹이라는 끔찍한 걸 시켰는데, 그건 알고 보니 자리 공유를 뜻하는 기업 용어였다. 어린 시절부터 아이오나는 공유가 끔찍이도 싫었다. 바비 인형 때문에 벌어진 작은 소동은 그녀뿐 아니라 급우들의 기억 속에도 여전히 선명하게 남아 있었다. 제발, 경계는 꼭 필요하다고. 다행히 동료들은 아이오나가 선호하는 책상을 금세 알아챘고, 그 자리는 자연스럽게 '핫한 곳'에서 완전히 '냉랭한 곳'으로 변했다.

아이오나는 사무실 출근이 좋았다. 최신 유행어를 일러주고 자기가 좋아하는 신곡을 들려주며 넷플릭스 추천작을 알려주는 온갖 젊은이들과 어깨를 맞대고 있는 게 좋았다. 특히 그녀의 직업은 시대정신에 손가락 하나라도 걸어놓는 게 중요했다. 안타깝게도 비는 그런 면에선 별로 도움이 안 됐다.

하지만 오늘이 유달리 기대되는 건 아니었다. 최근에 쓴 글을 두고 편집장은 360도 평가라는 일정을 잡았는데, 지나치게 친밀하게 들리는 단어였다. 이 나이쯤 되면(57세다) 너무 가까이서, 그것도 모든 각도에서 낱낱이 평가받는 걸 좋아할 사람은 없다. 어떤 건 상상에 맡기는 게 최선이었다. 혹은, 솔직히 말하자면, 전혀 고민하지 않거나.

어쨌든 편집장이 뭘 알겠나? 경찰이나 의사처럼 편집장도 해가 갈수록 점점 더 젊어지는 듯했다. 믿거나 말거나 이번 편집장은 월드와이드웹 발명 이후에 태어났을 것이다. 전화기가 벽에 붙어 있고 『브리태니커 백과사전』을 뒤지며 정보를 찾던 세상은 꿈에도 모를 테지.

근 30년 전 잡지사에 처음 입사했을 당시 연례 평가가 아련히 떠올랐다. 물론 그때는 '평가'라고 부르지 않았다. 사보이그릴에서 함께하는 '점심식사'였지. 유일한 단점이라면 허벅지에 올라온 편집장의 통통하고 땀범벅인 손을 예의바르게 떼어내야 한다는 거였지만 그녀는 꽤 능숙히 해냈고, 프랑스 억양이 있는 순순한 웨이터가 뼈를 능숙하게 발라내 건네주는 솔 뫼니에르에 차가운 샤블리 한 병을 곁들이는 대가라면 버틸 수 있었다. 비를 제외한 누군가가 마지막으로 테이블 밑에서 몸을 더듬으려 했던 때를 떠올리려 애써봤지만 기억이 안 났다. 어쨌든 1990년대 초반 이후론 없었다.

아이오나는 현관 거울에 모습을 비춰보았다. 오늘은 가장 좋아하는 새빨간 정장을 입었다. '난 진지하다고요'와 '허튼 생각일랑 꿈도 꾸지 마셔, 아저씨'라고 대문짝만하게 쓰인 거나 다름없는 옷이었다.

"룰루!" 아이오나가 외쳤을 때 프렌치 불도그는 이미 움직일 준비를 마친 채 발 옆에 바짝 붙어 앉아 있었다. 역시나 습관의 산물. 그녀는 몸을 숙여 '룰루'라는 글씨가 모조 다이아몬드로 박힌 핫핑크색 목줄에 리드줄을 연결했다. 비는 룰루의 액세서리를 좋아하지 않았다. 자기야, 룰루는 개지 애가 아냐. 여러 번 이렇게 말했다. 아이오나도 알고 있었다. 요즘 애들은 이기적이고 게으르고 자기한테 뭔 자격이라도 있다는 듯이 굴지. 그녀는 생각했다. 사랑스러운 룰루와는 완전 딴판이야.

아이오나는 현관문을 열고 계단을 내려가며 언제나처럼 위쪽을 향해 외쳤다. "안녕, 비! 회사 다녀올게. 보고 싶을 거야!"

햄프턴코트역에서 기차를 타는 장점은 종착역 혹은 기점이라
는 거였다. 물론 어느 방향으로 가느냐에 따라 다를 테지만. 그게
인생의 교훈이지. 아이오나는 생각했다. 그녀의 경험에 따르면
대부분의 결말은 시작의 다른 얼굴이었다. 칼럼에 쓰기 위해 메
모해둬야지 싶었다. 어쨌든 일찍 도착하기만 하면 기차는 언제나
대부분 비어 있었다. 늘 타는 3번 객차의 늘 앉는 자리(오른쪽 일
곱번째 통로 좌석, 순방향 테이블석)에 앉을 수 있다는 뜻이었다.
아이오나는 언제나 짝수보다 홀수를 선호했다. 딱 맞아떨어지거
나 나누기 쉬운 건 뭐든 취향이 아니었다.

룰루를 옆자리에 앉힌 다음 소지품을 정리하기 시작했다. 노화
방지에 좋은 항산화 성분이 풍부한 녹차가 담긴 보온병, 그리고
본차이나 찻잔과 받침접시를 정돈한 다음(플라스틱 잔에 차를 마
시는 건 어떤 상황에서도 도리가 아니니까) 아이패드를 열어 최
근 받은 메일을 확인했다. 워털루까지는 열 정거장밖에 되지 않
는데, 36분간의 여정은 다가올 하루를 준비하기 위한 완벽한 시
간이었다.

정차할 때마다 열차는 점점 더 북적였고, 아이오나는 익명의
존재로 배경과 어우러져 혼자만의 즐거운 시간을 보냈다. 판박이
같은 통근자 수천 명 중 한 명일 뿐, 누구도 그녀에게 관심을 기
울이지 않았다. 당연히 아무도 그녀에게, 아니 다른 누구에게든
말을 걸지 않았다. 다들 출퇴근길의 두번째 규칙을 알았다. 자주
마주치는 사람에게 고갯짓으로 인사하고 극단적인 경우 스피커에

서 안내방송이 나올 때 비꼬는 미소를 짓거나 눈을 굴릴 수도 있지만 절대로, 절대로 말을 걸진 않을 것. 미친 사람이 아니라면. 물론 그녀는 미친 사람이 아니었다, 다른 이들이 뭐라든 간에.

낯선 소리에 아이오나는 고개를 들었다. 맞은편에 앉은 남자가 눈에 들어왔다. 이 열차에 자주 타진 않지만 워털루역에서 18시 17분에 출발하는 퇴근길 열차에서 종종 봤던 남자였다. 보통은 높이 평가하는 우아한 정장 차림이라 눈여겨봤지만 백인, 남성, 이성애자, 그리고 과하게 부자임을 티내는 인간만 가진 대단한 콧대 때문에 다소 비호감이었다. 다리를 쩍 벌리고 앉아 시장이니 포지션이니 떠들며 쩌렁쩌렁한 목소리로 통화하는 걸 좋아하는 습관을 보면 알 수 있다. 한번은 그가 아내를 거치적거리는 족쇄라고 부르는 걸 듣기도 했다. 늘 서비턴역에서 내렸는데 좀 안 어울리는 것 같았다. 아이오나는 일면식이 있는 모든 승객에게 애칭을 붙였는데, 이 남자는 '똑똑한 성차별주의자 서비턴'이었다.

그런데 지금 그는 전혀 의기양양해 보이지 않았다. 오히려 괴로워하는 듯했다. 몸을 앞으로 숙이고 목을 꽉 움켜쥔 채 기침도 구토도 아닌 기이한 소리를 끝없이 냈다. 옆에 앉은 여자—붉은 머리카락을 땋아내리고 피부가 촉촉한 젊고 예쁜 여자였다, 지금은 저 피부가 너무 당연하겠지만 언젠가는 아련하게 떠올리겠지—가 약간 긴장한 목소리로 물었다. "괜찮으세요?" 남자는 전혀 괜찮아 보이지 않았다. 고개를 들어 무슨 말인가 하려 했지만 말이 목구멍에 턱 걸린 것 같았다. 테이블에 놓인 반쯤 먹은 과일 샐러드만 손으로 가리켰다.

"딸기를 먹다가 목에 걸린 것 같아요. 포도일 수도 있고요." 여자가 말했다. 명백한 응급 상황이었다. 무슨 과일 때문인지는 중요하지 않았다. 여자는 읽던 책을 내려놓고 남자의 등을, 어깨뼈 사이를 두드렸다. 우리 강아지 착하지, 같은 말에 따라올 법한 토닥임이었고 이 상황에 필요한 동작은 전혀 아니었다.

"저기, 더 세게 두드려봐요." 아이오나는 이렇게 말하며 테이블 앞으로 몸을 기울이곤 주먹을 꽉 쥔 채 등을 세게 쳤는데, 상황이 상황이긴 해도 생각보다 꽤 신이 났다. 잠시 침묵이 흘렀고, 이제 좀 나아졌겠거니 싶었는데 캑캑대는 소리가 다시 시작됐다. 남자의 얼굴이 얼룩덜룩한 보랏빛이 되었고 입술은 하얗게 질리기 시작했다.

8시 5분, 지금 여기서 남자가 죽는 건가? 워털루에 도착하기도 전에?

피어스

피어스의 하루는 전혀 계획대로 굴러가지 않았다. 우선 이 열차는 평소에 타던 열차가 아니었다. 시장이 열리기 전 시티*에 도착하는 편을 선호했지만 어제 캔디다가 오페어를 해고하는 바람에 오늘의 일과가 완전히 틀어져버렸다.

마그다는 올해에만 세번째 오페어였는데, 피어스 입장에선 애들 학기가 끝날 때까지만이라도 해고되지 않길 바랐다. 그러다 어느 주말 가족 나들이에서 일찍 돌아왔다가 정원사와 함께 침대에서 뒹구는 마그다를 맞닥뜨렸다. 그 옆엔 코카인 잔여물과 돌돌 말린 지폐가 『숲속 괴물 그루팔로』 양장본 위에 놓여 있었다. 근무시간은 아니니 경고만 하고 봐주자고 캔디다를 설득할 수 있

---

* 런던 금융가의 중심으로, 시티오브런던 혹은 간단히 시티라고 부른다.

었을 텐데, 애들이 제일 좋아하는 잠자리 동화책에 먹칠을 한 게 결정타였다. 캔디다는 소리를 질렀다. 저 책 펼칠 때마다 토마소가 마그다의 깊고 어두운 숲속을 탐험하는 꼬락서니가 떠오를 거 아냐?

어찌저찌 서비턴에서 기차를 탄 후엔 상황이 훨씬 더 나빠졌다. 유일한 빈자리라곤 4인 테이블석인데다 납작한 얼굴로 쌕쌕대는 개를 안고 탄 괴짜 여자의 맞은편이었던 거다. 아침엔 딱히 마주칠 일이 없지만 퇴근길에는 짜증날 정도로 자주 맞닥뜨려 눈에 익은 여자였다. 확실히 피어스만 그녀를 피하려 애쓰는 게 아니었다. 대개 여자 주변 자리는 텅 비어 있었다.

'미친 개 여자'는 평소보다 훨씬 더 우스꽝스러운 모습이었다. 초등학교에서 가구를 덮는 데나 쓸 법한 트위드 직물의 진홍색 정장이라니.

피어스는 워털루역까지 서서 가기와 하이힐 신은 소파 맞은편에 앉아서 가기의 장단점을 머릿속으로 빠르게 계산했다. 그러다 문득 빈 좌석 옆에 앉은 젊은 여성이 꽤 매력적이라는 걸 알아차렸다. 예전에도 몇 번 본 여자라는 확신이 들었다. 두 앞니 사이에 작은 틈이 있었는데, 그 작은 결점이 밋밋하게 예쁜 여자의 얼굴을 매혹적인 얼굴로 탈바꿈시켰다. 언젠가 그녀에게 윙크를 보냈을지도 모르잖아. 리들*에 주차된 고성능 레이싱카처럼, 평범한 인간들의 바다에 좌초한 매력적이고 성공한 통근자들이 공유하는 말없는 교감의 순간 중 하나지.

아마 이십대 후반일 것이다. 타이트한 분홍색 치마를 입고 있

---

* 유럽의 저렴한 슈퍼마켓 체인 이름.

었는데, 완벽한 각선미를 자랑할 게 분명한 두 다리는 슬프게도 테이블에 가려 보이지 않았고, 위에는 흰 티셔츠에 검은 블레이저를 입었다. 금요일만이 아니라 일주일 내내 가벼운 차림이 허락되는 트렌디한 미디어 직종에 종사할 것이다. 안구 정화를 할 수 있으니 앉아서 가는 출근길도 썩 나쁘지 않겠군.

피어스는 휴대폰을 꺼내 주식시장을 체크했다. 지난주에 돈을 너무 많이 잃었으니 이번주엔 꼭 엄청난 수익을 내야 한다. 역 앞 편의점에서 사온 작은 과일샐러드에서 포도를 꺼내 입에 넣으며 주식의 신들께 조용히 기도를 올렸다. 마그다 어딨어요? 마그다 데려와요! 하고 외치는 애들 울음소리를 받아넘기며 아침을 먹이느라 정작 그는 제대로 먹질 못했다. 베이커리 코너에 있던 뱅오쇼콜라에 손이 갔지만, 캔디다는 그더러 살쪘다며 페이스트리를 못 먹게 했다. 살쪘다고?!? 나 정도면 나이에 비해 몸매 유지를 굉장히 잘하는 편인데. 그래도 혹시 몰라 옆자리 여성을 의식하며 아랫배에 힘을 줬다.

화면에 뜬 숫자를 보자마자 눈이 휘둥그레졌다. 이거 실화냐? 다팅턴디지털은 절대 손해 안 나는 투자처였잖아. 그는 자기도 모르게 헉하고 숨을 들이마셨고, 그 순간 목구멍 깊은 곳에서 뭔가 턱 걸리는 게 느껴졌다. 숨을 쉬어보려 했지만 더 깊숙이 내려갔다. 기침을 하려 해도 막힌 건 그대로였다. 침착해. 그는 스스로에게 말했다. 생각을 해. 이건 그냥 포도일 뿐이야. 하지만 두려움과 무기력이 온몸을 덮쳐오는 느낌이었다.

피어스는 테이블을 쿵쿵 두드리며 두 여성을 향해 눈을 부릅뜨고 소리 없이 애원했다. 지금 필요한 건 특단의 응급조치인데 무슨 마사지라도 하듯 등을 두드리는 손길이 느껴졌다. 그러다 와, 정말이지 다행스럽게도 둔탁한 쿵 소리가 났다. 이제 괜찮겠지? 깊은 안도감과 더불어 포도의 위치가 약간 바뀌는 게 느껴졌다. 그러다 곧장 다시 원위치로 돌아갔다.

여기서 이렇게 죽을 순 없어. 그는 생각했다. 이렇게 뭣도 아닌 인간들과 괴짜들만 가득찬 끔찍한 통근열차에서 죽을 순 없다고. 그러자 더욱더 나쁜 생각이 몰려왔다. 내가 오늘 죽으면 캔디다가 알게 될 거야. 내가 무슨 짓을 했는지 알아차릴 테고, 애들은 아빠가 얼마나 형편없는 실패자인지 알게 되겠지.

테이블 위로 몸을 수그린 그의 눈앞에 마치 화산이 폭발하듯 새빨간 정장 차림의 누군가가 일어서는 모습이 보이더니 우렁찬 목소리가 터져나왔다. **"여기 의사 있어요?!?"** 제발, 제발. 그는 생각했다. 열차에 의사가 있게 해주세요. 다시 숨을 쉴 수만 있다면 모든 걸 다 포기할 수 있다. 우주여, 듣고 계십니까? 다 가지라고요.

눈을 감았는데도 붉은 빛깔이 어른거렸다. 진홍색 트위드 여자의 허깨비거나 안구 뒤 혈관이 부풀어 터진 까닭일 거다.

"제가 간호사예요!" 뒤쪽 어딘가에서 외치는 소리가 들려왔다. 영원에 가까운 몇 초가 흐른 뒤 두 팔이 뒤에서 그를 단단히 감쌌고, 수그린 자세가 쭉 펴졌으며, 그 팔이 그의 배를 깊이 찔렀다. 한 번, 두 번, 세 번.

산제이

오늘이 바로 그날이다. 늘 타는 기차를 타러 뉴몰든역으로 들어서며 산제이는 생각했다. '걸 온 더 트레인'에게 용기 내 말을 걸겠다고 마침내 결심한 날. 무슨 말을 건넬지도 미리 생각해뒀다. 그녀는 항상 책을 가지고 다녔다. 킨들이나 오디오북이 아니라 진짜 책. 둘이 천생연분일 수밖에 없는 (수많은) 이유 중 하나였다. 지난주에 그녀가 『레베카』라는 소설을 읽는 걸 보고 동네 서점에서 그 책을 사서 주말 동안 몇 챕터를 읽어둔 참이었다. 그러니까 오늘도 그녀가 그 책을 읽는다는 전제하에 댄버스 부인에 대해 어떻게 생각하느냐고 물어볼 수 있다. 완벽한 대화의 시작이지. 독창적이고, 친근하고, 지적인.

산제이는 하우스메이트들이 없는지 주변을 슥 둘러보았다. 다 같은 병원에서 근무했지만 둘은 현재 야간근무조라 아침에 마주치는 일이 잦았다. 얼굴에 생기가 도는 산제이는 비교적 활기차게 북쪽으로 향하고, 제임스와 이선은 창백하고 지친 얼굴로 소독약냄새를 풍기며 남쪽으로 향했다. 몇 시간 후 그의 모습을 미리 보여주는 창문인 셈이었다.

산제이는 플랫폼의 스낵바 근처, 3번 객차가 주로 정차하는 지점에 서 있었다. 몇 주간의 시행착오 끝에 이곳이 그녀가 타고 있을 확률이 가장 높은 구간이라는 걸 알았던 것이다. 좋은 책이죠. 그는 머릿속으로 연습해보았다. 댄버스 부인에 대해 어떻게 생각하세요? 아, 저는 산제이라고 합니다. 이 열차 자주 타시나요? 아니, 아니야. 마지막 부분은 지워. 너무 소름 끼치니까.

열차에 타자마자 오늘이 정말 운좋은 날이라는 걸 알 수 있었다. 바로 저기, '무지개 아주머니'와 강아지, 그리고 값비싼 정장 차림의 약간 통통한 중년 남자와 더불어 그녀가 4인용 테이블석에 앉아 있었던 것이다. 산제이는 전에도 남자를 여러 번 본 적 있었다. 스트레스로 인한 위궤양이나 기분전환용 코카인 흡입 습관 때문에 심장마비 의심 증세로 응급실에 실려가면서도 나 민영 의료보험 있는 사람이야! 하고 소리지르는 오만한 고액 연봉자 타입의 남자. 대부분의 그렇고 그런 인간들보다 본인이 더 우월하다고 여길 게 뻔했고, 타인의 공간에 대한 존중도 거의 없었다.

반면 출근길에 여러 번 마주쳤지만 대화는 한 번도 나눠본 적 없는 '무지개 아주머니'는 좋았다. 당연했다. 거의 모두가 검은색, 남색, 회색 계열의 옷만 입는 세상에서 에메랄드그린, 청록색, 쨍한 보라색 옷을 입는 분이니까. 오늘도 마찬가지였다. 트위드 소재의 밝은 빨간색 정장인데, 마치 퀄리티 스트리트*의 패밀리 사이즈 틴케이스 바닥에 항상 남는 딸기크림맛 초콜릿 같았다.

옆에 앉을 수 있게 반려견을 안아주실 수 있냐고 물어볼까? 강아지에겐 정기승차권이 없을 테고 좌석에 동물을 앉히는 건 공중보건과 안전 규칙을 죄다 위반하는 거긴 한데. 문제는 산제이가 '무지개 아주머니'를 우러러보면서도 꼭 그만큼 두려워한다는 점이었다. 산제이만 그런 건 아니었다. 기차에 사람이 아무리 많아도 감히 반려견을 옮겨 앉혀달라고 요청하는 사람은 거의 없었다. 설령 말을 꺼냈다 해도 같은 실수를 반복하지 않았다. 심지어 승무원조차도.

그는 균형을 잡으려 금속 기둥을 붙든 채 어떻게 하면 그녀에게 가까이 다가가 대화의 물꼬를 틀 수 있을지 고심했다. 이런 경우는 처음이었다. 이전의 데이트는 전부 대학이나 직장에서 만난 사람과 하거나, 아니면 데이팅 앱에서 만난 여자와 며칠 동안 가벼운 농담을 주고받으면서 신상정보를 조금씩 머뭇머뭇 교환한 후 오프라인에서 대면하는 식이었다. 이건 구식인데다 무서운 방식이다. 더는 아무도 이런 방식을 쓰지 않는 데에는 다 이유가 있다.

다소 비좁은 금속 구조물 안에 80여 명이 들어차 있는데도 열차는 언제나 그렇듯 놀라울 정도로 고요했다. 선로 위를 달리는 바퀴 소리, 누군가의 헤드폰에서 새어나오는 작은 소음, 이따금씩 터지는 기침소리만 들릴 뿐이었다. 그러다 정적을 뚫고 웬 목소리가 울려퍼졌다.

---

* 네슬레에서 나오는 알록달록한 포장의 초콜릿 세트.

“여기 의사 있어요?!?”

그의 기도가 예상치 못한 특별한 방식으로 응답받았다. 그는 목청을 가다듬고 최대한 권위를 실어 외쳤다. “제가 간호사예요!”

모여 선 이들이 순순히 흩어졌다. 커피며 향수며 땀이며 온갖 냄새를 풍기면서 몸을 뒤트는 사람들 사이를 비집고 가보니 ‘무지개 아주머니’, 그녀, 그리고 질식한 게 분명한 그 남자가 보였다. 간호대학 첫 학기에 배웠던 상황이었다. 응급처치 모듈 1: 하임리히요법.

몸이 자동조종모드로 바뀌자마자 훈련의 기억이 되살아났다. 스스로도 놀랄 정도의 힘으로 남자를 뒤에서 붙잡아 일으켜 배를 양팔로 꽉 붙든 다음 횡격막 부근을 최대한 세게 당겼다. 세 번. 열차 안의 모두가 한마음으로 숨을 참는 듯했다. 그러다 마침내, 큰 기침과 함께 문제의 포도가 남자의 입에서 총알처럼 튀어나와 유쾌한 퐁당 소리와 함께 ‘무지개 아주머니’ 앞에 놓인 찻잔 속으로 떨어졌다.

찻잔이 받침 위에서 달그락대다 멈추자 열차에서 박수갈채가 쏟아졌다. 산제이는 얼굴이 붉어지는 걸 느낄 수 있었다.

“아, 역시 포도가 맞았네요.” ‘무지개 아주머니’는 마치 아이들 파티에서 숨은 그림 찾기 게임이라도 한 듯 찻잔을 들여다보며 말했다.

“정말 고맙습니다. 방금 제 목숨을 구해주셨네요.” 남자는 말들이 아직 포도에 대한 기억 언저리를 맴돌고 있기라도 한 것처럼 한 단어 한 단어 간신히 내뱉었다. “성함이 어떻게 되시죠?”

“산제이라고 합니다.” 산제이가 말했다. “고맙긴요, 뭘. 제가 하는 일인걸요."

"피어스입니다. 정말 어떻게 감사를 드려야 할지 모르겠습니다." 남자의 얼굴에 서서히 핏기가 돌아왔다.

다음 역은 워털루입니다. 스피커에서 안내방송이 흘러나왔다. 산제이는 급격히 불안해지기 시작했다. 낯선 이들이 줄지어 등을 두드리며 축하를 건네는 건 정말 기뻤지만, 정작 그가 얘기 나누고 싶은 사람은 단 한 명뿐이었는데 그 기회를 놓치게 생겼다. 모두 일어나 출입문을 향해 움직이기 시작하자 그는 절벽 쪽으로 떠밀리는 나그네쥐처럼 앞으로 밀려갔다. 절박한 심정으로 그녀를 향해 고개를 돌렸다.

"댄버스 부인에 대해 어떻게 생각하세요?" 이 말이 불쑥 튀어나왔다. 그녀는 심하게 당황한 듯 보였다. 오늘 아침엔 그 책을 읽고 있지도 않았다. 그녀의 손에 들려 있던 건 미셸 오바마의 자서전이었다. 이제 그는 미친 스토커처럼 보일 것이다. 아니 그냥 미친 스토커 그 자체다.

망했다. 이제 돌이킬 수 없었다.

에미

사무실로 곧장 가자니 너무 불안해서 에미는 가족이 운영하는 단골 동네 카페로 숨듯이 들어가 가방에서 텀블러를 꺼냈다.

"안녕하세요, 에미!" 바리스타가 말했다. "잘 지내요?"

"사실은, 아뇨." 사회적으로 용인될 만한 평소의 그럼요, 고마워요!라는 말이 반사적으로 튀어나오기 전에 이 말을 꺼냈다. 길에서 노숙을 하거나 자녀를 먹여 살리려 고생하는 이들이 늘 있는데 제1세계의 사소한 문제 따위에 불평하는 사람이 되는 건 본질적으로 끔찍이 싫긴 했지만.

바리스타는 손을 멈추고 얼굴을 찡그린 채 그녀의 답을 기다렸다.

"아침에 제가 탄 기차에서 어떤 사람이 죽을 뻔했어요. 포도에 질식해서요." 에미가 말했다.

"그래도 아직 살아 있잖아요, 그렇죠?" 바리스타가 물었다. 에미는 고개를 끄덕였다. "영구 장애를 얻은 것도 아니고요?" 그녀는 고개를 저었다. "그럼 축하할 일이네요! 시나몬롤 하나 드릴까요?"

왜 조금도 축하할 기분이 아닌지 설명하려 입을 뗄 수도 없었다. 평소처럼 스트레칭을 하고 숱한 축복을 헤아리며 하루를 시작했는데, 워털루에 도착하기도 전에 쾅! 죽음의 공포에 직면하고 만 것이다. 어느 날 갑자기 행복하고 건강한 사람에서 전혀 그렇지 않은 사람으로…… 변할 수 있다는 깨달음.

게다가 옆에 앉은 남자가 죽어가는데 그녀는 무슨 도움이 되었던가? 늘 위기 상황에 잘 대처한다고 스스로 생각해왔는데, 낯선 두 사람이 남자의 목숨을 구하는 동안 무력하게 앉아 있었을 뿐이다. 막상 위기가 닥치자 본능적으로 싸우기보다 도망치기를 택하고 말았다. 할 수 있는 거라곤 이런 생각뿐이었다. 만약 내가 저런 일을 겪게 되면 어떡하지? 당장 오늘 버스에 치이거나 테러리스트의 폭탄에 날아가거나 부실한 컴퓨터 케이블에 감전된다면? 난 무엇을 남기게 될까? 내가 이룬 건 대체 뭘까?

지난 한 달간 진행해온 프로젝트를 떠올렸다. 두루마리 휴지를 파는 소위 '챌린저' 브랜드*의 전면 통합형 디지털 광고 캠페인. 자신을 기리는 추도사를 상상해보았다. 에미의 전략적이고 창조적인 재능 덕에 더욱 많은 이들이 미세하게 누빔 처리되고 은은한 향기

---

* 브랜드 용어 중 하나로, 오랜 시간 높은 시장 점유율을 선점해온 리더십 브랜드나 선두 브랜드를 따라잡고자 노력하는 추종 브랜드와 달리 독립적인 행동력으로 문제 해결과 변화를 추구하며 도전하는 브랜드를 일컫는다.

를 머금은 두루마리 휴지의 고급스러운 가치를 발견할 수 있게 되었습니다.

십대 시절에는 동네 숲이 파괴될 위험에 처했을 때 한 달 동안 나무 위에서 잠을 자기도 하고, 방학 내내 무료 급식소에서 자원봉사를 하기도 했다. 별명은 헤르미온느였다. 우리 학교에도 집요정이 있었다면 에미가 나서서 그들의 해방을 위한 캠페인을 벌였을 거라고 친구들이 입을 모아 말했으니까. 그런데 스물아홉 살이 된 에미는 세상은커녕 템스디턴의 한구석조차 조금도 바꾸지 못한 채 누군가 질식해 죽어가는 모습을 멍하니 지켜보고만 있었다.

아침에 기차에서 본 간호사를 떠올렸다. 그 사람은 정말 침착했어. 정말 유능했지. 그리고—이런 얄팍함 정도는 눈감아주기로 했다—정말 잘생겼다. 그는 진짜 변화를 만들어낸 사람이다. 출근하기도 전에 누군가의 생명을 구하다니.

지금이라도 간호사 교육을 받아볼까? 너무 늦었나? 아닐 수도 있지만, 코피나 내성발톱만 봐도 까무러치기로 명성이 자자하니까 의료계는 안 맞을 가능성이 높겠지.

기차에서 내릴 때 '잘생긴 영웅 간호사'가 뭐라고 외쳤더라? 뭔가 이 문장이랑 비슷했는데. 댄버스 부인에 대해 어떻게 생각하세요? 근데 그럴 리가 없잖아. 완전 헛소리인데. 그 모든 일로 머릿속이 뒤죽박죽이었다.

에미는 카페인과 아드레날린, 그리고 결단력의 힘을 받아 정신을 차리고 책상 앞에 앉아 노트북 플러그를 꽂았다. 그간의 경험과 재능을 좋은 일에 써야겠어. 자선단체 고객에게 프레젠테이션을 해볼 수도 있을 테고, 무료 홍보를 맡게 해달라고 조이를 설득해볼 수도 있지 않을까? 창의적인 작업으로 찬사를 받을 수 있다면 조이는 흔쾌히 허락할 테니까.

에미는 이메일을 열었다. 중요한 메일이 있는지 확인하고, 오늘 일정의 우선순위 목록을 작성한 다음 새로운 프로젝트에 시간을 써야지.

에미는 읽지 않은 메일 목록을 훑어보았다. 맨 위에 있는 메일이 눈에 띄었다. 보낸 사람 이름을 보자마자 웃음이 났다. a.friend@gmail.com. 제목은 '당신'이었다. 헤드헌터가 보낸 건가? 클릭해 뭐라고 쓰여 있나 읽어내려갔다.

그 분홍색 치마 입으니까 타르트 같다. 누가 널 원나이트 상대 이상으로 보겠냐? 친구로부터.

발신자가 바로 등뒤에 서서 반응을 기다리고 있기라도 한 것처럼 에미는 의자를 휙 돌렸다. 당연히 아무도 없었다.

이메일을 다시 읽었다. 아까 차렸던 정신은 분노와 수치심과 당혹감의 파도에 쓸려가 온데간데없었다. 아침에 골라 입은 치마를 내려다보았다. 당차고, 성공적이고, 섹시하게 만들어주는 핫핑크 펜슬스커트. 이젠 그냥 갈기갈기 찢어 사무실 쓰레기통에 던져버리고 싶었다.

탁 트인 사무실은 이미 사람들로 가득했다. 내 동료들. 내 친구들. 내가 존중하고 또 나를 존중한다고 여겼던 사람들. 겨우―보낸 시각을 확인했다—10분 전에 그 메일을 보낸 사람이 누군지 단서를 찾으려고 그들의 얼굴과 몸짓을 꼼꼼히 뜯어보았다. 모두가 평소와 똑같아 보였다.

하지만 에미는 이 사무실에서 다시는 평소 같은 느낌을 받을 수 없을 거라 확신했다.

아이오나

18:17 워털루역, 햄프턴코트행

아이오나는 상사와의 회의 자리에서 인사 담당자를 마주할 때 닥쳐오는 특유의 두려움에 휩싸였다. '인적자원부'—여전히 '인사과'라고 생각하지만 90년대 즈음 이름이 바뀌었다—부장인 브렌다가 회의실 테이블에서 편집장 옆에 거들먹거리는 얼굴로 앉아 있었다. 브렌다는 늘 저 표정이니 그 자체론 아무 의미도 없었지만 아이오나에게 곧 닥칠 불운에 암울함을 더하긴 했다.

"안녕하세요, 여러분." 목소리가 약간 떨리는 걸 알아차리곤 머릿속으로 스스로에게 욕하며 아이오나가 말했다. "두 명이니 여러분이라고 해도 되지요? 둘 다 안녕하세요, 아니면 안녕하신가요, 두 분이라고 할 걸 그랬나요." 그녀는 횡설수설했다. 눈을 마주치지 않으면 브렌다가 사라져줄지도 모른다는 헛된 희망 속에 편집장에게만 시선을 고정했다. 편집장 이름은 에드였다. 직업에

맞게 바꾼 건가? 충분히 그러고도 남지.

"음, 개는 밖에 두고 오실래요, 아이오나?" 에드가 총살 집행 부대원처럼 룰루에게 손가락질하며 말했다. 어쩌면 군인이 맞을지도.

둘 중 누가 뒤에서 쏠지도 모르니 아이오나는 열린 문을 향해 뒷걸음질했다.

"잠깐만 애 좀 봐주실래요?" 그녀는 현대판 비서에 해당하는 에드의 '보좌관'에게 물었다. 더는 속기는 안 하는 비서. 여자는 신나 보였다. 월급도 쥐꼬리만한데다 평가도 제대로 못 받는 에드의 시녀 노릇을 하는 것보다는 낫지. "귀 바로 뒤 부드러운 부분을 긁어주면 좋아해요." 긴장하면 늘 오버하는 아이오나는 이렇게 덧붙였다. "우리 다들 그렇지 않나요?" 그러면서 쥐어짜낸 고음의 웃음소리를 냈다. 에드의 보좌관이 놀란 듯한 표정으로 의자에서 몸을 움찔했다.

"한번 더 돌파구를 향해, 친애하는 동지들이여."* 그 옛날 무대에 오르던 때처럼 척추를 곧게 세우고 고개를 빳빳이 든 채 다시 회의실 안으로 들어서며 아이오나는 나직하게 중얼거렸다.

"앉으세요, 앉아." 회의실 테이블을 둘러싼 밝은색 의자를 가리키며 에드가 말했다. 아이오나는 주황색 의자에 진홍색 정장이라는 조합이 브렌다의 망막에 영구 손상을 입히길 기원하며 오른쪽에 놓인 의자를 택했다. 핸드백에서 노트와 연필을 꺼냈다. 메

---

* Once more unto the breach, dear friends. 셰익스피어의 『헨리 5세』에 나오는 대사로, 헨리왕이 진격을 앞둔 병사들을 고취시키기 위해 한 말이다. 오늘날에는 다시 일을 시작할 때나 주로 하기 싫은 일을 하라고 독려할 때 쓰인다.

모할 생각은 없었지만 필요시 언제든 연필로 에드의 손을 찌를 작정이었다. 그 생각에 약간 기운이 났다.

"상세 평가에 앞서 큰 그림부터 말씀을 드려볼게요." 에드가 은행장 흉내를 내는 남학생처럼 손가락을 앞으로 쭉 뻗으며 진지한 표정으로 말했다. 발행 부수 감소, 수익 감소, 높은 간접비 따위의 단어가 관심을 가지고 알아듣는 척하는 아이오나의 한쪽 귀로 들어와 다른 쪽 귀로 빠져나갔다. 산들바람에 흩날리는 방사능오염 꽃가루처럼.

"그 말인즉슨," 에드가 마침내 말했다. "디지털 서비스에 더욱 집중하고 젊은 층을 끌어들여야 한다는 겁니다. 그러려면 우리 콘텐츠를 세련되고 적절하게 만들어야 하고요. 그런데 솔직히 말하면, '아이오나에게 물어보세요'는 좀……" 그는 잠시 말을 멈추고 적절한 형용사를 골랐다. "……구식이에요." 모욕을 줄 거면 좀 창의적으로라도 주든가.

속이 울렁거렸다. 그만해. 스스로에게 단호히 말했다. 일어나서 싸워야지. 켈트족 여왕 부디카*를 떠올려봐. 그렇게 아이오나는 허술한 군대를 모아 전차에 올라탔다.

"제가 너무 늙었다는 말인가요, 에드?" 인사과 여자의 얼굴이 붉어지는 모습을 흐뭇하게 바라보며 아이오나가 말했다. 그 바람에 여자의 얼굴에서 파운데이션이 발린 부분과 안 발린 턱 사이의 선이 더 선명해지고 말았다. "잡지 상담가로서 인생 경험은 굉장히 중요하잖아요. 저는 모든 걸 경험했고요. 성차별, 나이 차

---

* 고대 영국의 전설적인 여왕. 로마제국의 지배에 저항해 반란을 일으켰다.

별, 동성애혐오까지." 그녀는 단어 하나하나를 지뢰처럼 던졌다. 당연히 지뢰가 맞지. 만약 장애를 갖게 된다면, 이 나이엔 충분히 가능한 일인데, 잠재적 차별 대상의 완전체가 되겠군. 어디 한번 피해가보시지, 인적자원부 브렌다 씨.

"당연히 그런 뜻이 아니고요." 에드가 말했다. "도전과제를 드리는 거예요." 맥락상 '도전과제'란 '최후통첩'을 뜻한다는 걸 아이오나는 곧장 알아차렸다. "어쨌든 규모를 줄이는 일은 긍정적인 방향 같아요. 손주분들이랑 시간을 더 보내실 수도 있잖아요." 그녀는 에드를 똑바로 노려보며 주먹을 불끈 쥐었다. 그는 늘 그러듯 움찔했다.

브렌다는 목을 가다듬고 사원증 목걸이 줄을 만지작거렸다. "아, 손주 없으시죠. 당연히." 에드가 말을 더듬었다. 손주를 보기엔 아직 너무 젊어서, 아니면 너무 레즈비언이라 '당연히' 없다는 건가?

"뭐든 서두르진 맙시다. 한 달 정도 더 시간을 두고 코너를 혁신할 수 있을지 살펴보지요. 최신 얘기를 좀 써주세요. 자극적으로. 밀레니얼처럼 생각을 해보세요. 그게 바로 미래입니다." 억지 미소를 짓느라 그의 얼굴이 온통 구겨졌다.

"물론이죠." 아이오나는 메모장에 '자극적'이라고 적고 그다음 '재수없는 놈'이라고 적었다. "하나만 다시 알려줄게요. 고민 상담 코너는 잡지에서 굉장히 중요해요. 사람들이 의지한다고요. 목숨이 걸려 있다 해도 과언이 아닐걸요. 우리 구독자들도 좋아하고요. 아시겠지만 수많은 구독자들이 제 코너를 보려고 잡지를 구입한다고 답했죠." 새겨들어라, 한심한 로마 지휘관아.

"과거엔 물론 그랬죠." 에드가 검을 들어 그녀의 심장에 찔러 넣으며 말했다. "그런데 마지막으로 그런 답을 들은 게 언제였죠? 음?"

아이오나는 자리로 곧장 돌아가지 않았다. 대신 지난번 사무실 파티 때 쏟은 과일 펀치 때문에 아직도 약간 끈적거리는 못생기고 실용적인 카펫에 눈을 고정한 채 화장실로 직행했다. 칸 안에 들어가서 문을 잠그고 변기 커버 위에 앉았다. 솔향을 풍기는 화학물질과 각종 배설물, 그리고 무릎 위에 앉은 룰루의 꼬순내를 들이마셨다. 그리고 울기 시작했다. 예쁜 눈물이 아니라 줄줄 흐르는 콧물에 여기저기 번지는 마스카라 따위를 동반한 폭발적인 울음이었다. 이 직업이 내 삶이었는데. 내가 아침마다 몸을 일으키는 이유인데. 내게 삶의 목적을 부여해준 일. 이 일이 바로 나다. 그게 사라지면 난 뭐가 되는 걸까? 예순에 가까운 잡지 상담가를, 게다가 근 30년간 한 직장에서만 일했던 사람을 누가 고용하겠어? 포상금을 받고 어시스턴트들을 거느리고 시상식에도 오르던 때가 있었는데 어쩌다 이렇게 된 거지?

아이오나는 화를 내보려 했지만 너무 지쳐버렸다. 시사 칼럼에 고민 상담 코너에 이따금 레스토랑 리뷰와 여행기까지 올리느라 눈코 뜰 새 없이 바빴던 옛날에도 피곤했지만, 충분히 바쁘지 않다는 건 그야말로 진이 쭉쭉 빠지는 일이었다. 지난 몇 년 동안 가짜 자신감을 발산하는 데 신물이 났다. 고민 상담 코너를 제외한 모든 업무가 점차 줄어든 상황에서 늘 바쁜 것처럼 보여야 한다는 것도 지긋지긋했다.

그녀는 몇 시간씩 질질 끌면서 작업하는 법을 배웠다. 컴퓨터 모니터를 슬쩍 돌려놓고선, 일하는 대신 완벽한 산호섬으로 비와 함께 떠날 환상적인 휴가 계획을 세우고 페이스북에서 옛 동창들을 스토킹하곤 했다.

물론 인생은 경쟁이 아니다. 하지만 만약 그런 경기가 있다면 아이오나는 자신이 선두에 서 있을 거라고 상상했었다. 수년 동안 그녀는 동년배들의 인생 선택지를 은근히 비웃었다. 하나둘씩 커리어의 고속도로에서 갓길에 차를 세워두고 아이를 몇 명씩 낳거나, 한때는 잘생겨 보였으나 이제는 술배에 코털에 무좀을 자랑하는 배은망덕하고 이기적인 남편의 요구에 따르는 모습을.

하지만 이제는 자녀의 졸업식, 소나무로 만든 식탁에 둘러앉아 대가족이 함께하는 파티, 심지어 카메라를 향해 초점 없는 눈을 깜빡이는 갓난쟁이 손주까지 찍어 올린 사진들을 보면서 어쩌면 결국엔 저들이 이긴 게 아닐까 싶었다. 적어도 저들은 변기에 앉아 강아지 목에 코를 묻고 울진 않잖아.

화장실 문이 열리는 소리와 함께 두 쌍의 구둣굽이 타일 바닥에 딱딱 부딪히는 소리가 들렸다. 아이오나는 변기 위로 다리를 들어올리고 무릎을 가슴 쪽으로 끌어당긴 다음 울음소리가 나지 않게 얼굴을 룰루의 몸에 더욱 깊이 파묻었다.

"진짜, 월요일 너무 싫어." 한 여자가 말하는 소리가 들렸다.

아이오나는 내심 안심했다. 피처 에디터 중 한 명인 머리나의 목소리였다. 머리나는 그녀보다 서른 살쯤 어렸지만 둘은 친했다. 정수기 앞에서 간간이 '농담'을 주고받고 심지어 몇 번 점심을 함께 먹기도 했다. 머리나는 사무실의 모든 가십거리를 들려주었고, 그 대가로 아이오나는 머리나의 복잡한 연애생활에 조언을 아끼지 않았다. 둘은 서로를 동료 전문가로, 커리어의 정점에 오른 여성으로 존중했다. 화장실이라는 은신처에서 나와 친구에게 털어놓는 게 나을 수도 있어. 문제를 공유하고 기타 등등. 점심 또 먹자고 내가 먼저 제안할 수도 있지. 힘을 내자는 의미로 낮술을 곁들이면서.

"내 말이." 인적자원부 브렌다가 말했다. "근데 수요일이 더 싫어요. 이도 저도 아닌 날이잖아요."

"맞다, 아까 에드랑 같이 얘기 나누던 사람, 늙은 공룡 맞죠?" 머리나가 말했다. "드디어 공룡 멸종이 다가오는 건가요? 계획이 뭔데요? 빙하기? 아니면 유성 충돌?"

여성 연대는 여기까지다.

워털루역 5번 플랫폼에서 집으로 가는 열차를 기다리며 아이오나는 평소보다 더 안도감이 들었다. 적어도 하루의 이 부분만큼은 예측 가능하니까. 늘 타는 칸에 오른 다음, 욕을 뇌까리다가 실수로 룰루의 몸을 꽉 붙드는 바람에 강아지가 왈왈 짖었다. '포도 남자'가 보였다. 이름이 뭐였지? 피어스. 맞아. 그는 통로 바로 건너편에 놓인 하나뿐인 보조석에 앉아 있었다. 남자는 대화를 시작하고 싶어 입이 근질거릴 테지만, 평소에는 누군가 감사를 표하면 감동하던 그녀라도 지금만큼은 조용히 앉아 그녀를 필요로 하는 세상을 상상하고 싶었다.

아이오나는 한숨을 쉬곤 자리에 앉았다. 핸드백을 열어 레디 믹스 진토닉이 담긴 휴대용 술병, 유리잔, 그리고 레몬 몇 조각이

든 지퍼백 비닐봉지를 꺼냈다. 당연히 말을 걸겠지 싶어 잠시 기다렸다. 하지만 아무런 방해도 없었다. 피어스 쪽을 흘끔 바라보았다. 멋대로 등받이를 젖힐 수 있다는 듯 뒤로 한껏 기댄 채 어찌나 다리를 쩍 벌렸는지 바로 옆에 앉은 노부인은 창가에 블라인드처럼 착 붙어 있었다. 눈이 마주치자 어, 이제는 말 걸겠지, 했는데 남자의 시선은 스르륵 미끄러져 휴대폰으로 향했다. 그는 휴대폰을 움켜쥐고 독재자처럼 검지손가락으로 액정을 탁탁 치기 시작했다.

아이오나는 당황스러웠다. 그러다 저 얼간이한테 불안함을 느꼈다는 사실에 짜증이 났다. 불과 몇 시간 전에 본인 목숨을 구해준 사람을 마주했을 때 당연히, 아니 마땅히 해야 할 유일한 일은 고맙다는 인사 아닌가? 최소한 안녕하세요, 라고 한다든지 가볍게 고개를 끄덕인다든지? 날 못 알아보는 건가? 그럴 리는 없지 않나? 아이오나는 여태껏 단 한 번도 기억에 남지 않는 존재인 적이 없었다.

"여보." 동료 승객들의 평화 따윈 전혀 개의치 않는 어조와 성량을 자랑하며 남자가 휴대폰에 대고 말했다. "지하창고에 가서 푸이퓌메 와인 한 병 꺼내다 냉장고에 넣어줄래? 아니, 그거 말고. 그랑크뤼 말이야. 핑커턴 부부랑 그 끔찍한 루아르 별장에서 휴가 보낼 때 사온 거."

아이오나의 무릎에 앉은 룰루가 으르렁거리기 시작했다. 공기가 가득찬 백파이프처럼 룰루의 몸이 부풀어오르더니 곧이어 피어스를 향해 고개를 홱 돌리고 날카롭게 왈왈 짖었다.

피어스는 이만 끊겠다는 말도 없이 통화를 끝내고는 휴대폰으로 삿대질하며 아이오나를 노려보았다.

"그 이상한 개는 대체 뭐가 문젭니까?" 그가 소리쳤다.

아이오나는 자신을 무례하게 대하는 사람들에게 익숙했고, 어쩌면 피어스의 배은망덕함과 천박함을 무시할 수도 있었겠지만, 룰루를 모욕하는 건 용납할 수 없었다.

"룰루는," 그녀가 입을 뗐다. "이상하지 않아요. 사실 굉장히 똑똑하답니다. 룰루도 페미니스트라 유해한 남성성을 감지하면 목소리를 내죠."

피어스는 입을 떡 벌리더니 〈이브닝 스탠더드〉를 집어들어 베일처럼 얼굴 앞에 쫙 펼쳤다. 아이오나는 앞으로 피어스와는 대화는커녕 서로 쳐다보는 일도 없을 거라는 확신이 들었다. 주님께 감사를.

산제이

두 달 전 산제이는 응급실에서 종양내과로 부서를 옮겼다. 여러모로 더 나은 곳이었다. 응급실은 정신없이 바쁘고 혼란스럽고 경보음소리, 울음소리, 스타카토로 내뱉는 긴급한 지시 사항으로 끝도 없이 스트레스를 받는 공간이었다. 약간 상실감이 느껴지는 곳이기도 했고. 팔이 부러져 실려왔다가 무사히 깁스를 하고 '용감해요' 스티커를 손에 쥔 어린아이를 집으로 돌려보내는 일은 뭉클하고 가슴 벅찼지만, 환자를 병동으로 옮긴 후 어떻게 됐는지 들을 수 없는 경우가 허다했다. 응급실 환자들과는 관계를 쌓을 수가 없었다. 보통 그는 플롯의 가장 극적인 장면에 등장했다가 해결되기 전에 끌려나가는 역할이었다.

종양학은 산제이가 강점을 발휘할 수 있는 분야였기에 전근을 신청한 거였다. 몇 달에 걸쳐 같은 환자를 매주 돌볼 수 있었다. 어떤 경우는 몇 년 동안이나. 이미 자녀와 손주의 이름, 꿈과 악몽의 내용, 치료 과정을 가능한 한 감당할 만하게 만드는 법 등 단골 환자들의 이모저모를 다 파악했다. 간호대학에 진학한 이유도 그거였다. 몸뿐만 아니라 마음과 정신도 치유하기 위해서. 지원서에 그런 문장을 썼을 때, 그냥 하는 말이 아니라 진심이었다.

그가 점점 실감하게 된 문제는 환자들의 삶에 더 많이 얽힐수록 불행한 결말에 대처할 수 없어진다는 사실이었다. 양성 낭종이나 5년 내 완치 판정을 받고 퇴원한 환자들 중에는 간이나 뼈, 뇌로 전이되며 재발해 결국 치료할 수 없게 되는 환자가 꼭 한 명씩은 있었다. 항암 치료를 받을 때마다 점점 더 허약해지는 어린 자녀를 둔 어머니도 있었다. 처음엔 머리카락이 빠지고, 그다음 속눈썹과 눈썹, 그다음 유머 감각, 결국에는 희망까지 잃어버리는 이들을 그는 지켜볼 수밖에 없었다.

산제이와 함께 일하는 전문의들은 이 모든 것에 익숙해 보였다. 그들은 '구분'할 수 있었다. 비극과 불의와 산산이 부서진 삶을 다루다가도 하루가 끝나면 흰 가운을 벗고 아무렇지 않은 듯한 모습으로 맥주 한두 잔을 마시러 갔다. 어떻게 그럴 수 있지? 산제이에겐 모든 게 서로 연결된 것처럼 여겨졌다. 한 가지 일이 다른 일로 뻗어나가는 걸 막을 수 없었다. 한밤중에 잠에서 깨어 로빈슨 씨의 최근 혈액검사에서 나온 종양표지자를 생각하거나, 저녁을 먹으려던 참에 검은 얼룩이 여기저기 흩어져 있는 그린 씨의 PET 스캔을 퍼뜩 떠올리곤 했다.

"고마워요, 간호사님." 그가 왼쪽 겨드랑이 바로 옆 조직검사를 한 부위에 드레싱을 하는데 해리슨 씨("줄리라고 불러주세요”)가 말했다. “저 괜찮을까요?” 그녀는 희망과 두려움이 우열을 다투는 눈빛으로 그를 바라보았다.

“걱정하지 마세요, 줄리.” 그는 질문에 답하는 대신 적절한 표현을 찾아 머릿속 캐비닛을 뒤졌다. “유방 멍울 열 개 중 아홉은 양성이에요. 하지만 정말 옳은 일을 하신 거예요. 혹시 몰라 곧장 일반의에게 진료를 받으신 거요.”

물론 이 말은 사실이었지만, 산제이는 화면에 뜬 걱정스러울 정도로 크고 불규칙한 검은 덩어리의 치수를 기록하는 초음파검사기사의 표정을 알아차렸다. 줄리가 눈치챌 만한 건 전혀 없었지만, 검사기사의 눈이 가늘어지고 컴퓨터 마우스를 잡은 손가락에 힘이 들어가는 게 무슨 의미인지 산제이는 알았다.

“맞아요, 알죠, 근데 아이들이 걱정이에요. 아직 어리거든요. 여섯 살이랑 네 살인데. 사진 보여줄까요?” 줄리가 휴대폰을 꺼내며 말했다. 산제이는 사진을 보고 싶지 않았다. 마음이 더 힘들어질 뿐이었다. 유족이 될 자녀나 결코 이루지 못할 버킷리스트 말고 케이스 번호와 예후와 치료 계획에만 전념할 수 있다면 얼마나 좋을까.

“좋아요.” 따스한 미소를 지으며 그가 말했다.

세상이 곧 무너질지도 모른다는 사실은 전혀 모른 채 행복하고 안정적인 표정을 한, 치아 몇 개가 빠진 두 아이의 사진을 보며 감탄사를 연발한 뒤 그는 5일 후 조직검사 결과가 나올 때까지 바쁘게 지내고 아무 생각도 하지 말라는 말도 안 되는 말과 함께 줄리를 돌려보냈다.

그런 다음 텅 빈 가족실로 숨어들었다. ‘정말 나쁜 소식을 기다리는 방'이라고도 불리는 곳이었다. 행복한 대화를 기대하는 부부에게 '가족실에 앉아 계세요'라고 말하진 않는다. 그는 구석에 놓인 냉장고에서 물 한 잔을 따라 마시고는 말기, 불확실한 예후, 연명치료 거부 서약, 임종돌봄 같은 단어의 유령이 둥둥 떠다니는 안락의자에 털썩 앉았다. 부드러운 가구에 그 모든 충격과 슬픔이 스며든 걸까? 쿠션과 커튼에서 스며나온 유독성의 끈적끈적한 진창이 서서히 방안을 가득 채우고 그를 익사시키는 상상을 했다.

손이 덜덜 떨려 바닥에 물을 쏟았다. 그는 컵을 내려놓고 길게, 깊게 심호흡하려 애썼다. 심장이 흉곽에서 튀어나올 것 같았다. 손바닥을 가슴뼈에 대고 멍이 들 만큼 강하게 꽉 눌렀다. 심장을 억지로 제자리에 돌려놓기라도 하려는 듯.

줄리는 뭐라고 할까, 혹은 월요일 기차에서 나를 무슨 영웅처럼 대했던 사람들은? 때마다 찾아오는 공황발작 때문에 심약해지고 있다는 걸 안다면 그들은 뭐라고 생각할까? 다시 정상적으로 숨쉴 수 있을 때까지 가족실이나 화장실, 아니면 비품실에 숨어 허리를 굽힌 채 두 손에 얼굴을 묻고 있는 모습을 본다면.

종양내과 간호사가 죽음을 두려워하면 어쩌겠다는 거야?

차라리 '걸 온 더 트레인'과 말을 못 튼 게 다행인지도 모른다. 그녀가 데이트에 응하더라도 그가 얼마나 가짜인지 곧 알게 될 테고, 그걸로 끝일 테니까.

마사

마사는 안쪽에서 들려오는 신음소리와 침대 헤드보드가 벽에 쿵쿵 부딪히는 소리를 애써 무시하며 닫힌 침실 문 앞을 살금살금 지나갔다. 중년이 그 짓거리를 하는 모습을 상상하는 것만으로도 충분히 불쾌한데, 그중 한 명이 엄마일 경우 더 끔찍했다. 그보다 더 나쁜 건 상대가 아빠가 아니라는 거였다.

리처드("제발 딕이라고 부르진 말아주렴, 하하")라는 남자친구를 엄마는 계속 만나는 것 같았다. 마사는 몇 달이 지났는지 손가락으로 세어보았다. 거의 1년이 다 됐고, 집에서 남자 물건이 점점 더 많이 발견되고 있었다. 욕실에선 면도크림, 세탁실 벽장에선 사각팬티, 심지어 그가 남자답고 유용해 보이려고 가져다둔 한 번도 사용한 적이 없는 복도의 작은 공구함까지.

리처드가 엄마 나이를 알고 있는지, 아니면 엄마가 "엄청 젊을 때 마사를 낳았어요, 거의 이십대가 되자마자"라고 언제나처럼 허풍을 떨어댄 건지 궁금했다. 곧 엄마 생일이 다가오니 케이크를 구워서 '마흔다섯번째 생신을 축하합니다' 문구를 알록달록한 아이싱으로 장식해야겠다 싶었다. 21세기 들어 엄마는 정제 설탕에 손댄 적 없으니 비둘기 사이에 고양이를 던져놓는 꼴이겠지.

이번 남자친구를 겁주는 건 좋은 생각이 아닐 수도 있었다. 다음 사람은 더 심각할 수도 있으니까. 다음 상대는 당연히 있을 거다. 엄마는 자연이 그러하듯 진공상태를 끔찍이도 싫어했다. 생각해보니 진공청소기도 싫어하네. 집안 꼴은 늘 엉망이었다.

마사는 어젯밤 프레디와 주고받은 문자를 생각하며 무심히 역으로 걸어갔다. 그녀는 프레디가 좋았다. 물론 인기가 많은 타입은 아니었다. 좀 이상한 구석이 있고 아웃사이더 같았지만, 마사는 그런 면을 안 좋게 생각하는 사람이 아니었다. 프레디는 사실 엄청 똑똑하고 놀랄 만큼 웃긴 애였다.

프레디는 그녀를 제인 오스틴 소설 속 여주인공처럼 설레게 하진 않았다. 심장이 두근거리거나 가슴이 들썩거리는 일도, 코르셋이 느슨해지는 일도 없었다. 진짜 코르셋을 입고 있다는 건 물론 아니고, 들썩거릴 만큼 가슴이 크지도 않았다. 하지만 얘기를 나눌 남자애가 있다는 게 중요했다. 잘나가는 여자애들이 구석에 모여 소곤거리고 깔깔댈 때 나도 같이 귓속말하고 깔깔댈 상대가 생긴 거야. 나도 패거리에 낄 수 있어. 그 생각을 뜨끈한 물병처럼 꼭 끌어안았다.

마사는 많은 시간을 자연 다큐멘터리의 내레이션을 하는 데이비드 애튼버러가 된 기분으로 보냈다. 관찰자가 되어 특이한 종을 연구해 그들의 습관과 의례를 알아냄으로써 거부당하거나 괴롭힘당하지 않고 그 세계 안에 있을 수 있는 존재. 다른 십대는 이런 걸 자연스럽게 할까? 아니면 다들 규칙을 알아내려고 버둥대고 있는 걸까? 이제 좀 알겠다 싶으면 규칙은 늘 바뀌어버리는 것 같았다. 어떤 브랜드 옷을 입어야 하는지, 어떤 음악을 들어야 하는지, 어떤 단어를 써야 하는지, SNS에서 어떤 사람을 팔로우해야 하는지, 어떤 배우를 덕질해야 하는지. 죄다 지뢰밭이었다.

서비턴역에 들어오는 기차는 거의 만원이었다. 객차 안에 남은 자리가 딱 하나뿐이라 마사는 그리로 걸어갔다. 막 앉으려는 순간, 다른 방향에서 전형적인 알파메일 은행원 타입의 남자가 성큼성큼 걸어오더니 몸을 쭉 내밀어 그녀를 밀쳐내고 앉았다. 다리를 쫙 벌리고는 서류가방에서 노트북을 꺼내 앞의 테이블에 올려놓았다. 마치 영역표시를 하려고 가로등 기둥에 다리를 갖다대는 개처럼.

"아이씨." 마사는 남자가 고개를 돌려 그녀를 올려다보고서야 그 말이 입 밖으로 튀어나왔구나 싶었다.

"미안해, 아가씨." 그는 스스로 사랑스럽다고 자부할 게 분명한 미소를 씩 지으며 말했다. "인생엔 승자와 패자가 있는데, 지금은 네가 패자네."

마사는 얼굴이 화끈 달아오르는 걸 느꼈다. 무슨 말을 해야 할지 알 수 없었다. 자리를 뜨고 싶었지만 통로에 사람이 너무 많았다. 주머니에서 휴대폰 진동이 울렸다. 한 번, 두 번, 그리고 단호하게 여러 번. 딴 데로 주의를 돌릴 수 있음에 감사하며 그녀는 휴대폰을 꺼내 화면을 들여다보았다. 10학년 단톡방이 하찮은 가십거리로 시끌시끌했다.

마사는 화면을 스크롤해 메시지들을 보았다. 단어들이 흐릿해지며 속이 메스꺼워지기 시작했다. 설마 아니겠지? 아니야. 아니야. 안 돼. 나일 리 없어. 내 강박일 뿐이야. 마침내 이 모든 전자 기기 속 수다—웃음과 조롱과 혐오와 분노—의 출처를 알아내자 위액이 목구멍으로 올라오면서 속이 더 울렁거렸다.

"젠장!" 그녀가 키보드 위에 웩 하고 토하자 '좌석 도둑'이 소리를 질렀다. "이 노트북이 얼마짜린지 알아!"

옆쪽에서 낑낑대는 소리가 들려왔다. 고개를 돌리자 낯익은 프렌치 불도그와 눈이 마주쳤다. 그 순간만큼은 그녀의 영혼을 꿰뚫어보는 듯했다.

"어떻게 감히!" 강아지를 안고 있는 여자가 외쳤다. 그 여자도 자신에게 소리지르는 줄 알고 마사는 움찔했지만, 여자는 '좌석 도둑'을 노려보고 있었다. 기차에서 여러 번 본 적 있는 여자였다. '마법의 핸드백 아주머니'. "이분 몸 안 좋은 거 안 보여요? 세상에, 저번에 그냥 질식하게 내버려두는 게 더 나았겠네."

"내가 피해자라고요!" 남자가 역겨운 듯 노트북을 가리키며 말했다.

"음, 인생엔 승자와 패자가 있는데, 이 경우엔 당신이 패자네요." '마법의 핸드백 아주머니'가 말했다. 평소 같았으면 마사는 곧장 웃음을 터뜨렸을 것이다.

두 어른이 욕설을 주고받는 동안 마사는 〈주라기 월드〉에서 티렉스와 인도미누스 렉스가 서로 싸우는 사이에 무방비 상태의 인간들이 몰래 탈출하던 장면을 상상했다. 그리고 다음 역에서 문이 열리자 사람들을 비집고 빠져나가 달음질쳤다.

출근길 인파를 이리저리 헤치며 마사는 내달렸다. 위액 잔여물로 여전히 목이 따끔거렸고, 끝도 없이 쏟아지는 알림이 포탄 파편처럼 휴대폰을 뚫어대는 걸 느끼며, 어떤 상황에선 앞질러가는 게 불가능하다는 걸 깨달았다.

아이오나

08:05 햄프턴코트역, 워털루행

지금까지 아이오나는 슬럼프에 빠진 적이 한 번도 없었다. 오히려 그 반대였다. 평소였다면 단어들을 그러모아 정리했을 것이다. 하지만 일주일 전의 그 회의 이후로 예전엔 자연스럽게 흘러가던 단어들이 두세 개씩 탁탁 튀어오르더니 화면에 쓰자마자 지워져버렸다. 한 문단 전체를 간신히 쓰고 나면 멍하니 바라보며 생각에 잠겼다. 이건 **자극적**인가? 충분히 **밀레니얼**다워? 재능과 자신감이 그 어느 때보다 절실히 필요한 순간에 그것들은 그녀를 내팽개쳤다.

사내 '밀레니얼세대'의 도움을 받아볼까 싶기도 했지만, 아마 모두가—머리나처럼—아이오나를 공룡이라 여길 테고, 그녀가 베이지색 밴딩 슬랙스에 실용적인 신발을 신고 실버타운으로 떠나줌으로써 '핫'한 자리 하나를 더 확보하게 되길 은근히 바랄지도 몰랐다. 게다가 직장에서 도움을 요청하는 건 나약함을 내보이는 일인데, 지금 당장은 그럴 여력이 없었다.

뉴몰든역에서 기차에 탑승하는 승객들을 바라보며 아이오나는 차를 한 모금 마셨다. 저기, 지난주 배은망덕하고 재수없는 여성 혐오자의 목숨을 구해준 영웅적인 간호사 산제이가 보였다. 그는 그녀 맞은편의 남은 자리에 앉았다. 둘은 묵례를 나누고 어색한 미소를 지었다.

아이오나는 어떤 에티켓이 필요한 건지 헷갈렸다. 최근 피어스와 대거리한 사건은 기차에서 낯선 사람과 엮이는 게 전혀 좋은 생각이 아님을 일깨워주었다. 그래서 불문율이란 게 있는 거지. 하지만 산제이와는 중요한 순간을 공유했잖아. 둘은 좋든 싫든 죽음이 스치는 순간 손을 맞잡았다. 그럼 이젠 어떤 규칙을 적용해야 하나? 맙소사, 영국인으로 사는 건 가끔 참 힘들다니까.

아이오나는 창밖을 바라보았다. 연립주택의 뒤뜰, 아이들이 타는 그네, 자그마한 연못, 빨랫줄, 온실. 하나하나가 그 집에 사는 가족에 관한 작은 단서였다. 진퇴양난의 상황을 더 심각하게 만들 눈맞춤을 피하려면 뭐든 쳐다보고 있어야 했다.

기차가 속도를 늦추더니 급기야 끽 멈춰 섰다.

몇 분이 지나도록 움직일 기미가 보이지 않자 아이오나와 승객들은 점점 더 불안해졌다. 한숨과 짜증스러운 신음소리, 휴대폰 화면을 두드리는 소리와 발소리가 침묵을 깼다. 마침내 스피커가 지직대면서, 상황이 상황이니만큼 짜증스럽게 들리는 쾌활한 목소리가 흘러나왔다.

"복스홀역 신호 장애로 열차 운행이 지연되고 있습니다. 승객

여러분께 불편을 끼쳐드려 죄송합니다. 곧 열차가 출발할 예정입니다."

"어머, 사무실 사람들이 우리 엄청 걱정하겠다." 아이오나는 룰루에게 속삭였다. 정말 그러기를 바라면서. 아침나절 내내 여기 갇혀 있는다 해도 누가 알아채기나 할까? 룰루는 햇볕에 녹아내리는 초콜릿 단추 같은 두 눈으로 그녀를 올려다보곤 코를 핥아주었다.

아이오나는 고개를 돌려 손가락으로 리듬감 있게 테이블을 두드리고 있는 산제이를 바라보았다. 그는 이를 너무 악물어 귓불 주변 근육에 경련이 이는 게 보일 정도였고, 호흡은 어느새 얕고 빨라졌다. 뭔가 안 좋은 신호인데. 무슨 말이라도 해봐야겠다.

"괜찮아요, 산제이?" 공원에서 무례한 개가 짖을 때 룰루를 진정시키는 목소리와 같은 톤으로 그녀가 물었다. 그는 깜짝 놀란 얼굴로 고개를 들었다. 자신이 어디 있는지 모르겠다는 듯한 표정이었다.

"어, 네. 감사합니다. 교대근무하러 가야 하는데 완전 지각할 것 같네요." 그가 말했다.

"곧 출발할 거예요." 아이오나가 말했다. "생사가 걸린 문제는 아니니까요, 그렇죠?" 말하자마자 실수를 깨닫고 뚝 멈췄다. "맙소사, 당신에겐 그럴 수도 있겠네요."

산제이는 약간 어색한 듯 웃었다. "에이, 전 그렇게 중요한 사람은 아니에요!" 그가 말했다. "저는 암병동에서 근무하고 있는데, 거기 환자들은 천천히 죽어가는 편이에요. 정말 다행히도 절반 이상이 안 죽고요."

"그러면," 아이오나가 말했다. "걱정할 필요 없겠네요? 어제 기차에서도 당신의 응급처치가 필요한 일이 있었거든요. 바로 이 자리에 앉아 있었는데, 그 '똑똑한 성차별주의자 서비턴'의 노트북에 어떤 여학생이 토를 한 거예요!"

"누구요?" 산제이가 물었다.

"알잖아요, '포도 남자'요. 피어스. 당신이 목숨 구해준 사람. 그나저나 어딨었던 거예요? 그날 이후로 한 번도 못 봤네. 천상의 유령이었나 싶었다니까. 근데 천상의 유령이라도 왜 그 남자를 굳이 구한 건지 난 모르겠더라고. 평범한 구토처럼 보였겠지만 그건 사실 액체 업보였거든."

"어, 저는 저쪽에 앉아 있었어요. 솔직히 말하면, 일부러요." 산제이가 말했다.

"날 피한 거예요?" 아이오나가 물었다. 그 말이 입 밖으로 나오자마자 에드와 인사과와 가진 면담 때문에 자기답지 않게 강박적이고 위축되었구나 싶었다. 그만해, 아이오나. 저 불쌍한 친구가 원하는 데 앉을 수도 있지. 너 때문에 겁먹겠다.

"아니, 아뇨. 그건 아니에요. 전혀요." 그는 더듬거리며 부인하는 말을 반복했다. 휴, 다행이군. "기차의 여자분 때문에요. '걸 온 더 트레인'이요."

"기차의 무슨 여자요?" 아이오나가 어리둥절해서 물었다. "그거 영화 제목 아니에요? 그 여자가 누굴 죽였던 것 같은데? 아닐 수도 있지만. 사실 잘 기억이 안 나요. 완전 반전 영화였죠."

"피어스가 숨이 막혔을 때 당신 맞은편에 앉아 있던 분이요." 그가 말했다.

아이오나는 미간을 찌푸리며 그 장면을 머릿속에서 한 프레임씩 되감아보았다.

"아!" 필요한 이미지를 찾아내 승리의 기쁨에 찬 아이오나가 말했다. "'엄청 예쁜 템스디턴' 말이군요!"

"그렇게 부르시나요?" 그가 마침내 미소를 띠고 말했다. "잘 어울리네요. 모든 사람에게 별명을 붙이시나봐요. 제 별명도 있나요?"

"당연하죠!" 그가 수상해 보일 정도로 친절해서 '의심스러운 뉴몰든'이라고 지었던 별명을 떠올렸다. 산제이는 항상 노인과 임신부에게 자리를 양보하고, 다른 사람이 발을 밟아도 자기가 미안하다고 말하며, 경이로울 정도로 따스한 공감의 미소를 지었다. 가장 아닐 것 같은 인물이 연쇄살인범으로 밝혀지는 반전 심리스릴러에 캐스팅하기 딱 좋은 사람이었다.

"당신 별명은 '왠지 돌봄 노동자일 것 같은 뉴몰든'이었어요. 늘 모두를 배려하잖아요." 그녀가 수십 년간의 편집, 재배치, 단어 교체 작업을 통해 갈고닦은 기술을 재빨리 적용해 말했다. 잘했어, 자기야. 아직 건재하네.

"와, 정말 예리하시네요." 산제이가 말했다.

"그러게요. 제 특별한 능력이죠." 그녀가 답했다. "난 거의 틀리는 법이 없거든. 그나저나 왜 템스디턴의 빨간 머리 아가씨를 피하는 거예요?"

"아, 별거 아니에요." 산제이가 얼굴을 붉히며 말했다. 아이오나의 호기심을 돋울 만큼 사랑스러운 모습이었다.

"어서, 말해봐요." 주변에 다 들리는 목소리로 그녀가 속삭이며 테이블 너머로 손을 뻗어 그의 손을 토닥였다. "난 신중한 영혼의 소유자랍니다." 물론 딱히 그렇진 않았지만 아이오나의 세계에서 신중함이란 실제라기보다 지향에 가깝다는 사실을 그가 알 턱이 없었다.

누군가가 입을 열도록 설득하는 가장 좋은 방법은 침묵하는 것임을 아이오나는 알았다. 침묵을 맞닥뜨리면 사람들은 어떻게든 뭔가 채워야 한다는 엄청난 압박감에 휩싸이기 마련이다. 그래서 그녀는 차를 홀짝이며 기다렸다. 산제이가 어찌해야 할지 고뇌하다 결국 비밀을 털어놓기 직전의 체념한 듯한 낌새를 풍기자, 그 모습을 지켜보던 아이오나는 자신이 이겼다는 걸 알았다.

"그게, 그러니까요, 피어스가 질식했던 날 그분한테 데이트 신청을 할 참이었거든요. 근데 이제 그분은 절 완전 멍청이라고 생각할 거예요. 딱 한 번 말을 걸었는데 완전 망했고 쪽팔렸거든요." 그가 말했다.

"그 아가씨가 엄청나게 예쁘다고 해서 무조건 좋은 사람이라 할 수는 없죠. 막상 친해지면 당신이 원했던 사람이 전혀 아니라는 걸 알게 될걸요." 아이오나가 말했다. "강아지한테 못되게 굴 수도 있고 트위터에서 케이티 홉킨스*를 팔로우하고 있을 수도 있지."

"그분이 예뻐서만은 아니에요. 저 그렇게 얄팍한 인간은 아니랍니다." 산제이가 말했다. "그분은 진짜 책을 읽는 사람이에요, 아시겠지만. 매일 아침에 말이에요. 진짜 흥미로운 책을 읽죠. 또

---

* 영국의 극우 언론인이자 칼럼니스트, 정치평론가.

워털루역에 도착하기도 전에 〈타임스〉 십자말풀이를 다 푸는 사람이고요. 헤드폰으로 음악을 들을 땐 눈을 감고 상상 속 건반을 치듯이 허공에다 손가락을 움직여요. 낯선 사람한테도 진심인 것처럼 미소를 짓고요. 콧등에는 별자리처럼 주근깨가 흩어져 있어요. 그리고……"

아이오나가 손을 들었다. "알았어요, 그만! 그만해요, 나도 토할 것 같으니까. 그런 일이 벌어지길 원하진 않겠죠. 워털루까지 가는 내내 열차 안에 위산냄새가 진동했다고요. 차를 마실 수가 없더라고. 이제 납득했어요. 만약 그 아가씨가 못생겼다면 '눈을 감고 상상 속 건반을 치는' 모습에 넘어가진 않았을 거라고 생각하긴 하지만. 그러니까, 그분을 더 알아가고 싶은 게 맞죠?"

"네! 전 그분 이름도 몰라요!" 산제이가 말했다. "'엄청 예쁜 템스디턴'이라고 부를 수도 없잖아요?"

"음, 산제이. 오늘은 운이 좋은 날이에요. 왜냐하면 첫째, 당신이 마음에 들어요. 둘째, 당신 덕에 통근열차에 탄 이웃 승객의 죽음으로 양심의 가책을 느끼지 않을 수 있게 됐으니 신세 한 번 졌지. 그리고 셋째, 내가 바로 전문가예요!" 아이오나는 손가락을 공중에 뻗어 하나씩 꼽았다.

"중매 일을 하세요?" 산제이가 물었다.

"아뇨! 난 잡지 상담가예요!" 그녀가 답했다.

"아, 고민 상담 아주머니시군요!" 산제이가 말했다.

그를 아주 살짝 덜 좋아하게 된 아이오나는 한숨을 내쉬었다. 좀더 있어 보이는 단어이니 오히려 다행이려나.*

"산제이, 당신이 해야 할 일은 언제든 가능하다면 3번 객차에 나랑 같이 앉는 거예요. 그럼 내가 다 알아서 해줄게. 두고 봐요.”

아이오나는 등을 기대고 룰루를 쓰다듬으며 혼자 씩 웃었다. 다소 시적인 보상을 받는 기분이었다. 아주 재밌겠군. 산제이와 ‘엄청 예쁜 템스디턴’ 모두 밀레니얼세대겠지? 그들을 더 잘 알게 되는 건, 심지어 소소한 연애가 결실을 맺는 모습을 지켜보는 건 칼럼을 위한 완벽한 자료 조사가 될 거다. 최소한 생각할 거리라도 던져주겠지. 비에게 얼른 말해주고 싶었다. 비는 재미난 로맨스라면 사족을 못 쓰니까.

승객들이 다 같이 내쉬는 안도의 한숨과 함께, 기차가 덜컹하며 앞으로 나아가기 시작했다.

---

* 신문이나 잡지에서 고민 상담을 해주는 여성 상담가를 일컫는 ‘agony aunt’라는 표현에 대한 아이오나의 반응으로, ‘아주머니(aunt)’라는 단어에 불쾌감을 느낀 것으로 보인다.

피어스

18:17 워털루역, 서비턴행

바로잡으려 노력하면 할수록 상황은 더욱 악화됐다. 피어스는 몇 년 전, 손대는 주식마다 금으로 변해 미다스라는 별명을 얻었던 시절을 떠올렸다. 그때는 스스로가 무적 같았는데. 우주의 마스터. 하지만 이젠 손대는 것마다 족족 진창으로 변했다. 신경을 너무 많이 쓰는 게 문제라는 건 알았다. 시장에는 예쁜 바텐더에게 말을 걸어보려 할 때처럼 덤덤하면서도 은밀하게 슬금슬금 접근해야 했다. 더 중요할수록, 내가 더 절박해 보일수록 숫자들은 얼굴에 술을 뿌리고 술집에서 나를 내쫓을 거다. 그리고 지금 이 순간, 그런 태도는 너무도 중요했다. 그 어느 때보다도.

그는 아무 생각 없이 5번 플랫폼으로 걸어가면서 광이 나는 구찌 로퍼를 내려다보았다. 롤렉스 시계나 에르메스 넥타이처럼 그 신발은 항상 어느 정도 안도감을 주었다. 구찌 로퍼 신은 남자한테 심각하게 나쁜 일이 일어날 리 없잖아?

기차가 막 출발하려던 참이었기에 객차 안은 이미 붐볐다. 남은 자리는 딱 하나, 늘 그렇듯 '미친 개 여자'의 맞은편이었다. 극장으로 치면 시야가 제한된 좌석 같은 자리. 장내에서 가장 인기 없는 자리. 하루가 이보다 더 나빠질 순 없다고 생각한 이 시점에.

피어스의 삶이 지금 충분히 망가지지 않았다는 듯, 이 여자는 그의 규칙적인 출퇴근길을 심하게 망쳐놓고 있었다. 우선, 짜증 나게도 그가 신세를 졌다고 느끼게 만들었다. 임사체험 때문에 영원히 끊을 수 없는 고리가 생기고 말았다. 피어스는 신세진 듯한 기분이 끔찍하게 싫었다. 그의 모든 것, 그가 소유한 모든 것이 오롯이 그의 몫이며, 그에게 달려 있다는 사실을 아는 데서 오는 만족스러운 단순함이 좋았다.

이 여자 근처에 앉는 게 몹시 끔찍한 또다른 이유는 명백하게도 그녀가 그를 미워하기 때문이었다. 피어스는 미움받는 것도 싫었다. 그의 가장 큰 재능은 사람들이 그를 상냥하게 대하게끔 만드는 거였다. 그는 카멜레온이었다. 매력적이다가 지적이다가 친구 같다가 웃기다가, 상황에 따라 다채롭게 연출할 수 있었다. 그런데 이 여자는 그런 그에게 소리를 질렀다. 공공장소에서, 두 번이나. 그를 '유해한 남성'이라고 비난했다. 평소 같으면 그걸 비꼬는 듯한 칭찬으로 들었겠지만 여자는 결코 칭찬을 한 게 아니었다. 그리고 지금, 여자는 또다시 그를 노려보고 있었다.

피어스는 싸움에서 먼저 항복하는 걸 몹시도 싫어했지만, 이 경우엔 항복하는 게 낫겠다 싶었다. 출퇴근길이 예전처럼 편안한 공간이 되길 바랐다. 직장생활과 가정생활이 철로 위에서 부드럽게 서로 이어지기를.

그나마 이 여자는 흥미롭긴 했다. 대형 금융계, 회원제 클럽과 화려한 케이터링을 곁들인 디너파티가 일상인 그의 특수한 세계에서 이 여자 같은 사람을 만날 일은 전혀 없었다. 여자는 일종의 도전이었다. 여자가 날 좋아하게 만든다면, 내가 여전히 '건재하다'는 사실이 증명되리라. 그가 언제나, 어쨌든 지금까지도 좋아하는 건 도전이었다.

피어스는 '미친 개 여자'의 맞은편에 조심스럽게 앉았다. 이 순간에 가장 걸맞은 감정을 이끌어낸 다음 매력을 한껏 발산할 준비를 했다. 그러나 필요한 단어를 요리조리 끌어모았음에도, 피켓라인을 넘지 않으려는 호전적인 파업노동자처럼 도무지 입이 떨어지지 않았다. 둘 사이의 침묵이 견딜 수 없을 지경이 될 때까지 기다린 뒤, 그는 목을 가다듬고 다시 시도했다.

"우리, 첫 단추를 잘못 끼운 것 같네요." 그가 말했다. 입을 열자마자 말이 봇물처럼 쏟아져나왔다. "저번에 저를 도와주셔서 정말 감사하다는 말을 드려야 할 것 같습니다."

여자는 한쪽 눈썹을 치켜올렸다. 그가 늘 지어보려고 거울 앞에서 몇 시간이고 연습했지만 매번 실패했던 표정이었다. 출근길 동승자에게 느껴왔던 부정적인 감정 목록에 어쩔 수 없이 질투를 추가했다.

"그래야 한다고 생각하는 건가요? 아니면 정말로 고마운 건가요?" 그 말에 그는 움찔했다. 상사가 스트립클럽에서 아연실색할 만큼 비싼 샴페인을 시키겠다며 비용 처리를 잘해달라고 부탁했던 때 이후로 이렇게 움찔하게 만드는 말을 듣는 건 처음이었다.

"어, 아뇨, 정말로 감사드립니다, 진심으로요." 말을 꺼내자마자 놀랍게도 사실이라는 것을 깨달았다. "죽는 줄 알았거든요." 여자는 다시 한번 그를 노려보고는 아무 말도 하지 않았다.

"저는 피어스 샌더스입니다." 최고로 매력적인 미소를 지으며 테이블을 가로질러 올리브 가지처럼 손을 뻗으면서 그가 말했다. 여자는 여전히 아무 말 없이 약간 솟은 가슴 위로 팔짱을 낀 채 허공에 어색하게 걸려 있는 그의 손을 내버려두었다.

"아, 이러지 마시죠." 그가 말했다. "노력하고 있잖아요! 최소한 이름이라도 말해주세요. 다시 시작하면 안 될까요?"

"아이오나 아이버슨이에요." 마침내 여자가 내키지 않는 듯 손을 내밀었다. 그는 악수했다. 온갖 반지들과 기다란 손톱이 손바닥을 파고들었다. 움찔하게 만들려고 일부러 세게 쥐는 건가? 설마 아니겠지.

"있잖아요, 아이오나." 그가 말했다. "왜 당신은, 그리고 이 귀여운 강아지는 저를 유해하다고 하는 건가요? 저 상처받았어요. 진심!" 그는 두 손을 가슴팍에 꾹 대고서 진정성 있는 래브라도 강아지 눈빛을 보냈다. 신입 여성 인턴에게 드라이클리닝한 옷이나 도넛 한 박스를 가져다달라고 부탁할 때 짓곤 했던 그 눈빛이었다, 그토록 몹시 합리적인 요구를 해도 인사부에 끌려가지 않던 시절에 말이다.

"난 그냥 당신 같은 유형을 잘 알 뿐이에요." 녹아내릴 기미라곤 전혀 보이지 않는 얼굴이었다.

"그래요? 제가 어떤 '유형'인데요?" 그는 '유형'이라는 단어를 말할 때 살짝 공격적인 따옴표 손짓을 자신도 모르게 해버렸다.

"짜증나는 따옴표 손짓을 하는 유형이요. 너무 시끄럽게 말하고, 쩍벌에 맨스플레인에. 본인이 다른 이들보다 우월하다고 믿는 유형. 모든 걸 값으로만 판단하고 돈을 많이 버는 게 인생에서 제일 중요한 일이라고 여기고. 누가 봐도 꾸며낸 매력으로 어떤 상황이든 면피할 수 있다고 생각……"

"그만해요!" 그가 말했다. 목록이 그렇게까지 길 줄은 예상치 못한데다 다른 사람들도 듣고 있었다. 뭐, 바라건대, 그 말에 동의하는 것 같진 않았지만. "이봐요, 당신은 날 몰라요. 그런 극악한 고정관념은 잘못됐다고 봅니다. 난 당신이 생각하는 그런 사람이 전혀 아니에요."

"그럼 어디 한번 말해보시죠." 그녀가 말했다. "날 놀라게 해봐요."

맙소사. 그는 올가미에 걸려들었다. 피어스의 삶에는 스스로 인정하고 싶지 않은 놀라운 사실이 많았지만, 그것을 누군가에게 내보이지 않기 위해 수십 년을 애써왔고 당연히 지금 공개하고 싶지도 않았다.

아이오나는 굉장히 널찍한 핸드백에서 커다란 은색 휴대용 물병과 유리잔을 꺼냈다. 타디스[*]처럼 온갖 상황에 맞는 음료가 담겨 있을 것 같았다. 뭐 다른 게 들었는지도 모르지. 그걸로 광선검을 만든대도 전혀 놀라지 않을 거다. 아니면 지팡이나.

---

* TV 시리즈 〈닥터후〉에 등장하는 차원 초월 시공 이동 장치로, 겉에서 보는 것보다 내부가 넓다.

아이오나가 걸어온 싸움에 대응할 답을 뒤지며, 너무 뻔한 것과 너무 개인적인 것 사이에서 좀처럼 찾기는 어렵지만 딱 적절한 말을 하려고 피어스는 애썼다. 이 출근길 동승자가 어쩌면 진짜 제다이 기사거나 대마녀는 아닐까. 고백하고 싶은 충동에 완전히 휩싸여버렸으니 말이다. 이 완전한 타인에게 자신이 그간 해온 일을 다 털어놓을 수 있을지도 몰랐다. 어쩌면 해방의 순간 같은 걸 맞이할 수 있을지도 모르는 일이었다. 뱃속을 휘젓고 다니며 모든 걸 오염시키는 비밀스러운 유독성 액체를 막아낼 수 있을지도. 혹은 첫번째 도미노로 줄줄이 늘어선 망할 놈의 다른 도미노를 다 넘어뜨려 어디로 튈지 모르는 연쇄 효과를 일으킬지도. 마침내, 그는 한 가지 진실을 말하기로 결심했다. 모든 진실은 절대 아니고, 근본적인 진실. 이 모든 걸 시작하게 만든 진실.

"제 일이 너무 싫어요." 그가 말했다. "그냥 좀 싫은 게 아니라, 정말, 정말 싫어요."

여자의 얼굴에 미소와 비슷한 무언가가 떠오르며 표정이 살짝 부드러워졌다.

"이런, 이런. 당신이 이겼네요." 여자가 말했다. "솔직히 전혀 예상 못했어요. 직업이 뭔데요?"

"시티에서 일해요. 선물업계에 종사하는데 뭔지 아세요?"

"네, 잘난 척하는 거겠죠. 오만한 똥멍청이 직업. 아니다! 잘못 말했어요. 부유하고 잘난 척하고 오만한 똥멍청이 직업." 아이오나가 말했다. 피어스는 이번은 넘어가주기로 했다. 사실 처음 듣는 소리도 아니었다.

"음, 예전에는 좋아했지만, 이젠…… 더는 아니에요." 그가 말했다.

요즘 은폐와 회피에 너무도 익숙해진 나머지 자신의 입에서 흘러나온 말이 어색하게 느껴졌다. 너무 많은 말을 해버렸군. 그는 여자에게 화제를 넘기고 빠져나오기로 결심했다.

"당신은 당신 일을 좋아하시나요?"

"아, 네. 정말 좋아해요. 그 무엇보다도. 물론 비 다음으로요." 그녀는 두 손을 가슴팍에 가져다대더니 그의 손바닥에 자국을 남긴 반지 중 가장 천박한 것을 돌렸다. 그 바람에 커다란 루비가 빛을 반사해 여자 옆 창문에 붉은빛을 쏘았고, 그러자 여기가 무슨 범죄 현장처럼 보였다.

"비?" 그가 물었다.

"내 아내요." 그녀가 답했다. "35년을 같이 살았고, 동성혼이 합법화되자마자 결혼했죠. 내 평생의 사랑이에요. 당신도 결혼했나요?"

"네. 아내 이름은 캔디다예요." 그가 말했다.

"아이고. 질염 일으키는 그거?" 아이오나가 말했다.

"글쎄요, 당신 아내 이름은 곤충같이 들리잖아요.* 캔디다는 사실 고대 성인의 이름이라고요." 캔디다가 수도 없이 말해줬기에 그는 이렇게 설명했다. "라틴어로 '순수한 흰색'이라는 뜻이죠."

"그럼 인종차별적인 질염이네요. 어째서 흰색은 순수하고 무고하고 순결함을 지칭하는데 검은색은 악의와 우울증을 상징할까요?" 여자는 마치 그가 그 언어를 만들어낸 장본인이라는 듯

---

* '비(Bea)'라는 이름은 '벌(bee)'과 발음이 같다.

노려보았다.

'서비턴'이라고 적힌 표지판이 시야에 들어온 순간이 오늘처럼 기뻤던 적이 없었다.

피어스는 역 주차장에 있는 포르셰 카레라를 향해 걸어가며 스마트키를 꾹 눌렀다. 모든 구경꾼에게 성공한 남자가 다가간다는 사실을 알리려고.

그는 실수로 마음속에서 튀어나온 진실에 대해 생각했다. 언제부터 이 직업을 싫어하게 된 거지? 정확히 언제부터인지는 알 수 없었다. 그 사실이 서서히 그를 엄습해왔다. 문제는 이게 단순한 직업이 아니라 생활방식과 성격, 신념 체계까지 전부를 포괄한다는 사실이었다. 마치 숙주를 죽이지 않고는 제거할 수 없는 거대한 기생충처럼 그의 내장기관을 꽁꽁 감고 있었다. 이제 더는 선물업자가 아니라면, 난 누구인가?

게다가 현실적인 문제도 있었다. 상상도 못할 정도의 고액 연봉과 상여금이 없다면 다달이 포르셰 할부금을 낼 수 없을 것이다. 주택대출금 이자는 말할 것도 없고. 캔디다가 수영장과 테니스장, 그리고 오페어를 위한 별도의 공간을 원했기에 2년 전 윔블던에서 이곳, 살기 좋은 느낌은 덜하지만 좀더 저렴한 서비턴으로 이사했던 것이다.

직업을 바꾸면 감당할 수 없는 게 또하나 있었다. 아내. 캔디다는 자동차, 정장, 시계와 마찬가지로 지위의 상징이었다. 트로피 와이프. 아내는 *그가 성공했다는 걸 증명해주는 증거*이자, 새롭고 찬란한 삶이라는 케이크의 아이싱이었다.

하지만 이제 그 아이싱은 시멘트처럼 딱딱하게 굳어버렸고, 그

를 더는 원치 않는 삶에 가둬버린 다음, 사방에서 서서히 온몸을
옥죄어왔다.

아이오나

아이오나는 앨범에 훅 하고 크게 입김을 불고 소매로 먼지를 닦아낸 후 턴테이블에 올려놓았다.

"이거 기억나, 자기야?" 그녀는 어깨 너머로 비를 향해 외쳤다.

"돌리 파턴이잖아. 들을 때마다 당신이 처음 잡지사에 입사한 날 밤이 떠올라. 나 그때 무슨 작품 하고 있었지?" 비가 말했다.

"〈레 미제라블〉." 아이오나가 비의 손을 맞잡고 음악에 맞춰 빙그르르 돌리며 말했다. "세번째 매춘부랑 결혼식에 참석한 이름 없는 하객 역할이었잖아. 인터미션 때 내가 분장실로 가서 함께 내 취업을 축하했지. 기억나?"

"당연히 기억나지! 프랑스 군복 의상이 잔뜩 걸린 옷걸이 뒤에서 키스하고. 결혼식 장면에서 내가 큐 사인을 놓쳐서 안무를 완전 망쳤었잖아!" 비는 이렇게 말하곤 고개를 뒤로 젖히고 깔깔 웃었다. 그 순간, 잠시나마 30년 전 비와 똑같아 보였다.

집을 사느라 둘 다 전 재산을 탈탈 털었기에, 파티에 가서 험담을 하고 소문을 퍼뜨리기만 하면 돈을 주겠다는 제안을 받았을 때 그 행운이 도저히 믿기지 않았었다. 어차피 늘 그렇게 살아왔으니까.

"배우들 몇 명이랑 같이 저녁 먹으러 갔을 때 생각나? 〈레 미제라블〉 공연 합창단이 〈Nine To Five〉 부르는 동안 내가 15센티짜리 하이힐을 신고 바에 올라가서 막 춤췄던 거." 비가 능숙하게 그녀를 빙그르르 돌리는 순간에 아이오나가 말했다. 춤출 때 누가 주도권을 잡을지를 두고 둘은 늘 옥신각신했다.

돌리 파턴은 물론 '오전 9시부터 오후 5시까지'를 노래했으나, 아이오나는 보통 밤 9시부터 오전 5시까지 일했다. 그 시절엔 어찌나 힘이 넘쳤는지! 물론 둘 다 늦은 오후까지 쿨쿨 잤지만.

"얼마 전에 책상 서랍 정리하다가 뭘 찾았게? 알면 기절할걸." 돌리의 목소리가 잦아들고 막바지 연주로 넘어가는 시점에 아이오나가 문득 멈추고 말했다. 핸드백을 둔 곳으로 걸어가 안에서 은색 직사각형 상자를 꺼냈다. "이거 봐!"

"독재자다!" 비가 말했다. 바로 그 잡지 덕에 파티에서 파티로 그녀와 비를 실어나르고 한밤중에 이스트몰시까지 태워다줄 운전기사를 쓸 수 있었다. 뒷좌석에 딕터폰이 놓여 있어서 파티장을 떠날 때마다 손님들에 대한 묘사와 분위기, 가십거리를 자그마한 카세트테이프에 녹음했다. 물론 갈수록 혀가 더 꼬였지. 그 잡지에 '독재자'라는 별명을 붙인 건 집에 가서 당장 곯아떨어지고 싶은데도 온갖 시시콜콜한 내용을 알려고 들었기 때문이었다.

"그 테이프 아직도 갖고 있어?"

"거의 다 있는 것 같은데, 내가 발견한 건 1993년도 거야. 한번 들어볼래?" 아이오나가 물었다. 비는 고개를 끄덕이곤 안락의자에 앉아 신발을 벗어던졌다. 아이오나는 눈을 가늘게 뜨고 조그만 버튼들을 들여다보다 '재생'을 눌렀다.

자, 방금 쿼글리노 재오픈 파티에서 빠져나왔는데요. 그녀의 목소리가 다른 세계에서 흘러나오는 것 같았다. 정말 다른 세계 같아. 듣기론 테런스 콘런이 리노베이션에 엄청 돈을 쏟아부었다는 것 같더라고요. 자기야, 얼마나 썼댔지?

몰라. 수백만 달러겠지. 수억일 수도 있고. 대답하는 목소리가 들렸다.

"저거 나잖아!" 비가 외쳤다.

"당연하지, 자기야." 아이오나가 말했다. "쉿. 들어보자."

거기 누가 왔죠? 남자 목소리가 물었다.

"자기 운전사네! 이름이 뭐였지?" 비가 물었다.

"대런." 아이오나가 답했다.

당연히 **다** 왔죠. 젊은 아이오나가 말했다. 진짜 가십거리는 누가 **안** 왔냐는 거예요. 다들 다이애나비가 나타날 거라고 기대했는데 결국 안 왔거든요. 소문에 따르면 헬스장에서 운동하는 사진이 〈데일리 미러〉에 실렸다고 엄청 화가 났대요.

그녀만 탓할 순 없어! 젊은 비가 말했다. 웨이트머신을 쓰고 있었잖아. 허벅지 안쪽 근육 만들어주는 거. 가랑이가 다 보였을 거라고! 공주답지 않지!

공주도 가랑이가 있어, 자기. 여하튼 타이츠에 스판덱스 반바지 차림이었잖아. 〈원초적 본능〉의 샤론 스톤 같은 느낌이 전혀 아니었다니까. 왜 시내에서 제일 큰 행사에 안 왔는지 알 수가 없어. 나이든 아이오나가 보기엔 심하게 공감 능력이 떨어지는 어투로 젊은 아이오나가 말했다.

뭘 먹었죠? 항상 맡은 바 소임을 다하며 짜증날 정도로 술은 입에도 안 대던 대런이 물었다. '독재자'가 모든 정보를 잊지 말고 기록하라고 명령한 것 같아, 아이오나는 생각했었다.

해산물이 가득한 플래터요! 젊은 아이오나가 답했다. 새우랑, 랍스터랑, 게랑, 굴이랑 전부 곱게 갈린 얼음 안에 들어 있었어요. 너무 맛있었어요. 비는 별로 안 좋아했지만, 그렇지 자기?

굴을 빼면 죄다 다리가 너무 많아서. 젊은 비의 말에 나이든 비가 콧방귀를 뀌며 웃음을 터트렸다. 돌리 파턴의 〈Jolene〉이 흘러나오기 시작하자 아이오나는 딕터폰의 '정지' 버튼을 누르고 비를 일으켜세웠다. 그러곤 비를 꼭 끌어안고서 뺨을 비의 어깨에 기댔다.

"나 잘릴 것 같아, 자기야." 비의 등뒤 허공에 대고 아이오나가 말했다.

"대체 무슨 이유로?" 비가 물었고, 아이오나는 반려자의 등 근육이 분노로 뻣뻣해지는 것을 느낄 수 있었다. "자기는 스타잖아!"

"한때는 그랬는데, 더이상은 아냐, 자기." 아이오나가 말했다.

"그래도 자기는 언제나 내 스타야." 비가 말했다. "언제나. 하늘에서 제일 밝은 별. 그걸 뭐라고 부르더라?"

"시리우스." 아이오나가 말했다.

"그래, 자기는 내 시리우스야." 비가 말했다.

"진심으로Siriusly?"* 아이오나는 비를 더욱 꽉 끌어안으며, 울음을 들키지 않으려고 애써 나직한 웃음소리를 냈다.

------

* '시리우스(Sirius)'와 '진심으로'라는 뜻의 'seriously'가 발음이 유사하다는 걸 이용한 언어유희.

산제이

열차에 타자마자 새된 휘파람소리가 들렸다. 승무원이 아니라 열차 안에서 들려오는 소리였다. 농장 일꾼이 양치기 개를 부를 때처럼 손가락 두 개를 입안에 넣어 부는 휘파람. 열차에 탄 다른 승객들처럼 산제이도 소리의 발원지를 찾아 고개를 돌렸다. 아이오나가 그를 향해 힘차게 손을 흔들고 있었다.

2주쯤 전 포도 사건이 있던 날과 다름없이 뱃속이 울렁거렸다. 아이오나는 그날처럼 '걸 온 더 트레인'과 함께 앉아 있었다. 이거다. 기회가 왔다. 이번엔 망치지 말아야지.

산제이는 둘을 향해 걸어갔다. 몸의 모든 근육 움직임을 의식하면서도 최대한 자연스럽게 보이려 무진 애를 쓰면서.

'걸 온 더 트레인' 앞에는 언제나처럼 책이 놓여 있었고, 읽다 덮은 페이지에 가죽 책갈피가 끼워져 있었다. 책 귀퉁이를 접어

놓거나 심지어 쫙 펼쳐 읽는 사람은 분명 아니었다.

"좋은 아침이에요, 아이오나!" 무심하게 미스 머니페니에게 인사하는 제임스 본드를 떠올리며 그가 인사했다.

"산제이, 우리 멋쟁이!" 그녀가 맞은편 좌석에서 룰루를 들어 올려 무릎에 앉히며 답했다.

"자, 우리 룰루, 진정한 간호사 영웅을 위해 자리를 양보해도 괜찮지? 나누는 법을 배워두는 것도 다 도움이 될 거야. 핫데스킹이라고들 하지. 요즘 대세잖아." 자리가 바뀌는 걸 영 탐탁지 않아하는 강아지에게 말했다.

산제이는 방금 막 비워진 자리에 앉아 겁에 질린 양처럼 이리저리 날뛰는 생각을 정리하려 애썼다.

"산제이, 이쪽은 에미Emmie예요. Y 말고 IE로 끝나는." 아이오나가 이제 진짜 이름을 갖게 된 '걸 온 더 트레인'을 가리키며 말했다. "회문*이라고 할 수 있지, 거의."

회문이 대체 뭐지? 무슨 질병 같은데 한 번도 들어본 적 없는 용어였다.

"저 기억나요!" 에미가 한쪽 뺨에 보조개가 패는 미소를 띠며 말했다. 오늘은 머리카락을 동그랗게 꼬아 올려 묶었는데 몇 가닥이 삐져나와 있었다. "제 옆자리 남자분이 죽어갈 때 구하러 온 멋진 간호사시죠!"

산제이는 얼굴이 빨개지는 걸 느꼈다. 액션 히어로 같은 분위기를 내보려고 노력했지만, 세련된 본드가 아니라 허둥지둥하는

---

* 앞에서부터 읽으나 뒤에서부터 읽으나 똑같은 단어 혹은 구절을 가리킨다.

머니페니에 더 가까울 것 같았다.

"진짜 멋있지 않았어요?" 아들의 성탄절 공연을 보고 자랑스러워하는 엄마처럼 아이오나가 말했다. "산제이, 에미는 디지털 광고업계에서 일한대요. 청춘들을 타깃으로 하는 대형 브랜드의 웹사이트랑 SNS로 온갖 기발한 일을 하더라고요." 그런 다음 대놓고 그를 향해 시선을 던졌는데, 이제 당신이 뭔가 흥미로운 말을 할 차례예요라는 뜻이 분명했다.

"와우." 그가 말했다.

"그래도," 에미가 입을 뗐다. "간호사님이 하시는 일의 절반만큼도 안 멋져요. 그러니까, 정말로 생명을 살리시잖아요. 제가 직접 봤어요! 어찌나 침착하고 안정적이던지. 저는 기껏해야 세제나 두루마리 휴지를 더 사게 만드는 일을 하는데. 그렇게 사람들을 돕는 건 정말 보람찬 일일 것 같아요."

"그런 것 같아요." 산제이가 답했다. 일과 관련한 완벽한 일화가 뭐가 있을지 머리를 굴렸다. 사려 깊으면서도 강인하고, 영웅적이지만 겸손한 사람으로 보일 만한 일화. 막 입을 떼려는 찰나, 아이오나가 눈을 휘둥그레 뜨더니 고개를 옆으로 휙휙 돌리기 시작했다. 발작인가? 아니, 지금 그에게 어떤 신호를 보내는 거다. 산제이는 속수무책인 얼굴로 그녀를 바라보며 암호를 알아내려 애썼다. 그를 도우려는 몸짓인 건 확실했지만 오히려 더 불안해졌다.

누군가 발목을 세게 차서 산제이는 악 하고 소리를 질렀다. 아이오나를 노려보니 더욱더 눈을 크게 뜨고 창문 쪽으로 고개를 휙 돌렸다. 산제이도 오른쪽을 바라보았다. 옆에 남자가 앉아 있었는데 전혀 몰랐다. 에미에게 정신이 팔려 있기도 했거니와 남자가 너무 평범해서 눈에 띄지 않았다.

　열차의 특정 직종 사람들, 그러니까 변호사나 은행원이나 회계사 같은 이들의 정장은 단체로 맞춘 것 같았다. 죄다 회색이나 남색 정장에 무난한 색상의 무지 혹은 줄무늬 셔츠를 입고, 브로그* 스타일 구두를 신었다. 유니폼 대열에서 슬쩍 빠져나오려고 재밌는 무늬의 넥타이나 밝은 줄무늬 양말, 위트 있는 커프스단추를 장착하고 나는 생각보다 재밌는 사람입니다 하며 독창성과 개성을 뽐내려는 이들도 간혹 있었다. 이 남자는 아니었다. 재밌는 넥타이를 매는 유형은 확실히 아니었다. 그가 착용한 것 하나하나가 배경과 어우러지도록 디자인된 듯했다. 남자들 대부분은 나이가 들면서 특유의 이목구비를 갖게 된다. 둥글납작한 코, 늘어진 턱살, 털 많은 귀. 이 남자에게선 그중 아무것도 보이지 않았다. 기억에 남거나 눈에 띌 만한 게 전혀 없었다.

　남자 앞에 열린 채 놓인 샌드위치와 바나나, 킷캣이 든 도시락도 이제야 눈에 들어왔다. 아직도 도시락을 싸는 사람이 있다고? 프레타망제**가 있는 이유가 뭔데? 약간 떨리는 손에는 종이 한 장이 들려 있었고, 남자는 입을 떡 벌린 채 그것을 뚫어져라 보고 있었다.

　아이오나가 다시 발목을 툭 차곤 종이를 향해 고개를 까딱이며 입 모양으로 물었다. "저기 뭐라고 쓰여 있어요?" 의도보다 목소

---

* 튼튼한 가죽 갑피에 무늬가 새겨진 낮은 굽 구두.
** 샌드위치를 주로 파는 영국의 패스트푸드 체인.

리가 크게 나왔다.

"뭐 필요하십니까?" 남자가 아이오나에게 묻자 산제이는 너무도 민망해졌다. 하지만 아이오나는 전혀 당황하지도 주눅들지도 않았다.

"사실, 제가 당신을 도와드릴 수 있을까 싶어서요." 그녀가 말했다. "그 종이 때문에 좀 골치 아파 보이셔서."

아이오나가 손을 내밀자 놀랍게도 남자가 종이를 건네주었다.

"더이상은 못하겠어." 아이오나가 소리 내어 읽었다. "세상에, 당신의 샌드위치가 도와달라고 비명을 지르고 있네요. 놀라신 게 당연하다."

"사실은 제 아내가 썼을 가능성이 더 높습니다." 남자가 말했다.

"아내분이 도시락 싸는 걸 정말 싫어하시나봐요." 에미가 앞으로 몸을 숙이며 테이블에 팔을 올렸다. 그 바람에 산제이와 거리가 가까워져 피부의 온기까지 느껴질 지경이었다.

"그것보다 좀더 본질적인 문제일 수도 있어요, 에미." 아이오나가 말했다. "저는 아이오나 아이버슨이에요. 이쪽은 에미와 산제이고요. 이름이 어떻게 되세요?"

"데이비드 하먼입니다." 남자가 답했다.

"이 열차는 처음 타시나봐요!" 아이오나가 말했다. "전에 본 적 없는 것 같아요."

"아뇨, 사실 수십 년 동안 매일 탔습니다." 데이비드가 말했다. "저는 당신을 여러 번 봤어요."

"아이고. 내가 바보네." 아이오나가 말했다. 그녀가 당황한 모습을 본 건 처음이었는데, 역시나 금방 회복했다.

"아내분이 행복하지 않다는 걸 알고 계셨나요, 데이비드 하먼씨?" 그녀가 물었다.

출퇴근길의 불문율을 이미 모두 어긴 아이오나는 이제 만사에 관여해도 괜찮다고 여겼다. 그녀를 막을 방법은 없었다. 과연 그 끝은 어디일까? 그 와중에 산제이는 주변 사람들이 신문을 읽거나 음악을 듣는 척하고 있다는 느낌을 받았다. 실은 전부 다 듣고 있다는 느낌. 이 테이블이 엔터테인먼트 쇼 무대가 된 걸까?

"아뇨! 우리가 좀…… 판에 박힌 생활을 해왔다는 건 압니다." 데이비드가 답했다. "하지만 결혼한 지 거의 40년이 됐어요! 우리 나이에 불꽃 튀는 로맨스가 있을 리는 없잖습니까?" 그런 뒤 그는 잠시 말을 멈추고 생각에 잠겼다. "그래놀라 사건 때 무슨 일이 있다는 걸 짐작했어야 했는데." 그가 말했다.

"그래놀라요?" 아이오나가 되물었다.

"네. 우리는 10년쯤 매일 똑같은 아침식사를 해왔거든요. 저는 통밀 토스트에 콜레스테롤을 낮추는 스프레드를 바르고 수란을 하나 올려 먹고, 올리비아는 위타빅스 시리얼을 먹습니다. 주말에는 거기에 훈제연어 한 조각을 곁들이고 아내는 바나나를 썰어 넣고 꿀도 첨가하죠." 얘기가 산으로 가고 있잖아? 산제이는 생각했다. 데이비드의 주간 일과를 실시간으로 듣게 되는 건가?

"어쨌든," 데이비드는 단조로운 어조로 말을 이었다. 타고난 재담가는 전혀 아니었다. "몇 주 전에 아내가 시리얼을 그래놀라로 바꾼 겁니다. 딱히 이유도 없이. 그래놀라를 먹는다는 건 이혼 위기가 왔다는 뜻 아닐까요? 봉지에 작은 글씨로 그런 내용을 써놓지는 않을 테지만." 그는 크게 한숨을 내쉬더니 방금 배를 한 대

맞은 것처럼 의자에 툭 기댔다. 어찌 보면 한 대 맞은 게 맞았다.

"음, 그래놀라 제조사를 고소하거나 최악의 상황을 가정하기 전에 우선 아내분과 얘기를 나눠보세요. 몇 년 동안 아내 말을 귀 기울여 듣지 않으셨죠?" 아이오나는 데이비드를 노려보았다. 저 불쌍한 남자에게 지금 이 순간 제일 필요 없는 행위였다. "우리 같은 '특정 연령대의 여성'은 그저 보이기를, 들리기를, 우리가 중요한 존재임을 느낄 수 있기를 바랄 뿐이에요. 우리가 필요 없 거나 잉여인 존재가 아니라는 걸 알고 싶어한다고요." 개인적인 무언가가 건드려진 듯한 투로 아이오나가 말했다.

"부부 상담가이신가요?" 데이비드가 물었다.

"잡지 상담가예요." 산제이가 말했다. 그리고 데이비드가 입을 떼기도 전에 덧붙였다. "고민 상담 아주머니는 아니고요."

"뭐, 비슷하죠." 아이오나가 말했다. 뭔가 더 할말이 있는 듯 보였지만 워털루역에 곧 도착한다는 승무원의 안내방송이 흘러 나왔다.

모두가 기차에서 내릴 채비를 시작했다. 어찌된 일인지 에미는 이미 열차 문 앞에 가 있었다. 산제이의 시선을 느낀 듯 고개를 돌리더니 손을 흔들었다. "좋은 하루 되세요." 입 모양을 보니 그 렇게 말하는 것 같았다.

"산제이," 아이오나가 화난 건 아니고, 좀 실망스럽네요 하는 톤 으로 불렀다. "좀더 분발해야 할 거예요. 다 내가 혼자 할 순 없어 요."

그날 하루종일 환자를 보고 행정 업무를 처리하는 사이사이 틈이 날 때마다 산제이는 머릿속에서 아침의 사건을 되풀이하며 자신이 뱉은 대사를 곱씹었다. "와우"랑 "그런 것 같아요"라니. 민망해서 온몸이 배배 꼬였다. 아이오나 말이 맞았다. 이것보단 더 잘할 수 있겠지? 이름도 까먹은 그 남자랑, 말하는 샌드위치 때문에 완전히 정신이 팔리지 않았다면 더 잘할 수 있었을 텐데.

대기실에서 그는 자신보다 훨씬 더 큰 문제를 안고 있는 사람, 줄리 해리슨과 마주쳤다.

"좀 어떠세요, 줄리?" 그가 물었다.

"아, 저를 기억하는군요." 그녀가 빙긋 웃으며 말했다. "좀 겁이 나요, 간호사님."

줄리 옆에는 아내보다 훨씬 더 겁에 질린 듯한 남편이 앉아 있었다. 신문을 펼친 채로 꽉 쥐고 있었는데, 진짜 읽고 있진 않은 듯했다. 눈앞에 아무것도 없는 벽의 한 지점을 멍하니 바라보고 있었으니까.

"그러실 거예요." 산제이는 줄리의 두 손을 꼭 잡았다. "기다리는 게 원래 제일 힘들어요. 결과를 듣고 나면 계획을 세워보기로 해요. 그러면 마음이 한결 나아질 거예요."

"별일 아닐 수도 있는 거죠? 내 친구 샐리처럼, 낭종 같은 거요." 줄리는 산제이에게 그런 진단을 내릴 힘이 있기라도 한 듯 간절한 눈빛을 보냈다. 정말 내게 그런 힘이 있으면 얼마나 좋을까.

"네, 물론 그럴 수도 있어요." 그가 말했다. 하지만 전혀 그렇지 않았다. 좀전에 담당 의사의 서류함에서 줄리의 파일을 슬쩍 살펴본 터였다. 삼중음성 침윤성 유관암 3기. 거의 확실했다. 간호대학에서 배운 바에 따르면 암의 종류는 다양했다. 바이러스

감염도 감기부터 에볼라까지 다양하듯이 암도 비교적 쉽게 치료할 수 있는 것부터 몇 주 내에 사망에 이르는 것까지 스펙트럼이 넓었다. 줄리의 암은 에볼라의 경우에 가깝다는 걸 그는 알고 있었다.

"담당의를 만나고 오시면 제가 찾아뵐게요." 그가 말했다.

가족실은 이미 울고 있는 친지들로 가득했기에 산제이는 비품실로 들어갔다. 벽에 등을 기대고서 쭉 미끄러지듯 먼지 뭉치가 굴러다니는 바닥에 주저앉았다. 버려진 목발 옆에서 두 무릎 사이에 얼굴을 파묻고 이마에 흐르는 식은땀을 느끼며 깊이 심호흡했다.

단어들이 최면술처럼 진정 효과가 있고 주의를 분산시켜주기에 그는 종종 그러듯 주기율표 원소를 원자번호 순서대로 머릿속에서 읊었다. 수소, 헬륨, 리튬, 베릴륨, 붕소, 탄소, 질소…… 세번째 라운드에서 37번까지 도달했을 때에야—많이들 간과하지만 사실은 흥미로운 루비듐이다—마침내 생각이 가라앉고 호흡은 차분해졌으며 심장이 더는 쿵쾅대지 않았다.

에미

　“앉아요, 에미.” 상사인 조이가 말했다. 에미는 가장 좋아하는 카피라이터이자 절친한 친구 젠, 그리고 최근에 부스스한 머리 스타일로 바꾼 어딘가 좀 얼빠진 인턴 팀 사이 의자에 앉았다. 팀이 회사 로고가 그려진 메모지에 ‘조이’와 ‘젠’ 아래에 ‘에미Emmy’라고 쓰는 걸 보았다. 당장 빨간 펜으로 철자를 고쳐주고 싶은 충동을 꾹 눌렀다.

　선의에서 비롯한 팀의 무능을 눈감아줘야 하는 이유는 그의 아버지가 두루마리 휴지의 광고주이기 때문이다. 지난주에 팀이 ‘당신이 멋지기 때문’이라고 헤드 카피를 뽑은 광고 계약서에 아무 생각 없이 서명했을 때, 조이는 굳은 미소와 함께 경험으로 남기라고 한마디했을 뿐이었다. 다른 사람이 이런 엄청난 실수를 저질렀다면 최소 일주일은 사무실 커피와 베이글 셔틀을 해야 했을 텐데.

"하트퍼드 제약 회사에서 다음주에 새 브랜드 출시와 관련해 논의하러 방문할 거예요. 미팅을 빨리 마칠 수 있도록 거기서 미리 브리핑 팩을 보내왔어요. 분야 자체를 새롭게 정의하면서도 예상을 뛰어넘는 초기 크리에이티브 콘셉트를 짜고 싶어하네요." 조이가 말했다. 에미는 그가 집에서도 똑같이 말할지 궁금했다. 라이스 크리스피 한 그릇에 몸을 맡겨보렴, 얘들아. 영양성분표 따윈 박살내버리고 아침식사 패러다임을 새롭게 정의해보려무나.

조이는 몸을 숙여 비닐봉지를 집어들고 테이블 한가운데 내용물을 쏟았다. 아무도 기립박수를 보내지 않자 실망한 듯 팀원들을 바라보았다.

"다이어트 약이에요." 그가 말했다. "아직 이름도 없어요. 이름을 정하는 것부터가 미팅 내용이 될 거예요. 살을 쭉쭉 빼주고 여러분이 늘 원했던 몸매를 만드는 쉬운 방법." 팀은 메모지에 '다이어트 약'이라고 쓰고 밑줄을 그었다.

"할렐루야! 이것이 성배로군요!" 젠이 알약이 든 투명 봉지 하나를 집어들어 안에 든 약 두 개를 손바닥에 올리기 무섭게 고개를 휙 젖혀 꿀꺽 넘기곤 설탕 범벅인 프라푸치노 한 모금을 들이켰다. "내 엉덩이에 축복을 내려주시길."

"네 엉덩이 멋지다니까." 에미가 백열두번째로 말했다. "가부장제 때문에 싫어하는 거지."

"개소리야. 셀룰라이트 때문에 싫은 거거든." 젠이 말했다.

팀이 메모지에 '가부장제'와 '세루라이트'라고 썼다.

"어쨌든," 에미가 말했다. "효과 없을 거라고 장담해요. 여기

보면 칼로리 조절 식단의 일환으로 체중 감량을 실현한다고 쓰여 있어요. 칼로리 조절 식단을 하면 뭘 먹든 당연히 체중이 줄어드는 거 아닌가요?"

"진정해, 애들아." 에미보다 겨우 다섯 살 많은 조이가 말했다. 사무실에 사십대는 아무도 없었다. 중년 광고쟁이는 다 어디로 간 걸까? "자, 우리가 할 일은 최신 웹사이트를 만들고 주요 SNS를 전부 활용해 디지털 홍보를 하는 겁니다. 몸매에 관심 많은 젊은 여성이 타깃이고. 잘나가는 인플루언서 캠페인도 당연히 진행할 거고요. 이런 스토리로 가봅시다. 난 너무 뚱뚱해서 나 자신이 싫었지만 이 작은 상자가 제 기도에 응답해주었어요. 이제 난 몸도 얻고 남자도 얻었답니다. 둘 다 가질 자격이 충분하니까. 이런 식으로 심플하게."

"농담이죠, 조이?" 에미가 말했다. "이미 별 이유도 없이 스스로를 끔찍하다고 생각하는 여성들의 자기혐오를 더 부추기는 캠페인을 하자고요?"

"기분 상했다면 미안한데," 조이가 불쾌한 표정으로 말했다. "그게 우리가 하는 일 아닌가? 문제를 강조하고 해결책을 제시하는 거. 그게 우리가 월급을 받는 이유예요. 꿈을 팔라고."

"근데 이건 꿈을 파는 게 아니잖아요? 수치심과 불만족을 파는 거지. 솔직히 이 프로젝트는 좀 불편하네요, 조이." 에미가 말했다.

조이는 한숨을 내쉬었다. "에미, 그렇게 꽉 막힌 양심으로 어떻게 광고 일을 하겠다는 거야? 하지만 알겠어요. 우리한테 제일 큰 돈을 쓰는 고객 앞에서 당신이 거룩한 척하는 건 나도 싫으니까. 소피랑 바꾸고 치약 광고 건을 가져가요. 부디 소피는 덜……"

에미는 제일 싫어하는 단어에 대비해 마음을 다잡았다.

"예민하기를." 예상대로였다.

팀은 연필을 들고 '에미' 위에 굵은 선을 찍찍 그었다.

에미는 몇 달 동안 열심히 노력해 쌓아올린 상사 신임 점수를 왕창 깎아먹었구나 생각하며 일어나 회의실을 나갔다. 자신이 조이의 팀에서 제일 실적 좋은 팀원이라는 건 알고 있지만, 그것도 이제 끝장이다. 치약으로 뭔가 대단한 성과를 내지 않으면 다음 '인원 감축' 때, 아니면 조이가 리브랜딩한 대로 '인원 조정' 때 대상자 명단에 이름이 오를지도 몰랐다.

아침의 기차 출근길이 떠올랐다. 몇 주 전 숨이 막힌 남자를 구해준 간호사 산제이도. 사람들이 스스로에게 불만을 느끼게 만들어 원한 적도 없고 필요로 하지도 않는 해결책을 팔 방법을 궁리하며 하루를 보낸다는 사실을 알면 그는 나를 어떻게 생각할까? 어차피 나를 생각하느라 시간 낭비할 새도 없을 거야. 훨씬 더 중요하고 생사가 달린 문제로 머릿속이 바쁘겠지.

에미가 이 업계에 들어온 건 창의적이고, 젊고, 재밌고, 활기찬 분야라고 생각했기 때문이었다. 실제로 이 직업은 그러했고, 대부분의 나날엔 즐겁게 일했다. 그런데 이 일이 날 이렇게 추잡하게 만들 줄은 몰랐지. 그래도 이젠 계획이 있다. 좋은 일을 하는 고객들에게 프레젠테이션해서 내 자존감을 회복하는 거다. 환경 운동가, 푸드뱅크,* 동물보호소. 엄청 잘나가는 광고홍보 에이전시에 도움을 요청할 만한 자선단체가 꽤 많겠지?

그 괴상한 이메일 때문에 잠깐 충격을 받아 자신감을 잃은 것뿐이야. 메시지는 일회성인 것처럼 보이긴 했다. 그날 이후로 또 다른 악성 메시지가 올까봐 며칠 내내 경계하며 메일을 열어보았지만 지금까진 아무것도 없었다.

휴대폰에서 팅 소리가 울려 내려다보았다. 방금 빠져나온 회의실에서 젠이 몰래 보낸 응원 문자겠지 싶었는데, 모르는 번호로 온 메시지였다. 열기도 전에 누가 보낸 건지 알 수 있었다.

네가 엄청 똑똑하다고 생각하겠지만 우리 모두 네가 가짜라는 거 알아.

손이 덜덜 떨렸다. 휴대폰을 떨어뜨렸다. 몸을 굽혀 주우면서 탁 트인 사무실에 숨은 단서가 있나 싶어 다시금 둘러보았다. 누가 이런 짓을 하는 거지? 누가 날 이렇게까지 미워하는 걸까? 대체 누가 이토록 교활하고 비겁한 거야?

누구세요? 고객들에겐 트롤을 '절대로 상대하지 말라'고 충고했지만 에미는 그 충고를 스스로 무시하고 떨리는 엄지손가락으로 타이핑했다. 그건 말처럼 쉬운 일이 아니었다. 화면 하단에 점 세 개가 나타났다. 답장을 쓰고 있는 것이었다. 그때, 딱 두 글자가 나타났다.

---

* 유통기한 임박 등의 이유로 품질에 문제가 없음에도 유통할 수 없게 된 식품을 기부받아 소외계층이나 복지시설 등에 나누어주는 단체.

친구.

이놈은 절대 친구가 아니었다. 하지만 아예 모르는 사람도 아니다. 이메일 주소와 휴대폰 번호를 알고, 입은 옷도 볼 수 있는 인간이다.

가장 나쁜 건, 그 말을 삭제해버리고 무시해야 한다는 걸 머리론 알지만 이미 문장들이 그녀의 무의식에 박혀 곪아가고 있다는 사실이었다.

에미는 항상 자신의 성취에 어안이 벙벙하고, 전부 다 요행인 건 아닐까 몰래 의심하기도 했으며, 언젠가 이 특별한 행운의 힘이 다할지도 모른다고 걱정했다.

지금이 그때인 것 같았다.

아이오나

08:05 햄프턴코트역, 워털루행

'아이오나에게 물어보세요' 앞으로 온 따끈따끈한 편지들을 읽는 데 열중하느라 아이오나는 에미가 맞은편에 앉는 것도 눈치채지 못했다.

"와, 대박. 진짜 편지네요." 에미가 말했다. "아직도 사람들이 편지를 쓰는군요."

"자주 쓰진 않죠." 아이오나가 말했다. "불행하게도. 근데 잡지 상담가한테는 종종 편지를 쓴다는 게 묘하죠. 이메일보다 더 내밀하고 사적인 느낌이 드나봐요. 손글씨만 봐도 많은 걸 알 수 있어요. 성격만이 아니라 감정과 정신 상태까지도 전달되죠."

"거기엔 뭐라고 쓰여 있어요?" 에미가 아이오나의 손에 들린 편지를 향해 고갯짓하며 물었다. "말해주실 수 있나요?" 아이오나는 모두가 타인의 문제에 관심이 많다는 사실을 알아챈 바 있다. 교통사고 현장을 지날 때 운전자들이 속도를 늦추는 이유도 그거지. 그래서 내가 성공한 거야. 성공했던. 그렇게 고쳤다.

"그럼요. 어차피 다 익명이에요. 이건 십대 아들을 걱정하는 엄마가 보낸 거예요. 아들이 아이패드로 포르노를 보다가 들켰대요. 쉬운 고민이지." 그렇게 말하며 에미를 향해 빙긋 웃었는데, 이런 인상을 주었을 거다. 배려심 많고 전문적이며 지혜로운 사람. 아이오나는 종종 의사소통의 90퍼센트는 비언어적 소통이라는 사실을 독자에게 일러주었다. 몇 분쯤 정차해 있던 기차가 뉴몰든역에서 출발하자 아이오나의 찻잔에서 차가 조금 넘쳐흘렀다. 받침이 있어서 다행이군. 산제이는 안 보였다. 젠장. 기회를 또 놓치다니. 바보 같은 녀석.

"그럼 그분께 뭐라고 얘기해주실 거예요?" 에미가 진심으로 관심을 보이며 물었다. 참 매력적인 사람이야. 산제이가 왜 그렇게 홀딱 반했는지 모를 수가 없군.

"음, 일단 인터넷서비스의 자녀 보호 기능을 하나씩 확인해보라고 할 거예요. 온라인 보안에 관한 굉장히 유용한 팸플릿이 있어서 보내주려고." 기술적 노하우에 뿌듯해하며 아이오나가 말했다. 온라인 보안 문제를 아는 공룡이 몇이나 되겠냐고, 안 그래?

"자녀 보호 기능이요?" 에미가 약간 비관적인 표정으로 그녀를 바라보며 말했다. "열 살쯤 되면 모든 남자애들은 그런 기능을 피해가는 법을 배워요. 너 나 할 것 없이 모두가 포르노를 보고요. 다른 평범한 십대 남자애들이 다 하는 짓을 그애도 하는 게 아닐까요?" 아이오나는 살짝 발끈했다. 어쩌면 에미는 산제이한테 좋은 짝이 아닐지 모른다. 좀 똑똑한 척하는 경향이 있네. 똑똑함으로 똘똘 뭉친 사람을 누가 좋아하나.

"그럼 뭐라고 제안하면 될까요?" 아이오나는 짜증이 아닌 흥미를 느끼는 척하며 물었다.

"음," 에미가 말했다. "이번 일을 기회로 볼 수도 있을 거예요." 그런 다음 약간 긴장한 얼굴로 아이오나를 바라보았다.

"계속해봐요. 관심 생기네." 아이오나가 말했다. 진심이었다. 에미가 이 모든 고민거리에 '자극적인 밀레니얼세대'다운 관점을 던져줄 수 있을지도 모르지.

"포르노는 현실이 아니라고 아들한테 말해줄 수 있겠죠. 그러니까, 실제 여성은 포르노 속 여성처럼 생기지 않았잖아요. 실제 섹스도 확실히 그런 방식이면 안 되고요. 아들의 미래 여자친구들을 위해 그렇게 해보면 어떨까요?" 에미가 말했다.

솔직히 말하자면, 저 말은 일리가 있었다. 기쁜 건지 약 오르는 건지 도통 알 수가 없어 둘 다 취하기로 했다.

"오히려 어색한 대화가 되지 않을까요?" 아이오나가 말했다.

"그게 나쁜 건 아니잖아요." 에미가 말했다. "엄마와 섹스 얘기를 나눈다는 사실이 너무 수치스러워서 한동안 포르노를 안 볼 수도 있고요!"

"그럴 수도 있겠네요." 그녀가 말했다. "꽤 잘하시네. 사실 내가 하려던 말이 딱 그거였어요. 예를 들어 요즘 남자애들은 음모가 난다는 사실 자체를 몰라요. 포르노 배우들은 음모가 없으니까. 그래서 현실에서 음모를 접하면 역겹다고 느끼죠. 왜 여성들이 사춘기 전 아이처럼 보여야 한다는 압박을 받아야 하죠? 난 항상 1970년대 '자연스러운 여성' 스타일을 더 좋아했어요. 무성한 음모를 자랑하며, 완전 통제 불능이 되지 않게 이따금씩 숨을 쳐주고. 거칠고 당당하게! 그게 내가 말하고 싶은 거였답니다."

에미는 어안이 벙벙해 보였다. 심지어 약간 메스꺼워하는 듯했다. 오 세상에. 이게 좀 멀리 간 거라고? 요즘 젊은 사람들은 너무 예민하다니까.

"아이오나," 에미가 테이블 너머로 몸을 기울이고 속삭였다. "다들 듣고 있는 거 아시죠?"

"아유, 바보 같은 소리 마요. 신문이나 아이폰을 들여다보고 음악을 듣느라 바빠서 이런 소소한 대화엔 귀도 기울이지 않을 테니까." 그녀가 말했다.

"그, 혹시 햄프턴코트궁전 근처에 사세요?" 너무 뜬금없는 질문이라 아이오나는 머릿속에서 유턴하느라 시간이 좀 걸렸다.

"네." 그녀가 답했다. "비랑 같이 거의 30년 전에 이스트몰시의 강변에 있는 집을 샀죠. 파리에서 영국으로 막 돌아온 참이었는데, 시내 물가가 경악스럽더라고. 이스트몰시 정도면 완벽한 차선책 같았지. 기차 타고 조금만 가면 시내고, 템스강변인데다 궁전이랑 부시공원도 지척이니까." 부시*공원이라는 재치 있는 말장난으로 방금 전의 대화 주제로 돌아가려 했는데 에미가 곧장 끼어들었다.

"저 그 궁전에 늘 가보고 싶었어요." 에미가 말했다. "학창시절 튜더왕조에 관심이 많았거든요. 머리 잘린 앤 불린의 유령이 아직도 거길 떠돌고 있다고 생각하세요?"

---

* '숲 많은'이라는 뜻을 지닌 단어.

"오, 세상에. 꼭 가봐야겠네!" 아이오나가 말했다. "거기 세상에서 제일 멋진 미로가 있어요. 안 헤매고 나오는 법을 몇 년째 연습하고 있다니까. 진짜 재밌어요." 그때 아이디어가 떠올랐다. 기발한 아이디어.

"있잖아요!" 그녀가 말했다. "내가 구경시켜줄게요! 일요일 오전 10시에 같이 가면 어때요? 시간 괜찮아요?" 그런 다음 숨죽이고 답을 기다렸다.

"일요일, 음, 잘 모르겠어요……" 에미가 더듬더듬 말했다. 안 갈 핑계를 찾으면서도 이 기회를 놓치고 싶지 않다는 마음도 약간 있는 것 같았다.

"제발요." 아이오나는 이번만큼은 약간 불쌍하게 들리도록 말해보기로 했다. 때론 목적이 수단을 정당화하기도 하지.

"아, 알겠어요. 좋아요. 감사합니다. 그전에 못 뵈면 그날 뵐게요." 에미가 말했다. 아이오나는 속으로 자축의 하이파이브를 했다. "아참, 이거 보여드리려고 했어요." 에미가 주머니에서 휴대폰을 꺼내 사진을 보여주었다. 괴상한 머리카락에 야단스러운 초록색 팩으로 얼굴을 가린 젊은 여자가 거품 가득한 욕조에 누워 〈모던 우먼〉을 읽고 있었다. "피즈가 읽고 있는 이거, 아이오나네 잡지죠?"

"그러네요." 아이오나가 말했다. "피즈가 대체 누구예요? 무슨 이름이 그래? 아니, 캔 음료나 입욕제라면 몰라, 실제 사람 이름이 피즈라고요?!?"

"틱톡에서 난리인 분이에요." 에미가 말했다. "일로 알게 됐는데 이젠 친구가 됐죠. 잡지에 칼럼 써달라고 부탁해보세요. 엄청 좋아할걸요. 괜찮으시면 제가 물어볼게요."

"진짜 친절하시네요." 아이오나가 말했다. "편집장한테 물어볼게요." 당연히 에드에게 물어볼 생각은 눈곱만큼도 없었다. 이미 칼이 목 끝까지 들어와 있는데 어린이용 동영상 앱의 삼류 셀럽 따위로 에드의 고통을 배가시킬 수야 없지. 하지만 어쨌든 에미의 제안은 고마웠다.

기차가 워털루역에 도착하자 에미는 코트를 걸치고 휴대폰을 주머니에 다시 넣었다.

"일요일에 봬요!" 에미가 서둘러 내리며 외쳤다.

아이오나는 혼자 빙긋 웃었다. 소지품을 챙기고 룰루를 안고서 다른 사람들과 함께 문으로 향했다. 그 순간 팔에 누군가의 손이 닿았고, 고개를 돌려보니 그녀 또래의 남자가 진지하게 쳐다보고 있었다.

"저도 거기에 숱 많은 거 좋아해요." 남자가 말했다. "요즘엔 통 찾기가 힘들죠." 그런 다음 과한 윙크를 날렸다.

오, 세상에. 나이를 먹어서 좋은 점이 이런 일을 안 당해도 되는 건 줄 알았는데. 아이오나는 물에서 피 냄새를 맡는 상어처럼 씩 웃으며 남자를 마주보았다.

"여자 좋아해요?" 그녀가 물었다.

"당연하죠." 그가 답했다. "관심 있어요?"

"전혀 없네요." 아이오나가 말했다. "그게, 저도 여자 좋아하거든요. 사실 마음 깊이 바라건대, 그게 우리의 유일한 공통점이네요."

마사

마사는 평소보다 20분 일찍 학교에 도착했다. 그러면 복도가 애들로 붐비기 전에 빨리 지나갈 수 있다. 지극히 사적인 사진이 10학년 단체 채팅방에 공유된 이후 마사는 내내 투쟁-도피 반응을 보이는 중이었다.

어디도 안전하지 않았다. 심지어 신성한 평화의 공간이었던 도서관마저 더럽혀졌다. 어제는 책을 찾느라 도서관 테이블에 파일을 올려두었는데, 나중에 열어보니 그 사진을 확대 인쇄한 종이가 툭 떨어졌다. 누군가 빨간색 샤피펜으로 가장 수치스러운 부분을 가리키는 화살표를 그려놓고 그 옆에다 이렇게 써놨다. **책을 더 숨기기 좋은 장소?**

학교를 아예 빠질 생각을 안 했던 건 아니다. 완벽한 개근 기록에 오점 남기기. 하지만 엄청난 공허의 시간을 어떻게 보내야 할지 알 수 없었다. 너무 어리석었다는 자책만 계속하겠지.

이 모든 게 프레디의 생각이었음에도 마사는 그를 탓하지 않았다.

다리를 벌리고 찍은 알몸 사진을 보내달라고 그는 애원했다. 이미 엄청 많은 질을 봤으니 별것도 아니라고 했다. 누군가를 좋아하면 다들 그렇게 한다고 했다. 마사는 '다들'이 되기 위해 무척 열심히 노력중이었다.

하지만 알고 보니 마사만큼이나 서툴고 순진해빠진 프레디는 마사의 사진을 받았을 때 너무나 들뜬 나머지 절친에게 자랑스럽게 사진을 보냈다. 평소 여자애들보다는 깔끔한 컴퓨터코드에 더 흥분하고 조용히 공부만 하던 프레디가 누드사진을 손에 넣었다는 게 너무 웃겼던 친구는 또다른 친구한테 그 사진을 공유했다. 그애가 왓츠앱에 그 사진을 올린 거다. 곧장 후회하고 삭제하기까지 10분밖에 안 걸렸지만 그사이 스크린숏이 수도 없이 찍혀 여기저기에 공유되었다. 결국 익명성과 악의 사이에는 아홉 시간, 그리고 네 번의 무모한 판단만이 존재했다.

프레디는 괴로움에 휩싸여 제정신이 아니었지만 이제 되돌리기엔 너무 늦었다. 또 아주 우습게도 더이상 마사의 남자친구이고 싶지 않았고, 그래서 컴퓨터부의 안전한 구석으로 다시 사라졌다.

마사는 부모님에게 말하지 않았다. 그들 역시 크게 실망할 테고, 더 싫은 건 서로를 비난할 거라는 점이다. 딸 앞에서 끝도 없이 벌이던 그들의 언쟁이 멎은 건 이혼 후 몇 년이 지나서였기에 그 불씨를 지피는 일만큼은 죽어도 하기 싫었다.

몇 안 되는 친구들은 걱정하며 겁에 질렸고, 옳은 말이나 동정 어린 말을 마구 건넸다. 하지만 그들 역시 점점 거리를 뒀다. 마치 그녀가 얼마나 어리석은지 눈치챈 것처럼. 그들은 점심시간에 '깜빡하고' 그녀의 자리를 남겨놓지 않거나 방과후에 집에 같이 가자는 말을 하지 않았다. 단체로 귀가 안 들리기 시작했는지 그녀가 복도에서 소리쳐 불러도 꿈쩍하지 않았다.

물론 학교측에 신고하는 것도 고민했다. 하지만 그러면 비운의 프레디만 끔찍한 곤경에 처할 테고—퇴학당할 수도 있었다—그래 봤자 엎질러진 물을 다시 주워 담을 수도 없었다. 아마도 데이터 프라이버시와 인터넷 보안 따위를 다루는 무슨 지독한 회의를 열어 그녀를 반면교사로, 멍청함의 상징으로 삼을 테고, 그러면 이 사건의 여파가 더욱 오래갈 것이다. 당연히 사진을 압수하고 누구든 당장 지우라고 하겠지. 하지만 이 시대에 영원히 지울 수 있는 건 아무것도 없다는 사실을 모르는 사람은 없다. 그냥 누드사진보다 더 유혹적인 건 금지된 누드사진일 뿐이다.

10학년 사물함 앞에 다다랐을 때 마사는 걸음을 뚝 멈췄다. 무슨 침대 시트로 만든 것 같은 홈메이드 플래카드가 걸려 있고, 거기에 이런 문구가 쓰여 있었다. **슬럿 셰이밍* 그만!**

뺨이 타들어갈 듯 붉어졌다. 누가 이랬는지 알 것 같았다. 일상 속 성차별과 여성혐오에 매일같이 격분하는 여자애들 사이에서 그녀는 유명인사가 되어버렸다. 걔들은 도와주려는 거겠지만 저

---

* 지배적인 사회 통념과 다른 여성의 외모나 옷차림, 행동, 가치관을 향한 비난 혹은 부정적인 눈초리.

런 선의의 플래카드마저도 날 '걸레'로 낙인찍고 있다는 걸 모르는 걸까? 10학년에서 성경험이 없는 사람은 그녀와 프레디가 유일할 텐데 얼마나 모순적인가. 어쨌든 그들은 친구가 아니라 그냥 보호자가 되고 싶은 거였고, 저 숨막히는 관심 때문에 마사는 더더욱 스스로가 약하고 한심하게 느껴졌다. 오히려 더 심각한 타깃이 된 듯했다.

인기 많은 애들 몇몇이 다가오고 있었다. 데이비드 애튼버러가 다시 머릿속에 떠올랐다. 저 하이에나 무리가 낄낄거리는 걸 보십시오. 무리 지어 이동하다 다쳐서 혼자가 된 새끼 영양의 냄새를 맡았습니다. 가까이 다가가 죽이려 하는군요.

마사는 손을 뻗어 플래카드를 끌어내리곤 큰 공 모양으로 구겨 사물함에 집어넣었다. 언젠가 잘라내야 할 악성종양처럼 사물함 안에 도사리고 있는 그걸 뒤로하고 상대적으로 안전한 텅 빈 지리 교실로 숨었다. 그저 다른 애들처럼 되고 싶어서 그 한심한 사진을 찍었을 뿐인데, 이젠 그 어느 때보다 더 고립되고 말았다.

선생님 책상에 놓인 지구본 앞으로 걸어가 손가락으로 빙글빙글 돌려보았다. 이 세상은 우주의 작은 먼지일 뿐이다. 손가락으로 영국을 쿡 찍어보니 콘월, 노스노펙, 아우터 헤브리디스가 싹 다 덮였다. 얼마나 조그만 섬인가. 그녀는 그 섬에 사는 수백만 명의 미미한 인간 중 한 명일 뿐이다. 그런데 왜 모든 사람이 나한테만 집중하는 것처럼 느껴질까? 지금껏 감사한 줄 몰랐던 '아무도 아님'의 편안한 상태로 돌아가고픈 마음이 간절했다. 인기 많은 것, 인정받는 것도 이젠 상관없다. 그러기엔 너무 늦었다. 투명인간이 될 수만 있다면 그걸로 족해.

수업 시작종이 울리기 전까지 몇 분 더 책상 앞에 앉아 혼자만의 시간을 간직해보기로 했다.

그때 바로 옆에서 창문 두드리는 소리가 들려와 그녀는 펄쩍 뛰었다. 톡, 톡톡, 톡톡톡. 바깥 운동장 쪽 창유리에 휴대폰 세 개가 딱 붙어 있었다. 창틀을 따라 춤추는 세 개의 액정화면에 뜬 똑같은 사진들. 넓게 벌린 여섯 개의 다리. 모욕감을 상기시키는 동시다발적인 알림.

이 모든 건 언제쯤 끝날까?

피어스

18:17 워털루역, 서비턴행

피어스는 5번 플랫폼에 들어선 뒤 빠른 걸음으로 세번째 객차 앞을 지나치며 정면만 주시했다. 저번에 마주앉았을 때 산적한 문제들의 벌집을 툭 건드린 그 여자. 한번 더 건드리면 문제들이 와르르 쏟아져나와 다시는 주워 담지 못할 것임을 그는 알고 있었다.

그는 상대적으로 널널한 마지막 객차에 올라 4인용 테이블석에 앉았다. 정장 안쪽 주머니에 손을 넣어 낡은 가죽 수첩을 꺼냈다. 수첩에 연필로 그날의 숫자를 적는 게 매일의 중요한 의식이었다. 올드스쿨이지. 이런 의식은 중요했다, 주식시장의 신에게 그가 진정성 있으며 함부로 건드려선 안 되는 존재임을 알리는 것이기에. 예를 들어 그는 중요한 거래를 앞두면 늘 주먹을 불끈 쥐었다가 쭉 폈는데, 언제나 환호와 탄성, 심지어 거래소 한복판에서 미다스! 미다스! 미다스! 구호를 이끌어내는 동작이었다. 이제 더는 아니었지만.

오늘의 시장 상황과 그 전날의 숫자를 비교하는데 심장이 철렁 내려앉았다. 어제보다 15퍼센트나 하락했다. 어떻게 이럴 수 있지? 시야 가장자리에서 격렬한 색채가 번뜩인 순간 그의 심장은 심연 속으로 더욱더 깊이 내려앉았다. 혹시 그 여자가 날 따라왔나?

"피어스!" 전혀 다른 이유로 이 객차에 탔을지도 모른다는 희망을 처참히 짓밟듯 여자가 외쳤다. "지나가는 걸 본 것 같더라니, 역시! 자, 우리 이제 말도 텄으니 내가 물어보고 싶은 게 있어요." 맙소사. 여자를 자극하고 싶지 않았기에 그는 입을 꾹 다물었다. 하지만 그녀는 아랑곳하지 않고 맞은편 자리에 앉아 강아지를 옆자리에 앉혔다.

"'분노의 포도'*에 대해 좀 들어야겠어요." 그녀가 말했다. "이제 죽겠구나 싶었을 때 어떤 느낌이 들던가요? 유체이탈해 천장에서 스스로를 내려다보는 경험이라도 했나요? 지난 삶이 주마등처럼 눈앞에 스쳐가던가요?"

피어스는 몹시 당혹스러워 몸을 꿈틀거렸다. 마치 군대에서 심문을 받는 것 같았다. 주변의 모든 통근자가 귀를 쫑긋 세우고 있다는 불편한 감각이 끼쳐왔다.

"어, 아뇨. 그렇진 않았어요." 그가 말했다. "물에 빠졌을 때나 그렇지 않나요? 우리 아이들이 아빠 없이 자라겠구나 싶긴 했

---

*존 스타인벡이 쓴 동명의 소설을 차용한 언어유희.

죠." 사실 이것도 또다른 거짓말이었다. 이런 생각을 했어야 했는데 싶었을 뿐. 엿듣는 사람들한테 쩌렁쩌렁 진실을 고백할 생각은 추호도 없었다.

"그 일을 계기로 뭔가 좋은 일을 해야겠다 결심했나요? 전 재산을 자선단체에 기부한다든가?" 아이오나가 물었다. 피어스는 고개를 저었지만 그날 허겁지겁 우주를 향해 빌었던 기도가 떠올라 자신도 모르게 얼굴이 붉어졌다. 그건 논외겠지? 고문당하는 상황에서 나온 행위니까 제네바협약에 의해 면제될 거야.

이 여자는 어떻게 머릿속을 훤히 들여다본 것처럼 말하지? 그래도 지난주에 나눈 대화는 잊어버린 듯하니 다행이었다.

"죽음에 직면하고 나서야 본인 일이 얼마나 싫은지 깨달은 거예요? 그런 거 있잖아요. 이게 다 무슨 소용이야? 왜 내 인생을 이렇게 낭비하고 있지? 하는 순간." 아, 안 잊어버렸네. 그는 한숨을 내쉬고 시계를 쳐다보았다. 역에 도착할 때까지 몇 분이나 참아야 하는지 가늠했다. 18분.

"딱히 그렇진 않아요." 그가 말했다. "몇 년 새에 슬금슬금 떠오른 생각입니다."

"하지만 예전에는 좋아했다면서요. 처음엔 어떤 면이 좋았던 건데요?" 그녀가 너무도 뚫어지게 쳐다보는 바람에 그는 자신도 모르게 꽁꽁 잠가놓았던 과거라는 캐비닛을 뒤지며 답을 찾았다.

"숫자요." 마침내 그가 말했다. "그게 좋았어요. 숫자를 가지고 노는 걸 늘 좋아했거든요." 그는 이쯤에서 말을 멈추고 아이오나가 대화를 이어가길 기다렸지만 그녀는 아무 말이 없었다. 그저 조용히 그를 바라볼 뿐이었다. 그가 다시 입을 뗄 때까지.

“그러니까, 어린 시절이 좀…… 혼란스러웠거든요.” 그가 말했다.

“어떤 식으로요?” 아이오나가 몸을 앞으로 숙이며 물었다.

“그냥 뭐, 흔하디흔한 얘기죠. 실직하고 집을 자주 비우더니 실업수당을 모조리 경마에 탕진한 아버지. 알코올중독이었던 어머니. 대충 뭔지 아시겠죠. 그러다가 수학에 눈을 뜬 겁니다. 너무…… 질서정연하고, 필연적이고, 다 통제 가능하고, 깔끔한 거예요. 내 삶과는 정반대였죠. 내가 수학을 되게 잘한다는 것도 알게 됐고요.”

“유년시절에서 탈출하게 도와준 게 수학이었군요?” 아이오나가 물었다.

“네. 정확히 말하면 수학 교사였던 러넌 선생님이 도와준 거예요. 저를 눈여겨보시고 교내 영재 교육 프로그램에 추천해주셨거든요. 그 덕에 온갖 가능성을 꿈꿀 수 있게 되었어요. 과외 수업도 받고, 전국 각지에서 열리는 대회에도 참가할 수 있었죠. 대학에 지원할 때는 입학원서 쓰는 것도 도와주시고 면접 코칭도 해주셨고요. 우리 집안에서 대학에 간 건 제가 처음이었어요. 우리 고등학교에서 옥스퍼드대학 수학과에 입학한 첫 학생이기도 했고요. 모든 걸 그분께 빚지고 있습니다.”

맙소사, 눈물이 찔끔 날 것 같았다. 죄책감도 느껴졌다. 러넌 선생님에게 마지막으로 연락을 한 게 언제지? 아직 살아 계시나? 감사하다는 말을 제대로 한 적이 있던가? 정말로 그런 적이 있나?

예상치 못한 감정의 물결이 덮쳐와 그는 또다른 고백을 하고 말았다. 그 누구에게도 말하지 않았던 사실이었다. 밤새 뒤척이다 이른새벽에 꺼내어 크리스털 구슬처럼 손에 쥐고 돌려보는.

"이상적인 세계에서라면 그 일을 하고 싶어요." 그가 말했다. "교사요. 그 선생님이 제 인생을 바꾼 것처럼 저도 다른 사람의 인생을 바꿔주고 싶어요. 그런 거 있잖아요, 돈을 여기서 저기로 옮기는 게 아니라 정말 뭔가를 내어주는 일. 그러면 삶이 정말 충만해질 것 같아요."

아이오나는 좌석에 등을 기대며 그를 향해 진심을 담아 빙긋 웃었다. 마치 조금이나마 그를 좋아하게 될지도 모른다는 듯. 혹은 조금 덜 싫어하게 되든지. 그녀가 그를 어떻게 생각하든 사실 전혀 상관없는데, 그 생각에 이르자 도리 없이 기분이 좋아졌다.

"당신 때문에 놀란 게 이번이 두번째네요." 그녀가 말했다. "그리고 오늘은 운좋은 날이에요. 내가 당신을 도와줄 수도 있으니까."

"왜 날 돕고 싶으시죠, 아이오나?" 그가 물었다. 공격적인 투는 아니었다. 진심으로 답이 궁금했다. 실질적으로 아무 관련이 없거나 그의 커리어 또는 일상에 직접적인 영향을 미치지 않는 사람을 마지막으로 도우려 했던 게 언제였나 떠올리려 애썼다.

"음, 최대한 잘살게 해주지 않으면 내가 당신 목숨을 구해준 게 무슨 소용이겠어요?" 그녀가 답했다. "게다가 사람들을 돕는 게 내 존재의 이유거든. 당신의 경우엔 그 말썽쟁이 포도 때문에 존재의 건포도*라고 할 수도 있겠네! 와 방금 엄청났죠?!?"

---

* '이유'를 뜻하는 프랑스어 'raison'과 '건포도'를 뜻하는 영어 'raisin'의 발음이 유사한 데 착안한 언어유희.

자기 농담에 너무 거하게 웃어젖힌 아이오나 덕에 다른 사람들은 그 웃음에 동참하지 않아도 되었다. 하느님 감사합니다.

"음, 마음은 정말 고맙지만, 소용없는 일이에요. 여긴 이상적인 세계가 아니니까. 다른 걸 다 떠나서 내가 교사가 되겠다고 하면 아내는 치를 떨 겁니다." 그가 자리에서 일어서며 말했다. 기차가 서비턴역에 들어서고 있었다.

"그래도 말이라도 꺼내봐요." 문으로 향하는 그의 등뒤에 대고 아이오나가 외쳤다. "아내도 당신이 행복하길 원할 거예요."

"민티, 자니?" 피어스가 속삭였다. 희미한 조명 불빛 아래 민티의 이불이 바스락대더니 작고 통통한 팔이 뻗어나왔다. 아이의 꽉 쥔 손이 놀란 불가사리처럼 쫙 펼쳐졌다.

"아빠! 왔네!" 아이가 꺅 하고 외쳤다.

"오늘 학교는 어땠어, 우리 공주님?" 몸을 기울여 딸의 따뜻한 볼에 입맞추고 존슨즈베이비 샴푸와 딸기맛 치약 향을 들이마시며 그가 물었다.

"좋았어. 에이바네 아빠가 조례시간에 와서 직업 얘기 해줬어." 민티가 말했다.

"에이바네 아빠는 무슨 일 하신대?" 피어스가 물었다.

"수의사래. 아픈 동물들을 치료해주는 의사. 런던동물원에서 일하신대. 미어캣을 데려오셨어. 진짜 미어캣! 너어어어무 귀여워." 민티가 말했다.

미어캣?!? 그건 반칙이지! 그러면 다른 부모들은 상대도 안 될 텐데?

"아빠도 조례시간에 올 수 있어?" 민티가 물었다.

"당연하지, 우리 딸." 피어스가 이불을 덮어주며 말했다. "어떤 주식이 오를지, 어떤 게 떨어질지 맞히면서 투자은행이랑 아빠 같은 사람들이 어떻게 엄청 많은 돈을 버는지 친구들한테 다 말해줄 수 있지."

민티는 전혀 납득이 안 된다는 표정으로 얼굴을 찌푸렸다. 당연했다.

"아주 괜찮은 보모를 찾았어." 입안에 있던 마크스앤드스펜서의 리소토 프리마베라를 다 삼킨 뒤 캔디다가 말했다. 대학을 졸업한 이래로 캔디다는 음식을 입에 넣은 채로 혹은 팔꿈치를 테이블에 올린 채로 말하는 법이 없었고, 언제나 잘 다린 리넨 냅킨을 썼다.

"그래?" 피어스가 말했다.

"응. 고등학교를 갓 졸업해서 십대 시절의 불안과 문제를 고스란히 안고 있는 오페어는 이제 지긋지긋해. 한밤중에 냉장고에 들어 있는 음식을 다 먹어치웠던 덴마크 애 기억나? 루마니아어로 시끄럽게 잠꼬대해서 애들을 다 깨웠던 애도? 마약에 손댄 게 확실하고 사생활도 문란했던 마그다는 두말할 필요도 없고." 그녀는 진저리를 쳤다. 그나마 다행히도 네덜란드인 오페어 얘기는 꺼내지 않았다. 그 소소한 일화가 드디어 수면 밑으로 들어갔나 보군.

"이번에는 제대로 훈련받은 경험 많은 보모를 쓸 거야." 캔디다가 말을 이었다. "추천사도 훌륭해. 이름은 피오나고, 미세스

다웃파이어*처럼 생겨서 아주 안심이 돼. 에든버러 공작부인 소피의 재종 사촌 밑에서 일했었대." 그가 멍해 보였는지 그녀는 덧붙였다. "에드워드 왕자의 아내 말이야. 잘생겼는데 소심한 인간. 내가 항상 말하는 거 있지. 의심이 들면 그 문제에 돈을 끼얹어봐라. 당신이 알려준 거잖아." 그녀가 그를 보며 환하게 웃었다.

진짜 내가 그렇게 말했나? 아마 그랬겠지. 어쩌나 오만하고 어리석었는지. 아내는 대체 이 문제에 돈을 얼마나 '끼얹은' 걸까?

"여보." 그가 조심스럽게 입을 뗐다. "애들을 직접 키우는 것도 생각해봤어? 이제 아기도 아니잖아. 민티는 벌써 학교에 들어갔고 테오도 내년이면 입학해."

캔디다는 경악한 얼굴이었다. "하지만 여보, 내 일은 어쩌고?" 그녀가 말했다. "난 긴 앞치마 두르고 즐겁게 파이를 굽다가 시티에서 일 마치고 돌아온 남편한테 슬리퍼와 진토닉을 내주는 1950년대 주부 같은 사람이 아냐, 알잖아."

진보적이라고 자처하며 살아왔던 피어스는 캔디다가 실제로 돈을 번다면 당연히 저 말에 설득되었을 것이다. 하지만 아내의 '일'은 그의 돈을, 그것도 거금을 필요로 했다. 임대료가 무시무시한 번화가에 디자이너 부티크를 열었는데, 이따금씩 친구들에게 헐값에 드레스를 파는 수준이었다. '세일중' 라벨이 붙은 엄청난 양의 재고가 마술처럼 아내의 옷장 안에서 증식하는 것 같은 외중에 본인이 종일 계산대를 지키고 있을 수 없으니 매장 직원을 고용해야 한다고 우기기까지 했다. 그래도 오늘 이 싸움에서

____

* 1993년 개봉한 미국 코미디 영화로, 동명의 주인공이 보모로 나온다.

결코 그가 이길 수는 없는 노릇이었다.

피어스는 캔디다의 와인잔을 빤히 바라보았다. 다년간의 경험에 따르면 무거운 주제를 꺼내기에 최적의 타이밍은 첫 두 잔을 마시고 아내가 편안함을 느끼는 순간이었다. 하지만 세번째 잔을 마시기 전이어야 했다. 그때부터는 공격적이고 시비 거는 투가 되니까.

"캔디다?" 몹시 얇은 얼음 위에 발가락 하나를 얹으며 그가 입을 뗐다. "내가 수학 교사가 되기 위해 재교육을 받을 생각이라고 하면 뭐라고 할 거야?"

캔디다가 깔깔 웃었다. 10년 전 헐링엄 클럽에서 처음 만났던 밤, 댄스 플로어 너머로 고개를 돌려 바라보게 만들었던 바로 그 근사하고 자유분방한 웃음.

"내가 교사의 아내가 되고 싶었다면 교사와 결혼했겠지! 어이가 없네! 내가? 나는 〈태틀러〉* 최고의 신붓감인데!" 그녀가 말했다. 그런 다음 그의 얼굴을 찬찬히 살폈다.

"세상에. 진심은 아니지?" 그녀가 말했다. "당신 아직 서른여덟밖에 안 됐잖아. 중년의 위기를 겪기엔 좀 젊지 않아? 요란한 스포츠카 같은 거라도 사지 그래? 아니다, 이미 샀구나!" 작은 차 한 대 값에 맞먹는 가지런한 래미네이트를 번쩍거리며 그녀가 씩 웃었다. 저 가짜 도자기 속의 진짜 치아는 날카로운 단검 모양으로 갈려 있다는 걸 그는 알고 있었다. 뭔가 비유적인 의미가 있겠지.

---

* 중상류층을 대상으로 한 영국의 패션 및 라이프스타일 잡지.

"그럼 할리데이비슨은 어때? 안내데스크 여직원이랑 잠깐 놀아나도 눈감아줄 수 있어. 걔가 나보다 많이 어리지 않고 당신이 사랑에 빠지지 않겠다고 약속한다면." 피어스는 답하지 않았다.

"농담이야." 그녀가 말했다. "당연히."

"난 농담 아니야." 그가 말했다. "시티에서 일하는 게 비참하게 느껴져. 몇 년 동안이나 그랬어. 더이상 유능하지도 않고. 게임이 더는 게임이 아니게 되니까, 중요해지고 나니까, 겁이 나더라."

"바보 같은 소리 마, 여보." 그녀가 말했다. "당신 천재잖아! 그래서 사람들이 미다스라고 부르는 거잖아?"

"당신은 내가 행복하길 바라지 않아?" 열차에서 내리기 직전 아이오나가 했던 말을 떠올리면서 그가 물었다.

"당연히 당신이 행복하길 바라지! 내가 얼마나 배려심이 많은지 몰라? 그래서 내가 좋은 엄마잖아! 다만 당신이 행복하면서 동시에 부자이길 바라. 여보, 애들을 생각해봐. 교사 월급으론 이튼과 베넨든은 말할 것도 없고 유치원 등록금도 못 낼 거야. 이 모든 비용은 또 어떻고." 캔디다는 본인이 고용한 인테리어 디자이너가 엄청난 돈을 받고 고른 잡동사니로 가득한 집을 과장된 손짓으로 가리켰다. 유행이 지날 때마다 교체해야 하는 램프, 꽃병, 러그, 쿠션.

"정말 민티한테서 조랑말까지 빼앗아갈 거야?" 캔디다가 몰아붙였다. "마그다가 떠난다고 해서 이미 우리 딸은 충분히 속상해. 조랑말까지 잃게 되면 어떤 기분일지 상상해봐."

"근데 정말 그런 게 다 필요한가?" 그가 말했다. "예를 들어 애들이 공립학교에 다니고 민티가 햄스터나 금붕어를 키우는 게 정말 그렇게 끔찍한 일은 아닐 거잖아? 나는 민티 나이 때 햄스터를 엄청 키우고 싶었는데."

"맙소사, 또 시작이야! 너무 찢어지게 가난해서 성냥갑 안에다 쥐며느리를 키워야 했지." 캔디다가 그의 목소리를 흉내냈다.

"쥐며느리가 아니라 집게벌레." 피어스가 말했다. "이름은 에릭이었고."

그러자 캔디다는 빙긋 웃었는데, 테오가 잠들기 전 이야기를 더 들려달라고 할 때와 똑같은 미소였다. 널 사랑하지만, 안 돼, 특별 보상을 받기엔 참 잘했어요 도장이 모자란단다, 라고 쓰여 있는 미소.

"있지," 아내가 말했다. "애들이 학교를 마칠 때까지만 해보는 건 어때? 그다음엔 하고 싶은 거 다 해. 교사가 정말 당신 야망의 끝이라면 그때 가서 가르치면 되잖아. 아니면 다 팔아버리고 보트를 사서 세계를 항해할 수도 있고. 섬세하게 묶은 반다나로만 대강 몸을 가리고서 말이야. 아니면 태국의 불교 수행처에 가서 스스로를 재발견할 수도 있겠지. 지금은 '부자'에만 집중하고, 나중에 '행복'에 집중하면 되잖아? 그건 어때?"

애들이 학교를 마칠 때까지라고? 15년이나 남았잖아. 어떤 살인자들은 그보다 짧은 형을 살지 않나?

"그래." 캔디다가 세번째 와인잔을 비웠을 때 그가 말했다. 그러자 아내는 안도감과 승리의 표정을 숨기려 애쓰며 그를 향해 미소를 지었다.

이젠 어떻게 해야 할까? 이 결정이 이미 그의 손을 떠났다고, 그것도 꽤나 멀리 가버렸다고, 어떻게 말해야 하나?

산제이

산제이가 역에 도착했을 때 평소 타던 기차는 이미 떠난 뒤였다. 오늘따라 좀 굼뜨네. 오는 길에 샷 추가한 에스프레소를 테이크아웃해 한입에 마셨는데도 몸이 무거웠다.

어젯밤 꿈자리는 몹시 사나웠다. 오랜만에 교대근무 일정이 겹쳐서 그와 제임스, 이선 모두 집에 있었기에 늦게까지 깨어 있었다. 몇 시간이나 게임을 하며, 우주선을 타고 날아다니면서 유성우를 뚫고 장애물과 외계인을 쏘아 없애는 스타워즈 스타일의 퀘스트로 저녁시간을 마무리했다. 이 장면은 생생한 총천연색 악몽이 되었다. 환자들, 친구들, 가족들의 몸 여기저기에서 빠르게 증식하는 종양이 생겨났고 산제이는 거대한 주사기처럼 생긴 레이저 총으로 그것들을 쏘아 없애야 했는데, 변호사인 엄마가 계속해서 나타나 외쳤다. 그만해! 그러다 우리 법정에서 만난다!

"왜 이렇게 늦었어요, 잘생긴 젊은이?" 뒤에서 들려오는 목소리에 그는 펄쩍 뛰었다. 돌아보니 〈타임스〉 뒤에 얼굴을 숨긴 채 서류가방을 교환하기 위해 기다리는 냉전시대 영화 속 스파이처럼 아이오나가 벤치에 앉아 있었다.

꿈에서 본 아이오나는 왼쪽 귀에 헬륨 풍선처럼 거대한 종양이 자라나고 있었고, 그 장면을 떠올리자 아찔해졌다. 산제이는 종양을 향해 총을 쐈는데, 실수로 머리를 날려버리고 말았다. 사지가 멀쩡한 아이오나를 보니 마음이 놓였다.

"여기서 뭐하세요, 아이오나?" 그가 물었다. "여긴 당신 역이 아니잖아요."

"역에 대한 소유욕을 버리자고, 젊은이. 여긴 내 역도 아니지만 자네 역도 아닌걸. 모든 사람을 위한 역이지. 어쨌든 승차권이 있다면." 그녀가 말했다.

"모르는 척하지 마세요! 무슨 말인지 아시잖아요. 보통 여기서 안 타신다는 거죠." 그가 말했다.

"사실 산제이를 찾으려고 왔어요." 아이오나가 말했다. "내가 탄 열차에 오늘 안 탔더라고. 어제도 그렇고. 주말 전에 꼭 만나야 했거든."

"왜요?" 점점 불안해지는 마음을 안고 그가 물었다. 통근열차에서 낯선 사람이랑 엮이는 게 아니었는데. 당연히 에미는 제외하고. 근데 생각해보니 에미와의 관계도 진전이 없잖아?

"아, 기차 왔다. 일단 타서 설명해줄게요!" 그녀가 말했다.

산제이와 아이오나는 당연히 3번 객차에 탔다. 아이오나는 미간을 찌푸리고 안쪽을 둘러보았다. 중얼거리는 목소리와 비속어를 무시한 채 그녀는 통로에 서 있는 사람들을 밀치고 지나갔고, 산제이는 시종일관 얼굴을 붉힌 채 죄송합니다, 실례할게요, 죄송합니다를 연발하며 뒤따라가다가 마침내 평소에 앉는 4인용 테이블석에 다다랐다.

"좋은 아침이에요." 아이오나는 순방향 통로 좌석에 앉은 회사원에게 말했다. "제 자리에 앉으신 것 같은데요." 룰루가 다시금 강조하려는 듯 낮게 으르렁거렸다. 자, 이제 누가 소유욕을 못 버리고 있지? 산제이는 이 상황이 어떻게 굴러갈지 궁금해졌다. 기차 안에서 싸우지 않고 자리를 양보하는 사람은 아무도 없다. 그는 앉아 있다가도 늘 임신한 게 분명해 보이는 여성이나 몸이 허약해 보이는 이들을 위해 자리를 박차고 일어나곤 했지만, 그런 그가 특이한 거였다.

"아, 죄송합니다." 남자가 자리에서 일어나며 말했다.

어떻게 한 거야?

"정말 친절하시네요." 룰루를 무릎에 앉히고 앞에 놓인 테이블에 소지품을 늘어놓으며 아이오나가 말했다.

물론 산제이는 얼어붙은 듯 서 있었다. 아이오나는 그에게 몸을 기울여 속삭였다. "저분이 출퇴근길의 네번째 규칙을 몰라서 다행이에요."

"그게 뭔데요?" 읽어봤어야 하는 팸플릿이 있었나 혼란스러워하며 산제이가 물었다.

"일단 앉은 자리는 절대 양보하지 마라!" 아이오나가 말했다. "자, 급하게 만나야 했던 이유를 알려줄게요. 이번주 일요일 오전 10시에 나랑 어디 좀 같이 가야겠어요. 시간 괜찮죠?"

"네." 그는 대답하고는 대체 무슨 꿍꿍이인지 알아내지 못한 채로 제안을 수락한 자신을 저주했다.

"아이고 다행이다!" 아이오나가 말했다. "햄프턴코트궁 미로에 갈 거예요!"

"어, 좋네요. 근데 왜요?" 산제이가 말했다.

"거기 가본 지 너무 오래됐거든. 내가 제일 좋아하는 곳인데." 아이오나가 말했다.

"비랑 같이 가면 되잖아요?" 산제이가 물었다.

"비는 미로 안 좋아해요." 아이오나가 말했다. "맨날 길을 잃어서."

"그게 미로의 매력 아닌가요?" 산제이가 말했다.

"당신은 좋아할 거라고 생각했는데." 아이오나가 그의 말을 무시한 채 말했다. "나랑 같이 오전시간을 보내면 좋아하지 않을까 싶었어요. 하지만 당연히 그럴 리 없겠지. 지루한 중년 여자랑 시간 보내는 것보다 훨씬 재미난 일이 많을 테니까." 아이오나는 코웃음을 치더니 금방이라도 울 것 같은 무서운 표정을 지었다.

마음이 아팠다. 아이오나에겐 친구가 별로 없는 게 분명했고, 고맙게도 그를 초대해줬는데 방금 그녀를 속상하게 만들고 만 것이다. 엄마가 알면 얼마나 실망할까. 용기 내어 춤추자고 하거나 데이트하자고 말한 여자를 거절하는 건 아주 나쁜 매너라고 엄마는 말했다. 물론 엄마가 그렇게 말할 때 아이오나 같은 여성을 염두에 둔 건 아니겠지만, 그래도.

"아니에요!" 그가 말했다. "갈게요. 되게 재밌을 것 같은데요!"

"좋아요. 그럼 약속한 거예요." 놀라울 정도로 빠르게 얼굴을 바꾸며 아이오나가 말했다.

기차가 윔블던역에 들어서자 아이오나 맞은편에 앉아 있던 여성이 자리에서 일어났다. 산제이는 감사한 마음으로 방금 빈 자리에 앉았다.

"산제이!" 아이오나가 그의 귓가에 속삭였다. "일어나요! 얼른!"

"왜요?" 그가 물었다. "방금 앉았잖아요! 그게 출퇴근길의 네 번째 규칙이라면서요!"

"지금 같은 경우는 잘 알려진 예외 사항이에요." 아이오나가 말했다.

"무슨 예외요?" 산제이가 물었다.

"일단 앉은 자리는 절대 양보하지 마라, 아이오나가 양보하라고 말하지 않는 한." 아이오나가 말했다. "저기 봐요! 말하는 샌드위치 남자. 기억나죠? 그간 업데이트된 상황이 있는지 들어야겠어요. 유후!" 아이오나가 외치더니 산제이의 엉덩이가 꼭 붙어 있는 좌석을 가리켰다. "여기 비었어요!"

이름이 기억나지 않는 남자는 살짝 겁에 질린 표정이었다. 그는 산제이가 엉덩이로 약간 데워둔 자리에 앉았다.

"안녕하세요, 아이오나. 산제이." 그가 말했다.

"안녕하세요, 대니얼!" 마침내 이름이 생각나 안도하며 산제이가 말했다.

"데이비드입니다." 사람들이 자기 이름을 헷갈린 게 처음이 아니라는 듯 체념한 어조로 데이비드가 말했다.

"자, 그날 저녁 일은 어떻게 됐어요?" 아이오나가 물었다. "그 메모에 대해 아내분이랑 얘기해봤어요? 더 중요한 건, 아내분의 말을 귀기울여 들었나요?"

"네, 당연하죠! 경청했어요. 하지만 너무 늦은 것 같습니다." 데이비드가 암울한 얼굴로 말했다. "이미 동맥이 터져 피가 철철 흐르는데 그 위에 반창고를 붙이는 격이었달까."

"그럴 때는 지혈대를 감아줘야 해요." 약간의 소외감을 느끼던 산제이가 재빨리 말했다.

"그렇겠죠." 아이오나가 말하고는 데이비드를 향해 고개를 돌리더니 덧붙였다. "이분이 간호사거든요." 아이오나가 눈을 굴리는 모습을 산제이는 미처 보지 못했지만, 어조에서 분명히 느껴지는 바가 있었다. "그래서, 아내분이 뭐라고 하던가요?"

"여기서 말하긴 좀 그렇네요." 데이비드가 말했다. "사적인 공간이 아니라서." 산제이는 일리 있는 말이라고 생각했지만 아이오나는 전혀 공감하지 못하는 듯했다.

"바보같이 굴지 마요. 기차의 가장 큰 장점은 익명성이라고요. 아무도 다른 사람한테 관심 없어요. 자, 무슨 일이 있었는지 말해봐요. 아내분 이름이 뭐라고 했죠?" 아이오나가 말했다.

"올리비아요. 우리집을 팔고 자기만의 집을 사고 싶대요. 아마도 해외에. 변화를 원한다더군요. 모험을. 열정을." 데이비드가 말했다.

"음, 우리 모두 그렇죠!" 아이오나가 말했다. 그러고는 다소 어리둥절해하는 데이비드의 표정을 알아차리고 덧붙였다. "아닐 수도 있겠지만. 마지막으로 아내분을 깜짝 놀라게 해준 게 언제예요? 새롭고 신나는 곳에 데려갔다든가."

"음, 잘 모르겠습니다." 데이비드가 말했다. "솔직히 우리 딸 벨라가 집을 떠난 뒤로 좀 매너리즘에 빠진 것 같아요. 별로 대화도 안 하고. 예전엔 모든 대화가 딸에 대한 거였거든요. 벨라가 우리 가족의 심장 같은 존재였는데, 그애가 떠나고 나니 쓸모없는 껍데기만 남은 기분입니다."

"아 그거네요, 빈둥지증후군. 당신만 그렇게 느끼는 건 아니에요." 아이오나가 말했다. 그녀가 데이비드의 무릎을 톡톡 두드리자 그는 위안을 얻었다기보다는 화들짝 놀란 표정이 되었다. "아주, 아주 흔한 일이랍니다. 관련 리플릿도 가지고 있는걸요. 딸이 언제 집을 떠났나요?"

"10년 전에요." 데이비드가 말했다. "그리고 몇 년 뒤에 호주로 이주했습니다."

"10년은 작동하지 않는 심장을 지니고 결혼생활을 하기엔 너무 긴 시간이네요, 데이비드." 아이오나가 말했다. "올리비아가 더 많은 걸 원한다고 비난할 순 없겠어요."

"그럴 땐 제세동기가 필요하죠." 산제이가 끼어들었다. 두 사람은 가뿐히 무시했다.

"음, 이제야 깨달았네요." 데이비드가 약간 화난 표정으로 말했다. "하지만 너무 늦었어요. 아내도 그렇게 말했고."

"꼭 그렇지만은 않아요." 아이오나가 말했다. "아내분을 설득하면 돼요. 변화와 모험과 열정을 당신과 함께할 수 있다고." 그거야말로 힘든 싸움이지 않을까, 산제이는 생각했다. 데이비드는 열정이나 모험보다는 카디건이나 편안한 슬리퍼에 더 익숙한 사람처럼 보였으니까.

"결혼생활이 피곤하고 평범해지긴 너무 쉬워요." 아이오나가 말을 이었다. "당신 눈동자에 별이 쏟아지는 것 같다는 말을 건네다가도, 바로 다음 순간 이렇게 말하는 게 결혼생활이죠. 짙은 색 옷이랑 빨아서 그런지 속바지가 얼룩졌네." 데이비드는 비유적인 의미에서 아내의 얼룩진 속바지가 더 충격인지, 아니면 짙은 색이든 뭐든 자신이 빨래를 해야 한다는 게 더 충격인지 가늠이 안 되는 얼굴이었다.

"애초에 아내가 왜 당신과 사랑에 빠졌는지 상기하게 해줘야 해요!" 아이오나가 말했다. "젠장, 워털루에 다 왔네. 다음에 더 얘기해요! 빨리 가봐야 하거든. 팀 브레인스토밍인지 뭔지 때문에." '브레인스토밍'을 발음하는 방식에서 그녀의 생각이 훤히 읽혔다.

아이오나가 커다란 핸드백을 들고 룰루를 팔에 안은 다음 서둘러 자리를 떠나자, 데이비드는 좀 어안이 벙벙해 보였다. "일요일에 봐요 산제이!" 그녀가 외쳤다. "늦지 말고!"

"운이 좋은 거라고 생각하세요, 친구." 통로 반대편에서 웬 목소리가 데이비드에게 말했다. "난 아내랑 끝내려고 몇 년이나 진 빼는 중이거든요."

'기차의 익명성'이라니, 픽이나.

산제이의 주머니에서 휴대폰 진동이 울렸다. 화면에 문자 메시지 알림이 떴다.

〔엄마〕 내 친구 어니타가 일요일에 점심 먹으러 온대.

미라는 항상 대문자로 메시지를 보냈다. 산제이는 한숨을 내쉬었다. 무슨 얘기가 나올지 이미 알고 있었다.

좋네요. 답을 보냈다.

〔엄마〕 **딸도 데려오라고 할까? 네 또랜데.**

산제이의 손가락이 화면 위에서 머뭇거렸다. 뭐라고 답해야 할까. 경험상 최고의 전략은 화제를 바꾸는 거였다.

요즘은 무슨 사건 맡으셨어요? 그가 물었다. 자녀들의 삶에 시시콜콜 신경쓰는 미라의 주의를 돌릴 수 있는 유일한 건 일뿐이었다.

〔엄마〕 **강제결혼. 엄청 흥미로운데 비극적이야.**

그러면서 나더런 누구를 만나라고요? 모순 그 자체네? 자신도 모르는 사이에 이렇게 써버렸다.

〔엄마〕 **누구랑 결혼하라는 게 아니야! 😠 네가 외롭지 않길 바라는 거지. 😔**

고마워요, 근데 나 안 외로워요. 이렇게 입력하고 나니 이 말이 정말일까 의문이 들었다. 혼자 있는 때가 거의 없긴 한데, 그건 외로움이랑 다른 거잖아.

이번 의뢰인은 돈 준대요? 항상 묻는 질문이었다.

의뢰인이 낼 수 있는 만큼 받지. 미라가 답했다. 한푼도 안 낸다는 뜻이었다. 다행히 엄마의 공짜 변호사 업무는 아빠의 택시 사업으로 상쇄되었다. 사무실도 공유했다. 변호사 사무실(대부분 수임료 공짜)은 위층, 택시 회사 사무실은 아래층. 엄마는 법원에 출석할 때 택시 기사들에게 공짜로 태워달라고 부탁하는 습관이 있었고, 아빠는 그럴 때마다 짜증을 냈다.

어니타네 딸은 치위생사래. 화제 전환에 아들만큼이나 능숙한 미라가 말했다.

그러니까 점심 먹으러 올 때 이 완벽하게 닦고 와라!

고마워요 엄마, 근데 나 일요일에 바빠요. 산제이가 썼다.

그러고 보니 아이오나가 호의를 베풀어준 셈이었다. 중년 여성이 데이트 계획을 세워주는 것보다 더 이상하고 부끄러운 일은 없잖아.

아이오나

'브레인스토밍' 세션은 클라크 켄트 회의실에서 열렸다. 에드가 편집장이 된 후 내놓은 혁신 아이디어 중 하나가 모든 회의실에 유명 언론인 이름을 붙이는 거였다. 실존 인물이 벌써 다 떨어졌다고? 아이오나는 클라크 켄트를 노라 에프론으로 바꾸기 위해 몇 달이나 캠페인을 벌였지만 소용없었다. 누구와도 비교 불가한 노라보다 클라크 켄트를 아는 직원이 훨씬 더 많다는 사실은 에드의 통탄할 만한 채용 정책의 폐단을 훤히 드러냈다.

과거에는—그녀가 생각하기엔—연공서열 덕분에 주간 브레인스토밍 회의에 참여하지 않아도 되었지만, '360도 평가'인지 뭔지의 결과로 반드시 참석해야 하는 걸로 바뀌었다. 에드에 따르면 팀 세션에 적극적이고 열정적으로 참여하는 게 KPI 중 하나였다. KPI가 뭔지 모른다는 사실을 티내고 싶지 않아 자리로 돌아오자마자 구글에 검색해보았다. '핵심성과지표Key Performance Indicator.' 이게 대체 뭐람. 열쇠공이 쓰는 연장 같네.

"여러분, 어서 와요! 어서 와!" 플립 차트 옆에 서서 삼원색 펜을 휘두르며 에드가 말했다. "그리고 기억하세요, 나쁜 아이디어란 없다는 걸!"

완전 틀린 말이다. 싱클레어 C5*도 있잖아? 새우칵테일맛 과자도 있고. 구프에서 내 질 냄새가 나요라는 이름의 향초를 판 적도 있지. 하지만 에드는 진심으로 그렇게 믿는 것 같았다. 그가 총괄직책을 맡은 후 나쁜 아이디어를 수도 없이 실행해왔으니 말 다 했지. 이 회의실도 마찬가지였다. 예전에는 중앙에 커다란 타원형 테이블을 놓고 실용적인 의자를 둘러놓았는데, 이제는 현란한 색깔의 빈백이 그득했다. 에드의 주장에 따르면 창의력을 발휘하는 데 도움이 된다나.

아이오나의 창의력엔 빈백이 전혀 도움이 되지 않았다. 우선, 팬티가 보일까봐 신경이 쓰였다. 둘째, 젖은 모래 같아서 일단 앉으면 다시 일어나기가 거의 불가능할 지경이었다. 유일한 선택지는 누구한테 손 좀 잡아달라고 부탁하는 거였는데, 그건 너무 굴욕적이라 무릎을 모아 손으로 짚고 똑바로 일어설 수밖에 없었다. 다른 사람들은 전부 잘하는 것 같았다. 젊고 유연해서 그런지, 아니면 빈백 시대에 자라 더 연습을 많이 해본 건지. 아이오나는 집에서 직접 훈련할 수 있도록 빈백을 사기로 결심했다. 그

---

* 1985년 1월 야심차게 출시했지만 3개월 만에 생산량이 90퍼센트나 줄고 8개월 만에 완전히 생산이 중단된 1인용 전기자전거. '전후 영국 산업계 최악의 마케팅 사례'로 유명하다.

때까지는 물 밖에 나온 물고기처럼 바닥에서 허우적대는 모습을 아무도 못 보도록 모두가 클라크 켄트 회의실을 나갈 때까지 머물 핑계를 찾아야 했다. 물 밖에 나온 물고기. 그게 내 처지야.

아이오나는 이를 악물고 노란색 가방 위로 몸을 굽혔다. 룰루는 이 환경을 절대 좋아하지 않을 게 뻔해서 에드의 보좌관에게 맡겨둔 터였다. 룰루는 전통주의자였다.

"아이오나!" 에메랄드그린 빈백에 앉은 남자가 불렀다. 고개를 돌려 보니 소셜팀 팀장인 올리였다. '소셜'이 정당이 아니라 트위터나 인스타그램 따위를 뜻한다는 걸 민망한 오해 끝에 알아낸 참이었다.

"네?" 그가 페이스북에서 '친구' 맺자는 말을 꺼내지 않기를 빌며 그녀가 대꾸했다.

"아이오나 덕에 이번주에 우리 잡지 트위터 피드가 난리였어요. 브라보!"

"내가요?" 그녀가 물었다. 내가 무슨 수로 그랬다는 거야? 트위터 계정도 없는데. 그녀가 보기엔 거기 사람들은 만사에 너무 화가 나 있었다. 상대만 바꿔가며 욕설을 퍼붓다가 고양이 사진을 올리는 사람들. 인종차별! 여성혐오! 동성애혐오! 짱 귀여운 우리 고양이 좀 보세요!

"네! 음란물과 음모에 대해 랩 하듯 말하는 영상이 수천 회나 리트윗됐어요. 솔직히 좀 놀랐어요. 온라인 자녀 보호 기능 같은 좀 딱딱하고 실없는 얘기나 하실 줄 알았는데." 올리가 말했다.

"세상에, 아니죠." 아이오나가 말했다. "남자애들은 전부 열 살쯤 되면 자녀 보호 기능에 대해 빠삭하잖아요." 에드가 어리둥절한 얼굴로 그들을 바라보는 시선을 느끼고 아이오나는 목소리를 조금 높였다. "어쨌든 밀레니얼세대가 좋아하는 자극적인 콘텐츠로 도움이 되었다니 정말 기쁘네요." 잘 들었지, 에드, 이것도 KPI에 써놔라.

"좋아요, 여러분!" 에드가 말했다. "진정들 하시고! 오늘 아침은 올리가 엄청 신나는 소식을 공유해주는 걸로 힘차게 시작합시다. 올리, 이리 나오시죠."

올리는 손도 안 짚고(과한 허세를 부리네) 빈백에서 벌떡 일어나 회의실 앞쪽에 있는 케이블에 아이패드를 연결했고, 그러자 벽에 걸린 대형 스크린에 막대그래프가 떴다. 현대 기술은 기적 같았지만, 아이오나는 오버헤드 프로젝터와 아세테이트 필름을 사용하던 시절이, 캐러셀을 돌리는 부하 직원에게 다음 슬라이드요, 하고 정중하면서도 오만하게 말하던 시절이 사무치게 그리웠다.

"아시다시피," 올리가 발표를 시작했다. "저희 독자층은 점점 더 고령화되고 있어요. 구독자 평균 연령이 거의 50세죠." 그는 50이라는 숫자를 마치 헤아릴 수 없을 만큼 오랜 세월인 것처럼 발음했다. 언젠가 재도 50년이라는 세월이 눈 깜짝할 새에 흘러갔다는 사실을 알게 되겠지. "그래서, 현재 독자들이 말 그대로 사라지기 전에 젊은 독자들을 반드시 끌어들여야 합니다."

에드가 너무 힘차게 고개를 끄덕여 머리가 섬뜩한 핀볼게임처럼 슝 날아가 빈백 사이를 굴러다니는 모습이 그려질 지경이었다. 생각보다는 덜 끔찍한 이미지군.

"따라서 우리한테 필요한 건 수많은 팔로워를 데려올 수 있는 인플루언서예요. 이런 분들인데……" 그러면서 스크린에 뜬 새로운 사진을 가리켰다. 아이오나가 며칠 전에 본 게 확실한 사진이었다. 미간을 찌푸리며 어디서 봤는지 떠올리려 애쓰다, 뷰티 에디터가 보톡스 전문가 명함을 한 장 더 건넬 게 뻔하니 얼굴을 펴야겠다고 생각했다.

기차! 거기서 봤지! 에미가 바로 저 사진을 보여줬잖아.

"이건 우리가 기획한 것도 아니고 비용을 지불한 것도 아닌데, 피즈가, 공식 파란 딱지도 받은 피즈가 며칠 전에 이런 캡션과 함께 사진을 올렸어요. '모든 여자에겐 나만의 시간이 필요해.' 보시다시피 욕조에 들고 들어간 잡지가 바로 우리 잡지죠. 바로 이런 식의 접근이 필요해요. 피즈는 전형적인 모던 우먼이잖아요. 소셜미디어와 에이전시를 통해 연락을 취해봤는데 아무 답이 없더라고요. 아마 DM을 확인하지 않는 것 같아요." 사람들이 언제부터 그냥 전화를 거는 게 아니라 연락을 취하기 시작한 거야? 수년 동안 나중에 다시 논의하기와 틀을 깨고 생각하기를 실천해온 미국인은 제외하고 말이지. "그래서, 여러분 중에 연락을 취해볼 수 있는 사람이 있을까요, 누구든?" 그는 아이오나를 빼고 모든 사람을 한 명씩 바라보았다.

"잠깐만요." 교통경찰처럼 올리를 향해 손바닥을 들어 보이며 에드가 말했다. "피즈가 누군지도 모르는 사람이 있을 수도 있으니 나중에 다시 논의하죠." 그의 눈길이 정확히 아이오나를 향하자 다른 이들도 전부 고개를 돌렸다. "아이오나는 무슨 캔 음료 이름인 줄 알 거예요!" 그가 요란하게 웃어젖혔다.

"참 재밌네요, 에드." 그녀가 최대한 냉철한 목소리로 말했다.

"틱톡에서 난리난 분이잖아요. 공교롭게도 내 친한 친구의 친한 친구이기도 하고요. 원하시면 점심식사를 함께하면서 파트너십 얘기를 나눠볼 수 있을지 알아볼게요. 딱 보니 저분은 사보이그릴을 좋아할 것 같네요." 물론 그 부분은 알 길이 없지만, 사보이그릴을 안 좋아하는 사람도 있나?

모두 믿을 수 없다는 표정으로 아이오나를 바라보았고, 착각한 게 아니라면 감탄하는 기미까지 느껴졌다. 아이오나는 스스로 이 순간을 즐기고 있다는 걸 깨달았다. 승리의 기쁨을 만끽하며 이 우스꽝스러운 '아이디어 회의'는 남은 사람들끼리 마저 하라면서 곧장 방을 뛰쳐나가고 싶었지만, 슬프게도 어디로든 뛰쳐나가는 건 불가능했다. 점심시간까지 이 빌어먹을 빈백에 갇혀 있을 테니까.

피어스

퇴근길 기차에서 아이오나와 나눌 대화가 기대될 정도로 피어스의 하루는 매우 힘겨웠다. 같은 열차를 타려고 일부러 5번 플랫폼에서 서성거리기까지 했다.

어젯밤 한 시간 넘게 아이오나와 관련된 기사를 스크롤하며 피어스의 생각은 완전히 바뀌었다. 알고 보니 아이오나와 비는 80년대와 90년대에 '잇걸'이었다. 둘은 파티나 시사회, 전용기, 화려한 휴가지에서 끊임없이 사진이 찍혔다. 아이오나는 키가 크고 호리호리하며 금발에 냉담한 인상이었다. 비는 그보다 더 크고 조각상 같은 흑인 여자로, 허리까지 내려오는 머리를 땋거나 더욱 정교하게 꼬아서 말아올렸고, 수십 년의 세월을 뛰어넘어 곧장 지면에서 튀어나와 그에게 달려들 것 같은 형형한 눈빛을 지녔다.

"구글에 검색 좀 해봤어요." 그는 시인했다. "정말 멋지셨던데요. 별명도 좋더라고요. 아이오나 요트." 드물게 자각이 들 때마다 그러듯, 아이오나를 향한 새로운 관심이 자신을 얼마나 얄팍한 사람으로 보이게 할지 깨달은 피어스는 최대한 덤덤한 어조로 말했다.

"호시절이었지." 그녀가 말했다. "사실 요트를 가져본 적은 없어요. 다른 사람 요트를 빌려 탄 적이 많았을 뿐. 고민 상담 부서로 옮기기 전까지는 사교계 행사나 유명인들 근황 관련 기사를 썼죠. 비랑 저는 모든 자리에 초대받았어요. 참석하면서 돈까지 받았다니까요. 믿거나 말거나 그 시절에는 성소수자라는 걸 노골적으로 드러내는 게 꽤나 파격적인 일이었거든요. 언론에선 우리를 '립스틱 레즈비언'이라고 불렀죠. 파파라치가 어디든 따라다녔고."

"당연히 그랬을 거 같아요." 피어스가 거들었다. 처음으로, 아이오나의 근사한 체격과 놀랍도록 선명한 코발트블루색 눈동자가 눈에 들어왔다. 왜 전에는 몰랐지? 약간 처진 피부와 주름 너머를 볼 수 없을 만큼 나는 진짜 얄팍한 건가? 그럴지도 모른다.

"지금 과거형으로 얘기한 거 아시죠?" 아이오나가 말했다. "'잇걸'에서 '과거의 잇걸'이 되기까지는 30년이라는 짧은 시간밖에 안 걸렸답니다." 문득 그녀는 무척 슬퍼 보였다. 세상에, 제발 울음은 터뜨리지 않기를. 설마 기차에서 울진 않겠지? 대중교통에서 우는 걸 금지하는 법이 있지 않나. 없다면 하나 있어야 할 듯한데.

곁눈질로 흘긋 보니 승객 몇몇이 휴대폰으로 구글에 몰래 '아이오나 요트'를 타이핑하고 있었다. 예전엔 사람들이 아이오나 근처에 앉는 걸 피했지만, 이제는 주변 좌석이 거의 다 찼다는 것도 눈치챘다. 기차 연속극의 주인공이 된 듯한 아이오나. 그럼 나도 시즌 1의 조연 정도는 되려나?

"죄송합니다." 그가 말했다.

"괜찮아요." 새어나오는 눈물을 털어내려는 듯 얼굴 앞에서 손을 내저으며 그녀가 답했다. "다들 그러는걸요 뭐. 진짜 비극은 내가 그때랑 똑같은 사람이라는 거예요. 아직도 스물일곱 같아요."

"아, 그래도 지금은 훨씬 현명해지셨겠죠." 피어스가 말했다.

"맞아요." 아이오나가 말했다. "하지만 젊음에 집착하는 요즘 사회는 날 그렇게 보지 않잖아요? 쉰 살이 넘으면 퇴물이 돼버리는 것 같아요. 공룡처럼."

"그렇지 않을 거예요." 어젯밤까지 그렇게 생각했다는 사실을 무시하며 피어스가 말했다. "어쨌든 저는 공룡이 좋아요. 어렸을 때 자연사박물관에서 얼마나 많은 시간을 보냈는지 모르실걸요." 박물관은 무료로 입장할 수 있고, 따뜻하고 안전하며, 몇 시간이나마 다른 행복한 가족들 사이에서 현실을 잊은 채 그들의 일부라고 믿을 수 있어서 좋았다는 말은 꺼내지 않았다.

"그때는 쓰레기봉투를 입고 외출하면 곧장 차들이 놀라서 멈춰 섰죠." 아이오나는 씁쓸하게 웃으며 말했다. "지금은 홀딱 벗고 거리를 걸어도 아무도 관심 없을 거야." 그건 아닐 거라고 피어스는 생각했다. 사실 아이오나가 홀딱 벗은 모습을 굳이 떠올리고 싶지는 않았다. 그런 이미지는 하루를 완전히 망쳐놓을 수 있었다.

"있잖아요, 일본에서는 노년층을 존경하고 우러러보는 문화가 있대요. 비랑 거기 가서 살까봐요. 내가 날생선을 안 좋아해서 유 감이지만. 가라오케도." 그녀는 말을 이었다. "그래도 이누이트 보다는 낫지. 노인들을 유빙 위에 올려놓곤 죽을 때까지 방치한 다던데."

"지금은 아닐걸요, 아이오나. 사실상 수백 년 전부터 안 그랬 을 거예요." 피어스가 말했다.

"어쨌든, 더 재밌는 얘기나 합시다. 당신 얘기. 직업 바꾸는 건 어떻게 돼가고 있어요?" 아이오나가 눈을 가늘게 뜨고 그를 바라 보았다. 마치 슈퍼마켓 계산대에서 바코드를 찍다가 예상치 못한 물건을 발견한 사람의 눈빛 같았다.

"솔직히 아직 멀었어요." 피어스가 말했다. "재교육을 어떻게 받아야 하는지도 모르겠고요. 너무 나이든 것 같기도 해요." 교사 가 되겠다는 생각을 그렇게 빨리 단념한 진짜 이유, 즉 캔디다가 전혀 지지해주지 않는다는 사실은 고백하고 싶지 않았다. 왠지 배신하는 느낌이었다.

"헛소리 마요. 당신은 아직 아기예요, 아기! 마흔도 안 됐을 거 면서. 교사인 사람과 진지하게 상담해봐요. 연줄이 돼줄 수도 있 잖아. 아는 교사 없어요?"

피어스는 최근에 캔디다가 주최한 술자리에 왔던 이들을 하나 하나 떠올려보았다. 변호사, 은행가, 헤지펀드 매니저, 벤처사업 가, 대표이사, 그리고 재미를 위해 언론인 몇 명. 교사는 한 명도 없었다. 산 채로 잡아먹혔는지도 몰랐다. 유니폼을 입은 당일 알 바 웨이터들이 훈제 연어 블리니와 새우튀김에 곁들여 서빙했을

지도. 칠링한 빈티지 폴 로저 샴페인과 함께 목구멍으로 넘어갔을지도.

"없는 것 같습니다." 그가 말했다. 민티의 1학년 담임선생님은 논외로 쳤다. 캔디다의 귀에 들어갈지도 모르니 신뢰할 수 없을뿐더러, 교사가 되더라도 지나친 특권을 누리는 다섯 살배기들 말고 문제투성이 십대들을 가르치고 싶었다.

"음. 반드시 뭔가 떠오를 거예요." 아이오나가 말했다. "내 경험으론 보통 그래요."

"그렇겠죠." 아이오나는 대체 어떤 이상하고 단순한 우주에 사는 걸까 생각하며 피어스가 말했다. 기차가 서비턴역에 정차했다. 은행가의 차를 타고 은행가의 집으로, 은행가의 아내에게로 돌아가기 위해 그는 내렸다.

이건 아이오나의 시간과 내 시간 모두 낭비하는 짓이야. 내겐 걱정해야 할 훨씬 더 급박한 문제가 있어.

산제이

완벽하게 관리된 잔디밭과 웅장한 분수대, 깔끔한 화단을 갖춘 햄프턴코트궁전의 정원을 거니는 동안 목과 어깨의 뭉친 근육이 조금씩 풀리는 걸 느낄 수 있었다. 런던 병원의 삭막한 인공조명 아래 인정사정 없이 소독한 실내에서 깨어 있는 시간의 대부분을 보내다보니 야외에 나오면 얼마나 힐링되는지 잊어버리곤 했다. 이토록 아름다운 공간이 집에서 불과 몇 마일 떨어진 곳에 있었는데도 이제야 처음 와봤다니.

완벽한 아침이었다. 겨울이 봄에 자리를 내주는 첫 신호를 느낄 수 있는 그런 아침. 하늘은 구름 한 점 없이 파랗고, 공기에는 찬 기운이 감돌며, 호수에선 낮게 안개가 피어올랐다. 계절을 살피는 용감한 꽃들, 설강화와 크로커스가 언 땅을 뚫고 고개를 내밀었다.

하얀 마녀의 힘이 점점 약해지는 증거를 목격하는 『나니아 연대기』 속 마법 생물이 된 기분이었다. 비버일지도 모르지. 아니면 목신일지도. 목신이면 더 좋겠다.

햄프턴코트궁전 미로는 1700년경에 만들어진 현존하는 가장 오래된 울타리형 미로입니다. 산제이는 머릿속으로 읊었다. 아이오나와 수월하게 대화하기 위해 어젯밤 몇 시간 동안 궁전과 미로의 역사에 대해 이것저것 읽어둔 터였다. 우습게도 그는 서른 살 정도 연상의 낯선 사람이나 다름없는 이와 나들이를 가본 적이 한 번도 없어서 사실 좀 걱정이 되었다. 대체 왜 아이오나가 그런 제안을 한 건지, 자신은 왜 응한 건지 알 수가 없었다. 아이오나와 함께 있으면 전혀 통제할 수 없는 일들이 벌어지는 것 같았다.

"산제이!" 아이오나가 하도 큰 소리로 불러서 일본인 관광객들이 사진 찍는 내내 가만히 참아주던 왜가리가 놀라서 휙 날아올랐다. 플라스틱 모형인 줄 알았는데. "여기!"

아이오나는 미로 입구에 서 있었다. 화려한 인조 모피 칼라에 커다란 금색 단추와 자수가 달린 에메랄드그린 빛깔의 기다란 벨벳 프록코트 차림이었는데, 장엄한 풍경과 무척 잘 어울렸다. 투박한 검은색 닥터마틴 부츠는 전혀 안 어울렸고.

"저기 봐요," 먼 곳을 가리키며 그녀가 말했다. "저 사람 에미 아니에요?"

아이오나의 검지손가락이 가리키는 방향을 따라가던 산제이는 시선이 고정되자마자 심장이 멎을 것 같았다. 설마? 하지만 맞았다. 믿을 수 없게도, 틀림없이, 에미였다.

이렇게 멀리서 알아보기란 불가능했지만, 에미는 관광객 무리와 캐나다 거위 사이를 요리조리 뚫고 걸어왔다. 아침마다 3번 객차에서 그러는 것처럼. 목적지에 얼른 도착하고 싶은 듯, 마치 하루하루가 곧 가지에서 떨어질 잘 익은 복숭아인 듯 에너지 넘치고 낙관적인 움직임. 젠장, 왜 하필 복숭아 이미지를 떠올린 거야?

에미는 대체 여기서 뭘 하는 거지? 물론 대답은 뻔했다. 사실 고개를 돌려 아이오나를 노려본 순간에야 깨달았다. 아이오나는 전혀 그를 보고 있지 않았다.

"에미! 유후! 우리 왔어요!" 그녀가 외쳤다.

"아이오나!" 추위에 발개진 뺨으로 약간 숨차하며 에미가 말했다. "여기 너무 근사하네요! 안녕하세요, 산제이! 당신도 오는 줄은 몰랐어요!"

"저도 당신이 오는 줄 몰랐어요." 산제이가 말했다. 둘 다 아이오나를 돌아봤지만 아이오나는 몸을 굽혀 닥터마틴 신발끈을 묶고 있었다.

"여기 와본 적 있어요?" 에미가 싱긋 웃으며 물었다.

"어, 아뇨." 그는 말을 더듬었다.

병원에서는 누구와도 대화할 수 있다고, 자판기에서 음료 한 잔 뽑는 시간보다 더 빨리 낯선 사람을 친구로 만들 수 있다고 소문이 자자한 산제이가 에미와 함께 있으면 매번 말문이 막히니, 참 아이러니한 일이었다. 그녀가 기대에 찬 눈길로 바라보면, 마치 혀가 입안을 가득 채울 때까지 부풀어오르는 느낌이었고, 급기야 술 취한 민달팽이처럼 변해 도무지 쓸모 있게 움직여주지 않았다. 그와 동시에 머릿속에선 논리정연한 생각이 죄다 빠져나갔다. 에미는 나를 바보 천치라고 생각하겠지. 그는 아이오나의 서툰 중매 시도를 속으로 비난했다. 적어도 귀띔은 해줄 수 있었잖아.

"부츠 너무 멋지네요, 아이오나." 그와의 대화는 포기한 게 분명한 에미가 말했다. "비건이에요?"

"전혀요!" 아이오나가 얼굴을 찡그리며 말했다. "신발이잖아요, 아가씨. 신발은 무생물이고 먹을 필요가 없으니 비건도 육식도 아니지."

어떻게 답해야 할지 혼란스러운 게 분명한 에미는 화제를 바꾸었다.

"미로가 엄청나게 크네요. 헨리 8세는 당시 아내를 피해 여기 와서 왕비 자리를 꿰차고 싶어 줄을 선 여자들과 신나게 놀아난 게 아닐까요?" 그녀가 말했다.

"그건 아닐 거예요." 어젯밤 주입한 정보 중 하나를 흐뭇하게 내놓으며 산제이가 답했다. "헨리 8세는 미로가 생기기 100년 전에 이미 죽었거든요. 미로는 윌리엄 3세의 아이디어였죠." 세상에, 콧대 높은 공부벌레처럼 말을 뱉고 말았다. "제가 알기로는요." 마무리라도 유하게 하려고 덧붙였다.

에미는 분수대 옆을 지나가는 공작 한 마리를 발견했다. 새는 관광객들이 왜 자기 정원에 무단침입한 건지 모르겠다는 듯 경멸하는 표정이었다. 에미가 새 사진을 찍으러 간 덕에 산제이는 아이오나에게 말을 건넬 기회가 생겼다.

"아이오나," 산제이가 말했다. "이게 좋은 생각이라고 여기셨나본데……"

"달링, 이건 좋은 생각이 맞아요." 그녀가 말을 잘랐다. "사실 끝내주게 좋은 생각이지. 조금만 기다려봐요. 결혼식 때 지금 얼마나 배은망덕했는지 떠올리게 될 테니."

그는 한숨을 내쉬었다.

"이렇게 난처한 상황을 만드셨으니 부탁 하나만 들어주실래요? 길을 잃어주세요."

"길을 잃어달라고?" 아이오나가 상처받은 표정을 지었다. "나더러 자리를 피해달라는 거예요?"

"아뇨! 미로에서 길을 잃어달라고요. 무슨 뜻인지 아시죠? 잠깐이나마 에미와 둘만의 시간을 가질 수 있게요." 그가 설명했다.

"음, 달링, 그건 전혀 현실적이지 않은 생각인데요. 난 이 미로의 진정한 그랜드마스터라고요. 둘이서 길을 잃는 게 어때요? 그러지 않기가 더 어려울걸. 난 중앙에서 기다릴게요." 에미가 이쪽으로 걸어오는 모습을 보며 아이오나가 말했다.

"표를 사야 하니 줄을 설까요?" 에미가 물었다.

"내가 이미 샀지요." 아이오나가 핸드백에서 표 세 장을 꺼내며 말했다. "됐어요, 됐어, 내가 낼게. NHS*에 보답하는 나만의 방식이니까. 자, 이제 두 사람은 같이 미로로 들어가고 나는 따로 갈게요. 미로를 처음 체험해보는 사람한테 길을 다 알려주면 재미없잖아! 중앙에서 기다릴게요."

"중앙까지 걸리는 시간은 평균 20분이래요." 산제이가 햄프턴 코트 웹사이트 정보를 되새김질했다.

---

* 영국의 국립의료보험.

"흠, 도전이 되겠군." 아이오나가 말했다. "해낼 수 있나 어디 한번 봅시다!"

중앙까지 가는 게 어려워봤자 얼마나 어렵겠어? 택할 수 있는 경로가 아주 많으니 결국엔 도달하겠지. 산제이와 에미는 중앙에 도착한 사람들이 내지르는 승리의 함성을 들을 수 있었고, 죄다 가까이 있는 듯한데도 도무지 어딘지 알 수가 없었다.

"다음 모퉁이만 돌면 돼요!" 산제이가 말했다. "확실해요!" 모퉁이를 돌자 나타난 건 막다른 길이었다. 어딘지 익숙해 보이는 벽. 그게 문제였다. 이 울타리와 저 울타리가 너무도 비슷하게 생겼다는 것. 우리 둘이 나타나길 기다리느라 아이오나는 끔찍하게 지루할 거야.

"제자리에서 빙빙 돌고 있는 것 같아요." 그가 말했다. "실타래가 필요하겠는데요. 미궁의 테세우스처럼!" 그 비유가 약간 마음에 들었다. 에미는 그리스신화를 좋아할 것 같았다.

"정말 그러네요!" 에미가 말했다. "먹을 것 좀 가져오셨어요? 며칠이 걸릴 수도 있겠는데. 사람들이 몇 주 지나서 우리를 발견할지도 모르겠어요. 비쩍 말라 껍데기만 남은 두 사람 발견."

"체계가 필요할 것 같아요." 산제이는 단호하고 남자답게 말하려고 애썼다. 진심으로 믿고 맡길 수 있는 사람답게. "오른쪽으로만 가보는 건 어때요?"

소용없었다. 왼쪽과 오른쪽을 번갈아 택해도 마찬가지였다.

"우리 생각이 너무 많은 것 같아요." 에미가 말했다. "여기 온 아이들은 전부 길을 잘 찾는 것 같지 않아요? 우리도 애들처럼 흘러가듯이 무작정 가보는 건 어때요?"

에미가 그의 손을 잡았고, 둘은 웃으며 모퉁이를 돌고, 느릿느릿 걷는 관광객들 사이를 비집고 요리조리 방향을 틀며 달렸다. 그리고 마침내 당당히 중앙에 이르렀다. 한가운데 벤치가 있는 넓은 공터였다. 벤치는 비어 있었다.

"아이오나는 어디 있는 걸까요?" 에미 옆에 앉으며 산제이가 물었다. 어깨에 팔을 두르고 싶은 충동을 꾹 참으려고 벤치 끄트머리에 걸터앉았다.

"전혀 모르겠어요." 에미가 숨을 몰아쉬며 말했다. "너무 지루해서 가버린 걸까요? 아니면 미노타우로스한테 잡아먹혔을 수도 있겠다."

"미노타우로스도 아이오나한텐 덤빌 생각도 못할걸요." 산제이가 말했다. "무슨 일인지 인지하기도 전에 특유의 눈길을 쏘면서 이렇게 말하지 않았을까요? 너 그렇게 화난 이유가 뭐야? 난 잡지 상담가라고."

에미가 깔깔 웃자 산제이는 로또에 당첨된 기분이 들었다.

"아이오나!" 에미가 외쳤다. "거기 있나요!"

"거의 다 왔어요!" 외침소리가 들려왔다. "둘이 더 빨리 도착할 수 있게 좀 기다렸지." 목소리가 가까운 데서 들린다 싶더니 곧이어 울타리 사이로 에메랄드빛 형체가 번쩍거렸다.

"재밌었어요, 그죠?" 에미가 물었다. 산제이는 입이 귀에 걸릴 듯 웃으며 고개를 끄덕였다. 어디로 가야 할지 고민하기를 관두자마자, 둘의 관계가 어디로 향하는 걸까 하는 고민도 물러갔다. 에미와 함께한 순간 중 처음으로 그는 온전히 편안했다. 마치 그녀가 그의 환자 중 한 명인 것처럼. 다만 아름답고 암에 걸리지 않은.

"아이오나!" 에미가 외쳤다.

"금방 갈게요!" 좀전보다 더 멀리서 목소리가 들려왔다.

당신을 많이 좋아한다고 에미에게 고백할까 망설이는데, 아이오나가 그 어느 때보다 허둥대며 울타리 틈을 비집고 빠져나왔다. 섬세하게 매만진 머리카락은 한쪽으로 쏠렸고, 크리스마스 푸딩의 호랑가시나무처럼 작은 가지가 톡 튀어나왔다.

"잘했어요!" 숨을 약간 헐떡이며 벤치 등받이에 털썩 기대고는 진홍색 손톱이 한층 눈에 띌 만큼 손가락의 핏기가 싹 가시도록 벤치를 꽉 붙든 채 아이오나가 말했다. "두 사람 해냈네요! 사실 꽤 빨랐어요. 둘이 진짜 완벽한 콤비다. 너무 멋지지 않아요?"

"정말요!" 에미가 말했다. "토비도 데려와야겠어요. 엄청 좋아할 거예요."

잠깐의 침묵이 흐른 뒤, 산제이는 너무나, 너무나 답을 알고 싶지 않은 질문을 기어이 던졌다.

"토비가 누군가요?"

"제 남자친구요." 에미가 말했다. "퍼즐을 좋아하거든요. 재능도 있고요. 그래서 코딩을 그렇게 잘하나봐요. IT 회사를 운영하고 있어요."

아, 너무 잘됐네. 한 번도 만난 적 없는 사람을 이토록 격하게 싫어하는 게 가능한 일인가 생각하며 산제이는 속으로 중얼거렸다.

아이오나

승리가 재앙으로 이렇게나 빨리 바뀔 수 있을까?

아이오나는 마침내 미로의 중앙을 찾아냈고―마지막으로 와본 이후로 길이 좀 바뀐 것 같았다―벤치에 친근하게 앉아 있는 젊은 두 연인을 보았다. 그런데 남자친구가 있다는 에미의 말을 듣게 될 줄이야.

산제이는 축제 가면처럼 이해할 수 없는 미소를 줄곧 짓고 있었다. 그가 들어설 수 있는 유일한 극장은 수술실이라는 극장뿐이라는 게 명백해졌다. 그래도 다 끝난 건 아니었다. 이 '남자친구'와 꽤 최근에 만나기 시작했을 수도 있고, 쉽게 헤어질 만한 가벼운 관계일 수도 있으니.

"토비랑 사귄 지 오래됐어요?" 산제이와 더 가까이 앉으라는 뜻으로 에미 옆에 앉으며 아이오나가 물었다.

"거의 2년 됐어요." 에미가 말했다.

아이오나에게 2년은 눈 깜짝하면 지나갈 시간이지만, 산제이와 에미에겐 영원과도 같을 것이다. 롱디 커플일 수도 있고, 지지부진하고 권태로운 관계일 수도 있지. 결혼반지 안 낀 게 어디야. 나들이를 제안하기 전 아이오나는 미리 기차 시간표를 알아두었다. 자료조사는 늘 중요하지.

"그래도 결혼한 건 아니죠?" 아이오나가 물었다.

"아직은요." 에미가 답했다. "근데 같이 산 지 오래돼서 결혼하는 게 나을 수도 있겠다 싶어요."

젠장.

"비도 같이 오지 그랬어요, 아이오나. 정말 뵙고 싶었는데." 에미가 말했다.

"그럴 걸 그랬네요." 그녀가 말했다. "두 사람 얘기를 비한테도 했거든. 엄청 보고 싶어해요. 자, 이제 커피나 마시러 갈까요? 당신의 그 깜찍한 친구 피즈 얘길 좀 듣고 싶은데. 저랑 제 편집장이랑 점심을 같이하면 좋겠어서요. 그런 다음에 둘이서 궁전을 좀 둘러봐요! 난 우리 룰루한테 가봐야 하거든. 너무 오래 떨어져 있으면 싫어해서."

"출구로 가는 지름길 좀 알려주실 수 있어요?" 에미가 물었다.

"아뇨, 안 돼요." 그녀가 말했다. "그건 반칙이잖아. 두 사람이 앞장서면 내가 뒤따라갈게요."

계획대로 일이 풀리진 않았지만 그래도 그녀에게 신세진 밀레니얼세대 두 명과 커피를 마시는 동안 아이오나는 가방에서 노트를 꺼내 독자들의 고민을 적어둔 최근 메모를 몰래 살펴봤다.

"자기들," 그녀가 말했다. "만약 두 사람 또래의 여자가 절친의 전 남자친구를 좋아한다고 가정해보면, 사귀어도 될까요 안 될까요?" 에미와 산제이가 이상하다는 눈빛을 보내자 이렇게 덧붙였다. "그냥 궁금해서." 별로 도움이 되지 않는 말이었다.

"글쎄요, 여자 친구 코드를 고려해봐야 하지 않을까요?" 에미가 말했다. 코드? 뭔 코드? 아이오나는 노트를 꺼내고 싶어 손가락이 근질거렸지만 무릎 위에 손을 얌전히 올려두고 말했다. "그렇지. 그냥 궁금해서 묻는 건데, 여자 친구 코드란 게 대체 뭐예요, 에미?"

"친구의 허락 없이 친구의 전 남자친구를 건드리면 안 된다는 규칙이에요. 그리고 둘이 헤어진 데는 그럴 만한 이유가 있다는 걸 꼭 유념해야 하죠. 관계를 맺기 전에 모든 정보를 제대로 파악해야 해요." 에미가 말했다.

카페 테이블에 놓인 휴대폰이 진동하며 광택나는 유리 위에서 움직이기 시작했다. 화면에 뜬 이름은 '토비'. 꽝꽝 얼어붙은 호수처럼 창백한 푸른 눈동자를 지닌 남자 사진도 함께 떴는데, 아이오나의 회사 젊은이들이 죄다 유행처럼 기르는 괴상한 힙스터 수염을 기르고 있었다.

"전화 좀 받아도 될까요?" 에미가 휴대폰과 커피를 집어들며 묻더니 답도 듣지 않고 저만치 갔다.

"너무 울적한 표정 짓지 마요, 산제이." 아이오나가 노트를 꺼내 메모를 휘갈기며 말했다.

"그 사진 보셨어요?" 산제이가 말했다. "생긴 게……"

"섹시하지." 아이오나의 답과 동시에 산제이가 내뱉었다. "등신 같아요." 그리고 물었다. "스키 리프트에 타고 있는 사진이었죠?"

"맞아요."

"저는 한 번도 스키 타본 적 없어요."

"스키는 과대평가됐어요." 아이오나가 말했다. "패션 감각이 엉망진창인 슬론족*이 발바닥에 비싼 널빤지를 대고 노는 거지." 산제이가 한숨을 쉬었다.

"망했어요, 아이오나." 그가 말했다.

"절대로, 절대로 망한 건 아니에요." 그녀가 대꾸했다. "망했다는 말은 내 사전에 없어. 그거 알아요? 나랑 런던을 떠날 때 비는 엄청난 권력자지만 죽을 것같이 따분한 열 살 연상의 남자와 결혼을 코앞에 두고 있었어요. 식장에 들어가기 직전이었지."

샛노랑 폭스바겐 비틀을 타고 콩코르드광장을 가로지르며 기쁨의 비명을 지르던 비와 자신의 모습이 떠올라 아이오나는 잠시 말을 멈췄다.

아끼는 물건을 최대한 많이 차에 욱여넣은 다음, 지난 삶의 흔적은 모두 내버려둔 채 그들은 떠났다. 선루프까지 열어 최대한 공간을 확보했지만, 칼레로 가는 여정에서 나이절이라고 이름 붙인 유카 화분과 아이오나의 할머니가 준 찻주전자를 잃어버렸다.

안전벨트가 고장나서, 운전석이 오른쪽인 데서도 운전할 만큼 용감했던 비는 급브레이크를 밟을 때마다 팔을 옆으로 뻗어 아이

---

* 유행에 민감한 영국 상류층 청년들을 가리키는 말.

오나를 지켜주었다. 자기야, 신경써줘서 정말 고마워! 아이오나는 도로의 소음을 뚫고 외쳤다.

자동차 장면은 순식간에 바람에 휘날리는 비의 웨딩 베일 이미지로 바뀌었다. 레이스 장식을 단 거대한 앨버트로스 같았던 비. 영국해협을 건너는 페리 뒤편에서 날려보냈던 베일.

"결혼식 선물 250개를 다시 상자에 담아 돌려보내야 했지." 그녀가 말했다.

"정말 용감하셨네요." 산제이가 말했다.

"사실 좀 낭비 같았어요. 선물 몇 개는 진짜 좋은 거였는데." 아이오나가 말했다.

"아뇨, 제 말은 비가 정말 용감했다고요. 마음이 이끄는 대로 행동했으니까요." 산제이가 말했다.

"선택의 여지가 없었어요, 친구." 아이오나가 말했다. "우리 둘 다 그랬지. 때로 운명은 우리가 갈 길을 그냥 보여주고, 우린 그저 따라갈 수밖에 없어요. 지금도 마찬가지야. 이게 운명이라면, 당신이 바라는 대로 될 거예요. 기다리기만 하면 돼. 뚱뚱한 여자가 노래 부를 때까진 끝난 게 아니지.*"

---

* '끝날 때까진 끝난 게 아니다'라는 의미의 관용어구.

에미

잘 알지도 못하는 사람들과 주말 나들이를 가는 건 에미답지 않은 행동이었다. 이번에 응한 것은 아이오나를 향한 오랜 집착 때문이었다.

지난 1년간 에미는 템스디턴에서 워털루까지 가는 기차를 타는 내내 몰래 아이오나를 스토킹했다. 곧장 알아볼 수 있었다. 어떻게 못 알아볼 수 있나? 아이오나는 꼭 저렇게 늙고 싶다는 생각이 들게 만드는 여성이었다. 개성이 톡톡 튀고―심지어는 우상 같고―다른 이들의 생각 따윈 추호도 신경쓰지 않는 여성.

아이오나를 보면 학교에서 배웠던 시가 떠오르곤 했다. 할머니가 되면 나는 보라색을 입으리……

기회가 있을 때마다 에미는 아이오나 근처에 앉아 책 너머로 몰래 훔쳐보며 그녀의 개인사를 캐내려 애썼다. 프리마발레리나였을지도 몰라. 저 꼿꼿한 자세를 보면 말이지. 어린 시절부터 신동으로 전 세계를 누비다가 러시아인 발레 파트너가 과도한 힘으로 들어올리는 바람에 척추가 손상돼 스물셋에 은퇴했을지도. 아니면 유명 첼로 연주자. 그런데 이탈리아 지휘자가 세컨드 클라리넷티스트랑 바람이 나서 상심한 나머지 연주를 관뒀을지도.

피어스와 그 말썽꾸러기 포도 덕분에 아이오나의 진짜 이름과 직업을 알게 되었고, 얼마 뒤 피즈에게 전부 털어놓았다.

"아이오나 요트!" 피즈는 소리질렀다. "진짜 아이오나 요트를 봤다니! 인플루언서라는 개념이 없었을 때 이미 인플루언서였던 분이지. 우리 엄마가 완전 팬이었어. 어렸을 때 주말마다 그분이 쓴 칼럼을 엄마가 읽어줬는데. 지금 잡지 상담가라고? 정말 굉장한 레트로잖아! 종이 잡지 안 읽은 지 몇 년 됐는데. 당장 사야겠다. 잡지 이름이 뭐야?"

"〈모던 우먼〉." 에미가 말했다.

"으, 그 이름은 진짜 싫다." 피즈가 말했다. "대중교통으로 출퇴근할 줄은 전혀 몰랐네. 아직 현역인 줄도 몰랐고. 안 믿겨. 이사도라 덩컨처럼 비극적이지만 엄청 화려한 사고로 죽었을 거라고 생각했는데."

에미는 이사도라 덩컨을 찾아보았다. 프랑스 남부에서 컨버터블을 타고 가다가 바퀴와 차축에 스카프가 엉켜서 쉰 살에 사망한 무용수. 피즈 말이 맞았다. 아이오나가 세상을 떠난다면 딱 그런 식일 거다. 아니, 어쩌면 불사신 같은 존재인지도 모른다. 닥터후처럼 재생성해서 스칼릿 조핸슨 같은 몸으로 환생할지도.

피즈는 아이오나를 소개해달라고 애원했고, 아이오나의 말을 들어보니 생각보다 쉽게 만남이 성사될 것 같았다. 피즈와 아이오나가 절친이 된다는 생각에 묘한 질투심이 일었다.

"자기, 그거 알아?" 음질이 좋지 않은 수화기 너머로 토비가 말했다. "자기가 제일 좋아하는 거 만들어놨다. 로스트비프랑 곁들임 음식 잔뜩. 요크셔푸딩까지."

"토비," 짜증이 새어나오지 않게 억누르며 에미가 말했다. "먼저 밥 먹으라고 했잖아. 나 지금 햄프턴코트에 있어, 잊은 거 아니지?"

"아이고, 나 바보다!" 토비가 말했다. 그 말투에서 중요한 걸 잊어버렸을 때마다 늘 그러듯 손바닥 끝으로 이마를 툭툭 치는 모습이 훤했다.

"여기 온 지 한 시간밖에 안 됐거든. 미로는 다 둘러봤는데 산제이랑 같이 궁전 부엌도 구경하고 가려고. 괜찮지?" 에미는 말하면서 새 친구를 사귀는 걸 자신이 무척 즐기고 있다는 것을 느꼈다.

오랜 친구들 대부분은 토비와 함께 살게 되면서 슬그머니 멀어졌다. 진지한 관계를 맺게 되면 으레 있는 일이겠거니 싶었고, 이제 그녀는 친구들과 전부 떨어져 템스디턴에 살고 있었다. 앞으로 꾸릴 가정을 위해 토비가 교외에 큰 집을 사서 이사하고 싶어 한 것이었다. 하지만 에미는 종종 고립된 것 같은 기분이 들었다. 댈스턴의 비좁은 공동주택에서 살 때보다 훨씬 넓은 공간을 얻었음에도 때때로 교외는 숨막힐 듯 갑갑했다. 폐소공포증이 올 것처럼. 예전 룸메이트들, 그리고 펍에 함께 있다가 각자 걸어서 돌아갈 수 있는 거리에 살던 친구들이 그리웠다.

"산제이?" 토비가 말했다. "예순 살인 여자분 만난다면서?"

"맞아." 그녀가 말했다. "그분이 산제이도 데려오셨더라고. 기차에서 만난 또다른 남자분이야. 간호사."

"어, 멋있네." 토비의 말에서 약간의 질투가 느껴졌다. 남자들자아는 참 연약해. 에미는 칭찬으로 받아들이기로 했다. 모두가 그녀와 자고 싶어한다고 철석같이 믿는 저 태도를.

머리를 맞대고 뭔가 중대한 이야기를 나누는 듯한 산제이와 아이오나를 슬쩍 돌아보았다. 영상통화가 아니어서 오히려 다행이었다. 산제이가 얼마나 잘생겼는지 알면 토비는 분명 질투로 활활 타오를 테니까. 만약 〈캐주얼티〉*의 섭외 담당자가 똑똑하고 친절하며 모든 환자가 몰래 짝사랑하는 간호사 역을 맡을 남자를 찾고 있다면 곧장 산제이를 캐스팅할 거다. 그는 살짝 길어서 눈을 가리는 아름다운 검은색 머리카락을 이따금 후 불어 넘겼다. 눈은 또 어찌나 짙은 갈색인지, 일반적인 갈색과 다른 독특한 음영을 띠었고, 에미가 마스카라에 돈을 쏟아부어 얻은 것과 같은 풍성한 속눈썹을 자랑했다.

분명히 일도 아주 잘할 거야. 위급한 상황에서도 그렇게나 침착하고 공감 능력도 뛰어났으니까. 부끄러운 증상도 기꺼이 털어놓을 수 있는 사람이겠지. 물론 호감이 없다는 전제하에. 그녀는 호감이 없지 않았다.

"있잖아, 에미." 토비가 말했다. "내 걱정은 하지 마. 친구들과 즐거운 시간 보내. 내가 바보 같은 실수를 한 거니까. 자기 건 쓰

---

* 1986년부터 영국 BBC에서 방송되는 의학 드라마 시리즈.

레기통에 버릴게. 보관하긴 좀 그래서. 냉동하기도 그렇고."

에미는 한숨을 내쉬곤 오늘 하루가 어떻게 흘러갈지 머릿속으로 다시 정리해보았다.

"그러지 마, 자기." 그녀가 말했다. "지금 출발하면 1시까지 도착할 수 있어. 그럼 괜찮을까?"

"완벽해!" 토비가 다시 예전의 자아로 돌아와 말했다. "그럼 기다릴게. 너무 사랑해! 내가 말했던가?"

"백만 번은 했지." 에미가 미소 지으며 말했다. "나도 사랑해. 맛있는 구운 감자를 만들어줘서만은 아니고."

대중교통에서 만나 가까워진 사람이 아이오나와 줄줄이 늘어나는 그녀의 무리가 처음은 아니었다. 거의 딱 2년 전, 댈스턴에서 지하철로 출퇴근하던 시절이었다. 개찰구에 다가가 핸드백에서 지갑을 꺼내려는데 지갑이 없었다. 개찰구를 통과할 방법도, 돈도, 카드도, 아무것도 없이 갇혀버린데다 더 최악인 건 제일 좋아하는 사진을 잃어버렸다는 사실이었다. 아기인 에미를 안고 반들반들한 정수리에 입맞추고 있는 엄마의 사진.

"도움이 필요해 보이시네요." 등뒤에서 웬 목소리가 들려왔다. 거기 그가 서 있었다. 그녀보다 최소 한 뼘은 더 키가 큰 남자. 그녀의 기사는 광나는 갑옷이 아니라 부드러운 네이비색 캐시미어 코트를 입고 시트러스와 샌달우드 향을 풍겼다. 남자는 경비원을 설득해 개찰구를 통과하게 해주었고, 그날 저녁 함께 저녁식사를 한다는 조건으로 20파운드를 빌려주었다.

에미는 항상 스스로가 강인하고 독립적이라는 사실에 자부심이 있었는데, 그건 종종 연애 관계에서 그녀가 모든 결정을 내리고 속도와 방향을 정해야 한다는 뜻이었다. 토비는 그녀가 그렇게 하도록 놔두지 않았다. 그는 그녀를 사랑했고, 자주 사랑한다고 말했고, 그녀를 돌봐주고 싶어했다. 그리고…… 그녀는 마지못해 인정했다. 그렇게 결정권을 약간 내려놓는 일이 큰 위안을 주었다는 걸.

직장에서 받은 끔찍한 익명의 메시지에 대해 아직 토비에게 말하지 않았다. 그녀 편에서 화를 내주리라는 건 알았지만 그가 할 수 있는 일은 사실상 없었고, 그런 불쾌감이 안전한 공간인 집안에까지 스며드는 걸 바라지 않았다. 어쨌든 토비와 함께 있는 것만으로도 모든 걱정은 넣어둘 수 있었다. 반응하지 않으면 상대가 누구든 그녀를 괴롭히는 일이 지겨워져 떨어져나갈 거라는 확신이 있었다.

에미는 티 하나 없이 깔끔한 타일이 깔린 현관으로 들어섰다. 오븐에서 소고기가 구워지는 냄새가 났고, 라디오를 틀어놓고서 열성적으로 노래하는 토비의 목소리가 들려왔다. 늘 그렇듯 음을 틀리고 가사도 엉망진창이었지만.

신발을 벗어서 '신발 두는 곳'에 가지런히 놓았다. 토비는 물건을 두는 곳을 일일이 정해두었다. 지저분하고 어수선한 걸 끔찍이도 싫어해서 집안이 늘 쇼룸 같았다. 곤도 마리에도 무릎을 탁 치고 갈 정도였다. 처음 이사온 날, 둘은 저녁 내내 샴페인을 마시며 에미가 가져온 소소한 장식품을 살펴보았다. 뭘 두고 뭘 버리고 뭘 자선단체에 기부할지 결정하기 위해 그는 하나하나 들어 보이며 물었다. "이게 기쁨을 줘, 에미?"

샴페인에 취해 몽롱해진 에미는 몸을 기울여 그에게 키스한 다음 이렇게 말했다. "이게 기쁨을 줘, 토비?" 그런 다음 둘은 자선단체 가방에 둘러싸인 채 둘만의 은밀한 기쁨을 만끽했다.

"에미, 왔구나!" 토비가 레드와인 한 잔을 따르며 외쳤다. "이리 오시지요, 셰프 특전입니다." 그런 다음 그녀를 끌어당겨 몇 주 만에 만난 것처럼 키스했다.

이 얼마나 완벽한가? 물론 즐거운 오전시간을 보냈지만 집에 돌아오니 정말 좋았다.

산제이

산제이는 그날 아침 줄리의 첫 화학요법치료 생각에 빠져 있느라 맞은편에 앉은 소녀를 곧장 알아보지 못했다. 줄리의 손을 잡아주겠다고 약속한 터였다. 기차가 레인스파크역에 정차하자 여학생들이 재잘대며 탔다. 소녀를 알아본 건 그때였다. 다른 학생들과 같은 교복을 입었는데 훨씬 깔끔해 보였고, 소총의 조준경에 걸린 사슴처럼 경직되어 있었다. 공기 중에 팽팽한 긴장감이 감돌았다.

"에이씨, 다른 칸으로 가자." 새로 탄 학생 중 한 명이 말했다. 주의를 끌려는 게 분명하게 느껴질 정도로 크고 가식적인 목소리였다.

"왜?" 무리 중 한 명이 물었다.

"이 칸에 쟤 있잖아. 마사." 학생은 이름을 세 배나 길게 늘어뜨려 발음했다, 조롱하듯이.

무리는 하나가 되어 같은 방향을 바라보았고, 산제이의 맞은편에 앉아 있던 소녀는 좌석에서 몸을 움츠렸다. 마치 좌석이 블랙홀처럼 그녀를 빨아들여 소용돌이를 통과해 더 상냥한 우주로 이동시켜줄 것처럼.

저 느낌, 기억났다. 산제이는 축구팀에 뽑히거나 좋아하는 여자애의 눈에 띄고 싶어 앞으로 나서다가도 저녁 용돈을 빼앗기지 않기 위해, 일진들이 의식 치르듯 놀이터에서 가하던 굴욕을 당하지 않기 위해 투명인간처럼 있느라 애를 쓰며 학창시절을 보냈다. 그러자 이 소녀에게 다 괜찮을 거라고 말해주고 싶다는 마음이 절실해졌다. 다 한때라고. 왕따 시키는 애들은 대개 자기 삶이 비참해서 다른 애들을 괴롭히는 거라고.

하지만 기차에서는 이런 말이 통하지 않는다. 적어도 이 도시에서는. 주변 사람들이 그러듯 눈을 감아야 한다. 내 일 아니라고, 내 문제 아니라고 되뇌면서. 언젠가 스타킹 위로 치마가 말려 올라간 여성이 기차에 타는 모습을 본 적이 있었다. 누구도 아무 말 하지 않았다. 결국 여성은 워털루역에 내려 인파 속으로 사라졌다. 그날 하루종일 그는 죄책감에 시달렸다.

그때 아이오나가 떠올랐다. 그날 아침 그녀가 그 기차에 있었더라면 어떻게 했을까. 누가 그런 굴욕을 당하게 두지 않았을 테고, 지금도 상황을 내버려두지 않았을 거다.

아이오나처럼 하자, 그는 스스로에게 말했다.

동료 승객을 향해 고개를 돌렸다. 얼굴에 비해 큼지막하고 섬세한 이목구비가 눈에 들어왔다. 지금은 어색하지만 나이들수록 아름답게 변할 게 분명한 얼굴이었다. 판에 박힌 듯 예쁜 십대들은 시간이 지나면 평범해지고 잊히는 반면, 저 아이는 활짝 필 터였다. 하지만 소녀는 이 사실을 모를뿐더러 말해줘도 믿지 않을 거라는 확신이 들었다.

"저기," 전신마취에서 깨어난 아이에게 주로 쓰는 어조로 그가 말했다. "난 산제이라고 해. 이름이 마사, 맞아?"

마사는 대답하는 대신 좌석에 더 깊이 몸을 파묻었다.

"걱정 마, 쟤네 다 갔어." 그가 말했다. "나도 저런 애들 똑똑히 기억나. 나를 파키라고 부르면서 내 나라로 돌아가라고 했지. 아무리 내가 웸블리에서 태어났고 파키스탄이 아니라 인도계라고 설명해도 전혀 관심 없었어. 어쨌거나 걔들 지금 뭐하는지 알아?"

"아뇨." 여전히 잔뜩 긴장한 표정으로 객차 문을 바라보며 소녀가 답했다.

"한 명은 베리랜즈의 하수처리장에서 일해. 책상 앞은 아니고. 무슨 말인지 알겠지. 한 명은 장기실업 상태인데, 내 추측이지만 도박중독인 것 같아. 다른 한 명은 이십대 초반에 폭행 사건을 일으켜서 감옥에 갔고." 사실 거짓말이었다. 유년 시절 그를 괴롭힌 애들이 어떻게 됐는지 전혀 몰랐지만, 각양각색의 비참한 결말을 만들어내는 게 기분좋았다. 사람들의 상상과 달리 간호사가 됐다고 해서 성인聖人이 되는 건 아니었다.

"오해하진 마. 걔들한테 일어난 일을 고소해하는 게 아니야. 그냥, 널 괴롭히는 인간들은 네가 아는 것보다 더 많은 문제를 갖고 있다는 말을 해주고 싶었어." 그가 말했다.

"그래서 어떻게 했어요?" 소녀는 처음으로 그와 눈을 맞추며 물었다.

"간호사가 됐지." 그가 답했다.

"멋지네요." 마사가 말하며 놀랍게도 살짝 미소를 지었다. 간호사라는 일의 좋은 점은 그 직업이 사람들을 웃게 만든다는 점이었다.

"그런데 왜 쟤네가 괴롭히는 거야?" 산제이가 물었다. "네가 엄청 똑똑한 게 질투 나서?"

"그런 거면 좋겠어요." 소녀가 답했다. "그건 아니고, 제가 엄청 엄청 멍청한 짓을 저질렀거든요. 다 제 탓이에요. 친구들도 다 저를 피해요. 감염이라도 될 것처럼. 완전 유령이 된 것 같아요."

정확히 무슨 짓을 저질렀느냐고 물어보면 겁먹을 게 뻔하니 그러지 않기로 했다. 학창시절 기억이 생생했기에 그 정도는 알았다. 어떻게 도와줘야 할지 갈피가 잡히지 않았다. 그래도 도와줄 만한 사람을 떠올릴 순 있었다.

"저기, 마사." 그가 말했다. "기차에서 아이오나 본 적 있어? 크게 부풀린 헤어스타일에 멋진 옷을 입는 분인데. 한 자리 당당히 차지하는 프렌치 불도그를 데리고 다니고."

마사는 힘차게 고개를 끄덕였다.

"당연히 알죠! 이름은 몰랐지만요. 저는 '마법의 핸드백 아주머니'라고 불러요. 다른 우주로 통하는 포털 같은 가방을 들고 다니시잖아요. 들어가는 것보다 나오는 게 항상 더 많더라고요." 소녀가 말했다. "사실 얼마 전 등굣길에 아팠을 때 제 편을 들어주셨어요."

"아이오나 맞네!" 산제이는 퍼즐을 맞추는 기분으로 빙긋 웃었다. 다만 아이오나가 구토 사건을 말해줬다는 얘기는 꺼내지 않기로 했다. 이 불쌍한 소녀는 안 그래도 험담을 넘치게 듣고 있잖아.

"아, 그리고 그 개는 그냥 개가 아니에요. 그분의 다이몬이에요." 마사가 말했다.

"데몬?" 산제이가 물었다.

"다이몬." 마사가 고쳐주었다. "『황금 나침반』 안 읽어보셨어요? 다이몬은 동물의 모습으로 몸밖에 존재하는 영혼 같은 거예요. 절대 서로 떨어져선 안 되는 존재죠. 그분이 강아지랑 같이 있지 않은 모습 본 적 있어요?"

"어, 아니." 산제이가 말했다.

"그렇다니까요." 마사가 말했다. 뭐가 그렇다는 건지 알 수가 없었다.

"그럼, 다음에 기차에서 아이오나와 데몬을 마주치게 되면, 항상 3번 객차에 타시거든, 그때 내게 해준 이야기를 꺼내봐. 그분이라면 어떻게 해야 할지 아실 거야. 멋진 분이거든." 그는 잠시 뜸을 들이다 덧붙였다. "고민 상담 아주머니라고만 안 부르면 돼. 데이트를 주선해달라고 하지도 말고."

아이오나

사보이가 얼마나 그리웠는지 아이오나는 잊고 있었다. 단골로 드나들던 시절 이후 20년 동안 주변은 엄청나게 변했지만, 스트랜드호텔과 템스강 사이에 자리한 사보이는 세월이 흘러도 변치 않는 오아시스 같은 공간이었다.

딱 보면 연극단장이 만든 것임을 알 수 있는 실내는 마치 무대 위를 걷는 듯한 느낌을 주었고, 아르데코 스타일에 화려했던 옛 할리우드의 정취가 더해졌다. 아이오나는 1920년대풍의 강렬한 주황색 실크 벨벳 드레스를 입었고, 룰루는 모조 다이아몬드가 박힌 칼라에 주황색 깃털을 달았다.

"아이오나," 에드가 특유의 내가 당신 상사야, 잊지 마 톤으로 불렀다. 그 톤을 유독 좋아하는 듯했다. "개는 레스토랑에 데리고 들어가면 안 돼요. 이런 고급 식당에선 안 될 짓이죠. 공중보건과 안전 규칙을 죄다 위반하는 행위라고요. 저를 창피하게 하지 마시고 집에 데려가는 게 좋겠어요. 미팅은 저 혼자 할게요. 그게 더 나을 듯하네요."

"정말 아름답지 않니, 우리 아가? 내가 마음에 들 거라고 했지?" 아이오나는 점점 더 불안해하는 편집장의 연극적인 한숨은 가뿐히 무시한 채 팔에 안긴 룰루에게 말했다.

둘은 사보이그릴 입구에 고압적인 자세로 서 있는 지배인 쪽으로 걸어갔다. 대리석 바닥에 아이오나의 스틸레토힐 소리가 또각또각 울려퍼졌다.

"에드 랭커스터입니다." 에드가 말했다. "〈모던 우먼〉의 수석 편집장이죠." 겁먹을수록 더 불쾌한 인간이 되는군, 아이오나는 생각했다. 수석 편집장이라니. 대체 뭔 말이야?!? "세 명 예약했습니다. 피즈와 미팅이 있어요. 인플루언서 아시죠. 들어보신 적 있을 겁니다. 가장 좋은 테이블로 주시고, 언론사 할인도 당연히 해주시겠죠."

아이오나에 대한 언급은 한 톨도 하지 않았다. 에드가 배워야 할 무수히 많은 것 중 하나는 정상에 오르는 길에 사람들에게 똥을 싸면 내려갈 땐 그들이 당신한테 똥을 쌀 거라는 사실이다. 운 좋게도 아이오나는 전성기에 선행 베풀기를 실천해왔고 때로는 전혀 예상치 못한 순간에 그런 작은 빚을 멋지게 상환받기도 했는데, 지금 바로 그런 일이 일어나리라는 기대가 들었다. 그녀는 등뒤로 손가락을 꼬고 가만히 기다렸다.

지배인은 안경 너머로 에드를 빤히 바라보다가 아이오나에게 고개를 돌려 활짝 웃으며 양쪽 어깨를 붙잡고 볼키스를 건넸다.

"아이오나, 달링." 그가 말했다. "왜 이렇게 오랜만에 온 거예요? 보고 싶었는데! 하나도 안 변하셨네요! 음, 이 식당에 개 출입은 엄격히 금지되어 있는데……" 에드가 그거 보라는 눈빛을 보냈다. "하지만 당신에겐 규칙이 적용되지 않죠! 당신이 올 거라는 얘길 못 들어서 저쪽 구석 테이블을 잡아놨어요." 그는 매우 합당하게도 '당신 실수했어'라는 의미로 에드를 노려보더니 시베리아나 다름없는 가장자리를 가리켰다. "하지만 예전에 당신이 주로 앉던 강변 뷰 테이블로 옮겨드릴게요. 재무장관께선 다른 데 앉으시면 되죠 뭐. 따라오십시오."

"고마워요, 친애하는 프랑수아." 에드의 표정을 확인하고 싶은 충동을 애써 누르며 아이오나가 말했다. "사랑스러운 니콜은 어떻게 지내요?"

"나이가 들었지요. 하지만 여전히 아름답답니다. 사실 니콜은 저희가 내는 맛있는 치즈 같아요. 나이들수록 더욱." 그는 윙크하며 말했다. "스틸턴 치즈에 비유했다는 얘기는 니콜한테 비밀입니다."

아이오나는 깔깔 웃고는 입술에 지퍼를 닫는 시늉을 했다. 이스트엔드* 억양을 쓰며 프랭크라고 불렸던 하급 웨이터 시절의 프랑수아를 기억하고 있었다. 칼날이 왼쪽이 아닌 오른쪽을 향하도록 테이블에 올려두거나 은색 와인 코스터에 묻은 지문 자국을 놓치는 등 사소한 실수로 지배인에게 끊임없이 한소리를 듣곤 했다. 당시 그가 사귀던 객실 청소부 니콜을 위해 아이오나는 냅킨

---

* 전통적으로 노동자 계층이 거주하는 런던 동부지역.

156

에 사인을 해주었고, 비와 함께 가라며 받은 최신 웨스트엔드 공연 티켓을 둘에게 건네주기도 했었다.

그들은 식당에서 가장 좋은 테이블에 앉았다. 본차이나와 크리스털 잔이 테이블 다리가 휘어지도록 놓여 있었다. 아이오나는 승리를 거머쥔 표정을 짓지 않으려 애썼지만 성공했는지는 확실치 않았다.

"피즈가 여기 오고 싶어한 거 맞아요?" 잃어버린 입지를 되돌리려 애쓰며 에드가 물었다. "전혀 피즈 스타일 같지 않은데요. 너무 구식이에요. 쇼디치의 더 힙한 곳을 좋아하지 않을까요?"

"아뇨, 아니에요, 여기가 제일 좋아하는 곳이에요." 아이오나가 말했다. 솔직히 약간 불안했다. 한 번도 만난 적 없고 2주 전 햄프턴코트와 워털루 사이 어디쯤에서 피즈에 대해 듣기 전까진 그녀를 알지도 못했다. 그 이후로 기이한 동영상 몇 개를 보긴 했지만 서로 마음에 들어할지 자신이 없었다.

젊은 사람들이 삶의 사소한 디테일 하나하나까지 공유하는 것에 집착하는 이유는 뭘까? 그럼 신비감이 없지 않나? 수수께끼도? 그녀와 비가 언론에 끊임없이 오르내리던 시절, 사람들은 둘이 어떤 파티에 참석했는지, 무슨 옷을 입었는지, 누구와 어울렸는지 다 알았지만 어디에 사는지, 아침식사로 뭘 먹는지는 몰랐다. 참고로 아보카도는 으깼든 어쨌든 입에도 안 댔다. 두 사람의 집은 언제나 출입금지구역, 둘만의 안식처였다.

피즈에게 출입금지구역 같은 건 전혀 없어 보였다. 몇 분만 스크롤해보면 피즈가 침대 어느 쪽에서 자는지, 누텔라중독이 얼마나 심한지, 심지어 왼쪽 엉덩이에 문신을 새겼다는 것까지 알 수 있었다. 말해 뭐해.

에드의 시선이 어깨 너머를 향한 순간, 그의 태도가 돌변하는 걸 느낄 수 있었다. 뱀이 허물을 벗듯, 지루하고 짜증스러워하던 모습에서 호들갑스럽고 아첨하는 태도로.

"피즈!" 그가 불렀다. "만나뵙게 되어 정말 영광입니다! 완전 팬이에요!" 그는 손님에게 아이오나를 소개하기는커녕 아예 없는 사람 취급했다. 지나치게 커서 고개를 꺾어가며 그 너머로 대화를 나눠야만 하는 테이블 장식 같은 취급.

"감사합니다." 피즈가 말했다. "여기 정말 멋지네요. 이런 데 와볼 거라곤 생각도 못했어요. 전혀 제 취향이 아니거든요." 역시나, 생각했던 대로 짜증나는 애군. 아이오나는 갓 구운 롤빵에 버터를 발라 룰루에게 슬쩍 먹였다. 이 가증스러운 가식이 오가는 와중에도 식사는 맛있게 할 수 있겠지. 아이오나는 메뉴판에서 가장 비싼 요리를 주문하기로 마음먹었다.

"그렇게 말씀하실 줄 알았어요." 에드가 내가 그랬잖아 하는 지독한 눈길로 아이오나를 노려보며 말했다.

"아뇨, 그게 아니라 너무 멋져서요. 완전 유니크하잖아요. 다 거기서 거기인데다 지나치게 오버하는 쇼디치의 식당들은 이제 질려요. 아이오나의 아이디어 맞죠?" 화려한 염색 머리에 마구잡이로 피어싱을 한 피즈가 아이오나에게 고개를 돌리고는 굉장한 건치를 뽐내며 환하게 웃었다. 아이오나는 마음이 사르르 녹아내렸다.

"들어오자마자 왠지 아는 것 같은 분을 마주쳤다는 생각에 깜짝 놀랐어요." 피즈가 재무장관을 가리키며 말했다.

"피즈," 기름기가 좔좔 흐르다못해 그대로 미끄러져 엉덩방아를 찧을 것 같은 목소리로 에드가 말했다. "제 소소한 잡지의 팬이시라니 정말 기쁩니다." 네 소소한 잡지?

"사실 그렇진 않아요." 피즈가 룰루의 턱밑을 간지럽히고 손키스를 날리며 말했다. "저는 아이오나의 엄청난 팬이에요."

아이오나는 조금 더 녹아내렸다. 이 속도라면 점심식사가 끝날 때쯤엔 바닥에 자그마한 웅덩이로 남겠어. 피즈와는 절친이 될 가능성이 매우 높은 것 같군.

"상상해봐요. 아이오나 요트라니!" 피즈가 말을 이었다.

"요트가 있으세요?" 에드가 힘껏 기력을 차리고 물었다. "멋지네요. 어디에 정박해두셨어요?"

"하하, 정말 웃긴 분이시네요, 테드." 피즈가 말했다. "그게 아니라 예전에 아이오나를 그렇게 불렀어요. 그걸 모르시다니! 아이오나와 함께 일하는 건 엄청난 행운이에요!"

"그러네요." 에드가 말했다. 한겨울 알프스 산길에서 날 법한 소리로 이를 빠드득 갈면서.

아이오나는 빙긋 웃었다. 수년간 어깨를 짓누르던 위축감의 무게가 조금씩 가벼워지고 있었다. 아주 약간이지만 스스로가 피즈가 생각하는 여자처럼 느껴지기 시작했다. 예전의 그 여자.

결국 다 괜찮아질지도 몰라.

아이오나

18:17 워털루역, 햄프턴코트행

아이오나는 근사한 점심식사를 마친 뒤 몹시 기분좋게 3번 객차에 몸을 실었다, 마치 현실에선 소유한 적 없는 요트에 올라타듯이. 피즈는 잡지에 '힙한 것과 힙하지 않은 것'을 주제로 매주 칼럼을 쓰는 데 동의했고, 에드는 그 칼럼이 젊은 독자 수천 명을 끌어모을 거라고 확신했다.

아이오나는 눈살을 찌푸렸다. 요즘 그녀가 타는 칸에는 유독 사람이 많았다. 다른 칸은 빈자리가 꽤 있는데도 말이다. 다른 칸으로 가야 하나 싶었지만 룰루가 변화를 싫어하기도 하고 이 칸에는 많은 추억이 담겨 있었다.

아이오나는 잠시 멈춰 서서 소중한 순간 하나를 꼭 끌어안았다. 비와 둘이서 '정장의 날'이라고 부르던 10년 전의 그 순간을.

머릿속으로 그 장면을 재생하며, 늘 앉던 자리에 앉아 가방에서 물건을 꺼내는 자신의 모습을 떠올려보았다. 그날 아이오나는 네그로니 칵테일을 만드는 데 너무 집중한 나머지 맞은편에 앉은 여자를 한참 후에야 알아차렸다. 여자는 가는 세로줄무늬 스리피스 정장에 대담한 실크 넥타이를 맸고, 재킷 주머니에는 땡땡이 손수건이 명랑하게 튀어나와 있었다. 얼굴은 〈이브닝 스탠더드〉에 가려져 있었지만 조 말론의 라임 바질 만다린 향과 신문을 든 손가락이 주의를 끌었다. 아름다운 검은 손, 완벽하게 다듬은 손톱과 전생에 콘서트 피아니스트의 것이었을 듯한 우아하고 긴 손가락. 비의 손.

"이 기차 자주 타요?" 아내를 향해 아이오나는 낮고 허스키한 목소리로 물었다.

비는 신문을 내리곤 의아한 표정으로, 이제야 처음 본다는 듯 그녀를 바라보았다.

"그렇다고 할 수도 있죠." 기차가 복스홀역으로 들어서자, 비는 신문을 접더니 아이오나에게 손을 내밀어 악수했다. "난 비어트리스예요. 만나서 반갑습니다."

"당신 엄청 매력적이라고 말해준 사람 없어요?" 윔블던역을 출발할 때쯤 아이오나가 말했다.

레인스파크역에서 비는 아이오나의 무릎에 손을 올렸고, 베리랜즈역에서는 테이블을 사이에 두고 열정적인 키스를 나누었다.

템스디턴역에서 둘은 기차에서 쫓겨났다.

"내 눈앞에서 그런 음탕한 짓거리는 용납 안 해." 경비원이 둘에게 소리질렀다. "역겨워."

동료 승객들 몇몇의 표정을 보니 경비원만 못마땅하게 여긴 건 아니었지만, 템스디턴역을 빠져나가는 열차 안에서 이십대 초반으로 보이는 한 여자가 자리를 박차고 일어나 플랫폼에 남겨진 두 사람을 향해 박수를 치는 모습이 보였다.

"대체 그 정장은 어디서 난 거야?" 아이오나가 물었다.

"옆집 사는 소령이 대청소를 하더라고." 비가 말했다. "극장 의상실 직원이 수선해줬는데, 이 옷도 외출 좀 시켜줘야겠다 싶어서. 기차에서 아름다운 낯선 사람과 이어줄 정장이라는 느낌이 딱 왔지."

"그 말은 너무 고마운데, 이제 집까지 걸어가야 하잖아." 아이오나가 한숨을 내쉬었다. "오늘은 기차 못 탈 것 같아. 우리 좀더 신중하게 행동해야 하지 않을까? 우리한테 너무 많은 관심이 쏠리지 않게."

비는 뒤로 물러서더니 충격에 빠진 듯 그녀를 바라보았다.

"자기야, 누구의 눈에도 띄지 않고 파도를 일으키지도 않으면 살아 있는 게 무슨 의미가 있겠어? 그리고 저 열차 경비원처럼 똥고집을 부리는 편협한 작자가 있다면 또 한편에는 박수를 쳐준 여자 같은 사람도 있는 거야. 자신의 섹슈얼리티를 고민하는 사람, 우리처럼 신중함을 거부하고 시선을 두려워하지 않는 사람들 덕분에 이제 완전히 달라질 수도 있는 사람 말이야."

"당신 말이 맞아, 비. 늘 당신이 맞지, 우리 자기." 아이오나가 비의 손을 잡으며 말했다. 둘은 햄프턴코트를 향해 걷기 시작했다. 비는 늘 맞으니까.

그날로부터 10년이 지난 지금, 아이오나는 그 자리 쪽으로 고개를 돌렸다. 서류가방이 놓여 있었다. 피어스의 것이다. 그녀를 위해 자리를 맡아준 거다. 사랑스럽기도 하지. 옆 좌석에는 룰루의 자리를 맡아두는 코트가 놓여 있었다.

요즘엔 그녀의 테이블석에서 새 친구들을 만나지 못하는 경우가 드물었다. 기차가 단순히 한 곳에서 다른 곳으로 이동하는 수단이 아니라, 다른 사람들의 이야기로 진입하는 매혹적인 통로라는 사실을 깨닫기까지 왜 그렇게 오랜 시간이 걸린 걸까? 인생이 완전히 무너지고 있다고 느낀 순간, 기차에서 사귄 친구들이 울적함에 빠지지 않도록 도와주었다. 혼자 우울해하는 건 늘 별로다. 닭이 아니라면야.*

"피어스!" 그녀가 외쳤다. "룰루와 내 자리를 맡아주다니 고마워요!"

"쉽진 않았습니다." 피어스가 말했다. "끝도 없는 낯선 눈빛과 혀 차는 소리를 무시해야 했고, 고집을 부리면서 철판을 깔아야 했죠."

"정말 힘들었겠어요." 아이오나가 말했다. "어쨌든 근사한 하루를 마무리하는 멋진 방법이네요. 진토닉을 부르는 순간이군요. 다행히 잔이 두 개예요. 견과류도 있고. 냅킨도 있고."

"가방 안에 식료품점을 통째로 들고 다니시나요?" 피어스가 물었다.

"출퇴근길의 다섯번째 규칙." 아이오나가 말했다. "항상 만일의 사태에 대비하라. 스타킹 올이 나가거나 모기에 물리거나 갑자기 생리가 시작해도 내가 해결해줄 수 있답니다."

---

* '우울해하는'이라는 뜻의 'brood'에는 '알을 품다'는 뜻도 있다.

"확실히 예상 못할 일들이네요." 피어스가 말했다.

"그러니까요." 아이오나가 말했다. "이 탐폰은 2014년부터 쭉 제 가방에 들어 있죠."

피어스는 약간 불편한 얼굴이었다. 여성 생리와 관련된 얘기가 편치 않은 거겠지.

"TMI였나요?" 아이오나가 말했다. "오늘 하루는 어땠어요?"

"별로였어요." 피어스가 말했다. 별로보다 훨씬 더 안 좋은 표정이었다. 아이오나는 백 에이커 숲에서 이요르와 마주친 곰돌이 푸가 된 느낌이었다. 분위기를 다운시키는 피어스에게 살짝 짜증이 일었다.

"한번 얘기해볼래요?" 짜증을 억누르며 그녀가 물었다. 지금은 내가 마땅히 누리는 삶의 기쁨을 조금쯤 주변에 나눠줄 수 있어. 속으로 힘차게 생각했다.

"인생 전체가 젠가 탑처럼 느껴진 적 있어요? 조각 하나만 더 빼면 모든 게 와르르 무너질 것 같은 기분 말이에요." 그가 물었다.

"솔직히, 네. 그런 적 있죠." 인사부 브렌다의 불쾌한 이미지를 몰아내며 아이오나가 말했다. 인생이라는 젠가 탑에서 조각을 빼낸 게 무엇인지 혹은 누구인지 물어보려던 순간, 누군가 끼어들었다.

"죄송한데," 약간 소심한 어린 여자애의 목소리가 들려왔다. "아이오나 맞으세요?"

"맞는데." 아이오나가 말했다. "무슨 일이니?"

"저는 마사예요. 산제이가 아주머니를 찾아보라고 해서요." 기껏해야 열다섯 살이 될까 말까 한, 광대뼈가 예쁘게 톡 튀어나온 소녀가 서툴게 말했다. 솔직히 아이오나에게 40세 미만은 다 열다섯 살 정도로 보였다.

"앉아요, 앉아." 룰루를 자리에서 밀어내고 좌석에 남은 개털을 바닥으로 툭툭 떨며 아이오나가 말했다. 마사는 불안한 듯 피어스를 바라보았다. 그가 언제고 몸을 숙여 물어뜯기라도 할 것처럼. 그제야 기차에서 마사를 봤던 기억이 났다.

"피어스는 걱정하지 마, 애야." 그녀가 말했다. "이젠 온순하니까. 네가 아팠을 때 소리질러서 몹시 미안해하고 있고. 맞죠, 피어스?" 아이오나는 엄한 얼굴로 그를 바라보았다.

"아, 너구나." 피어스가 말했다. "그때 토했던. 동네 수리점에서 거금을 들이면 못 고칠 문제는 없더라고. 소리질러서 미안했다." 마사는 전혀 안심한 표정이 아니었다.

"자," 아이오나가 말했다. "산제이의 친구는 곧 내 친구지. 내가 도와줄 일이 있니? 같이 얘기 나눠도 괜찮죠, 피어스?" 사실 피어스는 약간 의기소침해 보였지만 아이오나는 무시했다. 기차 여정은 짧으니 시간을 적절히 분배해야 했다.

마사는 조용히, 그리고 머뭇거리며, 너무 꾸미거나 거북한 표현을 쓰지 않고 찡그린 얼굴로 손짓을 해가면서 사진과 괴롭힘에 대해 털어놓았다. "근데 선생님한테도 말씀드리고 싶지 않고 부모님에게도 말 못해요. 두 분이 같이 안 살거든요. 그리고……너무 복잡해요. 부모님은 두 분 다 저를 혼낼 테고 서로를 탓할 테니까. 그럼 더 많은 다툼이 생기잖아요. 그리고 지금은 친구가 한 명도 없어요."

"위태로운 벽돌탑 같은 상태네." 피어스가 말했다.

마사는 뭐라 반응해야 할지 몰라 말을 멈추고 피어스를 빤히 바라보았다.

"무시해, 얘야. 커리어의 위기를 겪는 중이거든. 그 얘긴 다음에 하자고요." 아이오나는 피어스에게 '다시 고분고분해지자'는 눈길을 보내며 말했다.

"이런 일이 있기 전에도 저는 사람들이랑 잘 어울리지 못했어요. 앞으로도 그럴 것 같고요. 어떻게 해야 할지 모르겠어요." 마사는 울기 시작했다. 교복 재킷 소맷자락으로 눈물을 훔치는 마사 옆에서, 공감 능력이 뛰어나 전생에 유명한 심리 상담가였을지도 모를 룰루가 낑낑대기 시작했다.

"아이고. 언제부터 어울리고 싶었던 거니?" 아이오나가 물었다. "그거야말로 최악 같은데. 내 아내 비는 말했지. 삶의 목적은 눈에 띄는 것이지, 어우러지는 게 아니라고." 그녀는 비유적인 차원에서 소매를 걷어붙이고 작업에 착수했다. "그러니 만약 어른들한테 말을 꺼낼 마음이 안 든다면……" 마사가 하도 고개를 세차게 저어서 아이오나는 멈칫했다. "그러면 정면 돌파 말고 다른 방법을 찾아야지. 사진 얘기를 계속하면 거기에 집중하게 되잖아. 소위 불에 기름을 붓는 격이지. 그러니까 이 문제는 측면 돌파를 해야 해. 할머니 발자국 놀이를 하듯이 살금살금 다가가는 거야." 마사는 어안이 벙벙해 보였다. 아이오나는 한숨을 쉬었다. "인터넷이 생기기 전에 하던 놀이야." 그녀가 설명했다.

"아직도 무슨 말인지 모르겠어요." 마사가 말했다.

"요점이 뭐냐면, 사람들이 널 볼 때……"

"알몸 여자애." 마사가 말했다.

"뭐, 그런 거." 아이오나가 말했다. "널 그렇게 보는 게 싫으면, 다르게 보게 만들어야 해. 주의를 분산시키는 전략이지. 한 이미지를 다른 이미지로 대체하기."

"그럼 더 나쁜 뭔가를 해야 하나요?" 마사가 물었다.

"그것도 하나의 전략일 수 있지." 아이오나가 말했다. "하지만 추천하진 않겠어. 훨씬 더 좋은 뭔가를 해야 해! 킴 카다시안처럼!"

마사는 의심하는 듯했다.

"사람들이 키미를 '섹스 테이프 소녀'라고 부르니?" 아이오나가 말했다. "아니, 당연히 아니지! 다른 얘깃거리를 많이 던져줬으니까. 사람들은 이제 그 테이프를 기억도 못할걸."

"무슨 테이프요?" 마사가 말했다.

"바로 이렇게 말이지." 아이오나가 말했다. "자, 뭘 해볼래?"

"뭘요?" 마사가 혼란스러운 얼굴로 되물었다.

"뭐든. 누구나 뭘 하잖아. 음악? 미술? 운동?" 마사는 여전히 멍해 보였다. 쉽지 않은 작업이 되겠군. "피어스한테는……" 아이오나는 투명인간이 된 듯 앉아 있는 피어스를 향해 손짓했다. "숫자야. 놀랍지. 푹 빠질 만한 게 있다는 건 좋은 일이야. 취향에 따라 다르겠지만."

"아주머니한테는 뭐예요?" 마사가 물었다.

"음, 얘야, 산제이가 왜 나한테 가보라고 했을까?" 아이오나는 말을 멈추고 당황한 마사를 향해 눈썹을 치켜떴다. "바로 이거!" 그녀가 자신만의 '신비로운 은인' 미소를 지었다. "사람들 도와주는 거. 난 프로거든."

“심리 상담가세요?” 마사가 물었다.

“뭐 비슷해.” 그녀가 답했다. “잡지 상담가야.”

“오, 약간 저널리즘적 터치가 들어간 심리 상담가네요? 멋있어요.” 마사가 말했다. 이제 보니 똑똑한 아이네.

“바로 그거야.” 아이오나가 말했다.

“저한텐 그런 게 없는 것 같아요.” 마사가 말했다. “연기하는 걸 좋아하긴 하는데요. 그러니까, 예전에요. 이제 안 한 지 오래됐어요.”

“빙고!” 아이오나가 외치며 테이블을 쿵 내리치자 진토닉 잔이 쓰러질 뻔했다. “나도, 비도 예전에 무대에 섰어. 거기서 만났지. 연기의 마법은 자기 자신에게서 벗어날 수 있다는 거야. 다른 사람이 되어보고, 다른 세계에 살아보고. 현실이 너무 힘들 때 완벽한 치유가 되어주지. 사람들은 널 ‘알몸 여자애’가 아니라 ‘멋진 배우 마사’라고 부르기 시작할 거야. 무대를 환하게 밝히고 관객을 사로잡는 마사. 알겠지? 자, 어디서부터 시작해볼까? 학교에서 하는 연극이 있니?”

“네. 〈로미오와 줄리엣〉이요. 문학 시험 필독서이기도 해요. 곧 오디션을 할 것 같아요.” 마사가 겁에 질린 동시에 들뜬 얼굴로 말했다. “근데 엄마가 절대 못하게 할 거예요.”

“대체 왜?” 아이오나가 물었다.

“올해가 중요한 해라고 하셨거든요.” 마사의 낯빛이 어두워졌다. ‘중요한 해’를 발음할 때는 허공에 따옴표를 그려 보였다. 아마도 자기 엄마를 흉내낸 듯했다. 이거 봐, 타고난 배우라니까. “내년에 GCSE*를 보는데, 수학 선생님이 이대로라면 완전 망할 거라고 하셨어요. 엄마는 연극 연습이 과제할 시간을 너무 많이 뺏는다고 하실 거예요. 분명해요."

"흐음." 우주는 정말이지 신비로운 방식으로 작동한다고 생각하며 아이오나가 말했다. "너에게 필요한 건 수학 개인 과외야. 무료로 가르쳐줄 사람이 필요하겠어. 실전 연습이 필요한 교사 지망생이랄지……" 그녀는 말끝을 흐리며 기다렸다. 아무 반응이 없었다.

"너무 무리한 부탁은 아니겠죠? 누군가의 목숨을 구하는 일 같은 건 아니잖아요, 응?"

여전히 무반응.

"불교에 이런 멋진 격언이 있죠. 제자가 준비되면 스승은 저절로 나타난다……" 아이오나는 스승을 강조해 발음했다.

피어스는 헛기침을 했다. "원한다면 내가 도와줄게." 그가 말했다. "우리가 종종 같은 기차를 타니까, 시간을 의미 있게 보낼 수 있을 거야. 다시는 나한테 토하지 않겠다고 약속하면."

바로 이거지!

에미

에미는 우연히 할리우드 영화 세트장에 발을 들여놓은 것 같은 기분이었다.

깜빡거리는 촛불이 은은한 불빛을 비추는 단골 이탈리아 레스토랑에서 봉골레 파스타를 반쯤 먹었을 때, 토비가 바닥에 무릎 꿇고 반짝이는 다이아몬드가 박힌 반지 상자를 꺼내 내밀었다. 언제라도 감독이 컷! 하고 외치면 웨이터들이 무대에서 내려와 스티로폼 컵에 담긴 차를 마시거나 전자담배를 피울 것 같았다.

"나중에 우리 애들이 어떻게 청혼했냐고 물어봐도 이 얘긴 못 믿을걸? 너무 완벽해서." 그녀가 말했다. "나조차도 안 믿겨."

"자기, 재촉하는 건 아닌데, 지금 좀 긴장해서 그런지 다리에 쥐가 났거든. 우리 애들이라고 했으니 자기 답은 '예스'인 거지?" 그가 물었다.

"당연하지, 당연히 예스지! 자기 아내가 되고 싶어!" 그녀가 답했다. 토비는 활짝 웃더니 기대감에 차 숨죽인 다른 손님들을 돌아보았다.

"예스래요!" 그가 외치자 모두가 환호성을 질렀다. 아마도 공개적이고 충격적인 거절 장면을 목격해 저녁식사 분위기를 망치지 않게 되어 안도한 것이리라.

토비는 그녀가 마음이 바뀌어 도망갈까봐 걱정이라도 하는 듯 꽉 끌어안았고, 웨이터들은 테이블 밑에 미리 칠링해둔 샴페인 한 병을 꺼냈다. 혹시 모르니 코르크 마개는 따지 않은 채였다.

집을 꾸밀 때만큼이나 모든 디테일을 고심하고 예상되는 온갖 상황을 고려해 준비했다는 게 참 토비다웠다. 반지도 완벽하게 꼭 맞았다. 반지를 돌려보다 다이아몬드의 날카로운 모서리를 엄지손가락으로 훑으며 그녀는 생각했다. 이 무게에 익숙해질 수 있을까.

"어떻게 사이즈도 딱 맞아?" 그녀가 물었다.

"음, 사실 자기가 자는 동안 재봤어. 이제야 말하지만 진짜 어려웠다! 자기가 갑자기 일어나서 나한테 무슨 이상한 손가락 페티시라도 있나 생각할까봐 얼마나 무서웠는지. 맘에 들어? 혹시 궁금해할까봐 윤리적으로 생산된 건지도 확인해봤어."

"너무 맘에 들어!" 스스로의 말이 좀 과장된 투로 들렸다. 그녀가 정말 까다로운 사람이었다면, 물론 그런 사람이 아니지만, 에메랄드 약혼반지를 꿈꿔왔다고 털어놨을 것이다. 하지만 토비가 그 사실을 알 리 없었을뿐더러, 어떤 반지를 갖고 싶냐고 사전에 물어봤다면 이렇게 서프라이즈 청혼을 할 수도 없었겠지.

때가 되면 다 알게 된다는 말을 에미는 허세 같고 도움도 안 되는 클리셰라고 여겨왔다. 하지만 지금 그 말의 의미를 정확히 깨달았다. 토비가 없는 삶은 상상할 수 없었다. 그를 만난 이후로 둘의 관계는 그녀의 세계를 거의 다 채울 정도로 커졌다. 그녀를 이렇게 열렬히 사랑한 사람은 여태껏 아무도 없었고, 지금 이 순간이 그걸 증명해주었다.

이 순간의 모든 디테일을 다 기억하기 위해 에미는 주위를 둘러보았다. 마늘 냄새와 갓 구운 빵 냄새, 풀 먹인 리넨 식탁보와 혀에 닿는 샴페인 기포의 느낌, 오픈키친에서 들려오는 냄비와 프라이팬 소리. 언제고 이 장면을 꺼내 두고두고 다시 감각할 수 있도록.

집으로 돌아오자마자 아빠에게 페이스타임을 걸었다. 대학 졸업 후 몇 달 지나지 않아 엄마가 돌아가시자 아빠는 캘리포니아로 이주했고, 그녀의 하루가 끝나갈 때쯤 아빠의 하루는 시작되었다. 여긴 아픈 기억이 너무 많아. 그렇게 말하던 아빠. 외동딸과 가까이 지내는 기쁨도 아픈 기억을 덜어주지는 못한 게 분명했다. 그 사실이 시간이 흐른 뒤에도, 지금까지도 가슴을 쿡쿡 찔렀다. 토비와 가정을 꾸리면 마침내 그 상처가 아물지도 모른다.

딸과 같은 초록빛 눈동자에 잔주름이 자글자글한 얼굴이 화면에 나타났다. 머리카락은 여전히 숱 많고 곱슬거렸지만 어느덧 희끗희끗해졌다. 아빠는 자신을 '은빛 여우'*라고 불렀다.

---

* 나이가 들어 머리가 희끗해지면서 매력 있고 멋있어지는 남성을 뜻하는 속어.

친숙한 얼굴이지만 갈수록 거리감이 느껴졌다. 아빠의 피부는 그녀와 비교해 확실히 더 가무잡잡했고, 부엌에 쏟아지는 밝은 아침햇살은 딸의 얼굴에 드리운 인공조명 불빛과 대조를 이루었다.

다행히 아빠의 '하숙인' 딜라일라는 없었다. 에미보다 고작 몇 살 더 많은 딜라일라는 영상 통화를 할 때마다 캘리포니아의 건강한 라이프스타일 브랜드 광고처럼 크롭톱에 태닝한 긴 다리를 드러낸 짧은 청반바지 차림으로 요가 매트를 옮기거나 스무디를 만들며 배경에 등장하곤 했다. 그런 일이 3년 넘게 꾸준히 있었는데도 두 사람은 여전히 아무 사이도 아닌 척했다.

아빠는 온갖 덕담을 하며 예비 사위를 만나러 최대한 빨리 오겠다고 약속했다. 둘은 분명 잘 맞을 거야. 에미는 직감했다.

다음날 아침까지도 온 우주는 에미에게 자비를 베풀었다. 기차에 탔을 때 아이오나와 룰루가 평소의 테이블석에 앉아 있고 맞은편은 비어 있었으니까. 최근 들어 아이오나 주변의 빈자리를 찾기가 점점 더 어려워진 터라, 종종 멀리서 다른 승객들의 머리 위로 빙긋 웃으며 손을 흔드는 것으로 만족해야 했다.

뉴몰든역에서 산제이가 타면 좋겠다는 생각이 들었다. 새로 사귄 친구들에게 이 기쁜 소식을 빨리 전하고 싶었다. 다들 얼마나 기뻐해줄까! 서비턴과 베리랜즈역을 지나는 내내 에미는 손을 테이블 밑에 두었다. 완전한 청중 앞에서 멋지게 소식을 전하려면 산제이를 기다려야 했다. 뉴몰든역에 도착하자 기차가 천천히 멈췄고, 거기 그가 있었다.

산제이는 사람들 사이를 뚫고 간신히 테이블석 옆에 와서 섰다. 덩치 큰 남자가 발을 밟자 산제이는 움찔했다.

"죄송합니다." 산제이가 말했다. 기차가 갑자기 덜컹이자 그는 팔을 뻗어 기둥을 꼭 붙들었고, 그 바람에 점퍼가 위로 당겨올라가 정확히 에미의 코 높이에서 탄탄한 구릿빛 배가 살짝 드러났다. 에미는 무심결에 거기를 빤히 보았다. 뭐하는 거야, 에미! 행복한 약혼녀는 외간 남자의 배를 쳐다봐선 안 돼. 아무리 훤히 드러나 있어도.

"안녕하세요, 산제이!" 에미는 다소 과장되게 손을 흔들었다. 햇빛이 다이아몬드에 닿자 70년대 디스코텍에 있을 법한 미니어처 미러볼처럼 반짝거리는 빛이 테이블 위로 쏟아졌다. 나 좀 봐, 반지가 외치고 있었다. 엄청 반짝이지 않아? 아무도 눈치채지 못했다.

에미는 반지에 누구라도 반응을 보이길 기다리느라 대화에 도통 집중할 수가 없었다. 기차가 윔블던역에 섰고, 많은 사람들이 내리고 난 뒤 데이비드가 이쪽으로 왔다.

"안녕하세요, 데이비드!" 에미가 인사했다. "제 자리에 앉으세요. 저는 서서 가도 돼요." 그녀는 데이비드에게 일으켜달라는 뜻으로 왼손을 내밀었다.

"근사한 반지군요, 에미." 그가 손을 잡으며 말했다.

"할렐루야!" 에미가 말했다. "누가 알아차리나 기다리느라 진이 다 빠질 뻔했어요! 뉴몰든역에서부터 퍼레이드에 참석한 빌어먹을 여왕처럼 왼손을 흔들어댔는데 아이오나와 산제이는 전혀 눈치 못 채더라고요. 〈러브 아일랜드〉에서 누가 누구랑 잤다는 얘기만 떠들고!"

"에미!" 아이오나가 외쳤다. "약혼했구나! 언제? 어떻게? 결혼식은 언제예요? 와, 우리한테 다 말해줘요! 지금 당장!"

"정말 멋지네요!" 산제이도 거들었다. "진짜 축하해요! 남자친구분도 물론 축하드리고요!"

얼스필드에서 클래펌정크션역까지 가는 내내 에미는 프러포즈 받은 얘기를 들려주었다. 모두가 처음부터 끝까지 속속들이 듣고 싶어했고, 그녀는 기꺼이 들려줄 용의가 있었다. 다들 무척 신나했다. 엄청난 낭만주의자인 게 분명한 산제이가 특히 들떠 보였다. 에미는 마음속으로 싱글인 친구를 소개해줘야겠다고 다짐했다.

"아이오나, 프러포즈는 당신이 했어요? 아니면 비가?" 금요일 밤의 일을 분 단위로 세세하게 다 털어놓은 뒤였지만 에미는 화제를 바꾸고 싶지 않아 이렇게 물었다.

"오랫동안 둘 중 누구도 못했죠. 슬프게도." 아이오나가 말했다. "우리가 만난 이후로 수십 년 동안 결혼은 불가능했거든. 우리 둘 다 동성혼 합법화 운동에 열심히 참여했고, 법안이 통과되자마자 서로에게 프러포즈했죠. 그게 2013년 7월이네. 그러고 나서 최대한 빨리 멋지게 식을 올렸지. 2014년 3월 30일에. 영국 최초로 법적 배우자가 된 동성 커플 중 하나가 바로 우리랍니다!"

"데이비드는요?" 아이오나가 물었다.

"아, 저는 몇 주 동안이나 반지를 들고 다니면서 적절한 때를 살폈습니다. 청혼할 용기도 내야 했고요." 그가 말했다. "그러던 어느 날 웨스트엔드에 〈진지함의 중요성〉이라는 연극을 보러 갔어요. 둘 다 눈물 쏙 빠지게 웃었죠. 그런 다음 제이시키에서 근사한 저녁을 먹었고요. 이보다 더 좋은 타이밍은 없을 거라는 확신이 들었습니다. 아내를 집까지 데려다줬는데, 술 한잔하고 가겠냐고 묻더라고요. 그때 반지를 꺼냈고, 그후는 여러분이 아시는 바대로입니다."

"아, 정말 사랑스럽네요!" 에미가 손뼉을 치며 말하자 데이비드가 침울한 표정으로 이렇게 덧붙여 분위기를 망쳤다. "어쨌든 이젠 다 지난 일입니다."

"나 그 연극 진짜 좋아하는데!" 아이오나가 말했다. "오스카 와일드 작품이잖아요. 퀴어로 살아가며 우리보다 훨씬 더 힘겨운 시간을 보냈죠, 불쌍한 남자 같으니. 빅토리아역에서 핸드백에 담긴 아기가 방치된 채 발견되는 장면으로 시작되죠. 핸드백이라니!?" 에미는 솔직히 아이오나가 약간 브랙널 부인*을 닮았다는 생각이 들었지만 그 말을 꺼내는 건 현명한 처사가 아닐 듯했다.

"그 가방에는 아기가 없는 거 맞죠?" 산제이가 물었다. "오만 걸 다 넣고 다니시잖아요."

"건방진 젊은이 같으니!" 아이오나가 그의 뺨을 때리는 척하며 말했다. "당연히 없지. 근데 기저귀 발진 크림은 있어요. 주름 개선에 좋거든."

"사실은 몇 주 뒤가 결혼기념일입니다." 데이비드가 말했다. "거의 40년이 다 됐네요."

"올리비아랑 다시 제이시키에 식사하러 가는 건 어때요?" 아

---

* 『진지함의 중요성』에 등장하는 상류층 인물로, 빅토리아시대의 진지함과 그로 인한 불행을 상징한다. 권력 있고 오만하며 무자비하고 보수적이면서도 예의범절을 중시하는 성격이다.

이오나가 말했다. "아직 영업할 텐데. 에미가 토비에게 느끼는 그런 감정을 아내분 역시 느꼈던 때를 상기시켜주는 거죠."

"그게 좋을 것 같아요, 데이비드. 어쨌든 뚱뚱한 여자가 노래 부를 때까진 끝난 게 아니잖아요. 그렇죠, 아이오나?" 산제이가 말했다. 갑자기 왜 저렇게 슬픈 얼굴이 된 걸까, 에미는 궁금했다.

출근하자마자 회의가 없어서 다행이었다. 두 시간 동안 그녀만큼이나 들떠 반지를 보려고 우르르 모여든 사무실 동료들에게 소식을 전했으니 말이다. 조이조차 또 한 명의 디렉터가 출산휴가를 떠날까봐 두려운 마음을 제법 잘 숨겼다.

축하의 말을 잔뜩 듣고 마침내 책상 앞에 앉은 에미는 이메일을 열어보았다. '너의 좋은 소식!'이라는 신나는 제목에 누가 보낸 건지는 미처 살피지 못했고, 그래서 곧이어 나타난 문장에도 전혀 대비가 되어 있지 않았다.

넌 그런 남자를 가질 자격이 없어.
친구로부터.

산제이

산제이는 자판기마저 자신을 놀리는 건가 싶었다. 마지막 남은 동전마저 빨아들이고선, 오늘도 점심시간까지 꼬박 일하느라 생긴 구멍을 메워줄 마스 초콜릿바를 도통 내놓을 생각을 안 했다.

주먹을 꽉 쥐고 자판기 유리를 쾅 쳤다. 자판기는 그를 비웃었고, 마스 바가 배출구로 떨어지는 미동도 없이 손마디에 멍만 들었다.

허기와 좌절감이 뒤섞여 뱃속이 울렁거렸다. 자판기 때문만은 아니고, 도무지 그 어떤 것도 제대로 못한다는 사실에 자괴감이 밀려왔다. 마스 바도 안 나오고, 에미랑도 잘 안 되고. 저 멍청하고 짜증나는 기계 같으니. 멍청하고 짜증나는 토비랑 그의 IT 회사 뭐시기, 멍청한 수염, 멍청한 스키 휴가, 멍청하고 상상력도 납작한 약혼반지까지. 나라면 에미의 눈동자와 잘 어울리는 에메랄드를 택했을 텐데.

고소하다는 듯 서 있는 거대한 금속 덩어리를 냅다 발로 세게 걷어찼다. "받아라, 이 거만하고 짜증나는 개자식아!" 그는 소리쳤다. 기계가 살짝 진동하더니 내부 조명이 어두워지면서 놀랍게도 공감해주는 듯했지만, 곧장 다시 원상태로 돌아갔다.

등뒤에서 인기척이 느껴졌다. 기진맥진해 보이는 젊은 엄마가 소아암병동 환자인 해리의 손을 잡고 서 있었다.

"괜찮으세요?" 해리의 엄마가 물었다. 괜찮지 않을 이유가 나보다 훨씬 더 많은 분인데. 다른 온갖 부정적인 감정에 이젠 비참한 수치심까지 더해졌다.

"네, 괜찮아요." 그는 이렇게 말하며 해리와 눈높이를 맞추려고 허리를 굽혔다. "나쁜 말 듣게 해서 미안해, 해리." 그가 말했다. "인생이 진짜 불공평하다 싶을 땐 막 쏟아내는 것도 도움이 된다는 거 알지?" 해리가 고개를 끄덕였다. "그래도 욕하는 건 안 좋아, 그치?" 그는 몸을 일으켜 해리 엄마에게 죄송해요라고 입 모양으로 말했다.

"괜찮아요. 저는 더 심한 욕도 많이 했는걸요." 그녀가 말했다.

근무를 마칠 때까지 소아암병동을 돌며 혈압을 쟀는데, 마지막 병실에서 해리를 다시 만났다. 누워 있는 해리의 피부는 침대 시트만큼이나 창백했고, 머리카락도 한 올 없어 갓 태어난 아기처럼 연약해 보였다. 사실 항암 치료로 면역체계가 무너졌으니 아마 신생아보다 훨씬 취약한 상태일 터였다.

해리는 베개를 얼굴 앞에 들고 주먹을 쥐더니 엄청난 힘으로 몇 번 내리쳤다. "받아라, 이 거만하고 짜증나는 개자식아." 아이가 말했다. 아이 엄마가 집에 가서 어찌나 다행인지.

"도움이 좀 됐어, 해리?" 산제이가 물었다.

"네." 해리가 말했고, 아이의 얼굴에 오늘 처음으로 미소가 떠올랐다.

집으로 돌아가는 길, 산제이가 자리에 앉자마자 휴대폰 문자 알림이 왔다.

〔엄마〕 **아빠가 페이스타임할 때 보니 너 피곤한 것 같다더라. 잠은 잘 자고 있는 거니?**

산제이는 한숨을 내쉬었다.

〔엄마〕 **내가 준 종합비타민도 잘 챙겨 먹고?**

저 괜찮아요, 엄마. 산제이가 타이핑했다. 그냥 일 열심히 하고 있어요.

〔엄마〕 **그건 그렇고, 어니타네 딸이 자기 치과에 예약하면 스케일링이랑 폴리싱을 할인해준대.**

엄마, 또 시작이에요? 산제이는 썼다. 그런 다음 웃는 얼굴 이모티콘을 덧붙여 정색하지 않은 척했다. 엄마는 보기보다 더 예민한 사람이니까.

〔엄마〕 **당연히 아니지! 그냥 네 잇몸이 걱정돼서 그런다.**

이모티콘이 나타나기까지 잠시 시간이 걸렸는데, 엄마다운 불안감을 나타내려는 의도였을 수도 있고 치아가 많이 드러난 이모티콘을 고르느라 그랬을 수도 있었다. 미라는 이모티콘이 감정의 범위와 깊이를 온전히 전달하지 못하는 영어의 한계를 보완해준다고 믿었기에 이모티콘의 등장을 진심으로 환영했다.

"생각이 많아 보이네요." 에미가 맞은편 자리에 앉으면서 말했다.

"아, 안녕하세요 에미! 그냥 엄마한테 연락이 와서요." 산제이가 말했다. "더는 제 삶에 간섭하지 않아도 된다는 사실을 잘 못 받아들이세요. 아직도 매일 연락해서 섬유질을 충분히 섭취하는지, 조끼는 입었는지 물어보시죠. 솔직히 이제 엄마랑 소화활동을 의논할 나이는 아니잖아요! 에미 어머니도 비슷하신가요?"

에미의 표정이 급격히 어두워지자 그는 뭔가 크게 잘못 말했구나 깨달았다.

"분명 그러셨을 거예요." 울지 않으려 애쓰는 사람처럼 단호하고 밝은 어조로 에미가 말했다. "근데 몇 년 전에 돌아가셨어요."

"정말 미안해요." 정말, 정말로 미안했다. 난 어쩜 이렇게 항상 일을 엉망으로 만드는 거지? "너무 일찍 세상을 떠나는 엄마들을 자주 봐요. 그게 가장 비극적인 일이더라고요. 너무 불공평해요." 그는 공허하고 뻔하지 않은 표현을 고를 수 있기를 간절히 바랐다. 매일매일 죽음을 다룬다고 해서 더 편하게 대화를 나눌 수 있는 건 아니었다. 엄마 말이 맞았다. 영어로는 표현할 수 없는 상황이 분명히 있다.

"그래도 하시는 일은 정말 보람 있을 것 같아요." 에미가 능숙하게 화제를 바꿨다.

"네, 근데 힘들긴 해요." 산제이가 말했다. "몸이 힘들죠. 몇 시간씩 서서 일하고, 욕창 환자를 뒤집어 눕히고, 카테터며 더러워진 붕대며 요강 같은 걸 다뤄야 하니까." 맙소사, 왜 내 일이 다른 사람들의 체액과 이렇게 밀접하다는 걸 쓸데없이 알려주고 있는 거야? 좋은 면만 말해도 모자랄 판에. 지난 크리스마스에 해리네 병동 아이들에게 선물을 나눠주려고 산타 분장을 했던 일처럼. "감정적으로도 지쳐요." 그가 말을 이었다. "슬픈 일이 너무 많아요."

"그럴 것 같아요." 슈퍼히어로를 바라보는 눈빛으로 에미가 말했다. "그래도 중요한 일을 하시잖아요. 삶과 죽음이라는. 저는 지금 십대들한테 새 브랜드 치약을 홍보하는 광고 문구를 쓰고 있는걸요."

"창의적인 일을 하는 것도 무척 재밌을 것 같은데요." 산제이가 말했다. "어쨌든 치아 위생도 중요하잖아요. 엄마의 문자 내용이 그거였어요. 치위생사한테 가보라고."

스스로가 사기꾼처럼 느껴졌다. 공황발작에 대한 얘기를, 때때로 캄캄한 벽장 안에서 주기율표를 외우며 마음을 가라앉힌다는 말을 에미에게 하고 싶었다. 하지만 단어들이 입안에서 조립되기도 전에 기차가 뉴몰든역에 닿았다.

산제이는 자판기와의 불운한 조우 이후 그때까지도 먹은 게 없었기에 역 앞 카페로 들어갔다. 이곳 사장님은 영업시간이 끝날 때쯤 남은 머핀이 있으면 가끔 할인가에 슬쩍 내주기도 했다. 너무 의외의 장소라 처음엔 못 알아봤지만 저기 앉은 사람은 분명 피어스였다. 피어스가 사는 서비턴역에서 두 정거장 전인데. 그는 노트북 앞에 몸을 수그린 채 나지막하게 중얼거리고 있었다.

"집에 가기 싫으세요, 피어스?" 산제이가 물었다. 농담으로 건넨 말이었는데 피어스의 반응을 보니 실수로 진실을 뱉어버린 기분이었다. 노골적인 포르노를 보다 들킨 사람처럼 피어스가 찔린 표정을 짓더니 노트북을 쾅 닫았다. 설마 아니겠지? 여긴 엄마들이랑 아이들도 있는데.

"아, 급하게 고객한테 이메일을 보낼 일이 있어서 잠깐 들른 거예요. 뭔지 아시죠." 그가 말했다.

산제이는 자신과 피어스의 직업엔 공통점이 전혀 없다고 생각했지만 고개를 끄덕였다. 그의 하루는 면봉, 상처 봉합, 케모포트, 혈액검사로 채워졌다. 고객에게 급하게 보낼 이메일 같은 건 없었다. 게다가 피어스는 까무러칠 만큼 많은 돈을 다루는 일을 한다. 내 직업은 그렇지 않고.

생계 걱정을 하지 않아도 되는 삶은 어떨까. 피어스는 분명 아기 때부터 캐시미어 옷을 입고 순은 딸랑이를 가지고 놀았겠지. 상류층이 가는 사립학교를 졸업한 후엔 아빠 친구를 통해 직업을 구했을 테고. 월말이면 집에 가는 길에 우유 한 병 살 현금이 없어서 직원 구내식당에서 멸균우유를 슬쩍하는 일 따위는 한 번도 해본 적 없겠지.

피어스는 자신이 얼마나 운이 좋은지 알까? 내 세후 연봉을 다

모아도 피어스가 손목에 찬 터무니없이 으리으리한 시계를 살 수 없을 거다. 산제이는 생각을 그만뒀다. 이런 생각을 계속하면 질투에 미쳐버릴지도 모른다.

피어스가 뭘 숨기고 있는지 궁금했다. 바람을 피우나? 모든 걸 합당한 몫 이상으로 누리는 데 익숙한 사람이니, 산제이는 한 명도 찾지 못하는 여성을 두 명이나 만나는 게 이상할 것도 없었다.

피어스

서비턴역 플랫폼에서 피어스는 마사를 기다리고 있었다. 그래야 가까이 앉아 수업할 수 있는 자리를 찾을 수 있으니까. "제가 이 학생의 수학 과외 선생인데 자리 좀 바꿔주실 수 있나요?"라고 묻는 일이 효과가 있다는 걸 그는 알게 되었고, 마사는 조금씩 덜 당황하는 법을 익혀가는 중이었다. 전처럼 그를 완전히 믿지는 않는다는 눈빛을 보내는 일도 줄어들었다. 어쩌면 조금은 그를 좋아할지도 몰랐다. 주변에 수백 명의 통근자가 있는 든든한 환경, 그리고 아이오나의 추천이 아니었다면 마사는 결코 그 제안을 수락하지 않았으리라고 그는 확신했다.

피어스는 숫자에 대한 마사의 자신감이 커져가는 걸 보며 그렇게 뿌듯할 수가 없었다. 기차 수업 때마다 문제 풀이가 점점 더 빠르고 정확해졌다. 더 노력해야 함 아니면 방과후에 오세요라고 빨간 펜으로 쓴 문구가 붙을 게 분명한 피어스의 재무 성과와는 확실히 달랐다.

마사와 시간을 맞추고 가장 붐비는 열차는 피하기 위해 그는 점점 더 늦은 시간에 집을 나섰는데 캔디다는 눈치채지 못한 듯했다. 또 언제고 가능할 때면 재빨리 달려가서 우편함을 비우고, **긴급! 마지막 경고!**라고 적힌 봉투를 양말 서랍 뒤쪽에 숨겨둔 사실도 모르는 것 같았다.

청소부가 놓친 초기 단계의 거미줄을 스무 걸음 만에 발견하거나 민티의 인지능력 테스트 점수가 1퍼센트포인트 떨어진 것까지 알아차린 걸 보면 캔디다는 피어스에 관해서는 관찰력이 영 없었다. 아내가 그의 삶에도 관심이 있는지 확인하기 위해 일부러 큰 실수를 저질러볼까 하는 유혹도 들었다. 하지만 차마 그럴 용기가 없었고, 만약 실수라는 공 하나를 떨구면 모든 게 무너질 것이라는 사실을 알고 있었다.

"내 최고의 제자가 오늘은 컨디션이 어떤가?" 기차를 기다리며 피어스가 물었다.

"제자 저밖에 없잖아요." 마사가 말했다. "하지만 컨디션은 좋아요, 감사해요."

"어젯밤 숙제는 잘했어?" 그가 물었다.

"거의 다 풀었어요. 연립방정식에서 좀 막혔어요." 그녀가 답했다.

"방정식 푸는 요령이 뭐냐면," 피어스가 말했다. "지루하기 짝이 없는 숫자라고 생각하지 말고 패턴으로 보는 거야. 심지어 예술작품처럼 볼 수도 있어. 아주 아름답거든. 내가 알려줄게."

기차에 탄 두 사람은 평소와 다름없이 테이블석에 앉은 아이오나를 발견했다. 룰루가 빈자리 하나를 맡아주고 있었다. 피어스는 어르고 달래다 은근히 협박도 하며 어느 중년 여성에게서 두 번째 자리를 얻어냈다.

마사에게 연립방정식의 아름다움을 설명하면서, 피어스는 처음 대수학에 눈을 떴던 때를 떠올렸다. 숫자가 단지 배열하고 가지고 놀고 풀이하는 대상이 아니라 완전히 다른 삶으로 이끌어줄 여권처럼 보이기 시작했던 때를. 아이러니하게도 지금은 바로 그 삶에서 탈출하고만 싶었다.

"이제 알겠어?" 집중할 때면 늘 그러듯 아랫입술을 자근자근 씹고 있는 마사에게 물었다.

"음, 이젠 알 것 같아요." 마사가 대답하며 싱긋 웃었다.

"수학을 전혀 못하지는 않네, 마사." 피어스가 말했다. "그냥 자신감이 부족할 뿐이야. 제대로 배우지 못해서이기도 하고. 선생님은 어때?"

"사실 선생님이 여러 명이에요. 학교에 정식 수학 선생님이 부족해서 계속 대체 교사를 구하고 있거든요. 심지어 연극 선생님도 몇 번 수업을 해야 할 정도였어요. 저만큼이나 못하시더라고요." 마사가 말했다. "엄마가 민원을 넣었는데, 교장선생님 말로는 전국적으로 수학 전문가가 부족하대요."

"학교 이름이 뭐였지?" 피어스가 물었다.

"세인트 바너버스 고등학교요." 마사가 말했다. "왜요?"

"그냥 궁금해서." 피어스는 만약을 대비해 기억해두자고 다짐하며 말했다.

자기만 소외되는 것에 점점 더 불만이 쌓여가는 모습이 눈에 훤한 아이오나를 그는 애써 무시했다. 아이오나는 압력솥처럼 증기를 모으며 부글부글 끓다가 결국 폭발했다.

"이봐요들, 이 수학 과외 어쩌고는 다 내 아이디어였잖아. 당연히 내 공로를 어느 정도는 인정해줘야지. 그리고 학교 연극 오디션 소식을 들어야 하니까 지금부터 도착할 때까지는 좀 쉬면 안 되나요?"

"오디션은 2주 뒤예요." 피어스의 예상보다 훨씬 더 빠르게 펜을 내려놓으며 마사가 말했다. "외우고 연기할 짧은 대사 부분을 나눠줬어요. 아마 백스테이지에서 의상이나 조명 같은 걸 맡게 되겠지만 그래도 괜찮아요. 어떤 식으로든 참여하는 것만으로도 좋을 거예요. 오디션 덕분에 벌써 알몸 사진 사건은 별로 생각 안 하게 됐어요."

"백스테이지라고? 흥, 두고 보자고." 아이오나가 말했다. "아이오나의 멘티는 백스테이지에 갈 리 없지. 대사 발췌본 갖고 있니?"

마사는 가방에서 구겨진 종이 한 장을 꺼내 그보다 훨씬 더 중요한 수학 문제집 위에 올려놓고 팔꿈치로 반듯하게 펴려고 애썼다. 아이오나는 눈을 가늘게 뜨더니 가방에서 돋보기안경을 꺼냈다.

"널 위해서 이러는 거다." 그녀가 속삭였다. "원래 공공장소에선 절대 안 써. 나이들어 보이거든." 피어스는 수학 수업을 방해받은 데 대한 복수로 이미 나이가 많지 않냐고 대꾸하려다가 관뒀다. 아이오나를 자극하는 건 꽤 재밌는 일이지만, 지나치면 물릴 수 있었다.

"어머, 세상에, 발코니 장면이잖아!" 아이오나가 말했다. "자, 당연히 마사가 줄리엣 역할을 하고, 내가 로미오가 될게. 세 정거장 남았어. 피어스랑 이분의 마음을 움직이기까지." 네번째 자리에 앉아 있는 굉장한 근육질 남자를 가리키며 아이오나가 말했다. 추운 날씨에도 불구하고 남자는 티셔츠에 반바지 차림이었다. "우리가 서로 미친듯이 사랑에 빠졌다는 걸 보여줘야 해. 너무 재밌겠죠! 나는 아이오나고, 얘는 마사예요." 아이오나가 두 명의 관객을 향해 말했다. "로미오와 줄리엣이기도 하죠."

"저는 제이크예요." 남자가 손을 내밀며 답했다. "제이크이기도 하죠."

"네, 가슴에 그렇게 쓰여 있네요." 아이오나가 말했다. "큰 도움이 됐어요." 피어스는 목을 빼고 제이크의 티셔츠에 굵은 글씨로 **제이크 PT**라고 적힌 문구를 보았다.

마사는 완전히 겁에 질린 표정이었지만, 피어스는 아이오나의 광기어린 열정에서 전략을 읽어냈다. 지금의 이 수치심을 견딜 수 있다면, 오디션은 순조로울 것이다.

아이오나

지난 몇 달 동안 얼마나 많은 게 달라졌는지 아이오나는 생각했다.

꽤나 성공적인 또 하루가 끝나가고 있었다. 그녀는 워털루역 5번 플랫폼에서 피어스와 산제이를 발견하고, 아기가 탄 유아차를 끄는 젊은 엄마를 밀치듯 지나쳐 둘을 늘 앉는 테이블석에 앉혔다. 약간 죄책감이 들었지만 뒤통수 너머로 들려오는 여자의 말을 듣고는 떨쳐버렸다. "못된 할머니는 무시해, 우리 아가."

"자기 아이한테 날 험담해봤자 소용없지 않니." 아이오나가 룰루에게 말했다. "어차피 한 단어도 못 알아들을 텐데."

에드의 보좌관은 내일 오후 5시에 회의를 잡아두었다. 얼마 전까지만 해도 회의가 잡히면 안절부절못했는데 지금은 고요한 자신감에 차 있었다. 심지어 좀 신나기도 했다.

에미, 산제이, 마사에게 독자 편지를 들려주고 조언을 얻으면서, 그중 괜찮은 답변을 칼럼에 실으면서 그녀는 '소셜'에서 약간 관심을 받기 시작했고, 독자 메일도 상당히 늘었으며, 사무실 내 지분도 두둑해졌다. 그리고 피즈가 지난주 팀에 합류한 이후로는 회사 전체가 민망하리만치 들썩거렸다.

그래, 이번 회의는 재밌을 거야. 연봉 인상이 곧 있으려나? 몇 년 동안 동결이었잖아. 상대적으로 적은 급여가 아직 잘리지 않은 이유라고 여기며 여태껏 감히 불평할 생각도 못했다.

그러다 문득 깨달음이 찾아왔다. 이번주면 〈모던 우먼〉에서 일한 지 30주년이 된다. 우연이겠지? 사무실에서 무슨 축하식을 준비하는 건 아닐까? 10주년 때는 샴페인과 카나페를 준비해 깜짝 파티를 해주었고, 20주년 때는 케이크와 하비니콜스백화점 상품권을 선물로 받았다. 30주년 땐 뭐가 있으려나? 전혀 예상 못한 것처럼 엄청 기뻐하는 표정을 지어야겠다. 안 그러면 깜짝파티를 망칠 테니까.

아이오나의 기분을 다운시키는 건 두 가지뿐이었다. 첫째는 지금 뒷좌석에서 엄청난 냄새를 풍기며 핫도그를 우적거리는 사람. 기차에서 뜨거운 음식 먹지 않기가 출퇴근길의 세번째 규칙이라는 사실을 모르나? 둘째는 테이크아웃 커피에 미래 운명이 통째로 담긴 것처럼 서글픈 표정으로 커피를 바라보는 산제이였다. 애정어린 따끔한 말이 필요한 때군.

"산제이," 그녀가 입을 뗐다. "쉽지 않겠지만 이젠 힘을 내서 나아가야지. 바다에 물고기는 많아요."

"하지만 아이오나," 둘이 만난 이후 그가 처음으로 그녀를 노려보는 것 같았다. "아이오나가 그러셨잖아요. 뚱뚱한 여자가 노래 부를 때까지는……"

"끝난 게 맞지, 산제이." 아이오나가 말을 끊었다. "모르겠어? 지금 그 여자 결혼식 축가 리허설중이잖아요. 인생이 우리가 원하는 대로 풀리지 않는 때가 있지. 장담컨대 내가 누구보다 잘 알걸. 어쨌든 '뚱뚱한'이라는 표현은 쓰지 말아요. 외모 비하니까."

"아이오나가 먼저 썼잖아요, 제가 아니라." 산제이가 그녀를 노려보며 말했다. "만약 에미가 제 천생연분인데 다른 사람 옆에 잘못 있는 거라면요?"

"'천생연분' 따위는 없어요." 아이오나가 말했다. "누구에게나 어떤 파트너든 다 가능한 거지!"

"정말요?" 산제이가 물었다. "그럼 비가 아닌 다른 분과도 쉽게 사귈 수 있으시겠네요?"

"난 당연히 아니지." 아이오나가 말했다. "하지만 토비는 에미에게 완벽한 남자예요. 너무 행복해서 어쩔 줄 모르니, 에미의 친구로서 우리가 할 일은 축하해주는 것뿐이에요. 아무리 힘들어도."

"축하해요." 산제이가 말했다. "솔직히 신경 안 써요. 그냥 멍청한 짝사랑일 뿐이니까. 다 끝났어요."

"그건 거짓말이라는 걸 우리 둘 다 알잖아요, 산제이." 아이오나가 말했다. "난 공감 전문가예요. 사람들을 읽어낼 수 있지. 심통 부리는 어린애처럼 삐져 있는 거 다 보여요. 그만둬."

테이블에 놓인 산제이의 휴대폰이 울렸다.

"토요일에 예약해놨어." 아이오나가 소리 내어 읽었다.

"엄마예요." 산제이가 말했다. "치위생사랑 엮어주려고 하시는 거 같아요. 말로는 아니라고 하시지만."

"좋은 생각이네! 거봐요, 바다에 물고기는 많다니까!" 아이오나가 말하며 그의 휴대폰을 가져가 엄지척 이모티콘으로 답장을 보냈다. 산제이가 휴대폰을 홱 낚아챘다.

"참견 마요, 아이오나!" 객차 안이 몹시 조용해서 목소리가 실제보다 훨씬 더 크게 울렸다. "엄마든 당신이든 내 일에 끼어들지 좀 마요. 내 연애는 당신이 상관할 바 아니잖아요. 남의 인생에 간섭하는 것 말고는 할 게 없는 불만 많은 아줌마 같으니."

한 대 얻어맞은 것처럼 그 말이 아프게 꽂혔다. 누가 뱉었든 상처가 됐을 테지만, 항상 상냥하고 사려 깊은 산제이가 던진 말이라 충격이 더 컸다.

산제이는 더 대화를 나누긴커녕 그녀를 쳐다보는 것조차 견디기 힘들다는 듯 창밖을 뚫어져라 바라보았다. 어처구니가 없었다. 이 상황에서 무고한 피해자는 난데. 그가 내뱉은 비난의 말이 여전히 귓가에 뎅뎅 울렸다. 불만 많은. 아줌마. 간섭. 하나같이 따가운 독침이었다.

피어스도 그답지 않게 유난히 조용했다. 거북이가 등껍질 속에 머리를 넣은 것처럼 〈이브닝 스탠더드〉에 고개를 파묻고 있었다. 그도 나서서 변호해주지 않는 걸 보니 이번엔 자신이 정말 선을 넘은 건가 싶었다. 포도 사건이 있기 전까지 침묵 속에서 보낸 출퇴근길의 기억이 떠올랐다. 그 침묵은 편안하고 아늑하고 텅 비어 있었다. 지금처럼 그녀와 산제이와 피어스 사이를 고약하게 떠도는 어색하고 무거운 침묵이 아니었다.

뉴몰든역에서 내리는 산제이를 향해 피어스가 신문 너머로 잘 가요, 하고 중얼거렸지만 산제이도 아이오나도 아무 말 없었다.

다음 두 역을 지나는 동안 아이오나는 저녁 하늘을 멍하니 바라보았다. 해가 지며 붉은빛과 주홍빛으로 변하는 하늘, 그리고 최면을 거는 듯한 찌르레기들의 극적인 움직임과 지저귐까지. 새들이 제각기 어느 방향으로 향하는지, 서로 부딪치지는 않는지 살펴보는 일은 주의를 분산시키는 데 무척 효과적이어서, 서비턴역에 기차가 정차했을 때 그렇게 화나지만 않았다면 꽤나 아름다웠을 웬 여자의 얼굴이 창문 너머 코앞에 나타나자 거의 비명을 지를 뻔했다.

"세상에, 저 여자 왜 저래?" 내리려고 일어서는 피어스를 향해 그녀가 창밖을 가리키며 말했다. 여자는 유명 브랜드 요가복 차림이었고, 가슴에는 **옴 샨티**라는 글자가 크게 쓰여 있었다. 문구의 뜻과 여자의 표정 사이엔 상당히 큰 격차가 있었다.

피어스는 아이오나가 검지손가락을 뻗은 방향으로 고개를 돌렸고, 순간 핏기가 싹 가셨다.

"캔디다예요." 그가 나직이 말했다.

"젠가 탑이 와르르 무너진 것 같네요." 아이오나가 말했다.

"그 말이 맞는 것 같습니다. 이제 가서 대가를 치러야죠." 피어스는 말끝에 중얼거리듯 덧붙였다. "때가 됐나봐요."

문가로 걸어간 피어스가 아이오나를 돌아보았다. 퇴학당하리라는 걸 알면서 교장실로 끌려가는 불량 학생 같은 얼굴이었다.

피어스가 두고 내린 〈이브닝 스탠더드〉와 불안감과 함께 아이오나는 테이블석에 남았다. 대체 무슨 짓을 했기에 저렇게 화가

나서 마중을 나온 거지? 다른 여자랑 뭔 일이 있었나. 그런 일이
야 많으니까. 그녀는 생각했다.

완벽한 하루가 이렇게 끝나다니. 모든 게 잘못되어가는 것 같
았다. 갑자기 내일 에드와의 회의가 두려워지기 시작했다.

피어스

"캔디다." 피어스는 허세를 부리기로 결심했다. "이렇게 역까지 마중나오다니 웬일이야."

"당신 차가 주차장에 있더라." 부들부들 떨리는 목소리로 콧구멍을 벌렁거리며 아내가 대꾸했다. "그래서 기차 타고 어디 갔구나 싶었지. 내가 묻고 싶은 건 이거야. 어디 갔었어?"

플랫폼에 서 있던 사람들은 드라마가 펼쳐지는 장면을 안 보는 척하길 다 포기한 채, 마치 박진감 넘치는 프로 테니스 대회를 관람하듯 이쪽저쪽으로 고개를 획획 돌렸다.

"그게 무슨 소리야?" 그게 무슨 소린지 정확히 알면서, 다만 시간을 끌기 위해 공을 다시 넘기며 피어스가 물었다.

"무슨 말이냐면," 그녀가 씩씩댔다. "필라테스 수업을 같이 듣는 여자가 당신이 세 달 전에 실직했다고 하던데, 도대체 왜 그 비즈니스 정장을 빼입고 이 기차에서 내리느냐고."

캔디다 완승. 그는 이제 토너먼트에서 탈락한 거나 다름없었다.

각자 자기 차를 몰고 집으로 향하는 19분 동안 피어스는 한숨을 돌렸다. 미니 컨버터블에 탄 캔디다는 모든 코너를 위험할 정도로 빠르게 돌았다. 핀이 뽑힌 수류탄을 따라 운전하는 느낌이었다.

폭탄은 현관문이 닫히자마자 터졌다.

"날 그런 식으로 모욕하다니, 대체 **무슨 생각**이었던 거야?" 그녀가 소리질렀다. "펠리시아가 당신 요즘 괜찮냐고 물었을 때 내가 얼마나 황당했는지 **알기나 해**? 대체 무슨 소리를 하는지 전혀 **감도** 못 잡았으니까." 그의 뺨에 살짝 침이 튈 정도로 그녀가 가까이 다가왔다. 조금이라도 움직이면 화를 돋울 것 같아 그는 닦아내지 않기로 했다.

"당신을 보호하려고 했던 거야." 그가 조용히 말했다. "1월에 있었던 마지막 정리해고 때 나도 잘렸는데 우리 둘 다 이 문제로 죽도록 걱정할 필요는 없다고 생각했어. 새 직장을 구하면 말하려고 했는데, 생각보다 쉽지 않더라고. 요즘은 다들 고용은 안 하고 해고만 하니까. 시간이 지날수록 말을 꺼내기가 점점 더 어려워졌어."

"그럼 우리 이제 **어떡해**?" 그녀가 따졌다. "애들 학비는? 대출금은? 보모는? 그 모든 비용을 어떻게 다 감당할 거냐고?"

"이거 봐, 이래서 내가 말하고 싶지 않았던 거야. 15년 동안 악착같이 돈을 긁어모으면서 저녁이며 주말이며 휴가며 다 반납하고 죽어라 일했는데 은행이 날 쓰레깃더미에 내던져버렸다는 사실을 받아들이는 것만으로도 나 충분히 힘들어. 종이상자 하나 주고는 보안요원 두 명의 감시하에 5분 안에 책상을 비우라더라. 그러곤 정문까지 따라 나와서 출입증을 압수해갔다고."

그날을 떠올리기만 해도 속이 메스꺼웠다. 수많은 남자들과 몇몇 여자들이 당했던 것과 똑같이, 거래소를 가로질러 끌려나갈 때의 그 굴욕감. 본인은 안전하다고 착각하는 몇몇 동료는 그가 지나갈 때 비꼬듯 미다스! 미다스! 외쳤다. 노련한 트레이더일수록 화면만 빤히 응시하며 생각했을 거다. 신의 은총으로 내가 여기까지 왔구나. 그들 중 '수치스러운 행진'을 감수하지 않고 정년퇴직할 수 있는 사람은 거의 없을 것이다.

"그 상자는 어떻게 했는데?" 슬쩍 미소를 지으며 그녀가 물었다. 갑옷에 아주 살짝 금이 갔다.

"제일 가까운 쓰레기통에 처넣었지." 그가 말했다.

"책상 위에 놓아둔 당신이랑 내 사진도?" 그녀가 물었다.

"내 책상에 당신 사진은 없었어." 검열할 새도 없이 말이 튀어나왔다. 하지만 큰 틀에서 보면 이 정도는 새 발의 피다.

"그럼 그동안 어디 갔었어? 뭘 했냐고?" 그녀가 물었다. 드디어 나왔다. 완전히 새로운 차원의 고백으로 이어질 수밖에 없는 불가피한 질문. 그는 깊이 심호흡한 뒤 심연으로 뛰어들었다.

"하루종일 카페랑 도서관을 전전하면서 지원서를 냈지." 그가 말했다. "몇 군데에서 연락이 와서 면접을 보기도 했어. 근데 형식적으로 하는 것 같더라고. 아무 성과가 없었어." 그는 잠시 말을 멈추곤 새끼손가락에 끼고 있던 금반지를 빙그르르 돌렸다.

그리고 덧붙였다. "그리고 데이 트레이딩*을 했어."

"데이 트레이딩?" 그녀가 물었다. "당신 자본으로 거래하는 거 말야?"

그는 고개를 끄덕였다.

"숱한 세월 동안 고객들을 위해 돈을 벌어왔는데 왜 나를 위해선 못할까 싶었지. 우릴 위해선."

그녀가 눈을 가늘게 떴다.

"무슨 자본으로?"

"정리해고 때 받은 돈." 그가 말했다.

"어떻게 돼가고 있는데?" 그녀는 답을 안다는 듯한 투로 말했다.

"지금은 잘 안 되고 있어." 그가 말했다. "다른 사람들 돈을 갖고 놀다가 내 돈을 걸려니까 마음가짐을 완전히 바꿔야 하더라고. 적응하는 데 시간이 걸리는 것뿐이야."

"그렇게 적응하는 동안," 천천히 한 음절씩 완벽하게 발음하며 그녀가 말했다. "당신 정리해고 수당, 아니 우리 정리해고 수당, 얼마나 잃었어?"

"3분의 2 정도." 정확히는 71퍼센트라는 걸 알고 있었지만 이렇게 답했다. 떠올리기만 해도 익숙한 메스꺼움이 다시금 밀려왔다. "근데 걱정하지 마. 잃은 게 아니니까. 다시 찾을 거야. 운이 정말 나빴을 뿐이야. 이제 모든 게 바뀔 거야, 난 알아."

---

* 초단기 주식 매매. 단기 시세차익을 노리는 개인투자자들이 인터넷에서 하루 동안 주식을 사고팔다가 그날 장이 마감하기 전에 대부분의 보유주식을 파는 행위.

"지금 흔해빠진 도박꾼이랑 똑같이 말하고 있는 거 알아?" 그녀가 말했다. "당신이 한 짓이랑 생활비를 경마에 다 쓰고 마권업소에서 베팅 단말기에 돈을 꼬라박는 남자랑 다를 게 하나도 없어. 공원 벤치에서 변성알코올로 병나발 부는 부랑자랑, 아이비에서 저녁식사하며 샤토 라피트 세 병을 마시는 자칭 '와인 감정가'가 다를 게 없는 것과 마찬가지야. 돈을 얼마나 써댔는지와 그간 입어온 옷의 차이만 있을 뿐이지. 당장 그만둬."

"지금 그만둘 순 없어, 캔디다. 손실을 메우기 전까지는 안 돼." 그가 말했다.

"그동안 스스로한테 그 말을 얼마나 많이 했니, 피어스?" 그녀가 물었다. 답할 필요가 없었다. 그녀는 알고 있었다. "지금까지 제대로 안 됐잖아, 그치? 오히려 상황이 악화되기만 했지."

"지금 돌이키기엔 너무 늦었어, 캔디다." 그가 말했다.

"돌이키지 않기엔 너무 늦었지, 피어스." 그녀가 대꾸했다.

피어스는 안락의자에 무너지듯 주저앉아 두 손으로 머리를 감쌌다. 지난 몇 달 동안 자신을 팽팽히 조여오던 끈이 탁 끊어진 것 같았다. 1월의 그 끔찍한 날 이후 처음으로, 이전 방식에서 벗어나 새로운 무적의 가면을 쓴 이후 처음으로, 그는 울었다. 한번 눈물을 터뜨리자 멈출 수가 없었다.

여기가 어딘지 깨닫는 데 시간이 좀 걸렸다. 아침햇살이 평소와 다른 각도로 비쳐들었고, 팔을 뻗자 옆자리가 텅 빈 채 차가웠다. 그때야 기억났다. 여긴 손님용 침실이었다. 전날의 사건이 파도처럼 밀려왔다.

캔디다의 말이 잠든 동안에 뿌리를 내리고 싹을 틔운 것 같았다. 불현듯 그가 처한 상황을, 달갑지 않지만 선명하게 인식할 수 있었으니까. 아내 말이 맞았다. 그는 불운한 도박꾼에 불과했다. 카지노의 마지막 불이 꺼질 때까지 룰렛 테이블을 떠나지 못하고 계속 돈을 걸고 또 잃는.

게임은 마침내 끝났다.

피어스는 멍하니 샤워를 하고 면도한 다음 드레스룸으로 터벅터벅 걸어갔다. 저민 스트리트의 재단사가 정성스레 맞춰준 비슷비슷한 정장 위로 습관처럼 손이 맴돌다가, 청바지와 캐시미어 스웨터를 꺼냈다. 당연히 이젠 정장을 입을 이유가 없다.

그럼 이젠 어떡하지?

공허한 하루가 눈앞에 펼쳐지리라 생각하니 피어스는 견딜 수가 없었다. 캔디다의 분노를 피하기 위해 집안에서 발끝으로 걸어다니는 것도. 더 싫은 건 그를 향한 그녀의 실망감이었다. 네덜란드인 오페어와 잠깐 경솔하게 놀아났을 때처럼 남편을 아주 안 좋아했을 때도 늘 존중하긴 했다. 이제 더는 존중하지 않는다. 그가 스스로를 존중하지 않았으니 놀라울 것도 없었다.

피어스는 포르셰에 타서 심신을 안정시켜주는 비싼 가죽 냄새를 들이마시며 엔진의 으르렁대는 굉음을 들었다. 평소였다면 작은 쾌감을 느꼈을 텐데, 지금은 아무 느낌도 들지 않았다. 모든 감각이 불에 타 사그라진 것처럼.

반사적으로 기차역을 향해 차를 몰았다. 주차를 하고, 육교를 건너고, 어느 순간 평소처럼 플랫폼에 서 있는 자신을 발견했다. 지금은 평소와 모든 것이 달라졌는데도. 그는 가짜였다. 2차원

아바타에 지나지 않았다.

두 달 전쯤 포도에 질식할 뻔했던 그날을 떠올렸다. 얼마나 절실하게 살고 싶었던가. 지금은 그 이유를 이해할 수 없었다.

이 플랫폼에 있는 건 아무 의미가 없었다. 여기에 있는 것 자체가 의미 없었다. 사실, 그 스스로가 아무 의미도 없었다.

피어스는 플랫폼 *끄트머리*로 걸어가 선로를 내려다보았다. 쥐한 마리가 그림자 속으로 숨어들었다. 기차의 희미한 웅웅거림이 들려왔다. 저멀리서 나는 소리였지만 매초마다 점점 더 가까워졌다. 소리가 커질수록 선로가 그를 더 강하게 부르는 것 같았다. 한 발만 앞으로 내디디면 이 모든 일이 손쉽게 사라질 것이다.

웅웅거리는 소리는 점점 더 집요하게 귀에 꽂혀들었고, 주변 사람들의 시선이 느껴지기 시작했다. 뭐하는 거냐고 묻는 듯한 눈길. 몇 초만 지나면 기회는 사라진다.

선로를 뚫어져라 쳐다볼수록 더 가까워지는 것 같았다. 너무, 너무 가깝다. 뛰어내리거나 떨어질 필요도 없다. 한 발짝만 내디디면 된다. 웅웅대는 소리가 점점 더 커지며 쉭쉭거리는 소리로 바뀌었다. 이렇게 말하는 것 같았다. 좋아아아아아아.

"안 돼!" 등뒤에서 어떤 목소리가 외쳤다.

마사

07:59 서비턴역, 워털루행

불과 몇 주 전에 자신이 토를 묻힌 사람과 지금의 피어스가 같은 사람이 맞는지 마사는 혼란스러웠다. 실은 오늘 아침 역에서 그를 만나길 기대하고 있었다. 어젯밤 수학 숙제를 다 끝냈고, 그 사실에 관심 있는 어른의 칭찬을 은근히 바랐기 때문이다. 엄마나 엄마 애인은 당연히 그런 어른에 포함되지 않았다. 그리고 또, 주의를 분산시키고 싶기도 했다.

오늘은 연극 출연자 명단이 발표되는 날이었다. 몇 마디 대사가 있는 배역을 따낼지도 모른다는 작은 희망을 조심스레 품어보았다. 실제 배우였던 아이오나가 지난 2주 동안 매일 아침 코칭을 해줬잖아. 오디션은 완벽하지 않았다. 긴장이 풀리지 않아 초반 대사를 더듬고 말았지만, 그래도 나쁘진 않았다. 어쩌면 꽤 괜찮았을지도 모른다. 기차에서 나이든 레즈비언과 서로를 유혹하는 대신 제대로 된 무대에서 열여섯 살 소년과 대사를 주고받으며 줄리엣을 연기할 수 있을지도 몰라. 그녀는 신이 났다.

그리고 아이오나 말이 맞았다. 연극 오디션에 집중하느라 한동안은 질 어쩌고에 대한 생각을 조금이라도 안 할 수 있었고, 생각을 안 하자 가시 돋친 말과 따가운 시선도 줄었다는 걸 알아챘다.

그런 생각은 괴롭히는 애들에게 캣닙 같은 거라고 아이오나는 말했다. 캣닙이 뭔지 물어보진 않았지만 대강 알 것 같았다. 자기 충족적 예언이지, 아이오나가 말했다. 피해자처럼 보여라, 표적이 돼라. 마사는 괴롭힘의 표적이 된 아이오나를 상상해보려 했지만 실패했다. 그분은 방탄 여자였다.

피어스를 찾아 플랫폼을 걸었다.

처음에는 그를 못 알아봤다. 여태껏 정장 입은 모습만 봤으니까. 청바지에 스웨터 차림이었지만 피어스는 대부분의 평범한 사람들이 가장 좋은 출근용 옷을 입었을 때보다 훨씬 더 똑똑해 보였다. 뭐랄까, 모공으로 돈이 좔좔 흘러나오는 것 같아. 교사처럼 보이지 않는다는 건 확실했다.

"피어스!" 마사가 불렀지만 그는 아무 반응이 없었다. 그저 플랫폼 가장자리, 아니 타맥 위에 그려진 노란색 안전선 너머에 서서 선로를 멍하니 바라보고만 있었다. 마치 소원을 비는 우물에 던진 동전을 다시 가져오고 싶다는 듯이.

"피어스," 그녀가 다시 불렀다. "괜찮아요?"

이번엔 바로 옆에서 불렀는데도 듣지 못한 것 같았다. 최면에 걸린 듯 아래쪽을 응시하며 살짝 몸을 흔들고 있었다. 불현듯 마사는 자기 감각이 확장된 것처럼 느껴졌다. 주변 사람들의 숨소리, 발을 끌며 느릿느릿 걷는 소리, 코 훌쩍이는 소리가 갑자기 증폭되어 들려왔다. 겨드랑에서 솟는 땀 냄새까지 맡을 수 있었다. 그리고 무슨 일이 일어날지 눈앞에 슬로모션으로 펼쳐지는 장면을 정확히 볼 수 있었다.

"안 돼!" 그녀는 피어스의 팔을 붙잡으며 소리쳤다.

워털루행 급행열차가 속이 메스꺼워질 만큼 빠른 속도와 힘으로 역을 질주하듯 지나갔다. 하지만 안도감은 금세 당혹감으로 바뀌었다. 내가 과민반응한 걸까? 너무 지나친 상상을 했나? 어쨌든 피어스는 실제로 가장자리를 넘어간 게 아니라 그냥…… 이상해 보였을 뿐인데.

급행열차가 떠난 빈자리엔 금세 완행열차가 들어왔고, 주변 사람들은 열린 문으로 구름떼같이 몰려갔다. 마사는 여전히 피어스의 소매를 붙잡은 채 덩그러니 남았다. 평소보다 더 불안한 상태로.

피어스는 그녀가 대체 누군지, 자신이 어디에 있는지 전혀 모르겠다는 듯한 무표정한 얼굴로 빤히 바라봤다.

"뛰어내릴 생각은 없었어." 그가 그녀보다는 스스로를 설득하려는 듯 중얼거렸다.

"저기 가서 앉을까요?" 그녀가 말하며 그를 벤치로 이끌었다. 애튼버러라면 뭐라고 할까? 부상당한 외로운 늑대는 다시 안전한 무리로 돌아가야 합니다.

"아내분한테 연락해볼까요?" 마사가 말했다. 벤치에 앉은 그는 정면을 응시했다. 마치 전원은 꽂혀 있는데 작동은 안 하는 대기 상태의 가전제품 같았다. 리모컨이 어디 있는지 그녀로서는 전혀 알 수 없었다.

마사가 그의 코트 주머니로 손을 뻗자 아이폰의 익숙한 질감이 느껴졌다. 그의 엄지손가락을 잡은 그녀는, 잘 다듬어진 손톱과 너무 대조적으로 주변 피부가 붉고 거칠게 뜯겨 있어 잠시 움찔하곤, 손가락을 화면 하단에 가져다 댔다. 다행히 잠금이 해제됐다. 연락처 목록에서 '즐겨찾기'를 클릭해 '집'을 찾아냈다.

캔디다는 15분 만에 역으로 왔다. 두 사람에게로 달려와 피어스 옆에 앉았다.

"감사해요. 그……"

"마사예요." 마사가 말했다.

"정말 고마워요, 마사. 이젠 제가 알아서 할게요. 학교에 늦으면 안 되잖아요. 이 사람은 괜찮을 거예요. 아마 저혈당 때문이겠죠. 오늘 아침을 안 먹었거든요."

"그럼요." 전혀 확신하지 못한 채 마사가 말했다.

속이 울렁거리고 토할 것 같은 느낌을 안은 채 그녀는 기차에 올랐다. 캔디다에게 피어스의 연락처를 물어보는 걸 깜빡했다는 게 그제야 떠올랐다. 그가 정말 괜찮은지 어떻게 알아내지? 그리고 피어스처럼 좋은 교육을 받고 결혼도 하고 부자인 어른도 저렇게 무너질 수 있다면 나에겐 무슨 희망이 있을까? 누구에게라도 희망이라는 게 있긴 할까?

"괜찮아요?" 옆에서 목소리가 들려왔다. 상황이 역전되어 이번엔 그녀가 기차가 들어오는 선로를 빤히 바라보고 있기라도 한 것처럼. 고개를 돌리자 몇 주 전에 관객이 되어주었던 트레이너제이크의 걱정 가득한 얼굴이 눈에 들어왔다.

"솔직히, 잘 모르겠어요." 그녀가 말했다. "아이오나가 기차에 탔나요? 그분이랑 얘기를 나누고 싶은데."

"아뇨." 그가 대답하면서 아이오나가 늘 앉는 자리를 가리켰다. 오른쪽 일곱번째 순방향 통로 좌석의 가치를 전혀 모르는 듯한 낯선 사람이 앉아 있었다. "사실 며칠 동안 못 봤어요. 그쪽을 만났던 날에야 이름을 알게 됐지만 한동안 눈여겨보고 있었거든요."

"그럴 수밖에 없죠." 그 말에 주변 사람들이 소리 없이 동의하며 고개를 끄덕이는 모습을 마사는 확실히 보았다.

"저는 그분을 '무하마드 알리'라고 불렀어요." 그가 말했다.

"오, 좀 의외네요." 마사가 말했다. "왜요? 그러니까, 무하마드 알리랑 비슷하게 생긴 건 그쪽이잖아요. 아이오나가 아니라."

"우아하지만 맹렬하시니까요. 그거 알죠, 나비처럼 날아 벌처럼 쏴라."

마사는 몰랐지만, 까마득한 권투선수의 역사를 듣고 싶진 않아서 대강 고개를 끄덕였다.

"자, 이게 도움이 될 거예요." 제이크가 에너지드링크를 그녀에게 건넸다. 영양가는 없는데 칼로리만 너무 높다며 엄마는 경악하겠지만, 그의 말이 맞았다. 한 모금 마시자 기력이 돌아오고 어질어질하던 몸이 균형을 잡는 게 느껴졌다.

"사실, 그쪽한테 계속 말을 걸고 싶었어요." 제이크가 말했다. "그날 아이오나랑 나누던 대화를 엿들을 수밖에 없었거든요. 학교 애들에 관한 얘기요. 원치 않았을 수도 있는데 미안해요."

"괜찮아요." 마사가 말했다. "아이오나가 누구랑 대화하고 있으면 안 듣기가 힘들죠."

"이거 주려고 계속 가지고 다녔어요." 코팅된 카드를 건네주며 그가 말했다. "제 체육관 VIP 이용권이에요. 괴롭히는 애들을 〈로미오와 줄리엣〉 어쩌고로 눌러버릴 수 없다면, 적어도 펀치 날리는 법은 배워두라고요."

"감사해요, 근데 못 받겠어요." 카드에 적힌 유명하고 트렌디한 헬스장 이름과 '전 구역 이용 가능'이라는 문구를 보며 그녀가 말했다. "엄청 비싼 거잖아요. 어쨌든, 아이오나가 이런 중국 속담이 있댔어요. 다리 위에 오래 서 있으면 적의 시체가 떠내려온다. 언젠가는 개들도 마땅한 벌을 받게 될 거라는 뜻 같아요."

"흠." 제이크는 회의적인 얼굴이었다. "저기, 비용은 걱정 마요. 내 소유니까. 입소문 잘 내서 갚아줘요."

"와. 그럼, 좋아요. 정말 친절하시네요, 제이크. 감사해요." 카드를 교복 주머니에 넣으며 마사가 말했다. 헬스장에 대한 입소문을 누구에게 낼 거라 기대하는지 궁금했다. 그녀는 인플루언서와는 거리가 멀었다. 사실 정반대였다. 그녀가 추천하면 오히려 망할 수도 있었다.

"저는 그냥 좋은 업보를 쌓는 것뿐이에요." 그가 답했다. "실은 저한테 그쪽보다 조금 어린 딸이 하나 있거든요. 그쪽이 겪은 일을 내 딸이 겪게 된다면, 누군가 손 내밀어줄 사람이 있으면 좋겠어요." 새로운 친구는 정말 다정하고 영적이고 너그러운 거인이구나, 마사는 생각하며 싱긋 웃었다.

"아니면 내 딸 괴롭히는 놈들을 찾아내서 한 방 날려줄 사람이 있거나. 무슨 말인지 알죠?" 그가 덧붙였다. "가끔은, 다리 위에서 어슬렁거리는 것만으론 충분하지 않잖아요. 시체를 강물에 던져버리고 그 목에 발을 탁 올려놔야 할 때도 있어요."

음, 그냥 너그러운 거인이라고만 하자.

"헬스장에서 봐요." 제이크가 말했다.

산제이

일진이 사나웠다.

산제이는 알람시계의 숫자가 바뀌는 걸 지켜보며 또 한번 불안한 밤을 보냈다. 근무중에 모든 병실을 순회하며 환자들을 돌볼 때는 시간이 그렇게나 빨리 지나가는데, 한밤중에는 왜 그 흐름이 거의 느껴지지 않을까? 너무 피곤해서 다음날 근무에 지장이 있을까봐 걱정될수록 잠은 더 오지 않고 걱정은 더 많아지는 악순환에 빠지고 말았다.

"간호사님, 시간 괜찮으세요?" 줄리가 물었을 때에야 간신히 혼미함에서 빠져나와 정신을 차렸다. "혹시 저 좀 도와주실 수 있을까 하고요. 정말 부탁드리고 싶지 않았는데……"

"당연히 도와드려야죠." 산제이는 말을 뱉자마자 후회했다. 자초지종을 듣기도 전에 승낙해버리는 일 같은 건 그만하고 싶었다.

"고마워요." 그녀가 활짝 웃었다. "이런 부탁을 드릴 분으로 간호사님 말고는 아무도 생각 안 나더라고요. 그게, 냉각 모자*가 너무 아프고 효과도 없는 것 같아서요. 머리카락이 계속 뭉텅이로 빠져서 샤워실 배수구에서 빼내는 게 번거로워요. 오늘 아침에 일어났을 때는 머리 절반이 통째로 베개에 들러붙어 있는 것처럼 보이더라고요. 더는 못하겠어요. 온몸이 조각조각나는 죽음같이 느껴져요. 다 밀어버리고 싶어요."

"이해해요, 줄리." 산제이가 말했다. "냉각 모자가 안 맞는 분들이 있더라고요. 병원에 훌륭한 가발 전문가가 계세요. 비달사순에서 일했던 분이에요."

줄리는 얼굴을 찡그렸다. "저는 모자랑 두건을 계속 쓰려고요." 그녀가 말했다. "하지만 제 부탁은, 간호사님이 해줬으면 한다는 거였어요."

"뭘요?" 산제이는 맥락을 파악하기 어려웠다. 줄리의 마지막 문장을 들었을 때 이미 서두를 잊었을 만큼 정신이 없었다.

"머리 미는 거요. 무리한 부탁이란 건 알지만 미용사에게 맡길 수가 없었어요. 숱이 좀더 많아 보이도록 짧게 잘라주었는데, 머리카락이 빠지기 시작하니까 머리 감겨주며 엉엉 울더라고요. 아이들이 불쌍해요! 아직 너무 어린데! 그러면서. 제가 이미 죽기라도 한 것처럼 말이에요. 샴푸 범벅인 채로 울면서 곧장 나와버렸어요."

---

* 항암제를 맞는 동안 두피를 차갑게 식혀주는 모자로, 항암제 성분이 두피의 모낭 세포를 망가뜨리는 효과가 줄어 탈모를 예방하는 효과가 있다.

"남편에겐 물어보셨어요?" 산제이가 물었다.

"정말이지 남편에겐 부탁하고 싶지 않아요." 줄리가 눈에 띄게 몸서리를 치며 말했다. "암에 걸린 사람한테 계속 로맨틱한 감정을 갖는 것만으로도 너무 힘든데, 이런 일까지 맡기면 더는 견딜 수 없을 거예요. 부탁드려요."

산제이는 거절할 방법을 찾으려 했다. 이건 업무에 포함되지 않는다고. 너무 바쁘다고. 필요한 선을 지키지 못해 또다시 힘들어질 게 뻔하다고. 하지만 그는 너무 지쳐 있었고, 이미 많은 것을 잃은 줄리에게 또 한번 절망감을 안겨주고 싶지 않았다.

"다른 사람한테는 부탁할 엄두가 안 나요. 간호사님은 이런 일에 익숙하니까 당황하지 않을 거잖아요." 아니, 짐작도 못하고 계세요. "가위랑 전기면도기도 가져왔어요." 그가 우물쭈물하는 모습을 보고 그녀가 덧붙였다.

"알겠어요." 그가 말했다. "빈방을 찾아보죠."

산제이는 기다란 밤색 머리카락을 두피에 최대한 가깝게 쳐내는 동안 줄리에게 자기 얼굴을 보이고 싶지 않아 등뒤에 섰다. 올림머리를 만들고, 바람결에 너울너울 춤추고, 사랑을 나누며 쓰다듬던 행복한 시절의 기억을 품은 곱슬머리. 다 쳐낸 다음엔 두피가 완전히 매끄러워질 때까지 면도기로 밀었다. 윙윙대는 면도기 덕에 손의 떨림이 티나지 않아 다행이었다.

산제이는 줄리 앞으로 와서 몸을 구부려 손을 잡았다.

"어때 보여요?" 그녀가 눈물을 닦아내며 물었다.

"좋은데요!" 그가 말했다. "다행히도 두상이 예뻐요. 어떤 사람들은 뒤통수가 울퉁불퉁하잖아요. 그러면 드러내기 쉽지 않죠."

줄리는 희미한 미소를 지어 보이곤 휴대폰을 꺼내 카메라 방향을 뒤집어 자신의 모습을 들여다보았다.

"간호사님, 저 꼭 험프티 덤프티 같아요." 그녀가 말하며 머리카락이 한 올도 남지 않은 대머리를 손으로 감싸쥐고 흐느꼈다. 발가벗겨진 기분. 머리카락이라는 안락한 커튼 뒤에 숨을 수도 없이, 맨피부와 눈물뿐. "하지만 감사드려요." 그녀는 손가락 사이로 눈물을 흘리며 말했다. "이게 더 나아요. 내일이면 괜찮아지겠죠. 그럴 거라 믿어요."

"애덤이 데리러 오나요?" 산제이가 물었다.

"카페테리아에서 막내 샘이랑 기다리고 있대요." 그녀가 말했다. "겁에 질릴 거예요, 분명히. 그런 얼굴을 마주하면 솔직히 못 견딜 것 같아요."

"줄리, 여기서 기다려요." 산제이가 말했다. "웃는 얼굴로 있으면 제가 두 사람을 데려올게요. 여긴 다른 사람들이 없으니까."

산제이는 카페테리아로 향하는 계단을 뛰어내려가며 시계를 보았다. 이미 업무 스케줄이 한 시간이나 지연됐다. 절대로 따라잡지 못할 거다. 카페테리아에 들어서자마자 구석 테이블에서 컬러링북 위로 몸을 숙이고 있는 애덤과 샘을 곧장 발견했다.

"안녕." 그가 샘 옆에 쪼그리고 앉으며 말했다. "엄마가 병동에서 만나자고 전해달래. 근데 그전에 하나 말해줄 게 있어."

지나치게 조숙해 보이는 커다란 갈색 눈으로 샘이 그를 올려다보았다.

"엄마가 머리를 새로 잘랐거든. 드웨인 '더 록' 존슨처럼 전부 밀었어. 그 사람 알아?" 샘이 고개를 끄덕였다. "잠깐 동안만이야. 금세 다시 자랄 거고. 문제는, 네가 싫어할까봐 엄마가 걱정하신다는 거야. 하지만 샘은 엄마가 여전히 아름답다고 생각한다는 걸 난 알아. 샘의 엄마고, 세상에서 제일 아름다운 사람이니까. 그렇지?”

샘은 고개를 끄덕였다.

“그러니까 슬픈 얼굴 하지 않으려고 많이, 많이 노력해줄래? 그리고 잊지 말고 엄마한테 예쁘다고 말해줄래?” 산제이는 애덤에게로 눈길을 돌리며 말했다. 이 말은 샘뿐만 아니라 그에게도 하는 말이라는 걸 남편은 알고 있었다.

“그럴 수 있지, 샘?” 애덤이 아들의 손을 꼭 잡으며 말했다.

“좋아요.” 산제이가 말했다. “죄송하지만 전 이제 가봐야 할 것 같아요.”

“고마워요, 간호사님.” 애덤이 카페테리아를 나서는 그의 등뒤에 대고 외쳤다.

출입구에 다다랐을 때 막 들어오던 남자가 여닫이문을 너무 세게 밀어서 산제이는 벽에 부딪히다시피 했다. “죄송합니다.” 산제이가 말했다.

가느다란 형광등이 켜진 계단참에 멈춰 선 그는 벽에 등을 기대고 숨을 고르려 애썼다. 심장이 점점 더 빠르게 쿵쾅거렸고 손바닥은 식은땀으로 축축했다. 또 시작이다.

정말이지 이럴 시간이 없는데. 지금은 안 돼. 절대로.

산제이는 바닥에 주저앉아 무릎 사이에 머리를 파묻고 호흡을 진정시키려 애썼다. 영원처럼 길었던 이른 오전 시간 내내 끝없이 몸에 들러붙는 진실을 무시하려고 애쓰면서. 더는 혼자서 해

214

결할 수 없다는 생각.

　누군가에게 도움을 청해야 했다.

　아이오나.

피어스

피어스는 시계를 쳐다보았다. 오후 3시인데 아직 침대에 누워 있다니. 얼룩 하나 없는 새하얀 침대 시트 때문에 스스로가 더욱 추악하게 느껴졌다. 나는 오점이다. 결함이다. 존재 자체를 표백해야 한다.

아침에 일어났던 건 확실히 기억났고, 옷도 챙겨 입은 것 같았다. 벌써 일하러 다녀왔나? 뱃속이 익숙하게 꼬이는 느낌이 들었다. 아니지, 한동안 출근하지 않았고 이젠 사무실에 가는 척할 필요도 없지.

마사를 본 건 확실히 기억났다. 수학 수업을 했던가?

머뭇거리듯 문 두드리는 소리가 났다. 뭐라고 해야 하나 고민하는 사이 문이 열리고 캔디다가 차 한 잔을 들고 들어왔다. 커튼을 열고 그의 옆에 앉더니 놀랍도록 다정한 목소리로, 오직 아이

216

들에게만, 그것도 다치거나 아플 때만 주로 사용하는 목소리로 물었다. "괜찮아, 피어스?"

그 역시 답을 몰랐기에 아무 말도 하지 않았다.

"지금이 몇년도인지 알아? 총리 이름은?" 그녀가 말했다.

"현실감각을 완전히 잃은 건 아니야." 그가 대꾸했다. 그러곤 덧붙였다. "오히려 더 나쁜 건가."

"걱정 마. 우린 이겨낼 수 있어." 캔디다가 그의 손을 쓰다듬으며 말했다.

"어떻게 해야 할지 모르겠어." 쩍쩍 갈라지는 목소리로 말하며 캔디다가 뭘 할지 생각했다. 뽀뽀해주며 다 나아질 거라고 속삭일까, 깁스해주고 칼폴*을 건네줄까.

"재정 상황에 대해 함께 살펴보고, 남은 걸 어떻게 쓸지 궁리해보고, 다 통합해서 계획을 세우자." 그녀는 단호하지만 차분한 어조로 말했다. 신발을 벗고 그의 옆자리 이불 속으로 들어왔다.

어떻게 그토록 캔디다를 과소평가했을까? 항상 관계에서 그가 더 강한 쪽이라고 자부해왔는데, 지금 그를 지탱해주는 건 그녀였다. 왜 처음부터 아내에게 다 털어놓지 않았을까? 이 끔찍한 진창에서 뭐라도 구해낼 수 있을까?

캔디다가 다시 입을 떼자마자 유리가 흔들릴 정도로 뭔가가 창문에 세게 부딪히는 소리가 났다. 피어스는 스스로 반응이 느려졌음을 깨달았다. 마음이 탈지면에 싸인 것처럼.

"뭐야?" 창가로 걸어간 캔디다는 창문을 열고 자갈 깔린 진입

---

*어린이용 감기약.

로를 내려다보았다.

"비둘기네." 그녀가 말했다.

"괜찮아 보여?" 피어스가 물었다.

"이미 죽은 것 같은데." 그 말이 참을 수 없이 가슴 아팠다. 피어스는 다시 울기 시작했다.

"맙소사, 피어스, 그냥 비둘기잖아." 캔디다가 말했다. "어떻게 처리하면 좋으려나? 일반 쓰레기통에 버려야 하나, 아니면 음식물 쓰레기로 버려야 하나? 재활용은 안 될 것 같은데."

"그냥 비둘기가 아니야. 저건 전조야." 피어스가 말했다.

"당신 상담 좀 받아야겠어." 캔디다가 말했다. "전문가한테. 상태가 안 좋아 보여."

그 말이 맞았다. 여태껏 그를 붙들어준 건 가식일 뿐이었다. 금융계 거물 행세를 하느라 눈코 뜰 새 없었지만, 그래도 스스로 거물이라 믿을 수 있었다. 자신감 넘치고 성공한 사람, 인생의 승리자라고 느꼈다. 그런 사람이 피어스라고.

캔디다가 집안 조명을 켜고 그의 실체가 드러난 순간 모든 게 산산조각났다. 무대 분장을 지운 그는 다시금 케빈이 되었다. 이름부터 모든 것을 바꾸기 전의 그 케빈. 알코올중독자 어머니와 함께 사는, 너무 작은 중고 교복을 입은, 무료 급식을 받는 케빈. 능력도 없고 직업도 없고 가족을 부양하지도 못하는 아버지를 둔 케빈. 그 부모에 그 아들. 그의 과거가 결국 그를 따라잡을 것이다. 끝없이 달릴 수만은 없다.

"지역 보건의한테 심리 상담가 추천을 받아서 예약 잡아둘게." 캔디다가 말했다.

“아냐, 그러지 마.” 피어스가 말했다. 이 모든 걸 이야기할 수 있는 사람은 단 한 명뿐이었다. “아는 사람이 있어. 내가 알아서 할게.”

“그래, 잘됐네.” 그가 ‘가장 발전한 학생’ 상이라도 받은 것처럼 그녀가 어깨를 두드려주었다. “그 남자분도 공인 자격을 갖춘 사람이지?”

“여자분인데,” 여성 잡지의 고민 상담가도 공인 자격을 갖춘 사람이라고 할 수 있나 고민하며 피어스가 말했다. “응, 업계에 종사한 지 아주 오래됐어.” 물론 아이오나는 어떤 업계에 오래 종사한 사람이 맞았다. 캔디다가 예상하는 것과는 다른 분야일 뿐. 하지만 아이오나가 직접 그를 도와줄 수 없다고 해도 도움받을 곳을 알려줄 순 있을 것이다.

그는 돌아누워 다시 잠에 빠져들었다.

마사

마사는 캐릭터를 잡았다. 피어스가 무너져내리기 전 수학 과외가 끝난 어느 날, 그는 그녀에게 그런 척하면 언젠가 정말 그렇게 된다고 말해주었다. 자신의 성공 비결은 바로 그 철학이라고도 했다. 되고 싶은 모든 걸 갖춘 또다른 페르소나, 심지어 다른 이름도 만들어보라고 그는 제안했다. 그래서 마사는 그렇게 했다. 그리고 '다른 마사'라고 불렀다.

'다른 마사'에겐 친구가 많았다. 유달리 예뻐서가 아니라 타고난 자신감과 존재감 덕분이었고, 다른 사람의 시선 따윈 신경쓰지 않기 때문이었다. 사실 아이오나와 크게 다르지 않았다. 실은 아이오나와 '다른 마사'는 친척 관계라고도 할 수 있었다. 엄마와 딸 관계는 아니었다, 모녀 사이는 복잡하니까. 이모와 조카 정도라고 해둬야지.

'다른 마사'는 학교 연극에 출연하면서 재능을 발견하고 넷플 릭스 드라마의 주연을 맡게 된 탁월한 배우다. 쇼핑백을 크롭톱 처럼 입고 학교에 와도 아무도 비웃지 않았다. 오히려 다음날이 되면 잘나가는 애들이 죄다 그렇게 입었다.

'다른 마사'는 학교 복도에서 벽에 꼭 붙어 걸으며 발끝만 내려 다보던 평소의 마사와는 달리 한가운데로 걸었다. 모두가 '다른 마사'를 위해 홍해 갈라지듯 길을 터줬다.

그때 꼭 붙어서 쉴새없이 쑥덕거리는 잘나가는 여자애들 무리 가 눈에 들어왔다. 그녀가 다가가자 그들은 갑자기 말을 뚝 멈추 고 칼라하리사막의 미어캣 무리처럼 그녀를 빤히 바라보았다. 데 이비드 애튼버러가 말했다. 미어캣 가족은 항상 경계를 늦추지 않 습니다. 위험, 먹이, 잠재적인 짝을 찾기 위해서지요. 아니, 그 이미 지는 너무 사랑스럽잖아. 쟤들은 머리가 여러 개인 히드라에 더 가까웠다. 애튼버러의 스토리텔링 능력을 뛰어넘는 존재들.

가장 필요한 순간에 '다른 마사'는 드라이아이스처럼 순식간에 사라졌고, 그녀는 다 노출된 채 덩그러니 남았다. 고마워 죽겠네. 나보다 훨씬 더 심각한 문제가 있는 아저씨의 조언은 듣지 말았 어야 했는데.

그녀는 앞에 놓인 계단만 바라보려 애쓰면서 최대한 빠른 속도 로 괴롭힘 주도자들을 지나치려 걸음을 재촉했다.

"저기, 마사!" 무리 중 한 명이 불렀다. 그냥 못 들은 척해도 될 까? "거기 너 말야! 마사! 게시판 봤어?"

그녀는 우뚝 멈춰서 돌아봤다. "아니." 그녀가 말했다. "왜?"

"글쎄, 한번 가서 보는 게 어때?" 다른 애가 말했다.

마사는 원칙대로 그냥 무시할까 생각했지만 궁금함을 참을 수 없어 돌아서서 게시판 쪽으로 걸어갔다.

"축하해!" 누군가 외치는 소리가 들렸다. 당연히 나에게 하는 말은 아니겠지.

게시판을 향해 점점 다가가는데 사람들이 자리를 비켜주며 그녀를 쳐다보았다. 하지만 평소와 다른 선망의 눈길이었다. '다른 마사'에게 보낼 법한 그런 눈길.

연극 출연자 명단이 게시되어 있었다. 나한테도 배역이 주어졌을까? 숨을 참고 밑에서부터 이름을 훑어보았다. 아무데도 없었다. 그녀는 없었다. 그래서 다들 지켜보고 있었던 건가? 내가 뻔뻔하게 오디션에 도전한 걸 알고 실패를 비웃어주려고?

마사는 명단의 마지막, 맨 위에 다다랐다.

줄리엣 - 마사 앤드루스

지금 이 순간 세상에서 제일 만나고 싶은 사람은 아이오나였다. 우선, 마사가 배역을 따냈을 뿐 아니라 그 배역을 맡게 됐다는 소식을 들은 아이오나의 얼굴이 너무나 보고 싶었다. 얼마나 기뻐할까. 또 한편으로 오로지 아이오나 덕분에 배역을 얻은 거라는 끔찍한 두려움이 있기도 했다. 코칭은 전부 일종의 속임수고, 연습이 시작되자마자 탄로나고 말 거라는 공포. 딱 한 장면을 위해 2주 내내 연습했는데, 전체를 다 숙지하려면 얼마나 걸릴까?

지금 당장 내가 사기꾼이라고 고백하고 제대로 된 재능을 가진 사람에게 배역을 넘기는 게 낫지 않을까?

222

아이오나라면 어떻게 해야 할지 알 거야. 평생 자신감 부족으로 고민한 적이 한 번도 없는 사람이니까. 단 한 순간도. 항상 세상에, 그리고 그 안에서의 자기 위치에 확신이 있는 사람. 마사가 가장 좋아하는 어른. 데이비드 애튼버러 다음으로. 그러고 보니 두 사람 잘 어울리네. 아이오나가 레즈비언이 아니거나 이미 결혼하지 않았더라면 멋진 커플이 됐을 텐데.

아이오나가 워털루역에서 오후 6시경 기차를 탄다는 사실을 알고 있었기에 학교가 끝나고 한 시간 정도 때울 방법을 찾아야 했다. 교복 주머니에 손을 넣어보니 엄지손가락에 코팅 카드의 모서리가 만져졌다.

뭐 어때? 제이크의 헬스장을 구경하러 가야겠다. '다른 마사'라면 당연히 그렇게 할 거야.

5번 플랫폼으로 들어서는 개찰구 옆에 서 있은 지도 어느덧 45분째였다. 햄프턴코트행 열차가 세 대나 지나갔는데 아이오나는 코빼기도 보이지 않았다. 내가 놓친 걸까? 아니, 그럴 리 없어. 아이오나처럼 눈에 띄는 사람을 못 보는 건 불가능해.

너무나 허탈했다. 멋진 성취를 머릿속으로 계속 되새겼지만 함께 나눌 사람이 없으니 오히려 속상했다. 확신을 줄 사람도 없어서 연극 배역은 불가능한 과제처럼 여겨졌다.

마사는 한숨을 내쉬곤 책가방을 어깨에 걸치고서 집으로 가는 다음 열차를 타기 위해 터덜터덜 걸어갔다.

아이오나

아이오나는 플랫폼 입구 옆에 자리한 기념품가게에 들어가 엽서 진열대 뒤에 최대한 몸을 숨겼다. 회전 진열대를 천천히 돌리면서 빅벤이며 이층버스며 템스강 다리를 찍은(때로는 그 세 가지가 몽땅 한 장에 들어 있었다) 진부한 사진들을 보는 척했다. 밖에 비가 내리고 있어서 가게 안에는 축축한 모직 옷 냄새와 관광객 수백 명이 흘린 땀 냄새, 방향제가 내뿜는 인공 솔향이 진동했다.

가게 유리에 비친 자신의 모습이 우연히 눈에 들어왔다. 우스워 보였다. 입사 30주년 기념 파티를 기대하며 비가 '장화 신은 고양이 착장'이라고 묘사한 옷을 입고 있었으니까. 파티는 전적으로 아이오나만의 상상 속 산물이었던 것으로 결론이 났다.

오늘 아침까지만 해도 타이트한 검은색 바지에 허벅지까지 올라오는 부츠를 신고 버건디색 더블브레스트 벨벳 재킷에 검은색 페도라로 마무리한 차림새가 근사하게 느껴졌었다.

꿋꿋함. 신데렐라를 데리러 갈 준비를 하는 왕자님처럼 커다란 전신거울 앞에서 빙그르르 돌아보기도 했다. 지금은 팬터마임*의 여자주인공이 된 기분이었다. 신데렐라의 못생긴 언니. 양인 척 차려입은 양고기. 어리석고, 늙고, 놀림감인 인간. 아냐, 그렇지 않아! 아니, 맞거든! 개찰구 주변을 슬쩍 보니 마침내 기다리기를 포기하고 표를 넣은 다음 대기중인 기차를 향해 5번 플랫폼으로 걸어가는 마사가 보였다.

"그거 살 거요?" 가게 주인이 아이오나를 향해 소리질렀다. 아이오나는 언제 집어들었는지 기억도 없는 검은색 택시 모형을 내려놓고 가게 밖으로 걸어나갔다. 그러곤 다시 들어와서 주인을 향해 혀를 내밀었다.

마사가 탄 기차가 멀어지는 것을 지켜본 뒤 아이오나는 18시 40분에 출발하는 열차의 4번 객차에 탔다. 끔찍할 만큼 짝수군. 몹시 익숙하면서도 완전히 다른 객차였다. 앞에 놓인 테이블에는 누군가 버리고 간 빈 과자 봉지가 놓여 있었다. 더는 필요치 않은. 쓸모없는. 평소에 타던 기차를 과연 다시 타게 될지 확신이 없었다. 그 순간 울음이 터졌다. 눈물이 소리 없이 뺨을 타고 흘러내렸다. 정성스레 화장한 얼굴도 분명 무너져내렸겠지. 코끝에 맺힌 눈물이 포마이카를 칠한 테이블 위로 똑 떨어졌다.

---

* 영국에서 주로 크리스마스 때 공연하는 연극으로, 보통 남자가 여자주인공을 연기한다.

맞은편 자리에 앉아 어린아이에게 동화를 읽어주던 여자가 목소리를 조금 높였다. "우린 절대 제시간에 역에 도착할 수 없을 거야, 토머스. 이제 우리 어쩌지?" 여자는 아이가 맞은편에서 벌어지는 진짜 드라마에 관심을 갖지 않도록 페이지를 넘겨 손가락으로 그림을 짚었다. 마치 아이오나의 절망감이 유아에게는 해로울 수도 있다는 듯이.

포도 사건이 있었던 날, 모든 결말은 새로운 시작의 다른 얼굴이라는 내용의 칼럼을 썼던 기억이 났다. 그녀가 틀렸다. 어떤 결말은 잔혹하고 부당한 끝 그 자체다. 진부한 철학을 내세웠던 과거의 자신이 저주스러웠다. 영감을 주는 헛소리를 아무리 쏟아내도 달라질 건 없다.

노선 내 모든 역에서 승객들이 탔지만, 몇 달 만에 처음으로 그녀 주변 좌석은 대부분 비어 있었다. 사람들은 이쪽으로 걸어오다가도 그녀의 얼굴을 보곤 곧장 발길을 돌려 최대한 멀리 떨어져 앉았다. 심지어 자리에서 일어나기도 했다. 삶이 무너진 나이든 여자를 마주하느니 그게 낫다고 여기는 것처럼.

그리고 아무도 말을 걸지 않았다.

산제이

뉴몰든에서 병원까지 버스로 출퇴근할 수 있는지 알아본 산제이는 교통 상황에 따라 한 시간쯤 더 걸린다는 걸 알고 마지못해 생각을 접었다. 그건 매일 아침 에미와 아이오나를 모두 피해야 한다는 뜻이었다. 에미를 피해야 하는 건, 아이오나의 말이 맞았기 때문이다. 다 끝난 게 맞고, 아니 사실 시작된 적도 없었던데다 그녀를 볼 때마다 마음이 아렸다. 그리고 아이오나를 피하는 이유는 떠올리기만 해도 죄책감에 시달려서였다.

여성에게 그렇게 무례하게 굴었다는 사실을 알면 엄마는 길길이 날뛸 거다. 사과해야 한다는 걸 알았지만 대체 어떻게 말을 꺼내야 할지 아직도 답이 안 나왔다.

산제이는 여느 평범한 영국 통근자들처럼 기차에 아는 사람도 없고 누구에게도 말을 걸지 않았던 시절을 서글프게 돌아보았다.

과묵함이 전통처럼 자리잡은 데에는 실용적인 이유가 있음을 그는 알게 되었다. 출퇴근길에 만나는 사람들을 피하려다보면 일상에 원치 않는 스트레스가 가중된다.

지난 며칠 사이 에미를 멀찍이서 몇 번 보았다. 다친 영양을 곧장 감지하는 하이에나처럼, 물론 당연히 그렇게 악의적인 의도는 없지만, 군중 속에서 그녀를 곧장 알아보는 연습을 해온 터였다. 하지만 아이오나는 코빼기도 보이지 않았다. 평소에는 매일같이 봤으니 이상한 일이긴 했다.

이번주 들어 처음으로 산제이는 아이오나가 아침에 늘 타는 열차에 올라 곧장 3번 객차로 향했다. 오늘은 꼭 아이오나를 찾아 진심으로 사과하고, 내가 뱉은 잔인한 말은 절대 진심이 아니었다고 설명해야지. 아이오나가 그와 그의 삶에 관심을 가져주는 건 기쁜 일이었고, 원하면 언제든 개입해도 좋다고 생각했다. 사실, 적극적으로 관심을 유도한 게 사실이었다. 그녀의 도움이 필요했으니까.

몇 달 동안이나 잠을 제대로 못 자고 스트레스와 극심한 피로로 예민해지고 제정신이 아니었던 터라 불쑥 화를 냈다고 아이오나에게 말할 작정이었다. 공황발작에 대해, 그리고 발작 자체보다 더 심신을 악화시키는, 발작이 일어날 거라는 끊임없는 공포에 대해서도.

아마도 아이오나는 어떻게 해야 할지 알 것이다. 이 모든 걸 털어놓는 것만으로도 도움이 될 것이다. 직장에선 누구와도 이 문제를 상의하고 싶지 않았다. 간호사라는 일에 반드시 필요한 능력이 없다는 걸 공공연히 드러내는 셈이니까. 그는 완전한 실패자였다. 에미가 그가 넘볼 만한 사람이 아닌 건 당연한 사실이다. 토비 같은 사람은 공황발작을 한 번도 겪어본 적이 없겠지. 오히려 정반대일 것이다. 자만심이 너무 강해서 이따금 발작을 일으킬지도.

산제이는 아이오나의 자리 쪽으로 갔다. 좌석은 텅 비어 있었다. 사실상 이 객차에서 유일하게 빈자리였다. 그 자리에 앉으면 왠지 실례가 될까봐 그 옆을 서성이며 서 있었다.

"안 올 거예요." 익숙한 목소리가 말을 건넸다.

"어, 안녕하세요, 피어스." 비어 있는 왕좌에 앉는 건방진 신하가 된 듯한 기분으로 자리에 앉으며 산제이가 말했다. "청바지 입은 건 처음 보네요. 캐주얼한 복장으로 출근하는 날이나 뭐 그런 거예요?" 긴 침묵이 흐르더니 피어스가 마침내 입을 뗐다.

"저 해고됐어요. 그러니까, 정리해고."

"이런. 정말 미안해요." 끔찍하게 곤란해지고 말았다. 피어스를 향한 감정은 복잡했지만, 정리해고 같은 건 누구도 겪지 않길 바랐다.

"괜찮아요." 전혀 괜찮지 않은 얼굴로 피어스가 말했다. "사실 좀 됐어요. 1월이었거든요. 거의 3개월 동안 무직 상태였어요."

산제이는 한 대 맞은 듯 멍해졌다. 기차에서 말쑥한 정장에 상류층을 상징하는 액세서리까지 착용하고 자신의 성공과 백인으로서의 특권을 내내 과시했던 피어스가 그간 내내 가짜 출퇴근중이었다니. 산제이는 기억을 되감아 다른 각도에서 생각해보았다. 어쩌면 피어스는 실제로는 아무것도 과시하지 않았는지도 모른다. 그저 내가 보고 싶은 것만 봤던 건지도. 나도 다른 사람들처럼 고정관념에 사로잡힌 걸까? 그 생각이 곪아터진 상처처럼 머릿속에 자리잡았다.

"그럼 지금까지 왜 기차를 탄 거예요?" 그가 물었다.

피어스는 한숨을 내쉬었다. 마지막으로 본 이후 일주일 사이에 그는 쪼그라든 것 같았다. 공기가 다 빠진 아코디언처럼 납작해진 모습. 어쩌면 그의 체격 역시도 내가 보고 싶은 대로 본 건지도 모르지만.

"여러 가지 이유가 있는데," 그가 입을 뗐다. "캔디다와 아이들이 날 실패자로 여기지 않았으면 했어요. 나 자신이 실패자라는 사실을 직면하고 싶지도 않았고요. 하지만 무엇보다도 상황을 바로잡을 수 있다고 생각했기 때문이에요. 알고 보니 그럴 수 없더라고요. 더 악화시키기만 했지."

전부 다 이해하기엔 벅차다고 느끼며 산제이는 고개를 끄덕였다. 차라리 고환암에 걸렸다고 고백했다면 마음이 더 편했을 텐데. 적어도 익숙한 분야인데다 고환암의 평균 5년 생존률은 95퍼센트에 달했다. 밤잠 설칠 일이 거의 없는 암이었다. 게다가 이상적이진 않지만 미학적으로 볼 때 남성은 고환이 한쪽만 있어도 완벽하게 기능할 수 있다. 심지어 이름까지 있었다. 단고환증. 그걸 아는 사람은 많지 않지만.

"그럼 지금은 어디 가시는 거예요?" 좌절하고 비참해 보이는 피어스가 더 마음에 든다는 생각에 죄책감을 느끼며 산제이가 물었다.

"아이오나를 찾고 싶어서 여기 있는 거예요. 그분 휴대폰 번호도 모르는데, 꼭 얘기를 나누고 싶어서요. 이유는 딱히 없고요. 사실, 아이오나를 전문가 자격으로 고용하고 싶었어요." 피어스가 말했다. "그러니까, 심리 상담가로요. 아이오나 연락처 없죠?"

"네, 없어요. 실은 저도 아이오나를 찾고 있거든요. 어디로 가버린 건지 모르겠네요." 산제이가 말했다.

나 때문은 아니겠지? 내가 너무 무례하게 굴어서 나를 피하는 걸까? 그러기엔 낯이 꽤 두꺼운 분 아니었나?

에미

08:08 템스디턴역, 워털루행

에미는 오븐에서 파이를 꺼내 2인분의 식기가 세팅된 식탁 위에 올려놓았다. 만들 때마다 엄마 생각이 나는 레시피였다. 당근과 양파와 셀러리를 자르는 내내 옆에 서 있는 엄마가 느껴졌다. 손가락 조심하렴, 에미. 셰퍼드파이 안에서 손가락을 발견하고 싶은 사람은 아무도 없어. 셰퍼드 게 아니라면 말이야. 하하.

에미는 지구를 위해 고기를 덜 소비하려 노력했지만, 토비는 완전히 포기할 생각은 없어 보였다. 동네 정육점 주인에게 양고기에 대해 물었을 때, 그는 바다가 보이는 데번 들판에서 싱싱한 유기농 풀을 잔뜩 먹으며 짧지만 행복한 삶을 산 양이라고 호언장담했다. 그러곤 능글맞게 웃어 보였는데, 날 놀리는 건가 하는 의구심이 들었다.

여태껏 주중에는 식재료 다듬기부터 시작하는 요리를 할 시간이 없었지만, 요즘은 재택근무를 하고 있어 점점 더 규칙적으로 요리를 하게 됐다.

토비는 재택근무의 열렬한 옹호자였다. 출퇴근은 인터넷 이전 시대의 유물이라는 게 그의 주장이었다. 시간과 에너지와 비용의 불필요한 낭비일 뿐 아니라 기후변화와 환경오염의 원흉이기도 하다면서.

그와 사업 파트너 빌은 IT 컨설팅 사업을 시작할 때부터 사무실은 불필요한 비용이라는 데 합의했다. 현재 스무 명 남짓한 기술 전문가들이 함께 일하고 있는데, 주로 패션 감각이 꽝이고 개인위생이 의심스러운 청년으로, 고객을 만나러 가는 경우를 빼면 전부 재택근무를 했다. 회의는 대부분 화상으로 진행했고, '대면'이 필요할 때는 도시 여기저기에 생겨난 여러 공유 오피스 중 한 곳을 빌렸다.

토비는 항상 유행을 앞서갔다.

"토비! 저녁 준비 다 됐어!" 에미가 외쳤다.

"너무 맛있겠다!" 토비가 몸을 숙여 그녀의 목덜미에 키스하며 말했다. "사무실 사람들한테 자기 안 빼앗겨도 되니까 좋다."

식사하는 동안 토비는 기묘하게 오작동하는 컴퓨터 문제로 작업을 의뢰한 고객 이야기를 들려주었는데, 이더넷 케이블이며 코카푸 강아지까지 등장했다.

"자기 하루는 어땠어?" 그가 물었다.

"괜찮았어." 그녀가 답했다. "그냥 이 치약 광고 건이 별로 맘에 안 들 뿐이야. 자선단체 쪽이랑 뭔가 좀더 가치 있는 일을 하고 싶은데, 내가 너무 이상주의자처럼 구는 것 같기도 하고."

"전혀 아니야!" 토비가 그녀의 손을 잡으며 말했다. "난 자기의 이상주의적인 태도가 너무 좋은걸. 사실 나한테 아이디어가 있어. 한동안 이 얘길 꺼내고 싶었어."

에미는 몹시 들떠 터질 것 같은 토비의 얼굴을 바라보았지만, 그 흥분이 전염되긴커녕 오히려 경계심이 솟았다. 토비의 아이디어는 아래층 화장실 페인트칠부터 알프스 패러글라이딩까지, 온통 엉뚱한 것투성이었다.

"그럼 얘기해줘." 그녀가 말했다.

"사무실에 출근하지 않아도 되는 게 얼마나 좋은지 자기도 알지?" 그가 말했다. 그건 딱히 사실은 아니었다. 토비가 그녀의 재택근무를 그녀보다 훨씬 더 좋아했지만, 그걸 지적하며 분위기를 망치고 싶지 않아 잠자코 고개를 끄덕였다.

"그래서 말인데, 자기가 사업을 시작해보면 어떨까." 그가 말했다. "직장은 관두고. 그 회사에선 배울 게 없잖아. 평가도 제대로 안 해주고, 자기도 거기서 일하는 거 싫어하고. 집에서 컨설턴트 일을 하는 거야. 내가 창업을 도와줄게. 내 사업 시작할 때 다 해봤던 거니까. 회사 등록, 세금이나 법적인 부분 같은 거 전부. 생각해봐! 자기가 대표가 되는 거야. 자기랑 가치관이 맞는 고객을 선별해서 받을 수 있어. 나처럼! 내가 자기 첫 고객이 될 수도 있어! 더이상 케케묵은 사무실로 힘들게 출퇴근할 필요 없잖아. 돈이 들어오기 시작하면 정원 끝에 홈 오피스를 지을 수도 있어. 그때까지는 내 사무실을 같이 써도 돼." 그는 의자에 등을 기대고는 그녀를 향해 씩 웃어 보였다.

"아." 에미는 몹시 당황스러웠다. 토비는 이 계획을 하나부터 열까지 철저하게 짠 게 분명했다. 그의 기대감에 소금을 뿌리고 싶진 않았지만, 큰 변화를 요구하는 제안인 게 사실이었다.

"모르겠어, 토비. 난 내 일을 전혀 싫어하지 않아. 사실 대부분은 좋아해. 몇 가지 좀 불편한 점이 있을 뿐이야. 사무실로 출근하는 것도 좋아. 거기에 좋은 친구들도 있고, 심지어 기차에서 만난 친구들도 있어. 관두면 그리울 것 같아." 입 밖에 꺼내고 보니 그 말이 얼마나 진심인지 알 수 있었다.

"아, 에미." 토비가 정말이지 실망스럽다는 듯 그녀를 바라보았다. 그가 생각했던 여자가 아니라는 듯이. "그렇게 소심하게 굴지 마. 야망을 가져! 배짱도! 고등학교 졸업파티에서 '세상을 바꿀 여성 1위'로 뽑히지 않았어? 그 손바닥만한 에이전시에서 세상을 바꾸긴 힘들지, 안 그래?"

그 얘기를 꺼냈을 때 에미는 술에 취해 있었다. 말하자마자 실수했다 싶었지만, 토비가 그걸 이런 식으로 들들 볶는 데 쓸 줄은 몰랐다.

"리처드 브랜슨이 정수기 옆에서 루저들이랑 수다 떨던 게 그리워서 버진 레코드를 세울 수 없다고 한 번이라도 말한 적 있을 것 같아?" 토비가 말을 이었다.

그 말이 맞을 수도 있고, 그녀의 넋두리를 다 들어주며 그녀의 행복을 위해 신경써주는 건 고마운 일이었지만, 에미는 여전히 상처를 받았다. 그녀의 목소리를 조롱하는 투로 흉내낸 것에, 동료들을 아무렇지도 않게 무시하는 태도에. 그리고 왜 내가 회사에선 성장할 수 없다고 생각할까? 그녀는 항상 스스로 성공했다고 여겨왔다. 야심가라고까지 생각했었다. 내가 나를 속여왔던 건가? 토비는 내가 못 보는 뭔가를 보는 걸까?

그날 밤, 에미는 침대에 누워 토비의 제안을 곰곰이 생각하느라 잠을 이루지 못했다. 자신에 대한 토비의 믿음에 힘을 얻어야 하는데, 오히려 상사들에게 제대로 '평가'받지 못하는 루저가 된 기분이었다. 기억 저편 가장 캄캄한 구석에 밀어두었던 말이 끝없이 그녀를 비웃었다. **네가 엄청 똑똑하다고 생각하겠지만 우리 모두 네가 가짜라는 거 알아.** 그녀를 질투하는 사람이 쓴 거라고 스스로 합리화했지만, 어쩌면 모든 사람이 생각하는 바를 솔직하게 표현한 건지도 몰랐다.

자기 회사를 설립하고 미지의 세계로 용감하게 뛰어든다는 생각에 정말 신이 나야 마땅한데, 왜 내 세상이 커지기는커녕 더 좁아지는 것 같을까? 더는 시내로 나갈 일이 없어진다는 생각, 직장 동료나 기차의 친구들을 만날 수 없다는 생각에 왜 그렇게 깊은 상실감이 몰려왔을까? 심지어 약간의 두려움마저 드는 이유가 뭘까? 난 형편없는 겁쟁이인 걸까?

이럴 때면 엄마가 가장 그리웠다. 아빠도 사랑하지만, 아빠가 캘리포니아로 이주하기 전에도 부녀는 고민이나 문제를 함께 나누는 관계가 아니었다. 엄마가 돌아가신 이후 두 사람은 각자의 슬픔을 메우기 위해 모든 대화를 최대한 유쾌하게 하자는 무언의 약속을 지켜왔다.

누구와 이 문제를 이야기하고 싶은지, 이치에 맞는 최고의 조언을 누가 해줄 수 있는지 에미는 정확하게 알고 있었다. 아이오나.

기차에서 에미는 늘 앉던 테이블석에 자리를 잡았지만 맞은편은 비어 있었다. 우연일까, 아니면 다른 사람들도 거기가 아이오나의 자리라는 걸 아는 걸까? 아이오나는 어디 있는 거지? 그러고 보니 못 본 지 한참 됐네. 산제이도 마찬가지고.

서비턴역에 기차가 정차하자 에미는 플랫폼에 혹시 피어스가 서 있을까 싶어 차창 밖을 내다보았다. 그 역시 모습을 보이지 않았고, 마지막으로 본 게 언제였는지 기억도 가물가물했다. 정말 이상하네. 마치 〈슬라이딩 도어즈〉 같은 영화 속에 들어온 것 같았다. 똑같은 열차가 그녀 빼고 모든 친구들을 태운 채 똑같은 선로를 달리는 평행우주.

"에미?" 갑자기 들려온 목소리에 상상에서 빠져나왔다. "에미 맞죠? 아이오나 친구? 저는 마사예요."

"아, 안녕, 마사. 당연히 기억하지. 〈로미오와 줄리엣〉." 에미가 말했다.

"제가 아이오나 자리에 앉아도 괜찮을까요?" 마사는 마치 선생님에게 홀패스*를 부탁하듯 발을 동동거리며 물었다.

"당연하지!" 에미가 말했다. "어차피 여기 안 계시잖아. 사실은 못 본 지 꽤 됐어."

"저도요." 마사가 말했다. "제 소식을 엄청 전하고 싶었는데!"

"나한테도 얘기해줄래?" 에미가 물었다.

"네! 저 연극에서 배역을 맡았어요. 그냥 아무 배역이 아니라 그 배역이요. 줄리엣." 마사가 활짝 웃자 얼굴의 어색한 면모가 눈 녹듯 사라졌다. 사실 그 순간만큼은 어린 줄리아 로버츠처럼

근사해 보였다.

"세상에, 너무 대단하다! 축하해! 아이오나가 정말 자랑스러워할 거야!" 에미가 말했다.

"그러니까요!" 마사가 말했다. "배역 연습에도 아이오나의 도움이 정말 필요해요. 그분은 전문 배우니까요."

"그건 몰랐네." 에미가 말했다. "로열셰익스피어컴퍼니 같은 데 소속돼 있는 건가?"

"그런 것 같아요." 마사가 말했다. "어쨌든 진짜 멋진 코치예요. 저희 연극 선생님들보다 훨씬 나아요."

"음, 난 좋은 코치는 아니지만," 에미가 말했다. "그래도 괜찮다면 대사 연습 도와줄게."

마사가 연습하고 싶은 마음과 사실상 낯선 사람 앞에서 연기하자니 부끄러운 마음 사이에서 갈팡질팡하는 게 보였다.

"그거 대본이야?" 마사가 들고 있는 종이를 가리키며 에미가 물었다. 잠시 망설인 뒤 마사는 대본을 건네주었다.

"고맙습니다." 마사가 수줍게 웃으며 말했다. "유모 역을 해주실래요? 물론 제가 줄리엣이고요."

"이 아가씨가 대체 어딜 간 거야? 아이고, 줄리엣!" 에미가 외쳤다. 말도 안 되는 장면 같은데 셰익스피어에게 감히 대들 수는 없지.

"왜! 누가 날 부르는데?" 마사가 답했다.

"아가씨 어머니요." 에미가 말했다.

출퇴근을 그만두면 꼭 이런 순간이 그리워질 것이다. 하루 동안 마주치는 무수히 많은 사람들과의 스쳐지나는, 그러나 마음

따뜻해지는 모든 만남이. 역 카페의 바리스타, 사무실 도어맨, 매일 아침 담소를 나누는 〈빅이슈〉 판매원. 그 사람들 모두가 그녀를 둘러싼 세상과의 유대감을, 그녀가 더 큰 무언가의 일부임을 느끼게 해주었다.

어디 있는 거예요, 아이오나?

피어스

08:13 서비턴역, 워털루행

피어스는 이번에도 아이오나를 만나지 못했다. 기차가 윔블던 역에 정차했을 때 피어스는 여기서 내려 집으로 돌아갈까 잠시 고민했지만, 달리 할일도 없었기에 워털루역에서 회차할 때까지 마사, 에미, 산제이와 함께 계속 있는 게 낫겠다 싶었다.

기차 친구들 모두가 그의 진실을 알게 된 후 그는 더 편안해졌고, 그들이 그를 냉혹하게 판단하지 않은 것 같아 감사했다. 왜 그렇게 오랫동안 거짓말이 좀먹게 내버려두었는지 스스로를 이해할 수가 없었다.

차창 밖을 내다보다 순간 데이비드를 발견했는데, 곧장 다시 사람들 사이로 배경처럼 녹아들었다. 그는 3번 객차에 올라타 그들을 향해 걸어와서는 옆 테이블석에 앉았다.

"안녕하세요, 데이비드, 혹시 아이오나 보셨어요?" 모두가 하려던 질문을 에미가 가장 먼저 꺼냈다.

"사실 2주 넘게 못 봤어요." 그가 답했다. "휴가를 간 걸까요?"

"만약 그렇다면 분명 우리한테 말해줬을 거예요." 산제이가 말했다. "뭘 숨기는 타입은 아니잖아요."

피어스를 둘러싼 이들의 얼굴에 울적함이 각양각색으로 떠올랐다. 그들은 제각기 바큇살이고 아이오나는 그 중심이자 축이라 그녀가 없으면 이들이 모여 있는 게 무의미하다고, 또한 그들에겐 공통점이 거의 없다고 피어스는 생각했다. 아이오나가 영영 다시 나타나지 않으면 결국 이들과 서서히 멀어지지 않을까? 물론 아닐 것이다. 적어도 당장은.

"아픈 건 아닐까요?" 마사가 말했다. "그러니까, 그 정도 연세면 건강이 빠르게 나빠질 수도 있잖아요. 저희 할머니도 매주 빙고게임을 하고 줌바랑 아쿠아로빅도 하셨는데, 폐렴에 걸리고 2주만에 돌아가셨거든요."

"그렇게 늙었다고요? 맙소사, 아이오나는 저보다 10년은 더 젊을 겁니다. 물론 감히 물어본 적은 없지만 아직 예순 살도 안 됐을 거예요." 데이비드가 말했다.

아이오나에게 나이를 물어본다는 생각만으로도 모두가 겁에 질린 표정이었다.

"할머니 얘기 마음 아프다, 마사." 에미가 말했다. "하지만 내 생각에 아이오나는 꽤 강한 사람이야. 2주나 일을 쉬려면 진짜 큰일이 있었어야 할걸. 그러니까 더더욱 아이오나를 찾아야 해요. 하지만 찾을 방법을 모르겠어요."

"어떤 일에 확신이 안 들면요," 마사가 말했다. "저는 스스로 이렇게 물어봐요. 아이오나라면 어떻게 할까?"

"나도요." 데이비드가 말했다. "괴짜 레즈비언을 기준으로 내 인생의 선택을 내리게 될 줄 누가 알았겠습니까? 하지만 효과가 있는 것 같아요."

무거운 침묵이 흘렀다. 이들 모두 아이오나라면 어떻게 할지 자문하고 있구나, 피어스는 생각했다.

"마사, 천재다." 산제이가 말했다. "에미, 피어스, 우리가 처음 만난 날 기억나요? 그러니까 제대로 만난 날이요." 그들은 고개를 끄덕였다. "자, 아이오나라면 이렇게 할 거예요."

산제이는 약간 긴장한 얼굴로 일어서더니 심호흡을 하고 소리쳤다.

"여기 아이오나 아시는 분 있어요?" 수백 개의 눈동자가 그들을 향했다.

"멋진 옷을 입는 여성분인데요. 저는 이름을 알기 전까지 '무지개 아주머니'라고 불렀어요." 산제이가 덧붙였다.

"저는 '미친 개 여자'라고 불렀습니다." 피어스가 말했다. "반려견 룰루랑 같이 다니기도 하고, 좀…… 괴짜 같아서요."

"사실 그분은 '마법의 핸드백 아주머니'예요." 마사가 말했다. "우주 만물이 가방에 다 들어 있거든요. 다이몬도 데리고 다녀요."

"'무하마드 알리'라고 부를 수도 있죠." 뒤에 앉은 남자가 말했다. 마사가 처음 〈로미오와 줄리엣〉을 연습할 때 같이 앉았던 사람이었다. 왜 '무하마드 알리'지? 피어스는 그 별명만큼은 전혀 이해가 안 됐지만 나름의 이유가 있을 거라고 생각했다.

"저희가 누구 얘기하는 건지 아시는 분은 손 들어주세요." 산제이가 말했다.

여기저기서 손이 번쩍 올라왔다.

사람들이 나는 어떻게 묘사할까, 피어스는 문득 궁금해졌다. 칭찬 일색은 분명 아닐 것이다. 내가 갑자기 사라진다면 몇 명이나 관심을 가질까? 아마도 마사를 제외하곤 아무도 없겠지. 우리 애들이랑.

"감사합니다!" 산제이가 말했다. "자, 지난 2주 동안 아이오나를 보신 분 계시면 손 계속 들고 있어주세요."

하나둘씩 모든 손이 내려갔다.

"아이오나의 전화번호를 아시는 분 있나요?" 다들 고개를 흔들었고 아니요, 죄송해요, 하는 중얼거림이 들려왔다. 산제이는 낙담한 얼굴로 자리에 앉으며 말했다. "아이오나가 했을 때처럼 잘되진 않네요."

"아이오나한테 별명을 붙였어요, 데이비드?" 마사가 물었다. "서로 알게 되기 전에요."

"네, 사실 그랬습니다." 그가 말했다. 모두가 고개를 돌려 그를 바라보았다. 그 순간까지 그가 있는 줄 피어스는 깜빡하고 있었다.

"'기차의 여인'이라고 불렀습니다." 그가 말했다.

"참…… 기발하군요." 피어스가 말했다.

"어떻게 찾을 수 있을지 알아냈어요!" 에미가 외쳤다. "어쩌면 그렇게 멍청했을까! 피즈가 아이오나랑 함께 일해요. 전화해볼 게요."

"진짜 피즈요? 틱톡의 그 피즈?" 마치 빌 게이츠나 리처드 브랜슨한테 전화하겠다는 말을 들은 것처럼 마사의 눈이 동그래졌다.

"응." 에미가 휴대폰 번호를 누르며 말했다.

"안녕, 피즈! 에미야. 네 도움이 필요해. 아이오나가 걱정돼서. 우리 중 아무도 몇 주나 그분을 못 봤거든. 사무실에는 나오시는지 혹시 알아?"

모두가 기대에 찬 표정으로 기다렸다. 에미는 안 돼! 혹은 아니라고? 최악이다, 그리고 너도 그랬어? 같은 말을 내뱉더니 웃음을 터뜨리며 외쳤다. 완전 아이오나답다!

"피즈?" 데이비드가 물었다. "펠리시티의 줄임말입니까, 아니면 피오나? 자존심 센 목사라면 아이에게 피즈라는 세례명을 줄리 없을 텐데."

마침내 에미가 휴대폰을 내려놓고 그들을 바라보았다.

"자, 이제야 설명이 되네요." 〈스트릭틀리 컴 댄싱〉의 심사위원처럼, 에미는 모두에게 과도한 긴장감을 안겨주었다. 피어스는 물론 그 프로그램을 캔디다가 보라고 해서 봤다. 댄서들 몇몇이 정말 끝내주기도 했고.

"뭔데요?" 모두가 입을 모아 물었다.

"3주 전에 회사를 그만뒀대요." 에미가 말했다.

"하지만 아이오나는 일을 정말 좋아하잖아요." 피어스가 말했다. "말이 안 되는데."

"피즈 말로는, 편집장이 회의를 하자면서 불렀대요. 근데 공개적으로 모욕을 주려고 일부러 문을 열어뒀나봐요. 아이오나더러 덱스라는 스물두 살짜리 멍청한 새끼랑 칼럼을 같이 쓰라고 했대요. 방금 그 욕은 피즈가 한 말이에요, 내가 아니라. 그놈이 지각

변동을 일으켜줄 테고 아이오나를 21세기로 어떻게든 질질 끌고 와줄 거라나."

"그딴 말을 했으니 잘 풀렸을 리 없겠군요." 피어스가 말했다.

"그렇죠." 에미가 말했다. "아이오나가 편집장한테 c-단어*를 쓰면서 이런 비슷한 말을 했대요. 아니, 그 말은 취소할게. 여태껏 살아오면서 수많은 비속어를 접했는데, 대부분 어느 정도 매력이나 관심을 담은 욕이었지. 몇몇은 신박하기도 했고. 너한테 그 욕을 쓰는 건 그 욕에 심각한 피해를 끼치는 일이야. 넌 **좆같은 새끼야.** 그런 다음 자리를 박차고 나가버렸대요. 피즈는 아이오나를 좋아해서 거기 있었던 거라 같이 뛰쳐나왔고요."

평소 열차 안은 아이오나의 테이블석을 제외하곤 꽤나 조용했지만 지금은 핀 하나 떨어지는 소리까지 들릴 정도로 모두가 숨죽이고 있었다. 신문 바스락거리는 소리도, 이어폰에서 흘러나오는 희미한 음악소리도, 목을 가다듬는 소리조차도 들리지 않았다. 모두가 아이오나의 감정 폭발 사건에 귀기울이고 있는 것 같았다.

"세상에." 산제이가 말했다. "피즈가 아이오나 번호를 안대요?"

"아이오나가 가지고 다니던 업무용 휴대폰은 사직할 때 반납했대요." 에미가 말했다. "피즈가 집 전화번호를 알려달라고 인사팀에 물어봤는데 개인정보보호를 이유로 안 알려줬고요."

"빌어먹을 개인정보보호 규정 같으니라고." 피어스가 말했다.

---

* 여성의 성기 혹은 성교를 뜻하는 단어로, 레즈비언을 비하하는 뜻으로도 쓰이지만 여기서는 아이오나가 거꾸로 편집장에게 모욕을 주는 말로 쓰였다.

"사실 그 규정은 마땅한 이유가 있어 존재하는 겁니다." 데이비드가 말했다.

"그럼 이제 우린 어떡해요?" 마사가 물었다.

"우리가 알고 있는 것에서부터 시작해야 할 것 같습니다." 데이비드가 말했다. 모두가 놀란 표정으로 그를 쳐다보았다. "우리가 알고 있는 건," 그는 모두가 주목하자 자신감이 높아져 키가 점점 커지는 듯 보였다. "아이오나가 햄프턴코트역 근처에 살고 있다는 겁니다. 그러니 이번주 토요일 오전 10시에 역 근처 카페에서 다 같이 만나 아이오나를 찾아보는 건 어떨까요? 자주 갈 만한 동네 가게나 카페, 레스토랑 목록을 만들어 각자 나눠 가지고 흩어져서 그분을 아는 사람이 있나 물어보자고요."

"정말 멋진 생각이에요, 폴." 피어스가 말했다.

"데이비드입니다." 데이비드가 말했다. 피어스는 자신을 한 대 쥐어박고 싶었다. 저 남자 이름을 대체 왜 자꾸 까먹는 거야? **데-이-비-드**. 마치 기름처럼 이름이 머릿속에서 스르르 미끄러지는 것 같군.

"인터넷에서 아이오나 사진을 인쇄할 수 있어요. 대부분 아주 오래된 사진이지만. 그걸 사람들한테 보여주면 되겠어요. 〈크라임워치〉에서 하는 것처럼." 피어스가 말했다.

"로열셰익스피어컴퍼니 웹사이트도 확인해보죠." 에미가 말했다. "배우 시절 프로필 사진이 남아 있을지도 몰라요."

피어스는 모든 바큇살이 효율적으로 움직여 앞으로 나아가는 모습을 둘러보며, 자신이 그들의 일원이라는 사실에 기쁨을 느꼈다.

아이오나

숲속에서 나무 한 그루가 쓰러지는 소리를 아무도 듣지 못한다면, 소리가 났다고 할 수 있을까? 누군가 직업이 없다면, 돈을 벌지 못한다면, 그 사람은 가치가 있을까?

난 확실히 가치 없는 인간이야, 아이오나는 생각했다. 이게 끝인가? 생산적인 삶은 이제 끝난 건가? 남은 30년을 타탄체크무늬 플란넬 잠옷 차림으로 〈카운트다운〉 재방송을 돌려보며 이웃을 염탐하고 찻잔에 셰리를 따라 홀짝거리며 살아야 하나?

3주 휴가라는 생각만 해도 군침이 돌던 시절이 있었다. 늘어지게 늦잠을 자고, 소설을 읽고, 여행도 가고, 멋대로 즐길 수 있다고 생각하면 마음이 들떴다. 하지만 끝이 보이지 않는 3주는 완전히 다른 풍경이었다. 밋밋하고 특색 없는 시간. 끝도 없고 무의미한.

아이오나는 뭐라도 루틴을 만들어보려고 애썼다. 아침 8시에 아침식사, 8시 30분에 강아지 산책, 10시에는 제인 폰다 방송 보며 운동하기, 오후 4시에 비와 함께 티타임, 그다음엔 리처드 오스만이 진행하는 퀴즈쇼 보기 등등. 하지만 매일 똑같이 반복되는 일상에 이미 아이오나는 시들어가고 있었다. 3개월 뒤에는 어떤 기분이 들까? 3년이 지나면? 30년이 지나면?

인생의 중요한 일부가 되어버린 기차 친구들이 그리웠다. 그 유대감을 다시 느끼고 싶어서 평소와 같은 시간에 기차를 타볼까 고민한 적도 있었다. 하지만 출근할 직장도 없이 매일 시내로 출퇴근하는 괴짜가 있나?

비와 나에게 아이가 있었다면 실직이 좀 다르게 느껴졌을까, 아이오나는 생각했다. 내 야심을 더 쉽게 떨쳐내고, 다음 세대가 잘살 수 있도록 돕는 데 모든 힘과 열정을 쏟았을까? 어쩌면 그랬을지도 모르지. 하지만 데이비드를 봐. 딸이 떠나간 둥지에서 혼란과 상실감에 빠져 있잖아. 어쩌면 아이를 갖는다는 건 공허감과 쓸모없다는 느낌을 일단 미뤄뒀다가 나중에 한층 더 깊이 체감하는 일인지도 모른다.

듣지 않은 지 꽤 오래 지났는데도 제인 폰다는 계속 지시했다. 불타는 감각을 느껴보세요! 화면 속 외침에도 아이오나는 아무것도 느끼지 못한 채 그저 멍했다.

전에도 이렇게 깊은 우울이 찾아왔던 적이 있다. 그때의 이미지가 떠올랐다. 1991년 10월, 수십 년 동안 억눌러놓았던 이미지가 머릿속을 들쑤셨다. 양치질하다가 문득, 아무런 맥락도 없이, 어금니가 깨져 입안을 굴러다니고 피맛이 나던 때의 감각이 불현

듯 생생해지곤 했다. 화단을 정리하다 옆구리에 아릿한 통증을 느꼈을 때, 그것이 지금의 감각이 아니라 앞코에 강철을 덧댄 구두에 맞아 갈비뼈가 부러졌을 때의 기억임을 떠올린 적도 있다. 최악은 밤 시간이었다. 전체 장면이 꿈속에서 영원토록 되풀이됐다. 소호의 올드컴프턴 스트리트 배수로에 누운 채 눈을 떴을 때, 버려진 담배꽁초와 바운티 초콜릿바 포장지, 흘러나온 엔진오일이 가로등 불빛을 받아 희미한 무지갯빛을 띠는 광경을 보았던 그 순간.

잠깐 담배를 피우려고 파티장을 나왔을 뿐이었다. 당시에 실내에서 담배를 피울 수 없었기 때문이 아니라, 비에게 금연하겠다고 약속했기 때문이었다. 지금 돌이켜봐도 그들이 작정하고 그녀를 기다렸던 건지, 아니면 묻지 마 폭행이었는지 도무지 알 수가 없었다. 동기가 뭐였든 결과는 마찬가지였다.

"더러운 레즈들! 동성애자 창녀!" 그들이 길 건너편에서 소리쳤다. 언어폭력에는 익숙했다. 명성이 높아질수록 욕 듣는 일도 잦아지기 마련이니까. 한 손에 담배를 든 채 그들을 향해 뒤돌아서서 다른 손의 가운뎃손가락을 일부러 천천히 들어올렸다. 불난 집에 기름 붓기.

어쩌다 길바닥에 쓰러졌는지 기억나진 않았지만, 뺨에 맞닿은 아스팔트 바닥의 차갑고 딱딱한 감촉, 등과 턱과 배에 쏟아지던 발길질의 얼얼함은 생생했다. 공처럼 몸을 웅크리고 눈을 꼭 감은 채 이 모든 게 끝나기만을 바랐던 것도 기억났다. 바지 지퍼를 내리는 소리, 그다음엔 지독한 암모니아 냄새, 그녀 주변에 튀는 소변과 낄낄대는 웃음소리, 크리스티앙 라크루아에서 빌린 아름다운 실크 드레스에 스미는 축축한 온기도.

그리고 비의 비명소리. 그녀에게 안전한 장소로 다시 들어가라고 외치고 싶었지만 입안에 피가 가득하고 턱이 빠진 것 같았다.

"경찰 불렀어, 개놈들아!" 비가 소리질렀다. "그만해!" 그들은 폭력을 멈췄다. 사랑스럽고 아름다운 비를 향해 차마 무의식에도 담아두지 못할 정도로 험한 말을 퍼부은 뒤에야.

구급차가 오기 전까지 비는 그녀 옆 도로에 무릎을 꿇고 앉아 턱이 시리지 않도록, 잘못 움직이지 않도록 얼굴을 감싸주었다. 지나가는 사람들에게 아이오나가 심하게 떨고 있으니 코트 좀 빌려달라고 애원하는 비의 목소리가 들렸다. 구급차 안에서 통증을 덜어주고 현실감각을 흐리는 약물을 주입하는 대원들 곁에서 손을 꼭 잡고 귓가에 괜찮을 거라고 속삭이는 목소리도 들었다.

"내가 담배 피우지 말라고 했지?" 비는 그녀의 머리를 쓰다듬으며 이렇게 말했다. 잠에 빠져들기 직전에 아이오나는 희미하게 웃었다.

그때도 잡지사를 그만뒀었다. 아무 일도 없었다는 듯 버젓이 세상 밖으로 나가는 게 무서웠고, 그림자처럼 숨어 지내는 게 더 안전하다는 생각이었다. 하지만 당시 회사는 그녀에게 돌아와달라고 간절히 청했고, 매일같이 꽃이며 카드를 보내왔으며, 가장 설득에 능한 직원 대표단이 찾아와 급여 인상과 보너스까지 약속했고, 운전기사 대런을 붙여주겠다고 했다. 세련된 벤츠의 가죽 시트에 앉아 안전하게 행사장을 오갈 수 있도록.

다시 일어서게 해준 사람은 물론 비였다. "자기가 포기하면 저들이 이기는 거야." 비는 이렇게 말했다. "저들이 우리가 위축되길 원하니까 더더욱 어깨 펴고 당당히 서야 해. 우리가 눈에 보이지 않길 바라니까 더더욱 눈에 띄어야 하고. 우리가 입다물길 바라니까 목소리를 내야 해. 우리가 항복하길 바라니까 맞서 싸워야 해."

그래서 그들은 싸웠다. 성관계 동의 연령을 동등하게 만드는 투쟁, 동성애자의 군복무 금지 규정 타파와 지방정부법 제28조* 폐지 투쟁. 퀴어 축제에서 함께 행진했고 동성혼 합법화를 위한 캠페인도 벌였다. 아이오나는 니코틴과의 싸움에서도 이겼다. 몇 주 동안 턱에 철심을 박은 이후 담배를 완전히 끊었다.

하지만 이젠 어떻게 싸워야 할까? 적이 대체 누굴까? 대자연? 시간의 흐름 그 자체? 기만적이고 쇠약해져가는 몸?

국회의원들에게 로비를 하거나, 의회로 행진하거나, 동네에 전단지를 돌리거나, 청원서에 서명하는 것으론 이 문제를 해결할 수 없다. 이 문제를 해결할 방법은 전혀 없다. 사랑스럽고 맹렬한 비 역시 마찬가지다.

---

* 지방정부에서 '동성애 조장'을 금지하는 법률. 마거릿 대처의 보수당 정부가 도입한 법안으로, 스코틀랜드에서는 1988년부터 2000년까지, 잉글랜드와 웨일스에서는 1988년부터 2003년까지 시행되었다.

산제이

평소와 다를 것 없는 아침이었지만 또 한편으론 완전히 다른 아침이었다.

우선 평소보다 좀 늦은 시간이었고, 뉴몰든에서 출발해 평소엔 가보지 못한 역들을 지나 남쪽으로 향하고 있기도 했다. 하수처리장이 있는 곳인데 기만적일 정도로 예쁜 이름이 붙은 베리랜즈역, 그리고 서비턴역. 기차에 탄 사람들도 달랐다. 정장도, 스트레스에 찌든 공기도 없이 편안한 옷차림을 한 사람들이 내뿜는 들뜬 기대감과 시끄러운 아이들. 당일치기 여행객들.

제시간에 도착하지 못할까봐 걱정이 됐다. 늘 마지막 순간에 중요한 걸 까먹었다고 말하던 아빠의 영향인지도 몰랐다. 덕분에 산제이의 어린 시절 기억에는 온 가족이 차 안에 끼여 앉은 채 아빠를 기다리는 장면이 수두룩했다. 엄마는 강박적으로 시계를 쳐

252

다보고, 모두 함께 결혼식이며 축구 경기며 학교 시상식에 지각하고 말았던 나날들. 걱정 덕에 계획보다 훨씬 더 일찍 기차에 탔으니 다른 친구들과 마주칠 리는 없었다.

기차가 템스디턴역에 정차했다. 거기 그녀가 있었다! 어쩌면 그녀도 20분 정도 여유 있게 출발하는 사람인지도 몰라. 우리가 천생연분인 이유가 또하나 늘었네. 촌스럽게 파티에 일찍 도착할 때마다 이야기를 나눌 수 있는 상대와는 평생을 함께할 수 있을 텐데.

"안녕하세요, 산제이!" 그녀가 말했다. 평소처럼 책을 들고 있었다.

"안녕하세요, 에미! 일찍 오셨네요." 그가 말했다. 그녀 앞에만 서면 항상 뻔한 말이 튀어나왔다. 그는 책을 향해 고갯짓했다. "뭐 읽고 있어요?"

"『걸 온 더 트레인』이요." 에미가 답했다.

"와! 엄청난 우연이네요!" 산제이가 외쳤다.

"왜요?" 에미가 물었다.

"어, 당신이 '걸 온 더 트레인'이잖아요." 그가 말했다.

"음, 그렇군요." 바보인가, 하는 눈길로 그녀가 답했다. 그는 바보가 맞았다.

"책 얘기가 나와서 말인데, 지금 우리 완전 애거사 크리스티 소설 같지 않아요? 너무 신나요!" 그녀가 말 그대로 손뼉을 치며 말했다.

"『오리엔트 특급 살인』처럼 되지만 않는다면요." 산제이가 말했다.

"제 말이요!" 에미가 말했다. "사실 저는 이 상황이 그 책과 정반대라고 생각해요. 무슨 말이냐면, 그 소설에선 모든 기차 승객이 등장인물 중 한 명을 죽이고 싶어하는 이유가 있는데, 우린 모두 아이오나를 찾고 싶어하는 개인적인 이유가 있는 거잖아요."

"저는 있어요." 자체 검열할 틈도 없이 말이 튀어나왔다. "에미도 있나요?"

"네." 평소답지 않게 불안한 표정으로 그녀가 답했다. "큰 결정을 내려야 하는데, 아이오나와 상의하고 싶거든요. 당신의 이유는 뭐예요?"

"어, 사실 저는 아이오나한테 사과를 해야 해요. 얼마 전에 용서받지 못할 정도로 무례하게 굴었거든요."

이렇게 멍청할 수가. 스스로도 안 믿겼다. 그렇게 말하면 내가 더 초라해지잖아? 나이든 여성분에게 못되게 구는 남자라니.

"다시 봐서 다행이에요, 산제이. 보고 싶었어요." 에미가 말했다.

내가 보고 싶었대!

"모두가 그리웠어요."

딱히 특별한 건 아니구나.

"기차에서 못 만난 지 엄청 오래됐잖아요. 일부러 피하는 건가 싶기까지 했다고요! 그러다 아이오나도 사라지고, 피어스도 안 보이고. 『그리고 아무도 없었다』의 최후 희생자 중 한 명이 된 기분이었어요."

"아, 한동안 야간근무를 했어요." 그건 사실이었다. 완전한 사실은 아니지만. "피어스 얘기는 들으셨죠?" 에미는 고개를 끄덕였다.

"다른 사람 마음속에서 무슨 일이 벌어지는지는 절대 알 수 없는 것 같아요, 그쵸?" 에미가 말했다.

사실 내 마음속에서 무슨 일이 벌어지는지 에미가 몰라서 오히려 다행이지, 산제이는 그렇게 생각했다. 앞으론 에미를 피하지 말아야지. 둘이 함께할 운명이 아니어도 상관없었다. 받아들일 수 있다. 친구가 될 수 있다면 정말 좋을 거야. 벗은 몸만 상상하지 않으면 돼. 으악, 방금 또 상상해버렸어.

"다 왔어요!" 에미가 말했다. 기차가 정차하며 쉭쉭 한숨을 내쉬는 소리를 냈다. "다른 사람들이 올 때까지 가서 커피나 마실까요?"

"좋아요." 신호 고장으로 한두 시간 정도 기차가 햄프턴코트 역에 들어오지 못하게 해주세요. 그는 온 우주를 향해 기도했다. 왜 기차는 늘 어딘가 급하게 가려고 하면 연착되고, 짝사랑하는 여성과 딱 몇 분만 둘만의 시간을 가지려 하면 제시간에 오는 걸까? 그는 황급히 생각을 바로잡았다. 플라토닉한 친구로서 더 잘 알아가고 싶은 여성.

"결혼식 준비 얘기 들려줘요." 말이 입에서 튀어나오자마자 이건 자해다 싶었다. 차라리 한 손을 펄펄 끓는 물에 담그는 게 낫겠어.

카페 앞 인도에 역 출구가 잘 보이는 빈 테이블이 있었다. 일행을 기다리기에 완벽한 자리였다.

"에미, 테이블 좀 맡아줄래요?" 산제이가 말했다. "제가 커피 사올게요. 뭐 마실래요?"

"카푸치노, 두유 넣은 거로요." 그녀가 말했다. "그리고 혹시 공정무역 커피인지 확인해줄 수 있어요? 만약 아니면 녹차로 할 게요."

돌이켜보면 그 말이 그가 들은 마지막 말이었다. 윤리적으로 생산된 카푸치노 두 잔과 공정무역 바나나로 만든 바나나 빵 한 조각을 들고 나왔을 때―바나나 빵 안 좋아하는 사람은 없잖아?―에미는 온데간데없었다.

피어스

잃어버린 아침 이후로 삶이 완전히 달라졌다. 그렇게 부르고 싶었다. 끔찍한 현실이라고 하는 것보다 다소 낭만적으로 들리니까.

캔디다는 폭풍처럼 밀어붙이며 모든 통제권을 장악했고, 그는 그 흐름에 몸을 맡긴 채 그저 시키는 대로 했다. 결국 그는, 그녀가 친절한 어투로 잔인하게 말했듯, 혼자 해결하려다 오히려 엉망으로 만들었으니까.

캔디다는 남은 정리해고 수당에 용도 제한을 걸고 저금리의 매우 안전한 저축 상품에 넣어두었다. 좀더 고수익을 올릴 수 있는 제안을 하려 했지만 그녀의 눈빛을 보고 바로 관뒀다.

또 민티가 다니는 학교와 테오가 다니는 어린이집 관계자들을 필요하지만 굴욕적인 미팅에서 설득해 2학기 학비 면제를 받음으로써 앞으로 할 일을 결정하는 데 숨통을 틔워주었다. 포르셰는 당연히 처분했고, 작은 목장은 몇 년 동안 탐내던 옆집 이웃에게 팔았다. 민티의 조랑말은 지역 승마학교에 맡겨뒀는데, 민티가 안 탈 때 다른 학생들이 타는 조건으로 마구간과 먹이를 무료 제공해주기로 했다. 목장 판매금으로 주택담보대출금의 상당 부분을 갚을 수 있었다. 그리고 캔디다는 부티크가 자산이 아닌 현금이 줄줄 새는 구멍이라는 사실을 마침내 인정했고, 과거의 피어스만큼이나 부자이면서 멍청한 남편을 둔 친구에게 그곳을 팔아넘기는 계획에 돌입했다.

캔디다는 피어스가 양말 서랍에 숨겨둔 모든 청구서를 정산하고, 신용카드 빚도 최대한 다 갚았으며, 남편에게는 쓸 일 있을 때마다 용돈을 주었다. 아내에게 셋째 아이 취급을 받는 것을 그는 겸허히 받아들였다. 사실 그래도 쌌다. 몇 달 동안이나 아내에게 거짓말을 한데다 삶 전체를 위험에 빠뜨리지 않았는가. 게다가 이렇게 사는 건 이상하게도 편안했다. 모든 책임을 다른 이에게 넘겨준 채, 그가 전혀 경험해본 적 없는 안전하고 보호받는 어린 시절로 돌아간 듯한 기분이었다.

기차역 플랫폼은 평일보다 훨씬 더 한산하고 조용해서 마사를 찾는 건 쉬웠다.

"마사," 그가 말했다. "혼자 있을 때 만나서 다행이다. 정말 고맙다는 말을 하고 싶었어. 캔디다가 그날 아침에 무슨 일이 있었는지 말해줬거든. 난 잘 기억 안 나. 얼마나 무서웠을까 싶다. 정말 미안해. 알다시피, 난 절대……" 그는 문장을 끝맺지 못했다.

"그럼요." 마사가 그를 전혀 믿지 않는다는 표정으로 말했다. "솔직히, 전 진짜 괜찮아요. 괜찮으시다니 다행이에요. 괜찮은 거,

맞죠?"

"당연하지!" 피어스는 자신이 느끼는 것보다 훨씬 더 확신에 찬 목소리로 말했다. "그리고, 괜찮다면 과외를 다시 시작하고 싶어. 내 시간을 의미 있게 쓰고 싶거든!"

마사는 빙긋 웃더니 고개를 끄덕였다. 기차가 들어오자 피어스는 플랫폼 끄트머리에서 몇 미터 뒤로 물러섰다. 기차가 끼익 하며 멈췄고 두껍고 반투명한 창문으로 데이비드가 보였다.

다시는 잊지 말자는 뜻에서 소맷동에 가려지는 손목 안쪽에 볼펜으로 데이비드라고 써두었기에 피어스는 이름을 기억할 수 있었다.

"안녕하세요, 데이비드!" 그가 자신감 있게 외쳤다.

"피어스! 마사!" 데이비드가 인사했다. "자리 맡아놨어요. 그리고 이것 좀 봐요!" 데이비드는 옆 좌석 배낭에 손을 뻗어 보온병과 플라스틱 컵을 줄줄이 꺼냈다. "마사한테서 영감을 얻어 생각을 해봤죠. 아이오나라면 어떻게 할까? 그래서 짜잔, 음료를 가져왔습니다!" 그는 김이 모락모락 나는 핫초코 세 잔을 따르며 〈베이크 오프〉에서 심사위원들에게 열렬한 박수갈채를 받는 참가자처럼 뿌듯한 표정을 지었다. "오늘 여기 오는 거 엄마한테 허락받았니, 마사?" 그가 물었다.

"엄마는 남자친구랑 알몸으로 집안을 돌아다니면서 오전 내내 시시덕거릴 수 있어서 속으로 엄청 좋아했을걸요." 그녀가 말했다. "공원에 멋있고 위험한 남자애들 만나러 간다고 했어요."

"정말?" 데이비드가 약간 충격받은 표정으로 물었다. "우리랑 같이 간다고 말 안 한 거야?"

"당연히 안 했죠. 엄마는 이미 내가 정상적인 십대가 아니라고 생각해요. 실종된 고민 상담 아주머니를 찾아내려고 나이든 사람들이랑 같이 하루를 보낼 거라고 말하면 곧장 아동심리학자한테 전화할걸요." 마사가 말했다. "차라리 제가 대마를 하거나 섹스를 하는 게 낫다고 생각할 거예요."

"고민 상담 아주머니가 아니고 잡지 상담가." 피어스가 윙크하며 말했다. "그리고 나이든이라니, 너무하네. 난 마흔 살도 안 됐고 산제이랑 에미는 심지어 이십대라고!"

"아저씨한테 이십대는 갓난아기나 마찬가지라고 느껴질 수도 있지만, 제 입장에선," 그녀는 자신을 가리켜 보였다. "나이든 게 맞거든요. 죄송해요. 게다가 피어스는 과자를 주더라도 절대 차에 따라 타지 말라는 경고에 나올 법한 사람 같아요."

"차라리 공원에서 멋있고 위험한 남자애들과 시간을 보내는 게 낫지 않겠어?" 피어스가 말했다. "우리가 엄청 지루하다고 생각할 거잖아."

"사실 어른들이랑 어울리는 게 더 좋아요." 마사가 말했다. "어른들과는 대화하기가 쉬워요. 규칙을 알거든요. 악수할 때는 단단하고 자신감 있게 손을 잡을 것. 자기소개를 할 것. 눈을 마주칠 것. 논쟁적인 주제는 피하고 욕하지 말 것. 간단하죠. 어른들도 저를 좋아하는 것 같아요. 다른 십대랑 대화하는 게 훨씬 더 복잡해요. 우선, 아무에게나 다가가서 말을 걸면 안 돼요. 저랑 비교해서 서열이 어떻게 되는지 알아야 하는데, 제 서열은 항상 제일 밑바닥 근처거든요. 그다음엔 말을 걸 수 있다고 해도 너무 간절해 보이지 않게 대화에 슥 끼어들어야 해요. 밈과 유행어도 전부 꿰고 있어야 하고. 근데 그런 건 계속해서 변하잖아요. 완전 지뢰밭이에요."

"맙소사." 피어스가 말했다. 내가 학교 다닐 때도 그랬나? 그 랬던 듯도 한데 그는 그저 본능적으로 순응했던 것 같았다.

햄프턴코트역을 나서자마자 산제이가 보였다. 혼잣말로 뭐라고 중얼거리고 있었는데, 알루미늄, 실리콘, 인처럼 들렸다. 엥? 설마?

"뭐라고 했어요, 산제이?" 피어스가 물었다.

"아, 아무것도 아니에요." 산제이가 답했다.

"자, 이제 에미만 오면 다 모이는 거네요." 피어스가 말했다. "우리 '소문난 악동 오총사'* 같지 않나요. 내가 줄리언 할게요."

"무슨 소리예요, 누가 봐도 딕이죠." 마사가 말했다. 피어스는 좋은 뜻으로 한 말이라 확신했다. 아니, 확신은 없었다.

"에미가 사라졌어요." 산제이가 허망한 얼굴로 말했다.

"사라졌다는 게 무슨 말입니까?" 데이비드가 물었다.

"그러니까, 제가 커피 사러 간 동안 저기 저 테이블에 앉아 있었거든요. 근데 나와보니 없어졌어요." 그가 말했다.

"어, 이런. 우린 오늘 사람을 찾으려고 만난 거지 잃어버리려고 만난 게 아닌데. 기분 상할 말이라도 한 거예요?" 피어스가 물었다.

"아뇨, 당연히 아니죠." 산제이가 소리치듯 말했다. 몹시 화가

---

* The Famous Five. 영국 작가 이니드 블라이턴이 쓴 어린이 모험소설 시리즈로, 영화와 TV 드라마로도 만들어졌다.

나 보였다.

"미안해요." 피어스가 말했다. "내가 그 나이일 땐 그런 일이 종종 있었거든요. 여자들이 화장실에 갔다 오더니 갑자기 친구와 급한 약속이 있는 게 생각났다거나, 전화 통화를 해야 한다거나, 술 한 잔 더 가져오겠다고 가버리는 경우가 많았죠."

산제이는 뭔가 다른 말을 숨죽여 중얼거렸는데, 대충 이런 말 같았다. "당연히 그랬겠지."

"다행히 그 공백을 메워줄 다른 여자가 늘 주변에 있었죠. 하하. 보통은 더 나은 여자였고. 어쨌든, 에미 전화번호 없어요?" 피어스가 물었다.

"네, 당연히 안 물어보지 않았을까요?" 산제이가 말했다. "바로 저기 앉아 있었으니까." 그는 옆쪽에 놓인 야외 테이블을 가리켰다.

"싸우지 맙시다, 여러분, 에미는 나타날 거예요." 가장 그럴듯하지 않은 인물이지만 어쨌든 팀 리더인 데이비드가 말했다. 아이오나가 없으니 그 역할을 맡게 된 듯했다. "그때까지 임무를 성공적으로 수행하려면 똘똘 뭉쳐야죠."

마사

마사는 아이오나를 빨리 찾을 수 있길 진심으로 바랐다. 그녀가 없으면 다른 어른들은 티격태격하다가 다 사라져버릴 것 같았으니까. 어른들은 모든 해답을 알고 있고, 마사만 작동 매뉴얼 없이 인생을 헤쳐나가려 애쓴다고 항상 믿어왔다. 하지만 어른들도 자신처럼 종종 길을 잃는다는 사실이 점점 더 분명해졌다. 안심해야 할지, 두려워해야 할지 도통 알 수가 없었다. 모두 허세를 부리고 있는 걸까?

데이비드는 아이오나의 마법 핸드백과는 완전 딴판인 재미없는 배낭을 메고 있었다. 'I ♥ Backstreet Boys'라고 적힌 스티커와, 원디렉션과 비슷하게 생겼지만 머리 스타일이 끔찍한 남자들의 사진이 붙어 있는 것으로 보아 한때 딸이 들고 다녔던 것 같았다. 그는 가방에서 복사한 종이 몇 장을 꺼냈다.

"자," 그가 말했다. "동네 상점과 카페, 레스토랑 목록을 모두 적었습니다. 각자 찾아볼 구역을 형광펜으로 표시해놨어요. 에미를 찾아볼 가게 목록도 필요할 일이 생기진 않으면 좋겠지만 그럴 일이 생기면, 그리고 계속 나타나지 않으면, 흩어져서 함께 찾아보기로 하죠. 피어스, 사진 갖고 있나요?"

데이비드는 피어스가 가져온 사진과 함께 각자의 이름이 위쪽에 굵은 대문자로 적힌 종이를 하나씩 나눠주었다. 지도와 나침반과 방수바지만 있으면 지난번 학교 수학여행 때 했던 오리엔티어링 탐험과 다를 게 없을 듯했다.

마사는 아이오나의 사진을 들여다보았다. 꽤 젊은 시절 사진으로, 화려한 행사를 위해 차려입은 모습이었다. 먹이를 잔뜩 먹은 지네처럼 생긴 인조 속눈썹에 진짜 티아라도 썼지만 누가 봐도 아이오나였다. 겨드랑이 아래쪽에 인터넷 어딘가에서 찾았을 프렌치 불도그 사진을 붙여놓았다. 피어스가 비율 조정을 제대로 못한 탓에 가짜 룰루는 대형 래브라도 크기였다.

"첫번째 가게는 같이 들어가보죠." 데이비드가 말했다. "그래야 제일 좋은 방법이 뭔지 합의할 수 있을 듯합니다. 3,4시쯤까지는 찾을 수 있기를!"

데이비드를 따라 카페로 들어간 그들은 카운터 쪽으로 걸어가는 그의 뒤에서 안 어울리는 백댄서처럼 쭈뼛거리며 서 있었다.

"실례합니다." 그가 말하자 카페 주인은 약간 경계하는 얼굴이 되었다. 데이비드가 무슨 식품위생감시원쯤 된다고 생각한 모양이었다. 실제로 비슷한 이미지이긴 했다. "사람을 찾고 있는데, 좀 도와주시겠어요?" 데이비드가 사진을 건넸다.

"아, 아이오나군요!" 주인이 말했다. "룰루가 좀 커 보이긴 하지만. 뭐 제가 할 소린 아니네요." 그는 흰 앞치마가 팽팽해진 자신의 불룩한 배를 두드렸다.

"와, 정말 반가운 소리네요. 이렇게 운이 좋을 수가!" 데이비드는 옛날 어린이 방송 진행자처럼 말했다. "어디 사는지 아십니까?"

"강변 어디쯤일 텐데." 주인이 말했다. "여기 옆에 신문가게에서 그 집에 신문을 배달해요. 정확한 주소는 그 가게 주인이 알 거예요." 그는 말을 마치더니 눈을 가늘게 뜨고 데이비드를 바라보았다. "집행관 같은 사람은 아니죠?"

"아닙니다, 아니에요. 저희는 아이오나의 친구입니다. 아이오나가 걱정돼서요." 데이비드가 말했다.

"아이오나를 걱정할 때가 아니에요." 주인이 말했다. "그분은 강철이잖아요. 비를 걱정해야죠."

비한테 무슨 문제가 있는 건지 마사가 물어보려 했지만 호기심이 몹시 부족한 데이비드는 이미 문 쪽으로 걸어가고 있었다. 에르퀼 푸아로*는 못 되시겠어.

신문가게에서 데이비드는 똑같은 문답을 반복했고, 주인은 큼직한 장부를 꺼내 카운터에 올려놓았다. 알파벳순으로 훑어보다 'I'로 시작하는 페이지에 멈춘 다음, 손가락으로 이름 목록을 쭉 훑어내렸다. 손가락이 페이지 하단에서 멈췄고, 그는 돋보기안경 너머로 그들을 바라보았다.

---

* 애거사 크리스티 작품에 등장하는 탐정으로, 세계 3대 명탐정으로 불린다.

"주소가 있네요." 그가 말했다. 모두가 몸을 앞으로 기울였다. "하지만 알려드릴 순 없어요. 개인정보보호 같은 것 때문에. 죄송합니다." 그는 손가락을 여전히 장부 위에 올려놓은 채로 마사를 똑바로 쳐다보았는데, 마사는 그 순간 그가 윙크했다고 확신했다. 주인은 손가락을 두세 번 툭툭 두드린 다음 장부를 탁 닫고 카운터 밑에 내려놓았다.

"젠장, 젠장, 젠장." 가게를 나서며 데이비드가 뇌까렸다. 저 아저씨가 뱉을 수 있는 제일 심한 욕일 거야, 마사는 생각했다. "쉬울 거라고 생각한 게 잘못이지."

"허스트 로드에 있는 리버뷰 하우스예요." 마사가 말했다. 모두가 눈이 동그래졌다. "글씨를 거꾸로 빠르게 읽는 법을 익혔거든요. 아동심리학자가 진짜로 날 어떻게 생각하는지 알려고요. 좋은 내용은 아니더라고요. 하지만 사람들 말처럼 아는 것이 힘이죠."

"음, 그게 윤리적으로 옳은 건지는 모르겠지만," 데이비드가 말했다. "목적이 수단을 정당화하기도 하지."

데이비드는 휴대폰에 주소를 입력한 다음 나이든 사람들이 구글맵으로 으레 하는 전형적인 행동을 했다. 화면을 들여다보면서 빙글빙글 돌며 어느 방향으로 향해야 하는지 가늠하기.

마침내 그가 휴대폰을 높이 쳐들자 모두가 단체 여행객처럼 따라나섰다. 10분쯤 걸었을까, 일행은 아이오나의 집 대문 앞에 도착했다.

전통적인 단독주택이었다. 낡고 좀 특이하지만 상태는 좋아 보였다. 아이오나처럼. 납으로 장식한 유리 창문 너머로 벽난로와

업라이트피아노가 있고, 유리 샹들리에가 달린 천장에 나무판자로 벽을 두른 다이닝룸이 보였다. 요즘도 집에 다이닝룸을 두는 사람이 있다니. 보통은 아일랜드 주방에 아침식사용 카운터가 있고 배달음식을 시켜 먹지 않나.

데이비드가 벨을 누르자 룰루가 짖는 소리가 들렸다. 현관을 향해 달려오고 있는지 소리가 점점 커졌다.

어른들 가운데 이 모든 상황을 이상하게 여기는 사람이 있을까 궁금했다. 몇 주 동안 아무도 아이오나를 보지 못했다는 사실을 알았을 때는 아이오나를 찾는 일이 당연하게 여겨졌는데, 지금 다 같이 실제로 여기 있으니 좀 침입자 같고 스토커처럼 느껴졌다. 공원에서 멋있고 위험한 남자애들이랑 노는 게 나았으려나.

문이 열리기를 기다리며 숨죽이고 있는 건 마사만이 아니었다. 룰루가 문 안쪽에서 요란하게 짖는 소리만 들렸다. 산제이가 허리를 굽혀 놋쇠로 된 우편물 출입구를 열고 안쪽을 들여다보았다.

"아이오나도, 비도 안 보여요. 하지만 룰루를 혼자 오래 둘 리 없으니 멀리 가진 않았을 거예요." 그가 말했다.

"맞아요. 다이몬과는 떨어져 있으면 안 돼요." 마사가 말했다.

"뒷문이 있나 찾아볼게요." 피어스가 말했다. 마사가 충격받은 표정을 지었는지 그가 덧붙였다. "내가 너보다 더 어렸을 때 집에 침입하는 법을 알아냈거든. 음식 말고는 아무것도 안 훔쳤다고 장담할 수 있어. 도둑이 들었는데 땅콩버터 샌드위치만 훔쳐갔다는 걸 알게 된 사람들을 상상해봐!" 맙소사, 피어스는 마사가 생각했던 사람이 전혀 아니었다. 피어스의 어린 시절을 상상하면

아가*레인지와 식료품 저장실을 갖춘 코츠월드의 석조 저택, 직접 마멀레이드 잼을 만드는 어머니, 코커스패니얼 두 마리(이름은 부자들이 좋아할 법한 지브스와 우스터, 아니면 진과 토닉일 테지)가 떠올랐는데, 그걸 지우고…… 뭘로 대체하지?

"산제이, 나 좀 도와줄래요?" 피어스가 말했다. "옛날만큼 민첩하지가 않아서."

산제이는 약간 어정쩡하게 피어스를 나무 쪽문 위로 들어올렸다. 데이비드는 무분별한 위법행위에 경악해 말을 잃었다. 사실 당연한 반응이었다.

다시, 그들은 기다렸다.

---

* 무쇠로 만든 영국산 레인지 겸 히터의 상표명.

아이오나

다이닝룸 창문 너머로 대문 앞에 서 있는 기차 친구들이 보였다. 아이오나는 커튼 뒤에 숨어 있다가 허둥지둥 뒤쪽 응접실로 들어가 바닥에 쪼그려앉아 벽에 등을 기대고 몸을 최대한 안 보이게끔 웅크렸다. 그러곤 초인종이 더는 안 울릴 때까지 기다렸다.

한동안 적막이 흐르고 룰루도 짖지 않아서 이젠 움직여도 되겠다 싶었는데, 그 순간 프랑스식 창문 너머에 얼굴 하나가 나타났다. 아이오나는 악 하고 비명을 질렀다.

"나예요, 아이오나. 피어스!" 외침에 가까운 목소리였지만 창문 덕에 그만큼 크게 들리진 않았다. "문 좀 열어줄래요?"

"가요!" 그녀가 소리쳤다.

"제발요!" 그가 간곡하게 말했다. 그런 다음 몹시도 전형적으로 남자의 공격성을 내비쳤다. 세 살 버릇 여든까지 간다더니.

"안 열어주면 유리 깰 겁니다."

아이오나는 한숨을 쉬고 걸어가 창문을 열어 피어스를 들였다. 저 오만하고 당당한 고집 보소.

"원하는 게 뭐예요?" 그녀가 물었다.

"걱정돼서 온 거예요, 아이오나." 그가 답했다. "그냥 괜찮은지 확인하고 싶었어요."

"난 괜찮아요." 그녀가 말했다. "그러니 이제 가세요."

"전혀 괜찮지 않잖아요." 피어스가 말했다. "우선, 대체 뭘 입고 있는 거예요?" 그는 눈을 휘둥그레 뜨고 아이오나의 청록색 라이크라 재질 캣슈트*를 보더니 발목을 가리켰다.

"발토시인데요." 아이오나가 말했다. "키즈 프롬 페임**처럼 말이죠. 유명해지는 데는 대가가 있지. 바로 땀흘리기!" 가짜 미국식 억양으로 그녀가 익살스럽게 말했다. 피어스는 저분이 완전 미친 건가 하는 표정으로 바라보았다. 어쩌면 진짜 미쳤는지도 모르지. "제인 폰다를 따라 운동하고 있었어요. 첫 방송분이긴 하지만 그게 최고란 말이죠. 봐요, 난 괜찮다니까."

"회사 얘긴 들었어요, 아이오나. 고생 많았어요." 피어스가 말했다. 그 한마디에 가식과 허세의 철판이 와르르 무너졌다. 그녀는 다시 바닥에 주저앉아 울기 시작했다. 피어스가 옆에 와 앉았다. 아이오나는 피어스가 몸에 손델까봐 그 와중에도 조마조마했다.

---

* 상하의가 연결되어 발목까지 오는 몸에 딱 붙는 옷.
** 미국의 TV 시리즈 〈페임〉의 출연진으로 구성된 음악 그룹. 이어지는 아이오나의 말도 〈페임〉의 명대사에서 따온 것이다.

그는 손대지 않았다. 그러자 오히려 토닥여주면 좋겠다는 생각이 들었다.

"그 마음 저도 알아요." 그가 말했다. 대체 어떻게 안다는 거야? 지금이 전성기잖아. 나 같은 결말에 도달하려면 수십 년은 남았을 텐데. 그는 아무것도 모른다.

"저 세 달 전에 잘렸어요." 그가 말했다.

"뻥치지 마요." 아이오나가 손등으로 콧물을 닦으며 말했다. "계속 출퇴근했잖아요."

"현실을 도저히 마주할 수가 없어서 출퇴근하는 척한 거예요. 너무 부끄러웠어요." 그가 말했다. 그 말을 듣자 두 사람의 서로 다른 세계가 몇 초 동안이나마 연결되는 느낌이 들었다. 더불어 진정으로 서로를 보게 되었다는 위로의 감각도.

"피어스, 항상 출퇴근길의 첫번째 규칙을 기억해요." 그녀가 말했다.

"그게 뭔데요?" 그가 물었다.

"갈 직장이 있어야 한다." 그녀의 말에 둘은 서로를 바라보며 미소 지었다.

현관에서 다시 초인종이 울렸고, 룰루가 아까보다 더 맹렬히 짖기 시작했다.

"다른 사람들도 들어오라고 해도 될까요? 아마 비명소리를 들었을 거예요. 경찰을 부를까봐 걱정되네요." 피어스가 말했다.

"알았어요. 세수할 시간만 줘요." 아이오나가 말했다.

아이오나가 아래층 화장실에서 나오자 피어스는 현관문을 열었고, 데이비드와 산제이와 마사가 현관 복도로 들어섰다. 모두가 줄지어 늘어선 실물 크기의 캉캉 댄서들이 담긴 거대한 흑백 사진을 멀거니 바라보았다. 비현실적으로 긴 다리를 공중에 휙 들어올리고 프릴이 달린 하얀 속치마를 빙그르르 돌리는 댄서들. 전부 검은색 불투명 스타킹에 똑같은 흰색 프릴 달린 속바지 차림이었다.

데이비드는 눈을 휘둥그레 뜨고 중앙에 있는 댄서를 바라보았다. 그의 머리 높이에 댄서의 가슴이 있었는데, 모조 다이아몬드 스팽글이 박혀 있고 비현실적인 원뿔 모양이었다.

"아이오나," 그가 사진을 가리키며 말했다. "이 사람이 당신인가요?"

"오, 잘 찾았네요, 똑똑하기도 하지." 아이오나는 이렇게 말하며 친구들의 존재감만으로 예전의 당돌함이 회복되는 것 같다고 느꼈다. "허벅지 보고 알았어요?"

"아뇨, 얼굴요." 데이비드가 얼굴을 붉히며 말했다.

"파리에 살 때 폴리베르제르에서 했던 공연이에요." 아이오나가 말했다.

"셰익스피어 작품 같진 않네요." 산제이가 입을 뗐다.

"당연히 아니지." 아이오나가 말했다. "그럴 리가 있겠어요?"

"에미 말로는 당신이 로열셰익스피어컴퍼니 소속이었다던데요. 그…… 언론인이 되기 전에요." 산제이가 말했다.

"아, 그건 제 잘못이에요." 마사가 끼어들었다. "에미에게 아이오나가 배우라고 했더니 로열셰익스피어컴퍼니에 있었는 줄 알았나봐요."

아이오나는 그날 이후로 처음 고개를 뒤로 젖히고 깔깔 웃었다. 그리웠던 오랜 친구처럼 느껴지는 웃음.

"너무 웃긴다. 무대에 선 적 있다고 마사한테 말했는데, 그래서 배우인 줄 알았구나! 아녜요. 비랑 나는 벌레스크 댄서였어요. 그렇게 만났죠." 아이오나가 말했다. "저기 봐요, 비예요. 비어트리스의 애칭이지만 아름답다는 뜻이기도 하지." 아이오나는 사진에서 팔짱을 낀 근사한 흑인 댄서를 가리켰다. 다른 여자들은 전부 카메라를 똑바로 응시하는데 아이오나와 비는 서로를 바라보고 있었다. "자, 여러분. 저쪽으로 가서 편하게 앉아요." 그녀는 응접실을 향해 손을 흔들었다. "나도 금방 갈게."

친구들이 시야에서 사라지자마자 아이오나는 숨을 헐떡일 만큼 빠른 걸음으로 위층에 올라가 '긴급 5분 메이크업 루틴'을 실행했다. 그런 다음 은색과 검은색이 섞인 에르메스 실크 스카프를 찾아 머리에 둘렀다. 머리를 감고 말리는 것보다 더 간편한 방법이었다. 운동복 위에는 진홍색 벨벳 가운을 걸치고 두꺼운 은색 가죽 벨트를 맨 다음, 발토시를 벗고 하이힐 뮬을 신었다. 짜잔!

아이오나는 다시 부엌으로 달려내려가 얼그레이 차를 끓여 쟁반에 작은 도자기 찻잔 다섯 개와 쇼트브레드 몇 개를 담아 손님맞이를 위해 응접실로 들어갔다. 용감한 표정을 짓는 거야, 아이오나. 스스로에게 다짐했다. 예상치 못한 손님이 방문하더라도 분위기를 활기차게 유지하는 게 중요하다고 비가 늘 말했잖아. 우리집에 또 방문해주길 바라는 손님이라고 가정하는 거야, 진짜로 또 오면 좋겠지만.

피어스, 산제이, 데이비드, 마사는 아이오나가 '명예의 전당'이라고 부르는 벽을 가만히 바라보고 있었다. 비는 짓궂게도 '아이오나의 에고 전시'라고 불렀다.

숀 코너리부터 마돈나까지 온갖 근사한 사람들과 함께 찍은 아이오나와 비의 잇걸 시절 사진 수백 장이 벽에 줄줄이 걸려 있었다. 과거가 딱히 건전하지 않았음이 판명난 셀럽들의 사진은 치워버려서 빼곡한 사진들 틈에 이빨 빠진 듯 빈틈이 몇 군데 있었다. 본인들이 저지른 일을 엄중히 고찰해보라는 뜻으로 그 사진들은 어둑한 서랍에 넣고 잠가두었다. 아이오나는 모든 행동에 대가가 따른다고 믿고 싶었다.

친구들이 그녀를 돌아보았다.

"직장에서 무슨 일이 있었는지 들었어요, 아이오나." 산제이가 말했다. "괜찮아요?"

아이오나는 거짓말을 하려고 입을 열었지만 진실이 튀어나왔다.

"끔찍해요." 그녀가 말했다. "그러니까, 난 젊다고요. 겨우 쉰일곱밖에 안 됐는데. 전성기잖아요. 그런데 잉여 인간처럼 느껴져요. 말 그대로 잉여. 무의미한 존재. 필요하지 않은 여분. 솔직히 이제 어떻게 해야 할지 모르겠어요."

"아이오나," 산제이가 말했다. "당신은 쓸모없지 않아요. 영국 최고의 잡지 상담가 중 한 명이라는 걸 기억하세요. 저한테 그렇게 말씀하셨잖아요! 게다가 에미 말로는 당신이 쓴 칼럼이 소셜미디어에서 엄청 공유된다던데요."

"고마워요, 다정하기도 해라." 그녀가 말했다. "하지만 사실 난 가짜예요. 최근에 반응이 좀 있었던 건 여러분에게서 아이디어를 훔쳤기 때문일 뿐이에요. 회사에서 나를 내치고 덱스라는 아메바 같은 놈을 들렸더라고. 아무도 더는 날 필요로 하지 않아요."

"아이오나," 데이비드가 자못 준엄하게 말했다. "그게 사실이라면 우린 여기 있지도 않을 겁니다. 우린 당신이 필요해요. 다들 당신을 그리워했어요. 우리 모두에게 당신이 얼마나 큰 영향을 미치는지 보세요! 나도 그런 사람이고 싶습니다. 난 누군가에게 아무런 인상도 남기지 못한 채 떠밀려가듯 살고 있는 것 같아요. 사람들은 날 만났다는 사실조차 잊어버리고, 날 기억한다 해도 내 이름은 잊어버리죠."

모두가 무슨 말을 해야 할지 몰라 잠시 어색한 침묵이 흘렀다. 다행히 데이비드는 아무렇지 않은 듯 말을 이었다.

"어쨌든 당신 없이 우리가 어떻게 삶의 문제를 해결할 수 있겠습니까?" 그가 말했다.

"말도 안 돼." 아이오나가 말했다. "여러분 문제를 해결하는 데 내가 왜 필요해요. 그냥 내 기분을 풀어주려고 하는 소리겠죠."

"정말이에요. 우린 모두 어떤 식으로든 완전히 엉망진창이에요." 마사가 말했다. "특히 어른들이요."

아이오나는 그 말에 감정이 북받쳐 긴 의자에 앉은 채 다시 울기 시작했다. '긴급 5분 메이크업 루틴'이 펑펑 흘리는 눈물은커녕 찔끔 나는 눈물도 버텨내지 못한다는 사실이 무엇보다 짜증스러웠다.

친구들은 난처한 표정으로 그녀 곁에 모여들었다.

"저것도 아이오나인가요?" 마사가 물었다. 통제할 수 없을 정도로 엉엉 울지는 않게 주의를 돌리려는 것 같았다.

"맞아." 마사가 보고 있는 벽난로 위 초상화를 향해 고개를 돌리며 아이오나가 말했다. "줄리언 제숍 작품이야. 1988년에 그려줬어. 난 스물여섯 살이었고, 그는 아마 서른 살 정도 더 많았을 거야. 비와 나는 파리에서 막 돌아와 런던 연예계에 산선한 돌풍을 일으키던 중이었지. 풀럼 로드에 있는 근사한 스튜디오에서 그가 그림을 그리는 동안 우리 둘은 퀸과 섹스 피스톨스의 노래를 따라 불렀어. 아주 재밌는 사람이었는데."

"최근에 그의 부고 소식을 들은 것 같아요." 피어스가 말했다. "악명 높은 바람둥이 아니었나요?"

"맞아요." 아이오나가 말했다. "비는 모델을 서러 갈 때마다 나더러 호신용 스프레이를 챙기라고 했죠. 만약을 대비해서. 아내분이 왜 그 모든 걸 감내했는지 하늘도 모를 일이야. 레즈비언으로 잘 알려져 있는 나는 위협이 안 되니 날 좋아했어요."

아이오나는 커피 테이블에 놓인 티슈 상자에서 휴지 몇 장을 뽑아 코를 풀었다.

"어쨌든, 내 얘기는 그만하고." 그녀가 말했다. "다들 무슨 일이 있었던 거예요? 새로운 소식이 있어요?"

"에미가 사라졌어요." 산제이가 최대한 빨리 전하고 싶어 안달난 사람처럼 말했다.

"이렇게 말하면 좀 그럴 수 있지만, 약간 과장된 표현 같군요." 데이비드가 말했다. "오늘 우리와 함께 오기로 했고, 산제이를 만났는데 마음이 바뀌어서 집으로 돌아간 것 같습니다."

"그럼 왜 우리한테 인사도 안 하고 간 건데요?" 산제이가 물었다. 일리 있는 말이었다. 아이오나는 에미가 예의 없다고 느낀 적이 한 번도 없었다. 오히려 그 반대지.

"산제이," 아이오나가 최대한 부드러운 어조로 입을 뗐다. "에미가 화낼 만한 말을 했어요?"

"아이오나까지 그러면 어떡해요. 아니, 커피 마실래요? 뭐 이런 말을 한 게 다예요." 산제이가 말했다. "그러고 나서 커피와 바나나 빵을 사서 나왔는데……"

"아, 나도 바나나 빵 진짜 좋아하는데." 아이오나는 이렇게 말하며 혹시 산제이가 그 빵을 가져왔을까 기대했다. 마사가 경고의 눈길을 보냈다. "미안해요, 쓸데없는 말을 했네." 방금 뱉은 말이 마치 성가신 파리떼라도 되는 듯 그녀는 손사래를 쳤다.

"카페에서 나와보니 없었어요." 산제이가 말을 끝맺었다.

"화장실은 확인했어요?" 그녀가 묻자, 그는 눈을 굴렸다. "음, 에미는 당연히 무사하겠지만 전화해서 확인해보는 것도 나쁠 건 없겠죠."

"하지만 전화번호가 없잖아요." 산제이가 약간, 뭐랄까, 구질구질하게 군다는 생각이 들었다. 에미가 떠날 만도 해. 저 구질구질함에 푹 절여지는 게 싫었을 거야.

피어스가 찻주전자에 손을 뻗어 차 한 잔을 더 따른 순간, 아이오나는 손목 언저리에서 뭔가를 발견했다. 타투인가? "디배드 DIVAD가 무슨 뜻이에요?" 말을 뱉고서야 거꾸로 읽었다는 걸 깨달았다. '데이비드'였다. 정말 이상하네.

피어스는 답하는 대신 질문을 던졌다. 그녀가 어떻게 답해야 할지 전혀 모르겠는 바로 그 질문을.

"비는 어딨어요?"

산제이

침묵이 점점 길어지자 모두가 자리에서 일어나 아이오나를 바라보았다. 마침내 아이오나는 앉은 채로 깊이 심호흡을 했다.

"언제 물어보려나 싶었답니다." 그 말 뒤에 다시금 긴 침묵이 이어졌다. "보시다시피, 비는 여기 없어요. 몇 년 동안 없었어요, 사실."

아이오나는 다시금 말없이 벽난로 위 초상화를 멍하니 바라보았다. 모두의 혼란스럽고 의아한 눈빛을 부러 무시하면서.

"하지만 전에 말씀하시기론……" 더는 침묵을 견딜 수 없었던 피어스가 입을 뗐다.

"아뇨, 피어스. 한 번도 말한 적 없어요. 그냥 당신이 추측한 거지. 다른 사람의 삶을 추측할 때는 조심해야 되는 거 알죠? 누구보다 잘 알 거라고 생각했는데."

"그럼 어땠어요?" 마사가 물었다.

"비는 7년 전쯤 초기 알츠하이머 진단을 받았어요." 아이오나는 마침내, 한 단어 한 단어를 꺼내는 데 엄청난 노력이 필요하다는 듯 천천히, 띄엄띄엄 말했다. "이것저것 잊어버리기 시작한 지 꽤 됐어요. 사람들의 이름을 잊어버리기 시작하더니 일상적인 단어도 떠올리지 못하게 됐죠. 전원 켜는 법을 잊어버려서 세탁기 앞에 얼어붙은 채 서 있는 걸 발견하기도 했고, 하루에도 같은 질문을 여러 번 하곤 했어요.

처음엔 갱년기 증상인 줄 알았어요. 아시죠? 아니, 모를 수도 있겠다. 수많은 변화가 갱년기에 일어나지만, 이건 아니었던 거예요. 우린 보완할 방법을 찾았지. 비가 물건을 찾을 수 있도록, 그리고 그날 할일을 알 수 있도록 집안 곳곳에 작은 메모를 붙여뒀죠. 그러던 어느 날 저녁에 역 앞 신문가게에서 전화가 왔어요. 비가 가게 앞에서 울고 있다고. 집에 돌아가는 길이 기억나지 않았던 거예요."

아이오나는 떨리는 손으로 차를 더 따르고 한 모금 마시더니 울상이 되었다.

"다 식었네." 그녀가 말했다. 분위기를 깨지 않으려 누구도 말을 보태지 않았다. 아이오나는 1, 2분 정도 침묵하다 다시 말을 이었다. "그후 얼마 지나지 않아 공식 진단을 받았어요. 처음엔 내가 직접 돌봤어요. 더는 자주 외출하거나 손님을 초대하지 않게 됐죠. 아마 그때 오랜 친구들과 연락이 많이 끊긴 것 같아요. 내가 사무실에 출근한 동안엔 간병인을 고용했어요. 내 일이 외부 세계와의 유일한 연결고리였어요. 그 외엔 작은 비눗방울 속에 비와 나뿐이었는데, 내가 아무리 노력해도 점점 더 무서워하고 혼란스러워하더라고요. 더이상 혼자서는 감당할 수 없어서, 요양원에 보냈어요."

"인생의 반쪽을 잃다니 정말 힘들었겠어요." 산제이가 말했다. 아이오나가 그를 노려보았다. 뭔지는 몰라도 엄청 잘못된 말을 한 게 분명했다.

"비는 내 '반쪽'이 아니에요." 아이오나가 말했다.

"어, 맞아요. 아니죠." 산제이가 말했다. 정말 아니야?

"모든 여자는 누군가의 '반쪽' 따위가 아니에요. 우린 모두 온전한 사람이라고요. 스스로 온전하고 유일무이한 존재. 하지만 이따금 아주 다른 두 사람을 합치면 마법 같은 일이 마치 연금술처럼 일어나죠. 비는 내가 달걀과 설탕 같고, 자기는 밀가루와 버터 같다고 했는데, 우리 둘을 섞으면 단순한 재료의 조합이 아니라 어마어마한 케이크가 되는 거예요. 그런데 문제는, 군침 도는 어마어마한 케이크로 살다보면, 다시 달걀과 설탕으로 살아가는 게 정말정말 어려워진다는 거예요."

산제이는 뭐라고 말해야 할지 몰랐다. 케이크 비유는 그냥 넘어가고 좀더 전형적인 반응을 보이자고 결심했다.

"엄청 보고 싶으실 것 같아요." 그가 말했다.

"끔찍하게." 아이오나가 말했다. "매일매일 죄책감을 느껴요. 가능한 한 자주 찾아가지만, 가끔은 내가 누군지 못 알아봐요. 과거 안에서 제일 편안함을 느껴서 요즘은 과거로 자주 같이 돌아가요. 음악도 도움이 되더라고. 그때로 데려가주니까. 오늘이 며칠인지, 아침으론 뭘 먹었는지는 전혀 모르지만 1980년대에 나온 모든 노래 가사는 다 기억하더라니까."

산제이는 아이오나가 늘 삶 자체보다 더 크다고 생각했다. 무적이라고. 하지만 지금은 작아지고 연약해진 듯 보였다. 달걀과 설탕. 껍질 없는 깨진 달걀. 모두가 진부하기 짝이 없는 말만 중얼거렸다. 달리 무슨 말을 할 수 있겠는가? 정말 마음이 아파요, 얼마나 힘들까, 불쌍한 비, 당신이 할 수 있는 건 아무것도 없지요. 하지만 말들은 부질없이 허공을 맴돌았다.

"그게 내 일이 중요한 또다른 이유예요." 아이오나가 말했다. "월급을 거의 다 비의 요양원 비용으로 썼거든. 이제 더 저렴한 데로 보내야 할 텐데 그건 견딜 수 없어요. 연속성과 익숙함이 비에게 너무 중요하니까. 아니면 이 집을 팔아야겠죠. 예전의 비를 간직할 수 있는 유일한 곳이긴 해도."

"왜 우리한테 얘기 안 했어요, 아이오나? 어떻게 남을 돕는 일을 하면서 스스로는 도움을 구하지 않을 수 있냐고요." 산제이는 아이오나와 비의 상황만 생각하려 애썼지만 솔직히 조금은 상처받은 기분이었다. "우린 친구잖아요, 안 그래요?"

"그럼, 물론이지, 달링." 아이오나가 말했다. "그냥 여러분이 나를 행복한 사람, 성공한 사람이라고 생각해주길 바랐나봐요. 그렇게 추측하게끔 만들었지. 기차 타고 출퇴근하는 짧은 시간 동안만큼은 나도 다시 멋진 사람이 된 것 같았어요. 여러분 덕에 세상과 연결돼 있다고 느낄 수 있었고, 주의를 딴 데로 돌릴 수 있었어요. 몇 달 더 일할 수 있게 도와주기도 했지. 그러니 다들 날 도와준 게 맞아요. 정말 고마워요."

아이오나는 자리에서 일어나 이 공간과는 어울리지 않는 카나리아색 빈백을 피해 프랑스식 창문으로 걸어갔다. "여러분, 우리 정원 보여줄까요?" 그녀가 말했다. "비의 자랑이자 기쁨이거든. 정원 가꾸는 솜씨는 내가 비의 반도 못 따라가. 그래서 여기저기 손을 많이 봐야 하는 상태지만, 그래도 여전히 근사해요. 나처럼!" 그녀는 고개를 뒤로 젖히고 깔깔 웃었다. 그들이 아는 기차에서의 아이오나 모습이었다. 그녀가 스스로 간절히 되고 싶어한 존재.

어떻게 하면 단둘이 있을 때 사과를 전하고 껄끄러운 양심의 가책을 덜어낼 수 있을지 고심하느라 산제이는 아이오나의 정원 투어에 집중할 수가 없었다. 마침내 기회가 왔다. 모두가 연못 속의 우아하고 아름다운 동양 비단잉어에 감탄하고 있을 때, 그는 아이오나를 슬쩍 끌어당겼다.

"아이오나, 저번에 너무 못되게 말해서 정말 죄송해요. 용서받을 수 없는 짓이었어요. 솔직히 그래서 사라지신 줄 알았어요." 그가 말했다.

"산제이, 세상이 늘 우리 문제를 중심으로 돌아가는 건 아니라는 사실을 우리 둘 다 배워야 할 것 같아요. 안 그래요?" 그녀가 말했다. "솔직히 말하면 그때 상처를 좀 받긴 했지만 다 잊어버렸어요. 진짜로. 다른 일 때문에 마음이 안 좋았던 거죠? 그래서 하필 나한테 화풀이를 하게 된 거고."

"맞아요." 그는 용기를 잃지 않으려고 아이오나 대신 화단을 바라보며 말했다. "에미와의 일 때문만은 아니에요. 사실은요, 제가 잠을 잘 못 자요. 일 때문에요. 스트레스가 많고 불안이 심해서 집에 가서도 떨쳐낼 수가 없어요. 꿈속에서까지 따라다녀요."

“아이고, 산제이.” 아이오나가 진심으로 걱정하는 목소리로 말했다. “당신이 느끼는 불안은 공감의 다른 면이에요. 그래서 당신이 좋은 간호사인 거고요. 하지만 마음을 다해 환자를 돌보면서도 스스로를 보호할 수 있는 보다 건강한 균형을 이룰 방법이 있을 거예요. 이런 말 기억하죠? 내 산소마스크를 먼저 착용해야 다른 사람 산소마스크도 씌워줄 수 있다.”

“음, 아이오나가 말하니까 좀 어이없네요.” 산제이가 말했다.

“그런 것 같다. 그쵸?” 아이오나가 깔깔 웃으며 말했다. “하지만 내가 도움을 청해봐야 무슨 의미가 있겠어요? 당신이 날 더 젊게 만들어줄 수도 없는데. 세상이 젊은 사람들만 떠받드는 걸 막을 수도 없고. 비를 낮게 해줄 수도 없고.”

“그럼 저는 어떻게 하면 좋을까요?” 산제이가 물었다.

“병원에도 상담사 같은 거 있지 않아요?” 아이오나가 말했다.

“제가 얼마나 힘들어하는지 병원에서 알면 안 돼요.” 애초에 이 얘길 꺼낸 게 실수였을지도 모른다고 생각하며 산제이가 말했다. “대처 능력이 없다는 걸 병원에서 알게 되면 승진 못한단 말이에요. 아주 사소한 일에도 공황발작을 일으킬 수 있는데 어떻게 저한테 취약한 환자를 맡기겠어요?”

“산제이,” 아이오나는 꽤나 단호하게 말했다. “이런 문제를 겪는 의료인이 절대로 당신이 처음은 아닐 거예요. 당연히 마지막도 아니고. 세상에, 병원이잖아요. 누구든 도와줄 사람이 있을 거예요. 자, 한번 시도해봐요. 우선 직원 게시판부터 살펴봐요. 알겠죠? 자조 모임 같은 게 있는지 찾아보는 거야. 당연히 비밀은 보장될 거예요.”

그는 고개를 끄덕였다. "있잖아요, 저희 엄마를 만나보시면 좋을 것 같아요. 꽤 비슷하시네요." 말이 튀어나오자마자 다시 삼키고 싶었다. 무슨 생각을 한 거야? 미라와 아이오나가 무슨 모성의 잔소리꾼 연합처럼 뭉친다니, 완전 악몽일 거야. 한줄기 희망도 없는 악몽.

"나야 좋지." 아이오나가 말했다. "엄마 얘기가 나와서 말인데, 그 치위생사랑 데이트는 어땠어요?"

"데이트라고 할 수 있을지 모르겠어요." 산제이는 기억을 떠올리자마자 민망해졌다. "그분이 플라스틱 얼굴 가림막에 일회용 장갑을 끼고 계속 뭘 물어봤는데, 날카로운 금속 재질의 뭔가로 제 어금니 치석을 긁어내는 중이라 답을 하나도 못했어요."

"아, 그다지 아름다운 만남은 아니었네." 아이오나가 말했다. "그럼 술 한잔하자고 말 꺼내보긴 했어요? 가림막 뒤에서나마 인상은 좀 괜찮아 보였나?"

"네, 근데……"

"에미랑은 다르다?" 아이오나가 문장을 끝맺었다. 둘은 동시에 한숨을 내쉬었다.

"제가 뭘 어쨌기에 그렇게 도망친 걸까요?" 안심시켜줄 말을 간절히 바라며 산제이가 물었다.

"아, 당신과는 아무런 상관도 없을 거예요." 아이오나가 말했다.

그 말을 진심으로 믿고 싶었지만, 그녀 역시 스스로를 믿지 않는 것 같았다.

피어스

산제이가 이기적으로 아이오나의 모든 관심을 독차지하는 동안 피어스는 이상하고 못생긴 돌연변이 금붕어에 관심 있는 척했다. 어떻게든 아이오나가 혼자가 될 때까지 악착같이 기다렸다. 마침내 아이오나와 산제이가 다시 합류했고, 다 같이 오두막 쪽으로 걷기 시작했다. 약간 허름하지만 몹시 낭만적인 오두막은 거의 전체가 인동덩굴과 재스민에 뒤덮여 있었다.

오두막에 다다르기 직전, 피어스는 기회를 틈타 아이오나의 팔을 붙들고 퍼걸러* 아래로 끌어당겼다.

"어머, 이런 거 엄청 오랜만에 당해보네." 아이오나가 그에게

---

* 뜰이나 편평한 지붕 위에 나무를 가로와 세로로 얹어놓고 등나무 같은 덩굴성 식물을 올려 만든 서양식 정자나 길.

윙크했다. "이제 나한테 열정적으로 키스하고 여자친구가 돼달라고 할 건가요?" 그녀가 입술을 오므리자 고양이 엉덩이가 떠올라 여간 부담스러운 게 아니었다.

"어, 아뇨, 그건 아니고." 피어스는 겁에 질린 본심을 최대한 억누르며 말했다. "제 상담가가 돼달라고 부탁하려고요."

"세상에." 아이오나가 말했다. "아까 나눈 대화랑 '가짜 출퇴근' 어쩌고 한 걸 보면 상담가가 필요한 건 분명하고 나를 떠올려줘서 무척 고맙지만, 사실 난 공인 자격 같은 게 없답니다. 못 말리게 오지랖 넓은 한물간 사교계 인사도 자격으로 쳐준다면 모르겠지만."

"나도 알아요, 아이오나." 그가 말했다. "하지만 캔디다에게 상담가를 만나겠다고 약속했고, 내가 얘기를 털어놓고 싶은 사람은 당신뿐이에요. 한번 해보면 어때요? 우리 둘 중 누구에게도 효과가 없으면 그때 적절한 전문가한테 가면 되잖아요."

잠시 침묵이 흘렀다. 아이오나가 그의 제안을 고민해보고 있는 게 분명했다.

"이렇게 해보죠." 그녀가 마침내 입을 열었다. "룰루한테 어떻게 생각하는지 물어봅시다." 아이오나는 몸을 숙여 룰루를 안아 들고 그에게 들이밀었다. "자, 물어봐요!" 그녀가 말했다.

"어, 룰루," 진짜로, 정말이지 바보 같다고 느끼며 피어스가 말했다. "아이오나가 내 상담가가 되는 거 어떻게 생각해?" 룰루는 아무 말 없이 혀를 내밀고 천천히, 그리고 신중하게 그의 코를 핥았다. "좋다는 거예요, 아니라는 거예요?" 아르마니 소매로 코에 묻은 강아지 침을 닦아내며 그가 물었다.

"아, 완전 좋다는 거예요." 아이오나가 룰루를 다시 땅에 내려놓으며 말했다. "좋아요, 룰루도 허락했으니 일주일에 두 번 여기서 만나기로 해요. 하지만 나는 정식 상담가가 아니라 오직 친구로서 얘기할 거니까 돈은 내지 마요."

"하지만 돈이 필요하잖아요, 아이오나." 피어스가 말했다.

"아이고, 그건 그쪽도 마찬가지지." 아이오나가 말했다. "자기도 못 벌고 있으면서." 틀린 말은 아니었다. 아이오나가 상담료를 받더라도 그가 감당해야 하는 엄청난 월별 지출액에 비하면 새 발의 피겠지만.

"올 때마다 싱싱한 꽃을 큰 다발로 가져와요. 복도에 꽃을 놓는 걸 엄청 좋아하거든."

"좋아요." 피어스가 말했다. "근데 그건 뉴캐슬에 석탄을 가져가는 거랑 다를 바 없지 않나요?" 그는 봄꽃이 만발한 화단을 가리켰다.

"그렇긴 한데, 당신이 가져오는 꽃은 이웃들을 위한 거예요. 일주일에 몇 번씩 나를 찾아오는 잘생긴 청년에 대해 몇 시간이고 떠들어델 테니까. 사람들 입에 오르내리는 것만큼 내가 좋아하는 것도 드물지." 아이오나가 말했다.

"그럴 것 같더라고요." 피어스가 말했다.

"옆집 소령이 특히나 신나하겠다." 아이오나가 말했다. "내 성적 지향에 대해 늘 '라이프스타일 선택'이라느니 '한때 겪는 일'이라느니 난리를 쳤거든요. 사실 이 퍼걸러 밑으로 날 잡아끈 마지막 인간이 소령이었어요. 상담가를 찾아가볼 생각도 못하는 인간."

“무슨 일이 있었어요?” 피어스가 물었다.

“가랑이에 깔끔하고 날카로운 니킥을 선사해줬지.” 그녀가 대꾸했다. “비는 우리 화단에서 발견한 달팽이를 울타리 너머 그의 정원에 죄다 던져버리는 걸로 복수했는데, 그 인간이 CCTV를 설치해서 발각됐어요. 어쨌든 그 이후로 다시는 그런 짓을 안 했어요.”

“절대 못했겠어요.” 일주일에 두어 번 아이오나와 단둘이 만나는 게 과연 좋은 생각일지, 피어스는 의구심이 들었다. 살아서 나갈 수 없을지도 모른다.

아이오나

클렌징, 토너, 보습 루틴을 거치며 아이오나는 콧노래를 흥얼거렸다.

마지막으로 욕실 거울을 들여다봤을 때―오늘 아침이었다―거울에 비친 모습은 쓸모없고 외롭고 나이든 여자였다. 지금 그녀를 마주보는 여자는 완전히 달랐다. 그녀를 그리워한 친구들, 토요일에 하루종일 애써 찾아다닐 만큼 그녀를 걱정하는 친구들이 있었다. 그리고 알고 보니 그들은 그녀의 도움을 필요로 했다. 정기적으로 비를 방문하는 때를 제외하곤 북극 툰드라만큼이나 새하얗고 특색 없던 가죽 제본 다이어리에 이제 청록색 만년필로 깔끔하게 쓴 글씨가 빼곡했다.

산제이와 피어스뿐 아니라 사랑스러운 마사도 종종 찾아왔다. 모두가 집을 나선 뒤에 마사는 따로 남아 학교 연극 얘기를 해줬

다. 솔직히 내가 배역을 맡았더라도 이보다 더 뿌듯할 순 없을 거
야, 아이오나는 생각했다. 그리고 사실 이 나이에 열세 살 소녀를
연기하는 게 대단한 일이긴 하지. 그날 마사는 아이오나가 더는
기차를 타지 않으니 일주일에 두어 번 방과후에 여기서 대사 연습
을 도와달라고 부탁했다. 마사는 그녀가 셰익스피어 극단 배우가
아니라 카바레 댄서였다는 사실에 전혀 개의치 않는 것 같았다.

아이오나는 마사에게 부모를 대신해 맡은 역할을 진지하게 받
아들이겠다고, 따라서 연습을 시작하기 전에 마사가 식탁에 앉아
숙제를 끝마친다는 조건하에서만 동의하겠다고 말했다. 마사는
엄마가 최근 남자친구를 새로 사귀면서 부모 역할을 하기보다 대
신하는 사람에 더 가까워졌으니, 자기 집에서보다 아이오나 집에
서 숙제하는 게 훨씬 더 행복할 거라고 답했다.

아이오나가 침대에 눕자 룰루도 따라 올라왔다. 룰루는 다리가
너무 짧고 배가 볼록해 침대에 뛰어오를 수 없어서 큰맘 먹고 강
아지용 맞춤 계단을 구입했다. 비라면 질색했겠지. 거의 매사에
굉장히 개방적인 태도를 보였지만 반려동물과 침대에서 함께 자
는 것에 대해서는 이상하게 완고하고 지루할 만큼 보수적으로 굴
었다.

인사부 브렌다가 무례하게 회수해간 업무용 휴대폰 대신 새로
산 휴대폰을 집어들었다. 이제 기차 친구들의 연락처가 다 저장돼
있으니 내가 화장도 하기 전에 몰래 쳐들어올 핑계는 못 대겠지.

에미의 연락처도 있었으면 싶었다. 무슨 일이 있는 건지 궁금
했다. 산제이가 무슨 짓을 했기에 그렇게 화가 난 걸까? 뭔가 끔
찍한 오해가 있었던 게 분명해.

그러다 좋은 생각이 떠올랐다. 에미도 인스타그램을 하겠지? 다행히 아이오나는 인스타그램 전문가라고 봐도 무방했다. 그렇게 말할 수 있는 오십대 여성이 몇이나 되겠어?

에미의 계정을 찾기까지는 그리 오래 걸리지 않았다. 빠르게 스크롤했다. 게시물이 많지는 않았다. 토비와 함께 엄청나게 꾸민 장소에서 엄청나게 완벽한 음식을 먹으며 활기차고도 이타적이며 창조적인 활동을 다채롭게 벌인다고 떠벌리는 커플 사진 몇 장뿐이었다. 그러다 몹시 낯익은 사진 한 장을 발견했다. 에메랄드색 프록코트에 닥터마틴 신발을 신고 미로 입구에 서 있는, 나 잖아? 사진 아래 문구가 적혀 있었다. 커서 이런 사람이 되고 싶다. 공작새를 쫓아가던 순간에 찍은 것 같았다. 목이 메어왔다. 에미를 향한 어마어마한 애정이 솟구쳤다. 일종의 모성적인 감정이었다. 음, 적어도 모성적인 감정이 어떤 걸지 상상했을 때의 그런 감정.

아이오나는 '메시지'라고 적힌 버튼을 누른 다음 타이핑했다. 안녕, 에미. 아이오나예요. 그냥 별일 없는지 확인하려고요. 내가 필요하면 와요. 이스트몰시 허스트 로드에 있는 리버뷰 하우스예요. 전화번호와 하트 이모티콘 몇 개를 추가한 다음 전송을 눌렀다. 불필요한 걱정을 하는 건지도 모르지만, 이제 에미가 답할 차례였다.

휴대폰을 끄고 침대 옆 서랍에 넣었다. 블루라이트가 생체리듬에 해로운 영향을 미친다는 기사를 여러 편 쓴 사람다운 행동이었다.

아이오나와 비는 잠들기 직전의 마법 같은 시간을 항상 사랑했다. 두 사람은 어둠 속에서 손을 잡고 발끝을 맞대고 나란히 누운 채 공연장 무대 뒤 가십거리나 잡지에서 읽은 최신 소식 같은 걸 조잘거리며 서로의 세계를 더욱 깊이 엮었다. 성대모사를 잘했던 비는 고요한 침실을 배우들이 떠들썩하게 싸우고 노닥거리는 공간으로 순식간에 뒤바꿔놓곤 했다.

"잘 자, 룰루." 그녀가 말했다. 몸 어딘가를 핥는 룰루의 소리가 들려왔고, 어떤 부위인지는 상상하지 말자고 마음먹었다.

비가 떠난 뒤 매일 밤 하던 대로 아이오나는 침대 옆에 놓아둔 낡은 테이프덱의 재생 버튼을 누르고 차분한 톤으로 흘러나오는 일기예보에 귀를 기울였다. 수면제를 먹는 것보다 훨씬 효과적이고 중독성은 약했다.

"갤러웨이곶부터 킨타이어곶까지, 클라이드만을 포함하여." 아나운서가 말했다.

아이오나는 비가 수년 동안 누워 잤던 쪽으로 돌아누웠다. 비가 떠난 후 베갯잇을 한 번도 세탁하지 않았지만, 아무리 애를 써도 비의 냄새를 맡을 수 없었다.

"잘 자, 비." 텅 빈 베개를 바라보며 아이오나가 속삭였다. "사랑해."

답이 돌아왔다. "변동이 있을 수 있으며, 주로 동쪽과 북동쪽에서 2시부터 4시까지 소나기가 내릴 예정입니다. 그리 많은 양은 아닐 것으로 예상됩니다."

마사

마사는 아침 조회시간에 도무지 집중할 수가 없었다. 테드 강연을 너무 많이 시청한 교장선생님은 최고의 당신이 되어라 같은 표현이나 브레네 브라운, 루미, 그리고―시대에 뒤떨어진 사람으로 보이지 않으려고 포함한 듯한―테일러 스위프트의 명언을 인용하면서 지나치게 긴 훈화를 열정적으로 늘어놓았다. 마사는 교복 주머니에 넣어둔 종이를 몰래 펼쳐 3막 5장을 읽으며 숨죽여 대사를 중얼거렸다.

벌써 가시는 건가요? 아침이 오려면 멀었잖아요.
방금 그건 종달새가 아니라 나이팅게일이에요,
불안에 떠는 그대의 귀를 괴롭힌 소리는.

이 구절을 거칠게 요약해 아직은 가지 마라고 귀퉁이에 적어놓았다. 셰익스피어는 세 어절로 표현할 수 있는 걸 매번 스물여섯 어절로 썼다. 연극에는 재능이 있을지 몰라도 비행기 비상 대피 지침을 작성하는 데는 영 젬병일 거다.

기차에서 산제이를 처음 만난 이후로 마사의 삶은 상상할 수 없을 정도로 변했다. 아직 예전 학교 친구들과의 관계를 완전히 회복한 건 아니었다. 무엇보다 그들을 믿기가 어려웠다. 가장 필요할 때 그녀를 저버렸으니까. 하지만 이제 마사는 새로운 친구들, 즉 연극에 같이 출연하는 친구들의 중심에 있었다.

요즘은 점심시간에 카페테리아에 들어서면서 혼자 앉게 되리라는, 더 심하게는 어느 무리에도 속하지 않고 심지어 서로 좋아하지도 않는 아웃사이더들이랑 앉아야 한다는 두려움이 없었다. 이제는 연극을 함께하는 애들을 찾아 출연진 사이에 떠도는 소문을 주고받으며 대사 연습을 했다. 로미오 역을 맡은 애가 같은 학년에서 제일 잘생긴 남자애라는 사실도 나쁘지 않았다. 당연히 내 수준에선 꿈도 못 꾸겠지만, 그애가 알은척해주는 것만으로도 큰 영광이야. 이 친구들도 나체 사진에 대해 알 텐데, 당연히 알 텐데도 아무도 입 밖에 내지 않았다. 어쨌거나 그녀는 마사이자 줄리엣이니까. 동료 배우이자 친구.

더 굉장한 건, 사회적 지위의 상승과 더불어 성적도 오르기 시작했다는 점이다. 피어스 덕에 수학은 꼴찌 수준에서 하위권 중 높은 점수로 훌쩍 뛰었고, 선생님도 잘하면 중위권에 들 수 있겠다고 했다.

대부분의 숙제를 아이오나의 집에서 하기 시작한 이후 다른 과

목 성적도 나아졌다. 사실 아이오나의 도움을 받은 건 전혀 아니었다. 아이오나 말로는 학창시절(암흑기라고 불렀다)에서 생각나는 건 우각호의 형성, 끼익 소리를 내며 터지던 수소융합반응, 그리고 짝사랑했던 네트볼 코치가 전부라고 했다.

하지만 아이오나가 자신의 무지를 엄청 강조한 덕에 마사는 자기가 아는 게 꽤나 많다는 걸 깨달을 수 있었고, 그 덕에 자신감이 생겼다. 아이오나가 끝없이 말했듯 인생에선 자신감이 전부다. 마사, 틀릴 거라면, 아주 **당당하게** 틀리도록 해! 적어도 그런 태도에 대한 점수는 받을 수 있을걸! 마사는 시험평가기관이 그렇게 운영되진 않는다고 설명해야 했다.

"여러분, 케빈 샌더스를 소개합니다." 교장선생님이 웅얼거리듯 말했다. "여러분은 샌더스 선생님이라고 부르면 되겠지요."

"선생님치고 꽤 핫한데?" 뒷줄에 앉은 여자애가 말했다.

"맞아. 언뜻 보면 키아누 리브스 닮은 거 같아." 여자애의 친구가 말했다.

"완전 언뜻 봐야 될 거 같은데." 핫하다고 한 애가 눈을 찡그리며 말했다.

마사는 고개를 들었다가 화들짝 놀랐다. 피어스잖아! 왜 교장선생님은 케빈이라고 소개한 거지? 전혀 케빈처럼 생기지 않았는데. 확실히 키아누 리브스랑도 전혀 안 닮았고. 마사는 눈을 가늘게 떠보았다. 음, 아주 조금은 닮았을지도 모르겠다. 키아누 리브스가 개인 트레이너를 버리고 몇 달 동안 도넛만 먹는다면.

"샌더스 선생님은 남은 학기 동안 수학과에서 근무할 거예요. 숙제나 복습에 도움이 필요한 학생들을 위해 점심시간마다 도서관에서 수학 클리닉을 운영할 겁니다. 또 옥스브리지에 지원하려는 학생들을 위한 특강도 매주 열 거고요." 교장선생님은 항상 '옥스브리지'를 호그와트처럼 근사한 곳인 양 발음했다. 마사는 세대와 직업에 따라선 그럴 수도 있겠다 싶었다. 그래도 거기에 부엉이는 없을 텐데. 말하는 초상화도 없고.

마사는 점심시간에 어디로 가야 할지 정확히 알고 있었다.

8학년 여학생에게 피타고라스의 정리를 인내심 있게 설명하는 피어스가 보였다.

"이제 알겠지?" 그가 물었다.

"네!" 여학생이 답했다. "설명을 들으니까 되게 간단해 보여요. 감사합니다."

피어스는 자기가 도움이 되었다는 사실에 진심으로 신나 보였다. 그가 다른 교사들처럼 지치고 환멸을 느끼기까지 시간이 얼마나 걸릴까, 마사는 생각했다. 저렇게 일대일로 가르치는 건 상대적으로 쉽다. 십대들이 우글거리는 교실에 던져지면 어떻게 대처하려나? 그가 고개를 들었다.

"마사! 오늘 만날 수 있으려나 생각했는데! 네가 먼저 찾아왔구나." 그가 말했다.

"여기서 뭐하시는 거예요, 피어스?" 그녀가 목소리를 낮추고 물었다. "그리고 왜 교장선생님이 케빈이라고 부른 거예요?"

"앉아봐!" 피어스가 옆 의자를 두드렸다. "수학에 낑낑대는 환자를 진료하다 잠깐 짬이 난 기분이야." 마사는 팔짱을 끼고 앉아서 그의 해명을 기다렸다.

"그게," 그가 입을 열었다. "학교에 수학 교사가 부족하다고 했었잖아, 기억나지? 그래서 교장선생님과 약속을 잡았고, 여기서 현장실습을 할 수 있을지 물어봤어."

마사는 곧장 자책했다. 어른들은 무슨 페이스북처럼 내가 우연히 뱉은 정보를 기억하고 저장해뒀다가 악용한다는 사실을 명심했어야 하는데. 게다가 현장실습은 11학년이 하는 거 아니야? 피어스 같은 어른이 아니라. 그가 학교에 나타난 게 신경쓰이는 건 전혀 아니었다, 오히려 반가웠다. 그냥 미리 말만 좀 해주지.

"근데 왜 가명을 쓰는 거예요? 케빈이라뇨? 이중 스파이 같은 것도 아니고." 마사가 말했다.

"음, 사실 가명 아니야." 피어스가 말했다. "실은 케빈이 내 원래 이름이야. 열여덟 살에 피어스로 개명했지. '그런 척하면 언젠가 정말 그렇게 된다'고 했던 말 기억나니?" 마사는 '다른 마사'를 떠올리며 고개를 끄덕였다. "사실, 피어스는 내가 되고 싶었던 사람이었어. 또다른 자아 같은 거지."

"그럼 땅콩버터 샌드위치를 훔치려고 다른 사람 집에 침입한 사람이 케빈이었던 거예요?" 퍼즐이 맞춰지는 기분으로 마사가 물었다.

"맞아." 피어스가 답했다. "우리 아버지는 경마에 빠져서 집안 살림을 다 거덜냈고, 어머니는 술을 퍼마시느라 날 돌보지 않았어. 그래서 늘 배가 고팠지. 근데 아이오나 말로는 과거가 아무리 불행했더라도 그 과거로부터 도망치는 건 건강하지 못한 일이래. 그리고 솔직히 말해서, 상황이 훨씬 더 나쁠 수도 있었어. 아무도 날 때리진 않았잖아. 둘이서 자주 서로 치고받긴 했어도. 그래서,

이게 나야. 케빈. 원한다면 계속 피어스라고 불러도 돼."

마사는 솔직히 아이오나가 정말 피어스를 도와주고 있는 건지 헷갈렸다. 어른이랑, 그것도 선생님이랑 이런 내밀한 이야기와 감정을 주고받는 게 이상했다. 어른이라면 속에만 담아두고 억눌러야 하는 거 아닐까? 게다가 피어스는 케빈보다 훨씬 멋진 이름이란 말야. 마사는 뭐라고 답해야 할지 알 수 없었다.

"멋지네요." 그녀가 말했다.

"그치?" 피어스가 활짝 웃었다. 아니 케빈이. 아니 뭐든.

"하나 더 말할 게 있어요." 마사가 말했다.

"뭔데?" 피어스가 걱정어린 얼굴로 물었다.

"만약에 학교 애들이 있으면 기차에서 봐도 모른 척해야 할지 몰라요." 마사가 말했다. "무슨 나쁜 감정이 있어서는 전혀 아니고, 사회적 유배지Social Siberia에서 천천히 빠져나오는 중이라서. 선생님이랑 친하게 지내면 안 좋게 보일 것 같아요. 키아누 리브스랑 닮았다고 해도. 저는 당연히 안 닮았다고 생각하지만요."

"물론이지." 피어스가 말했다. "이해할게."

그는 잠시 말을 멈췄다가 힘을 꽉 줘서 배를 집어넣고는 말했다. "키아누 리브스라고?"

마사는 고개를 절레절레 저었다.

피어스

17:30 워털루역, 서비턴행

피어스는 기분이 날아갈 것 같았다.

전혀 새로운 기술을 익힐 때 필요한 고도의 집중력, 그리고 뭔가를 제대로 해냈을 때의 굉장한 성취감은 어떤 의미에선 거래소에서 일하던 초창기 시절을 상기시켰다. 하지만 이번에는 자신에게 맞지 않는 역할을 어떻게든 연기해내며 가장하고 있다는 의심이나, 본모습이 발각될까봐 끊임없이 스스로를 갉아먹는 두려움은 들지 않았다.

은행 보안요원이 빈 상자를 들고 책상 앞에 나타났을 때, 어떤 의미에서 그는 안도감을 느꼈다. 오랫동안 두려워했던 일이 실제로 벌어지면 더는 두려워할 필요가 없어지니까. 그런 순간을 맞닥뜨리게 될 줄 항상 알고 있었다. 그저 예상보다 15년이 더 걸렸을 뿐.

이 일은 완전히 달랐다. 연기하기 위해 또다른 자아를 소환할 필요가 없었다. 미다스! 미다스! 미다스! 하는 흐뭇한 외침도, 온 우주를 향해 비는 의식이나 자존감을 높여주는 보너스도 필요 없었다. 그저 숫자에 대한 애정, 그리고 변화하고 싶어 이타적인 일을 하려는 진심어린 소망을 품은 그 자신이 되는 것만으로 충분했다. 그는 9월에 열릴 학교 정교사 연수 프로그램에 참가 지원서를 제출했고, 무급으로 투자한 시간이 있으니 쉽게 합격하리라 믿었다.

아이오나와 함께하던 기차 여정이 스스로도 놀랄 만큼 무척 그리웠다. 그녀가 부적응자 무리를 끌어당겨준 자석 역할을 하지 않았더라면 모든 게 지금과 달랐을 것이다. 직업을 바꾸니 확실히 감상적이 되는군.

피어스는 예전 아이오나의 테이블석을 바라보았다. 에미가 거기 있었다. 아무런 말도 없이 수색대에서 빠진 그녀에게 무슨 말을 해야 할지 몰라서 그는 몸을 돌려 열차 반대편 끝으로 걸어갔다. 어색한 대화로 하루의 끝을 망치고 싶지 않았다.

서비턴역에 내린 피어스는 역 바깥의 꽃 가판대 앞에서 걸음을 멈췄다. 캔디다가 좋아하는 화려하고 현란한 흰 장미꽃 다발을 골랐다. 가격표에 교사 월급으로, 특히나 아직 월급을 받지도 않는 교사로서는 도저히 감당할 수 없는 금액이 쓰여 있었지만 캔디다는 이걸 받을 자격이 있었다. 그런 다음 동네 델리에 들러 수제 뵈프 부르기뇽과 괜찮은 레드와인 한 병을 골랐다(그가 모은 와인 컬렉션은 캔디다가 전부 팔아버렸다).

캔디다라는 사람을 얼마나 잘못 봤는지 부끄러울 지경이었다.

그의 나머지 삶과 마찬가지로 결혼생활 역시 가짜, 가식, 빈껍데기가 돼버렸다고 여겼다. 하지만 결혼생활은 그가 생각한 것보다 훨씬 더 회복력이 강했다. 캔디다가 그러하듯이.

위태로운 시기를 통과하는 내내 그녀는 침착하게 집중했으며 강인했다. 제정신을 차리려고 애쓰는 그를 일으켜세워주고, 손을 꼭 잡아주고, 재정 상황을 재조정해 미래를 위한 작지만 탄탄한 기반을 마련했다. 오늘밤, 그녀에게 얼마나 고마운지 고백할 것이다.

"그래서 말인데," 피어스는 촛불을 밝힌 식탁에 앉아 있었다. "그동안 당신이 해준 모든 일에 너무나 감사하다는 말을 하고 싶어. 당신은 정말 대단해. 당신이 없었으면 어떻게 감당했을지 솔직히 모르겠어."

"천만에." 캔디다가 말했다. "생각해봐. 엉망진창이 된 당신을 역 플랫폼에 두고 떠날 순 없잖아. 요즘은 마음 좀 나아졌어? 그 심리 상담가가 도움이 되는 것 같아?"

"응. 완전히 다른 사람이 된 기분이야." 피어스가 말했다. "내가 그런 사람이었다는 게 믿기지 않아. 이렇게 직업을 바꾼 게 내 삶에 큰 변화를 가져다줄 거야. 우리 삶에 말이야. 살림을 좀 줄이고, 휴가도 덜 가고, 애들을 공립학교에 보내야겠지만, 더 단순하고 정직한 생활을 꾸리는 게 우리 모두에게 좋을 거라고 봐. 애들한테도. 예의도 배우고 모든 걸 당연하게 여기지 않는 사람으로 자라겠지. 특권이 지나쳤던 당신 어린 시절과 불우했던 내 어린 시절 사이의 행복한 중간쯤 될 거야. 건강한 평균 수준 정도."

그는 두 사람의 결혼식을 떠올리며 캔디다에게 미소를 보냈다. 식장을 가로질러 그에게로 걸어오던 그녀는 얼마나 눈부시게 아름다웠던가. 이건 우리 삶의 또다른 챕터일 뿐이야. 다르긴 해도 여러모로 훨씬 더 나은 챕터. 둘을 더 가깝게 만들어줄 삶.

"피어스," 보톡스 맞은 이마를 살짝 찌푸리고 있던 캔디다가 말했다. "유감스럽게도 당신이 상황을 오해한 것 같아."

"무슨 말이야?" 그가 물었다.

"당신 일이 잘 풀려서 진심으로 기뻐." 엄격한 맛의 기준을 충족시키지 못한 게 분명한, 몇 입 먹지도 않은 소고기 덩어리 접시 위에 나이프와 포크를 깔끔하게 올려놓으며 캔디다가 말했다. "당신이 혼자 힘으로 다시 일어설 수 있는지 확신이 필요했어. 애들 아빠잖아. 우리는 애들 때문에 평생 엮여 있겠지, 좋든 싫든. 그리고 어떤 면에선 당신을 여전히 사랑하고." 캔디다는 잠시 말을 멈췄다.

어떤 면에선?

피어스는 팔아버린 포르셰를 타고 꿈쩍도 않는 물체를 향해 질주하는 것 같은 느낌이 들었다. 무슨 일이 일어날지 뻔히 보이는데, 브레이크를 아무리 세게 밟아도 막을 방법은 없는.

"하지만 이건 내가 원하는 삶이 아니라고 분명히 말한 것 같은데." 캔디다는 마치 내년 여름에 어느 그리스 섬으로 휴가를 떠날지 얘기하는 것처럼 차분했다. "이건 확실히 내가 투자한 삶이 아니야. 난 '샌더스 수학 선생님의 아내'가 아니라고. 교사의 소박한 월급으로 소박한 삶을 살고 싶지 않아." 그녀가 말했다. "난 평균적인 삶이 건강하다고 생각하지 않아. 내가 평균이 되고 싶었던 적이 한 번이라도 있었을 것 같아? 나는 우리 애들이 평균보다 훨씬 뛰어난 교육을 받길 원해. 그리고 솔직히 말해서, 난 케빈의 아내이고 싶지 않아. 내가 결혼한 남자는 현명하게도 과거를 전부 뒤로하고 떠나겠다고 결심했었어."

"그렇게 말했던 거 알아." 피어스가 말했다. "하지만 시티에서 다른 직장을 구할 수 있다 해도 내가 원하지 않아. 솔직히 그 세계로 돌아가면 난 미쳐버릴 거야."

"그렇게 해달라는 게 아니야, 여보." 캔디다가 말했다. "당신과 함께하지 않겠다고 말하는 거야. 그래서 우리 재정 상황을 다 정리해온 거야. 이 근처에 당신이 살 집을 구하고 함께 아이들을 키우자고. 이 모든 일을 점잖고 어른답게 할 수 있잖아, 그치? 기네스 펠트로와 크리스 마틴처럼 평화롭게 이혼할 수도 있고. 아이들을 저당 잡아 비싼 변호사를 고용해서 법정 싸움을 벌이느라 정리해고 수당을 더 낭비할 필요는 없지."

피어스는 죽은 비둘기를 떠올렸다. 쓰레기통 안에서 썩어가고 있을 그 전조. 장밋빛 미래를 향해 행복하게 날아가고 있다고 느꼈는데, 통과할 수 없는 닫힌 유리창이 코앞에 있다는 사실은 깨닫지 못했다. 정통으로 부딪혀 의식을 잃은 채 피를 흘리며 땅으로 추락했다. 캔디다는 이 모든 일에 어쩜 저렇게 침착한 거지? 얼마 안 되는 이혼 수당으로 살아가는 싱글맘이 되는 것도 인생 계획에 없었을 텐데?

그때 머릿속 흐릿한 이미지가 서서히 선명해지며 전체 그림이 명확히 드러났다.

"다음 타자를 이미 준비해뒀구나?" 그는 화가 나기보다는 극심한 피로감을 느꼈다. 나중에 분노가 치밀 수도 있겠지만. "누구야?"

"당신은 모르는 사람이야." 더할 나위 없이 말끔하게 매니큐어를 칠한 손톱을 내려다보며 캔디다가 말했다. 부유한 은행가의 아내다운 손톱. 이미 다른 부유한 은행가의 등을 긁고 있는 손톱.

"이 모든 일이 일어나기 전부터 만난 사람이야? 당연히 그렇겠지."

"그러지 마, 여보." 캔디다가 말했다. "여자는 늘 플랜 비를 마련해둬야 해. 그냥 잠깐 한눈을 팔았던 거고, 당신이 그렇게 이기적으로 우리 생활을 파탄내지 않았다면 별일 없었을 거야."

"나한테 이러면 안 되지, 캔디다." 그가 말했다. "좋을 때나 나쁠 때나, 부유할 때나 가난할 때나, 그 서약은 어쩌고?"

"저기, 누가 더 도덕적으로 우월한지 다투고 싶으면, 정말 끔찍하게 지루할 테지만," 캔디다가 말했다. "당신이 몇 달이나 매일 양복 입고 '사무실에 출근'한다고 나한테 거짓말했다는 걸 잊지 마. 그런 다음엔 애들 학비를 도박으로 다 날렸고. 내가 아니었으면 쫄딱 망했을 거라고."

"하지만 애들은 어떡해?" 그가 물었다. "애들은 내가 필요해. 나도 애들이 필요하고."

"나도 알아." 그녀가 말했다. "그래도 종일 일하던 때보단 훨씬 자주 애들을 볼 수 있을 거야. 교사는 방학도 있잖아! 게다가 방과후에 애들 숙제를 얼마든지 도와줄 수 있어. 내가 그걸 얼마나 싫어하는지 알잖아. 최소한 교사가 되면 과외 선생을 고용할 걱정은 안 해도 되겠다. 그리고 제대로 된 학교에 취직하면 애들 학비를 감면받을 수도 있고. 희망은 있어! 자, 나 이제 자러 갈게. 내일 아침에 다시 다음 단계를 논의해보자.”

캔디다는 의자를 뒤로 밀고 일어났고, 그는 지저분한 접시, 파괴된 삶의 잔해에 둘러싸인 채 덩그러니 홀로 남았다. 흰 장미는 여전히 셀로판지에 싸인 채 싱크대 안에 내팽개쳐져 있었다. 캔디다는 문 앞에서 잠시 멈추고는 어깨 너머로 그를 쳐다보았다. 그리고 살짝 웃으며 이렇게 말했다. “우리 아빠는 늘 당신이 내 첫 남편이라고 했지.”

아내의 아름다운 얼굴 뒤에 그토록 강철 같은 면이 있었다니 그는 믿을 수 없었다. 인간의 피부를 벗겨내면 터미네이터가 나타났다.

결혼식장에서 아버지와 팔짱을 낀 채 그에게로 걸어오던 아내를 본 순간부터 그는 모든 게 과분하다는 것을, 자신이 아내에게 결코 충분한 사람이 못 된다는 것을 알았고, 언젠가 아내가 그를 떠날지도 모른다는 두려움에 늘 시달려왔다. 빈 상자를 들고 그의 책상으로 왔던 보안요원처럼, 이것도 단지 시간문제였을 뿐이다.

아이오나

"가만히 있어, 우리 아가." 아이오나가 말했다. "눈에 비누 들어갈라!"

라벤더향 김이 모락모락 나는 욕조 안에서 룰루가 그녀를 바라보았다. 얼굴에 이렇게 쓰여 있었다. 이거 완전 굴욕적이니까 빨리 좀 끝내줘.

아이오나는 룰루를 번쩍 들어올려 폭신폭신한 연분홍색 수건으로 감싸고 털을 말려주기 위해 침실로 갔다.

공식적으로 실업자임을 감안하면, 아이오나는 엄청나게 바빴다.

우선 마사를 코칭하는 데 꽤 많은 시간을 썼다. 혹시라도 로미오가 공연 당일에 끔찍한 사고를 당해 목소리를 잃거나 팔다리 중 일부를 잃게 되더라도 그녀가 대신할 수 있도록. 물론 의상 담당자는 꽤나 애를 먹겠지만.

피어스 역시 정기적으로 들렀고 지시한 대로 꽃을 건넸다. 아이오나는 피어스가 얘기하는 시간보다 자기가 얘기하는 시간이 점점 더 많아지는 것 같아 약간 걱정이 되었는데, 일반적인 상담 세션이 그렇게 이루어지진 않는다는 걸 알고 있기 때문이었다. 그래서 그녀의 시선에는 포착되지만 피어스에겐 보이지 않는 벽에 **닥쳐 아이오나**라고 적힌 메모를 붙여놓고서 그때 기분이 어땠나요?라거나 어머니와의 관계에 대해 말해볼까요, 같은 말만 하겠다고 다짐했다.

별로 소용은 없었다. 원래도 지시에 잘 따르는 편이 아니었는데, 이제 보니 스스로 내린 지시에도 마찬가지였다.

그래도 뭔가 제대로 하는 게 있긴 했다. 매번 피어스가 점점 힘차게 발걸음을 내딛고, 조금씩 이요르에서 티거로 변해가는 게 보였다. 비참했던 어린 시절을 수치스러워하며 도망치는 대신, 자신과 화해하고 그때로부터 얼마나 멀리 왔는지 자랑스러워하라고 그녀는 말해주었다. 과거의 경험은 미래를 쌓는 토대예요. 수치심 말고 자부심 위에 쌓아봐요. 과거를 부정하면 모래 위에 집을 짓는 꼴이 되고 말아요. 항상 무너질 위험이 있지. 그 비유는 꽤 만족스러웠다. 칼럼에 써야겠어. 더는 쓸 칼럼이 없지만.

피어스는 어젯밤 캔디다의 통보, 그리고 다소 이해가 안 되는 비둘기 얘기를 들려주었다. 그런데 그 일조차 그에게 큰 타격을 주진 않은 것 같았다. 아직 실감이 안 나서 그런가? 아내보단 아이들을 훨씬 더 걱정했지만, 이전보다 아이들의 삶에 더 많이 관여할 수 있을 거라고 꽤 확신했다.

스스로에게 솔직해지자면, 아이오나는 피어스의 변화가 '상담'

세션보다는 새 직업과 더 밀접한 관련이 있다고 느껴졌다. 하지만 새 직장을 구한 것도 약간은 내 덕이지 않나? 어쨌든 거의 전적으로 내 아이디어였잖아.

문제는, 매달 받던 포트넘앤드메이슨의 피크닉용 식품 바구니를 취소하는 등 지출을 줄이려고 애썼음에도 불구하고 모아둔 돈을 점점 까먹고 있다는 사실이었다. 조만간 상황을 직시하고 부동산중개인에게 전화를 걸어야 했다.

비와 함께 삶을 일궈온 터전인 이 집을 돌아보자 참을 수 없는 슬픔이 밀려왔다. 텔레파시 능력이 있는 룰루가 아이오나의 눈을 바라보며 뺨을 핥아주었다.

에미도 걱정됐다. 인스타그램 메시지에 답장이 없었고, 갑자기 사라진 날 이후로 에미와 대화를 나눈 사람이 아무도 없는 것 같았다. 기차에서 본 적은 있다고들 하니 납치당하거나 혼수상태로 병원에 실려간 건 아닌 모양이었다. 뭔가 이상해. 그녀는 확신이 들었다. 이런 일엔 촉이 좋은 편이었다.

그런 생각을 하던 중에 휴대폰이 울리자, 순간적으로 에미가 전화한 건가 싶었다. 집어들어 화면을 들여다보니 '데이비드'라고 쓰여 있었다.

"안녕하세요, 데이비드!" 그녀는 실망감을 꾹 누르고 최대한 생기 있고 활기찬 목소리로 말했다.

"아이오나," 데이비드가 말했다. "지금 뭐하세요? 여기 윔블던으로 좀 와줄 수 있나요?"

"어머," 아이오나가 말했다. "이거 부티콜*이에요? 기분은 너무 좋은데 내가 그쪽 성향이 아닌 건 알죠?" 수화기 너머에서 어색하고 긴 침묵이 흘렀다. 나 때문에 당황했나? 아니면 부티콜이 무슨 뜻인지 모르나? 대부분의 '중년'이 나만큼 최신 용어에 익숙하지 않다는 걸 유념해야지. 데이비드를 고통에서 구해주자.

"농담이에요, 농담. 알겠어요, 당신 집 구경도 하고 좋죠. 문자로 주소 찍어줘요, 바로 기차 탈게요."

아이오나는 번지수를 확인하지 않고도 데이비드의 집을 알아볼 수 있었다. 이 거리의 다른 집들은 전부 리모델링을 했다. 번쩍이는 유리를 둘러 공간을 확장하거나, 값비싼 전동 보안 대문을 설치하거나, 윤이 나는 현관문 양쪽에 세련된 꼬마전구를 얽은 월계수나무 두 그루를 심어놓는 등등. 하지만 이 집만은 그 주인처럼 타임 워프에 갇힌 듯 수십 년 세월을 고스란히 담고 있었다.

"들어와요, 들어와요." 데이비드가 말했다. "저 주는 겁니까? 정말 예쁘네요. 고맙습니다."

아이오나는 아까 피어스가 가져온 지나치게 화려한 흰 장미 꽃다발을 건넸다. 다행히도 데이비드가 전화하는 바람에 셀로판지를 벗길 새가 없었다. 받은 선물을 다시 선물하는 건 지구를 위해 좋은 일이지. 괜찮은 기삿감인데? 아휴, 작작 하자.

데이비드의 안내를 받아 편안하면서도 구식인 거실로 들어섰다. 골동품 깔개가 쪽모이 세공 마룻바닥에 깔려 있고, 색이 짙은 목재 가구가 거대한 벽난로 주변에 놓여 있었다. 부동산중개인이라면 틀림없이 이렇게 말할 거야. 건축 당시의 시대적 특징과 현대

---

* 성관계를 제안하기 위해 연락하는 것.

화의 잠재력을 가득 담고 있습니다.

데이비드는 꽃다발을 부엌으로 가져가 꽃병에 담아 돌아왔다. 손에 작고 하얀 카드가 들려 있었다. "내 사랑 캔디다." 그가 읽었다. "모든 것에 감사해. 사랑해." 선물 다시 주기의 가치를 아는 사람이 또 있었네.

"이상하네." 아이오나가 말했다. 그러고는 호기심을 더는 참을 수 없어서, 또 피어스의 메모에서 주의를 돌리기 위해서 물었다. "내 도움이 필요한 무슨 일이라도 있나요?"

"사실 이미 많이 도와주셨습니다." 데이비드가 말했다.

"정말요?" 내가 뭘 했더라, 생각하며 아이오나가 물었다.

"네. 기차에서 당신과 다른 분들을 만나며 내가 얼마나 틀에 박혀 살아왔는지 깨달았습니다. 그래서 조금씩 변화를 주려고 노력중입니다. 성인 교육 수업에도 등록했어요!"

"잘하셨네요." 아이오나가 말했다. "뭘 배워요?"

"화요일 저녁엔 러시아어 회화, 목요일에는 자동차 엔진 분해와 재조립 방법을 배워요."

"멋지네요." 아이오나가 말했다. "추방당한 올리가르히*의 운전기사로 취직할 수 있겠어요."

데이비드는 못 들은 척했다. 그게 최선이었을 것이다. "올리비아와의 관계도 조금씩 나아지고 있어요. 결국 모든 걸 다 잃은 건 아닐지도 모른다는 생각이 들기 시작했습니다."

"와, 그건 정말 좋은 소식이네요, 데이비드." 그녀가 말했다.

---

* 러시아의 신흥 재벌.

"그래서 당신을 돕기 위해 나도 뭔가를 하고 싶었어요. 내가 변호사인 건 아십니까?"

몰랐다. 하지만 모른다고 하면 친구를 향한 관심이 현저히 부족하다는 사실이 드러나겠지. 우리 중에 데이비드의 직업을 물어본 사람이 있나? 죄책감에 그녀는 이 상황에서 필요한 것보다 더 과하게 고개를 끄덕였다. 밀려오는 질투심을 몰아내기 위해서이기도 했다. 데이비드는 그녀보다 적어도 열 살은 더 많았지만 커리어가 여전히 건재한 듯했다. 왜 희끗한 머리에 주름 많은 남자는 중후함의 미덕을 얻는데, 나처럼 관리 잘한 여자는 투명인간이 되는 거지?

"그게, 내 전문 분야는 계약법과 재산법이라서요." 데이비드가 말했다. "이사를 고려하시는 게 아니라면 별로 도움이 안 되겠더라고요."

"슬프게도 그럴 것 같네요." 아이오나가 말했다.

"슬프지 않을 수 있습니다." 데이비드가 말을 이으려다 초인종 소리에 멈췄다. "바로 왔네요, 늘 시간을 잘 맞추지."

"데이비드, 무슨 만남을 주선하려는 건 아니죠?" 현관으로 향하는 데이비드의 등뒤에 대고 아이오나가 외쳤다.

"사실, 맞아요." 데이비드가 말하며 사십대의 똑똑해 보이는 여성과 함께 돌아왔다. "고용법 변호사와 말이에요. 이쪽은 데버라 밍크스입니다. 우리 로펌에서 일하고 있죠. 실례인 줄 알지만 데버라에게 당신 상황을 이야기했습니다. 마음 상하지 않았으면 좋겠네요."

"뭐, 괜찮아요." 아이오나가 약간 경계심을 담아 말했다.

"몇 가지 여쭤봐도 될까요, 아이오나?" 스몰토크에는 전혀 관심 없는 게 분명한 데버라가 물었다. 시간 단위로 비용을 받는 직업이라 생긴 습관이겠지. 데버라는 자리에 앉아 실용적이지만 못생긴 서류가방에서 얇은 파일 하나를 꺼냈는데, 실용적이고 지루한 구두와 잘 어울렸다. 아이오나는 고개를 끄덕였다.

"퇴직금을 못 받으신 게 맞나요?" 그녀가 물었다.

"네, 정리해고당한 게 아니니까요. 내가 사직한 거예요. 정확히는, 자리를 박차고 나왔죠. 편집장한테 좆같……" 데이비드가 손을 들어 안 된다는 신호를 보냈다.

"네, 저희가 파악한 바에 따르면 이건 사직이 아니라 간접해고에 해당합니다. 더이상 직무를 수행하기 어려운 상황이었다고 볼 수 있을까요?" 데버라가 안경 너머로 그녀를 바라보았다. 아이오나는 다시 고개를 끄덕였다.

"실제로 사내 분위기가 굉장히 유해해졌고, 나이 때문에 차별받는다고 느끼셨다고 볼 수 있을까요?" 그녀가 물었다.

"완전요." 아이오나가 답했다. 데버라가 진지하고 어른스럽게 말할수록 아이오나는 점점 더 십대처럼, 마사처럼 말하게 됐다.

데버라는 데이비드가 앞에 놓아둔 접시에서 자파케이크를 들고 한입 베어문 다음 다시 내려놓았다. 초인적인 극기와 절제력에 감탄이 절로 나왔다. 저런 구두를 신고 있긴 해도 데버라는 확실히 곁에 두고 싶은 여자였다.

"어떤 의미에선 사직하도록 유도되었다고 생각하시나요?" 데버라가 물었다.

아이오나는 사원증을 던졌을 때 에드가 인사부의 브렌다에게 윙크하던 모습을 떠올리며 고개를 끄덕였다.

"난 법정까지 가고 싶진 않아요, 데버라." 그녀가 말했다. "더이상 내 인생을 낭비하고 싶지 않아요. 그 좆같은……" 데이비드가 다시 손을 들었다. 확실히 좀 많이 예민한 사람이라니까.

"그런 일은 없을 겁니다, 아이오나." 데버라가 말했다. "부정적인 여론을 피하기 위해 합의를 원할 거예요. 우리는 그저 마땅히 받으셔야 할 돈을 지불하라고 요구할 겁니다. 얼마나 근무하셨다고 했죠?"

"30년이요." 아이오나가 말했다.

"완벽하네요." 데버라가 의자에 등을 기대고 싱긋 웃으며 말했다. "그 정도면 충분합니다. 자, 이제 말씀하시면 제가 메모할게요."

그렇게 이야기가 시작됐다. 화장실에서 우연히 들은 공룡 운운하던 대화, 온갖 사소한 지적들, 아이오나는 이거 이해 못해요 하는 말들, 옛날에는으로 시작되는 모욕적인 농담들, 점심식사나 저녁 술자리에서 그녀를 배제시키고 커피머신 주변에 서 있는 이들에게 다가갔을 때 모두가 말을 뚝 멈추던 순간들에 대해. 사무실 직원 모두와 경비원까지 함께 찍은 사진으로 제작한 크리스마스카드를 발송했을 때, 그녀만 '실수로' 쏙 빠진 일까지.

회사가 직무를 야금야금 너무 많이 빼앗아가는 바람에 하루의 대부분을 바쁜 척하면서 사무실 시곗바늘이 돌아가는 모습을 지켜보며 보냈다고, 아이오나는 설명했다. 그리고 마지막으로, 무슨 단어도 아닌 OMG, IRL, BTW 같은 것으로 기사를 잔뜩 채운 어린 남자애한테 그녀가 쓴 걸 전부 확인받으라는 지시가 떨어졌던 날을 다시 떠올렸다. 더 모욕적인 건, 그녀가 후광을 받으며 잡지사에 들어와 홍보에 열을 올리던 때에 그 남자애는 아직 태어나지도 않았다는 사실이었다.

모든 이야기를 입 밖에 내자 아이오나는 수년간의 모욕과 비방의 무게가 어깨에서 덜어진 듯 한결 마음이 가벼워졌다. 돌이켜보니 내가 당한 건 마사가 겪어야 했던 괴롭힘보다 더 교묘하고 음험하긴 했어도 역시 가해가 맞았어.

"데버라, 고마워요. 데이비드도." 고통스럽고 굴욕적인 기억을 다 털어낸 뒤 아이오나가 말했다.

"천만에요." 데버라가 마치 총을 재장전하듯 딸깍 소리와 함께 펜 뚜껑을 닫으며 답했다. "이제 잡으러 가볼까요?"

에미

에미는 산제이가 이쪽으로 와서 함께 앉을 거라고 잠깐 생각했지만, 고개를 들어 그를 보고 웃자마자 그는 돌아서더니 다른 데 가서 앉았다. 지난번에도 그랬다. 그전에도.

쌀쌀맞게 대하는 게 당연했다. 내가 끔찍이도 무례하게 행동했으니까. 하지만, 아무리 그래도, 저런 행동은 도를 넘은 거 아닌가. 유치하잖아. 그리고 그가 한 걸음씩 멀어질 때마다, 모든 미소를 무시할 때마다, 성난 말벌떼가 몰려드는 것처럼 마음이 온통 따가웠다.

사과해야 한다는 건 알았지만, 산제이는 기회를 주지도 않았다. 다른 누구도 아닌 자신에게 일어난 일을 도대체 어떻게 설명해야 할지 몰랐기에, 마음 한구석에서는 은밀하게 안도감이 들기도 했다. 머릿속으로 그날 일을 되풀이할 때마다 스스로가 점점 약해지는 것 같고, 토비는 강박적이고 공격적인 사람으로 느껴졌다. 하지만 그럴 리가 없잖아, 안 그래?

그날 아이오나는 찾았을까? 내 세계가 쪼그라들고 있다는, 그래서 안락하고 호화로운 거품 속에 토비와 단둘이 남을 거라는 두려움에 대해 아이오나와 이야기하고 싶은데. 근데 그게 문제일까? 그거면 충분한 거 아닐까? 더 많은 걸 바라면서 이기적으로 굴고 있는 건 아닐까? 아이오나는 답을 일러줄 거야. 그녀는 확신했다.

하지만 아이오나보다 더 그리운 건 산제이였다. 활짝 웃으며 커피를 들고 밖으로 나와 그녀가 사라진 걸 발견하는 그의 모습이 계속 그려졌다. 날 뭐라고 생각할까? 그와 함께 있으면 너무나 편안했고, 친구가 될 거라고 철석같이 믿었는데, 그런 친절에 내가 보답한 방식이 겨우 이거라니.

다시 한번, 에미는 그날 있었던 일을 찬찬히 떠올리며 결과가 어떻게 달라질 수 있었을까 곰곰이 생각해보았다.

산제이는 어깨 너머로 빙긋 웃으며 카페로 들어갔고, 그녀는 봄 햇살을 받으며 바깥 테이블에 앉았다. 순간, 누가 지켜보고 있다는 걸 감지했을 때처럼 목덜미가 약간 근질거렸다. 뒤를 돌아보니 도롯가의 이중 황색선 위에 차가 한 대 주차돼 있었는데, 토비의 차와 정확히 똑같았다. 에미는 뚫어져라 쳐다보며 다른 점을 찾으려 했다. 문에 난 흠집이나 루프 박스, 하다못해 아기가 타고 있어요 스티커라도 있는지. 그녀가 알기로 토비는 햄프턴코트에 와본 적이 한 번도 없었다. 토비일 리 없어.

머릿속에서 이런 생각을 분주히 굴리고 있는데, 창문이 열리더니 토비가 고개를 내밀었다.

"어서 타." 그가 씩씩댔다. "당장."

에미는 혼란스러웠고, 덜컥 걱정이 들었다. 약혼자의 얼굴엔 여태껏 한 번도 본 적 없는 표정이 떠올라 있었다. 뭔가 끔찍한 일이 벌어진 걸까? 아빠한테 혹시 무슨 일이 있나? 그런데 토비는 어떻게 내가 여기 있다는 걸 안 거지? 그녀는 차로 다가갔다.

"토비. 여긴 왜 왔어? 무슨 일이야? 이해가 안 되는데." 그녀가 말했다.

"에미, 길거리에서 할 얘기는 아니야, 사람들도 있고." 그가 말했다. "일단 타."

에미는 조수석에 올라탔다. 아무 말 없이 토비가 시동을 걸었다.

"잠깐만! 토비! 출발하면 안 돼!" 에미가 외쳤다. "나 친구들이랑 있었단 말이야. 오늘 약속이 있어. 급한 상황이면 간다고 인사라도 해야 해."

"친구들?" 토비가 말했다. "친구 한 명만 보이던데. 산제이인가 보지? 네가 아주 친근하게 바라보던 사람 말이야." '친근하게'라는 단어가 어떻게 이렇게 적대적으로 들릴 수 있지? "널 보는 그놈 눈빛을 봤어. 절대 그냥 친구가 아니야." 토비는 차를 벌주기라도 하듯 변속레버를 1단에 거칠게 홱 꽂았다.

"그리고 너 나한테 거짓말했잖아." 그가 말했다. "웨스트엔드에 쇼핑하러 간다며." 토비가 빠르게 움직이는 차들 사이로 끼어든 바람에 뒤에 있던 밴이 끽 하며 급브레이크를 밟고 경적을 울렸다.

"안전벨트 매는 게 좋을걸." 그가 말했다.

에미는 속이 울렁거렸다. 그녀는 거짓말을 했다. 그리고 세상에서 가장 사랑하는 남자, 평생을 함께할 수 있을 정도로 신뢰하는 사람에게 거짓말하는 건 용서할 수 없는 짓이라는 걸 알고 있었다. 하지만 토비는 산제이와 아이오나를 만난 적도 없으면서 햄프턴코트에 갔던 날부터 그 두 사람을 향해, 그들의 존재에 대해, 비이성적인 반감을 보였다.

열정적인 사랑에 동반되는 전형적인 질투 같은 거겠지. 그녀는 이해했다. 결혼하고 몇 년 지나면 그녀가 어딜 가든, 누구와 함께 가든 별로 상관하지 않을 테고, 그러면 감정이 격하게 요동치던 이 시절을 애틋하게 떠올리게 되겠지. 하지만 그 시절을 나는 동안엔 약간의 악의 없는 거짓말을 하는 게 그녀에겐 더 쉽고 그에겐 더 나은 방법이었다.

솔직해지자면, 어떤 면에선 토비의 질투에 으쓱해지기도 했다. 심지어 안심도 되었다. 그의 감정이 얼마나 깊은지 증명하는 셈이니까. 하지만 그 때문에 그녀가 마음이 편치 않은 행동을 하게 되는 것도 사실이었다. 그의 감정은 그녀를 기만적으로 만들었다.

"거짓말해서 미안해." 그녀가 말했다. "정말이야. 자기 반응이 안 좋을 것 같아서 그랬어. 왜 기차 친구들을 안 좋아하는지 모르겠지만, 싫어하는 건 맞잖아. 어쨌든 신뢰 얘기가 나왔으니 말인데, 왜 날 따라온 거야?"

"따라온 거 아니야." 그가 말했다. "좀전에 라디오에서 워털루행 기차선로에 큰 문제가 생겼다고 해서, 내가 영웅처럼 자기를 태워다주려고 한 거야. '나의 찾기' 앱으로 자기가 어딨나 봤어. 근데 런던 시내로 가는 북쪽이 아니라 남쪽으로 가고 있으니 내가 얼마나 놀랐겠어." 그가 핸들을 휙 꺾으며 모퉁이를 돌자 에미는 창문 쪽으로 몸이 쏠리며 부딪혔고, 안전벨트가 쇄골에 턱 걸렸다.

"토비, 제발 속도 좀 줄여!" 에미가 외쳤다. 최소한 산제이에게 작별인사라도 하게 돌아가서 내려달라는 말이 턱끝까지 차올랐지만, 지금 그 이름을 입 밖에 꺼내면 상황이 백배는 더 나빠질 것 같았다. 번호라도 물어볼걸. 카페에 들어갔다가 나오는 그 잠깐 사이에 전화 걸 일이 생길 줄은 몰랐다.

"토비, 우리가 서로의 위치를 공유하기로 한 건 비상시에 대비한 거지, 동선을 추적하려는 게 아니잖아." 에미가 말했다. "그건 옳지 않다고 생각해. 사생활 침해야. 그냥 나한테 전화하지 그랬어!"

"나한테 거짓말하고 몰래 카페에서 남자를 만난 건 바로 너야. 그래놓고 행동 방식이나 옳고 그름에 대해 나를 가르치려 들어? 정말 내가 아무 일도 없다고 믿어주길 바라는 거야? 내 입장에서 생각을 해봐!" 그는 고개를 돌려 그녀를 노려보았다.

"제발, 도로 좀 봐!" 그녀는 외쳤다. "이러다 우리 둘 다 죽겠어! 자기 입장에선 어떻게 보일지 알겠지만, 당연히 아무 일도 없어. 자기한테 그런 짓 절대 안 해. 정말 그냥 친구야."

"그럼, 다시는 만나지 마." 토비가 심술 난 아이처럼 말했다.

"토비, 나한테 누구를 만나라 마라 하지 마." 그녀는 자신의 입장을 지키려 애쓰면서 이렇게 대꾸했지만, 목소리가 덜덜 떨려 스스로 배신감이 들었다. "어쨌든 안 만날 순 없어. 거의 매일 같은 기차에 타니까."

토비는 아무 말이 없었고, 두 사람은 침묵 속에 집으로 갔다. 주말 내내 그는 말을 걸지 않았고, 그녀는 믿을 수 없을 만큼 외로웠다.

그로부터 3주가 지난 지금, 모든 것이 평소대로 돌아왔다. 토비는 아무 일도 없었다는 듯 행동했다. 오히려 그 어느 때보다 더 다정하고 세심하게 굴었다. 하지만 에미는 그 일 때문에 괴로웠다. 왜 토비가 그렇게 행동했는지 이해가 가긴 했지만 그날 이후로 신경이 내내 곤두서 있었다. 경계심. 비논리적인 감정이야, 그녀는 생각했다. 토비는 숭배하다시피 내게 잘해주니까. 그러니 날 절대로 다치게 하지 않을 거야. 오히려 과잉보호하는 쪽에 가깝지.

뜨거워서 괴로운데도 전구 주위를 맴도는 나방처럼, 불편한 질문이 머릿속을 계속 맴돌았다. 걱정과 통제는 어떻게 구분할 수 있을까?

물론 에미는 토비가 질투한다고 해서 산제이를 피할 생각은 없었다. 하지만 산제이가 그녀와 대화하려 들지 않으니 선택의 여지가 딱히 없었다. 멀리서 발견할 때마다 그는 반대 방향으로 가버렸다. 일부러.

에미는 이 관계를 바로잡기로 결심했다. 핸드백을 들고 일어서서 그가 앉은 자리로 걸어갔다.

"안녕하세요, 산제이." 그녀가 말했다. "여기 앉아도 돼요?"

산제이

"고마워요." 에미는 마치 그가 같이 앉자고 한 것처럼 말했다. 안 그랬는데. 그녀는 맞은편 좌석에 앉았다. "그날 아이오나를 찾았는지 너무 궁금해서 꼭 물어보고 싶었어요. 괜찮으시대요?"

"네." 산제이가 답했다.

"찾았다는 거예요, 아니면 괜찮다는 거예요?" 에미가 말했다.

"둘 다요." 산제이가 말했다. 더 많이 얘기해주길 바라는 건 알았지만 그녀는 들을 자격이 없다는 생각이 들었다. 나와 함께 시간을 보내고 싶지 않다는 의사를 분명히 밝혔잖아. 지난 몇 주 동안 멀찍이서 그녀를 몇 번 보았다. 그러니 외계인이나 사이비종교 집단에 납치된 것도 아니고, 끔찍한 사고로 기억상실증에 걸린 것도 아니다. 그냥 무례했던 거다. 내가 생각했던 에미는 그런 사람이 아니었는데.

“저기,” 에미가 입을 뗐다. “나한테 화난 거 알아요. 당연히 화날 만하죠. 아무 설명도 없이 갑자기 사라져버린 건 정말 매너 없는 행동이었어요. 정말, 정말 미안해요.”

산제이는 아무 말도 하지 않았다. 여기서 쉽게 사과를 받아주면 안 돼. 그는 울창하고 탁 트인 교외 풍경이 런던 중심가의 빽빽한 벽돌 건물, 콘크리트, 판유리로 바뀌는 모습을 차창 밖으로 바라보았다.

“내 약혼자가 갑자기 왔어요. 좀 급한 일이 있었죠. 정말 힘든 날이었어요.” 그녀가 말했다.

“그렇다고 해서 인사도 없이 간 게 해명되진 않아요.” 산제이가 말했다. “난 커피를 사왔어요. 바나나 빵도. 공정무역 바나나로 만든 빵이었는데.” 그는 곧장 자책했다. 이건 요점이 아니잖아.

“음, 약혼자가 좀 화가 났었어요. 내가 다른 데 간다고 얘기했던 탓인데, 가끔 질투를 하더라고요. 좀 쑥스러운 일이기도 해요, 사실.” 에미가 말했다. 그녀는 긴장한 듯 웃어 보였는데, 누굴 설득하고 싶은 건지 알 수 없었다. 그인지, 그녀 자신인지.

산제이의 감정은 분노에서 혼란을 거쳐 걱정으로 옮겨갔다.

“에미, 그 사람이 미행한 거예요?” 그가 물었다.

“아뇨, 그런 건 아니에요.” 그녀가 답했다. 그는 설명을 기다리며 잠자코 있었다. “우린 ‘나의 찾기’에서 서로의 위치를 공유하거든요. 비상시를 대비해서요. 기차선로에 큰 문제가 생겼다는 뉴스를 듣고 제가 어딨는지 확인한 뒤 도와주러 온 거래요. 정말 사려 깊은 사람이에요.”

산제이는 자신의 입에서 무슨 말이 튀어나올지 알 수 없었다.

그가 느끼는 불편함이 토비와 아무 관련 없다고, 그냥 절박함을 가장한 좌절감일 뿐이라고 넘길 수가 없었다. 에미의 약혼자를 싫어할 이유, 저 '완전 완벽한 남자' 페르소나에 균열을 낼 수 있는 이유를 찾아야 한다는 욕구였다.

"토비는 항상 저를 돌봐주고 보호해주려고 해요." 그녀가 말했다. "처음부터 그랬어요. 사실 그렇게 만났거든요. 지하철에서 지갑을 도난당했는데, 표도 없고 돈도 한푼 없이 개찰구에 서 있는 저를 그가 발견하고 구해줬어요."

빌어먹을 토비. 걸어다니는 클리셰 덩어리잖아. 같잖은 백마 탄 왕자님 행세를 하면서.

"어, 정말 로맨틱하네요." 그가 말했다. 비꼬는 것처럼 들렸을까? 아니길 바랐다. "에미, 간섭하고 싶지도 않고 내가 상관할 바도 아니지만, 질투 나서 그랬다는 말은 다시 생각해봐요." 그는 에미가 뭔가 말하려 입을 여는 걸 봤지만, 그녀의 말을 듣고 나면 위축될까봐 자신의 말에 의문을 품지 않고 이어갔다. "제가 응급실에서 일했던 거 알죠? 그때 저는 파트너가 '질투가 좀 있다'고 하는 여성들을 숱하게 봤어요. 처음에는 집착적일 만큼 엄청나게 열성적이다가 이후엔 어딜 가라 마라, 누굴 만나라 마라, 뭘 입어라 마라, 돈을 어디에 써라 마라 등등 모든 걸 통제하기 시작했다더군요. 얼마 후 그 여성들은 시키는 대로 하지 않으면 '계단에서 굴러떨어진다'거나 '찬장에 부딪힌다'는 걸 깨닫게 되었죠. 그러다 결국에는 가족실에서 제 어깨에 기대어 울면서 말하곤 했어요. 파트너를 떠나야 한다는 건 알지만 방법을 모르겠다고. 당신에게 그런 일이 일어나는 건 원치 않아요."

산제이는 불안한 눈빛으로 에미를 바라보았다. 에미는 몹시 조용하고 침착한 표정으로 손을 내려다보며 주먹을 쥐었다 폈다 했다. 내가 너무 멀리 갔구나. 그는 내뱉은 말을 꽉 붙잡아 다시 삼켜버리고 싶었지만, 그렇게 해도 질식할 것 같았다.

"산제이," 그녀가 거의 속삭이듯 말했다. "좋은 뜻으로 한 말인 건 아는데, 솔직히 당신 말은 헛소리예요. 당신은 나를 모르고, 당연히 토비도 모르죠. 그는 나를 사랑하고 나도 그를 사랑해요. 그러니 제발 당신 도움을 필요로 하는 환자들에게나 가요. 우린 내버려두고."

"알았어요, 에미." 그가 말했다. "난 토비를 모르지만, 그와 결혼할 계획이 있는 사람은 내가 아니니까요. 당사자는 당신이죠. 그러니 당신이 그를 정말로, 제대로 알고 있는지 확인해봐요. 당신은 늘 모든 사람이 윤리적이고 공정한 대우를 받길 바라니까, 스스로도 그렇게 대해줘요."

"난 토비랑 결혼할 계획이 있는 게 아니에요, 산제이. 결혼할 거라고요." 에미가 그를 노려보았다. 그 끔찍한 타이밍에 기차는 워털루역에 털털거리며 정차했다. 산제이가 일어서기도 전에 에미는 열린 문으로 뛰쳐나가 인파를 헤치며 멀어져갔다.

하루종일 산제이는 그 대화를 되풀이하며 자신이 무슨 생각이었는지, 토비의 행동을 어떻게 봐야 할지 백방으로 따져보았다. 때로는 명백해 보이는 증상에 전혀 다른 진단이 내려질 수도 있는 법이다. 악성종양으로 의심되는 증상이 완전히 양성일 수도 있으니까. 그는 알고 있었다.

어쩌면 토비는 그냥 완벽한 남자인지도 모른다. 사랑하는 약혼자를 돌봐주고 그녀가 안전하고 행복한지 확인하기 위해 필사적으로 애쓰는 남자. 질투심이 좀 있다고 해서 토비를 비난할 순 없겠지. 사실 나도 몇 주 동안이나 질투심에 활활 타올랐지만, 그렇다고 내가 학대범인 건 아니니까.

어쩌면 그는 아무것도 아닌 일로 에미와의 우정을 뒤흔들어놓은 건지도 모른다. 멍청한 입만 좀 다물고 있었다면 상황이 나빠졌을 때 그녀를 도와줄 수 있었을 텐데.

업무 도중 드물게 고요한 시간이 찾아와 산제이는 카페테리아로 달려가 차 한 잔과 킷캣을 사서 테이블에 앉았다. 휴대폰에서 기차 노선을 확인할 때 쓰는 앱을 열고 기차 지연 햄프턴코트 워털루를 타이핑한 후, 아이오나를 찾으러 간 날짜를 입력했다. 아무리 검색해도 아무것도 나오지 않았다. 양쪽 방향 모두 어떤 지연도, 문제도 없었다. 초저녁이 돼서야 복스홀역을 지난 열차 한 대가 고장난 일이 있었을 뿐이었다.

에미가 내게 거짓말을 했거나, 토비가 에미에게 거짓말을 했거나, 둘 중 하나다.

에미

회사에서 에미는 종일 산제이의 말이 머릿속을 맴돌았다. 어딜 가라 마라, 누굴 만나라 마라, 뭘 입어라 마라, 돈을 어디에 써라 마라 등등 모든 걸 통제하기 시작했다더군요. 산제이를 만나지 말라고 하던 토비의 얼굴을 떠올렸다. 지난주에 그가 깜짝선물로 준 정장도 기억났다. 재단이 엄청 훌륭하고 가격은 어마어마하게 비쌌는데, 그 옷을 입으니 중년의 영국항공 스튜어디스처럼 얌전해 보였다. 이제 자기는 회사 대표가 될 거니까 그렇게 보여야지. 그가 그녀를 향해 활짝 웃으며 말했다. 더는 미니스커트나 가슴 파인 옷은 안 된다는 거야…… 아직 회사를 관두기로 결정하지 않았다는 사실은 무시하기로 한 것 같았다. 그의 머릿속에서 사직은 이미 결정된 일이었다.

월급을 공동 계좌로 입금해야 한다는 토비의 주장, 형광펜을 들고 입출금 내역을 훑어보던 모습, 점점 더 그녀의 소비에 문제를 제기하던 모습도 떠올랐다. 우린 결혼식을 위해 돈을 모으는 중이잖아, 에미. 화장품같이 하찮은 데 계속 돈을 써선 안 돼. 그런 다음, 항상 그래왔듯 사랑의 말로 화끈거리는 상처를 진정시키던 모습까지. 어쨌든, 난 자기가 지금 이대로도 너무 아름답다고 생각해.

그러다 다른 것을 전부 뛰어넘는 충격적인 생각이 떠올랐다. 수치스럽고 두려워서 누구에게도 꺼내지 못했던 말들. **그 분홍색 치마 입으니까 타르트 같다. 우리 모두 네가 가짜라는 거 알아. 넌 그런 남자를 가질 자격이 없어.** 에미는 그 말들을 힘껏 쳐냈다. 토비는 날 사랑해. 결코 의도적으로 그렇게 내 자존감을 훼손하지 않을 거야.

토비가 아니라 산제이가 과잉보호하는 쪽인 게 확실하다. 산제이가 나를 강박적으로 만들고, 완벽한 관계의 한가운데에 무심코 쐐기를 박아 틀어지게 만든 거다. 마치 몇 년 전 온라인 세상을 뜨겁게 달구었던 그 드레스를 보고 있는 것 같았다. 뭐가 보이나요? 정말 검은색과 파란색으로 보이나요? 아니면 흰색과 금색으로 보이나요? 둘 다일 수는 없습니다.

에미는 문가에 서서 심호흡을 하려 애썼다. 토비는 오늘 고객들과 저녁식사를 하러 나갈 테니 혼자 생각할 시간을 가질 수 있을 것이다.

"안녕, 토비!" 그녀는 신발과 코트를 벗어 평소처럼 정해진 구역에 가지런히 놓으며 평소 같은 목소리로 말했다.

토비가 현관 복도로 나왔다. "안녕, 에미! 무슨 일이야? 괜찮아?" 그가 물었다. 음, 평소 같진 않았나보다.

"그냥 좀 피곤하네." 그녀가 답했다. "힘든 하루였어."

"아이고 우리 불쌍한 자기." 토비가 말했다. "그 회사는 최대한 빨리 관둬야겠다. 따뜻한 물로 목욕하고 일찍 자는 게 어때? 나 오늘 저녁에 외출하는 거 안 잊었지?"

"응." 그녀가 답했다. "오히려 다행이야. 지금은 좋은 대화 상대가 되어주지 못할 것 같거든." 때때로 가장 쉬운 거짓말은 진실을 말하는 것이다.

에미는 멍하게 관성에 따라 일상적인 일들을 했다. 마치 아주 다른 시절에 촬영된 자신의 옛날 영화 재방송을 보는 것 같았다. 생긴 건 그녀와 비슷하지만 납작하고 어설픈.

주의를 딴 데로 돌리기 위해 인스타그램을 열었다. 개인 계정은 거의 보지 않는 편이었다. 근무시간의 상당 부분을 소셜미디어와 얽혀 보내다보면 집에서 SNS를 하는 건 확실히 덜 재밌기 마련이다. 메시지함을 열어보았다. 하나가 눈에 띄었다. 그녀가 팔로우하지 않는 계정이었다. @아이오나비앤드룰루. 클릭. 에미, 내가 필요하면 와요. 이스트몰시 허스트 로드에 있는 리버뷰 하우스예요. 그리고 휴대폰 번호와 함께 이렇게 적혀 있었다. 걱정돼서 그래요. 아이오나가. 몇 주 전에 보낸 거였다. 아이오나를 찾으러 나섰던 날. 그녀의 완벽한 세계에 균열이 생기기 시작한 날. 작은 틈이 점점 벌어져 구멍이 되어가고 있었다.

에미는 화면에 손가락을 올렸지만 뭐라고 답해야 좋을지 몰랐다. 어디서부터 시작해야 하지? 답장은 나중에 보내기로 했다. 하지만 아이오나의 염려는 행운의 부적처럼 마음으로 꼭 끌어안았다.

마침내 약혼자의 등뒤로 현관문이 닫혔고, 가슴을 짓누르던 코르셋이 조금은 느슨해졌다.

그를 얼마나 잘 안다고 생각해, 에미? 머릿속 목소리가 그날 아침 산제이의 말을 변주해 물었다. 난 그를 정말로 아는 게 맞을까? 2년을 사귀었고 몇 달째 함께 살고 있었다. 잡동사니를 치우지 않고는 못 배기는 토비의 강박, 그리고 모든 것엔 제자리가 있고, 전부 그 자리에 있어야 한다는 그의 철학에는 이점도 있었다. 모든 서랍과 찬장에 뭐가 있는지 그녀는 알았고, 새로 지은 집이라 삐걱거리는 마루판도 없고, 옛날식 벽난로 굴뚝에 뭘 숨겨둘 만한 구멍도 없었다. 내게 비밀을 숨길 수 있는 곳은 어디에도 없어.

늘 수수께끼로 남아 있던 공간은 한 곳뿐이었다. 토비가 종종 웃으면서 자신만의 맨 케이브라고 했던 서재. 에미는 그가 거기 있을 때만, 그마저도 노크를 해야만 들어갈 수 있었다.

서재 문을 열었다. 공기 중에 여전히 토비의 냄새가 감돌았다. 가슴이 쿵쾅댔고, 금방이라도 그가 어깨에 손을 얹을 것처럼 모든 감각이 쭈뼛 서며 안으로 들어갈지 도망칠지 두 마음이 팽팽하게 맞섰다.

집안의 다른 모든 곳과 마찬가지로 이 방 역시 티끌 하나 없이 깨끗했다. 책상 위에는 압지, 만년필, 편지꽂이, 앤티크 은제 종이칼이 서로 각을 맞춰 완벽한 직선으로 배열돼 있을 따름이었다. 정적이 흐르는 가운데, 책장에 놓인 앤티크 휴대용 시계의 부드럽게 똑딱거리는 소리만이 폭탄의 카운트다운 장치처럼 크고 불길하게 들려왔다.

에미는 토비의 책상 의자에 앉았다. 푹신한 가죽 시트가 평소와 다른 무게와 형체에 적응하며 살짝 아래로 가라앉는 느낌이 들었다. 광택나는 책상 표면을 손으로 쓸어보았다. 가짜 에드워드 스타일, 가짜 마호가니. 토비도 혹시 가짜인가?

토비의 키보드에 조심스럽게 손가락을 올려놓았다. 노트북이 고장났을 때 그의 컴퓨터를 한두 번 쓴 적이 있었다. 그가 암호를 알려주었을 때 깔깔 웃었던 기억이 났다. 에미19901120. 그녀의 생일. 숨길 게 있다면 그렇게 쉽게 비밀번호를 알려주진 않았겠지, 안 그런가?

암호를 입력하자 배경화면이 활짝 펼쳐졌다.

이메일과 파일을 하나씩 살펴보았다. 토비의 하드드라이브는 그의 인생처럼 깔끔하게 정돈돼 있었다. 이상한 점이라곤 하나도 없었다. 대체 무슨 짓을 하는 거야, 에미? 아무 이유 없이 그의 프라이버시를 침해하다니. 불과 며칠 전에 내가 비난했던 짓거리를 똑같이 하고 있잖아.

의자를 뒤로 밀고 일어나 책상 서랍을 하나씩 열어보았다. 깔끔하게 쌓여 있는 여권과 서류, 사진 들이 나왔다. 예상치 못한 물건, 제자리에 없는 물건은 하나도 없었다. 지금 당장 그만둬야 해. 출근길에 나눴던 불편한 대화 외엔 이런 행동을 할 타당한 이유가 하나도 없다고. 대체 난 뭘 찾고 있는 거지?

그러다 맨 아래 서랍을 향해 손을 뻗었는데, 열리지 않았다. 번쩍이는 황동 손잡이를 다시 잡아당겨봤지만 잠겨 있었다. 어디에도 열쇠의 흔적은 없었다. 좌절감에 끙 소리가 절로 나왔다.

생각을 해, 에미. 생각을 해보자. 토비는 왜 이 서랍을 잠가둔 걸까? 도둑이 들었을 때를 대비해 물건을 안전하게 지키기 위해서

일 수도 있고, 그녀가 못 보게 하기 위해서일 수도 있다. 그를 정말로, 제대로 알아요, 에미?

미니어처 단검 모양의 종이칼을 집어들고 그 끝을 작은 열쇠구멍에 밀어넣었다. 손잡이를 밀고 당기면서 동시에 위아래로 흔들어보았다.

마침내, 기술보다는 운과 힘의 합작으로, 뭔가 쪼개지는 작은 소리와 함께 서랍이 열렸다. 그녀가 무슨 짓을 했는지 토비가 즉시 알아차릴 거라는 걸 깨닫자, 갈비뼈를 찌르는 듯한 공포가 엄습했다. 이 일을 토비에게 어떻게 설명하지?

서랍 안을 들여다보았다. 처음엔 아무것도 보이지 않았다.

침착함을 유지하려 애쓰며 다시 서랍 깊숙이 손을 뻗자 아이폰의 얇고 깔끔한 겉면이 손에 잡혔다. 토비가 예전에 쓰던 휴대폰. 지난 크리스마스에 더 최신 버전으로 바꾸면서 재활용했을 거라 여겼던 것. 배터리가 방전됐으리라 생각하며 옆면 버튼을 눌렀는데 곧장 화면이 켜졌다. 네 자리 숫자 암호가 필요했다. 그의 출생 연도를 입력해봤다. 그다음 그녀의 출생 연도. 그다음엔 2017, 그들이 만난 해. 그러자 열렸다. 모든 비밀번호가 그녀와 관련이 있었다. 이제는 그 사실에 웃음이 나긴커녕 소름이 돋아 온몸이 덜덜 떨렸다.

휴대폰은 초기화된 것 같았다. 토비가 좋아하는 앱이 하나도 깔려 있지 않았으니까. 기본 기능 외엔 아무것도 없었다. 그녀는 메시지 아이콘을 누르며 숨을 꾹 참았다. 메시지가 딱 하나 있었다. 영혼에 고스란히 새겨진 것 같은 그 문장. **네가 엄청 똑똑하다고 생각하겠지만 우리 모두 네가 가짜라는 거 알아.**

사방의 벽이 거리를 좁혀오며 숨통을 짓누르는 것 같았다. 떨리는 손가락으로 메일 아이콘을 누르면서 그녀는 무엇을 발견하게 될지 이미 알고 있었다. 두 개의 메일, 모두 그녀에게 전송된 것이었다. a.friend@gmail.com. 손이 불에 덴 것처럼 뜨거워져 휴대폰을 책상 위로 떨어뜨렸고, 다시금 서랍 속으로 손을 넣어보았다.

손가락에 너무도 익숙한 물건이 닿았다. 낡은 가죽에 지문까지 새겨져 있을 정도로 익숙한 물건. 에미는 뱃속에서 꿈틀대는 뱀의 목을 조르려 애쓰며 간신히 숨을 몰아쉬었다. 그녀의 예전 지갑이었다. 토비를 처음 만났던 날, 가방에서 도둑맞은 지갑. 표도 없이 개찰구 앞에 무력하게 서 있는 그녀를 발견했던 토비. 그녀를 건져올려 구해주었던 토비. 부드러운 캐시미어 코트를 입은 그녀의 기사.

지갑을 열자 다시는 보지 못할 거라 생각했던, 엄마와 함께 찍은 사진이 나왔다. 그녀가 해지했던 체크카드와 신용카드는 다 있었지만, 현금은 사라졌다. 혹시 내 돈으로 날 구해준 건가?

그리고 지갑은 대체 왜 보관하고 있는 거야? 언젠가 자백하고 돌려주려고? 아니면 무슨 전리품 같은 건가? 시골집 벽에 걸린 사자 머리 박제나 유리 진열장 안에 핀으로 꽂아놓은 나비처럼.

불현듯 모든 게 명확해졌다. 토비는 구원자가 아니라 포획자였다. 언제나 그래왔다. 그는 그녀를 가둘 금빛 새장을 만들었고, 그녀는 감사한 마음으로 사랑스러운 미소를 지으며 다이아몬드 솔리테어 반지를 끼고 그 안으로 성큼성큼 걸어들어갔다. 익명의 메시지를 보내 자존감을 훼손하고 스스로를 의심하게 만든 다음 모든 탈출 경로를 차단해 잠재적인 구원자들, 그러니까 기차 친구들과 직장 동료들을 그녀에게서 떼어놓으려 했다. 재택근무 좋아하잖아, 에미.

어떻게 이렇게까지 까마득히 몰랐을까? 행복한 미래를 너무도 간절히 믿고 싶어서 코앞에 놓인 운명이 얼굴을 똑바로 마주보고 있는데도 보지 않았던 걸까?

그녀는 손가락에서 반지를 빼 책상 한가운데에 놓았다. 아니, 다시 왼쪽으로 3인치 정도 옮겼다. 토비는 중앙에서 벗어난 건 뭐든 끔찍이도 싫어하니까.

지갑을 집어들고 계단을 달려올라 침실로 가서 벽장 위쪽에 놓인 여행가방을 끌어내 그 안에 옷을 던져넣기 시작했다. 그러는 동안 아까 읽은 인스타그램 메시지를 계속 되뇌었다. 내가 필요하면 와요. 이스트몰시 허스트 로드에 있는 리버뷰 하우스예요.

현관 복도에 잠시 멈춰 선 그녀는 행진하는 군인처럼 가지런하게 짝지어 정면을 향해 놓인 토비의 신발 대열 앞으로 걸어갔다. 떨리는 손으로 한 짝씩 집어들고 역으로 가면서 길가에 놓인 이웃집 쓰레기통에 던져넣었다. 그리고 배수로에 대고 토했다.

산제이

병원을 나서는 길에 산제이는 중앙의 직원 게시판 앞에 멈춰 섰다. 구인구직, 분실물, 아파트 임대, 자전거 매물 등등의 콜라주를 훑어보다 맨 아래 구석에 붙어 있는 공지를 발견했다. 작고 간단한 안내문. **매주 월요일 오후 1시, 의료인 지원 모임. 누구나 환영합니다.** 이어서 주최자의 이름과 연락처가 적혀 있었다. 그는 휴대폰을 꺼내 안내문을 찍었다. 한번 가서 어떤지 살펴보는 것도 나쁘지 않을 거야, 안 그래?

아파트로 향하는 마지막 계단을 올라 모퉁이를 돌았다. 비리야니 냄새를 언뜻 맡은 것 같아 상상이겠지 했는데 아니었다. 현관문 앞에 커다란 쇼핑백이 놓여 있고, 그 위에 얹어둔 반으로 접은 A4 용지에 굵은 대문자로 그의 이름이 적혀 있었다.

메모를 펼쳐보았다. **우리 아들, 친구랑 함께 먹으렴.** 내 글씨체만큼 익숙한 엄마 글씨체. 늘 그러듯 맨 아래에는 이렇게 덧붙였다. **추신. 천천히 데워. 전자레인지 금지.**

산제이의 엄마 미라는 음식을 통해 사랑을 표현해왔는데, 산제이와 그의 형제자매가 전부 독립한 지금은 부부 둘만 먹을 양을 만드는 게 성에 안 차는 모양이었다. 언제나 거대한 통에 큼지막한 국자로 요리를 했고, 소량은 도무지 못하겠다고 했다. 그래서 남편 회사에 뉴몰든 쪽으로 가는 택시 승객이 있으면 운전기사에게 아들 집에다 남은 음식 좀 실어가달라고 부탁하곤 했다.

미라는 산제이의 집 열쇠도 가지고 있었다. 비상시를 위한 거라며 고집을 부렸다. 직장 동료들과 함께 살던 초창기에 엄마는 이따금 예고도 없이 나타나 봄맞이 대청소를 해놓곤 했다. 사용한 콘돔이나 이선이 몰래 숨겨둔 포르노 등을 발견하며 몇 번 당황스러운 사태를 겪은 뒤, 엄마와 아들은 둘 중 한 명이 죽기 직전이 아닌 한 예고 없이 절대로 집안에 들어오지 않기로 합의했다. 죽기 직전이라도 응급구조대원과 동행해야 들어올 수 있고, 아무것도 만져선 안 된다.

하우스메이트들은 산제이만큼이나 엄마의 요리를 좋아했다. 다 같이 영화를 보며 맥주에 제대로 된 인도 음식을 먹을 수 있는 절호의 기회이기도 했다. 그런데 지금은 메모를 바라보며 오늘 저녁을 꼭 함께하고픈 다른 친구가 떠올랐다.

그는 휴대폰을 꺼냈다.

"들어와요, 산제이!" 아이오나가 활짝 웃었다. "잘생긴 청년이

문 앞에 나타나는 것보다 더 좋은 건 딱 하나, 잘생긴 청년이 저녁거리를 들고 오는 거지.” 그는 쇼핑백을 건넸다.

“너무 신난다!” 아이오나가 외쳤다. “혹시 조리가 좀 까다롭나? 난 요리에 진짜 젬병이거든. 비가 살을 좀 빼야겠다 싶을 때면 한 달 동안 나더러 주방을 맡아달라고 했을 정도지.”

“전혀 안 까다로워요.” 산제이가 말했다. “전자레인지에 돌리기만 하면 돼요. 아, 그전에 포일을 벗겨야 해요. 안 그러면 전자레인지가 폭발하니까. 이선이 한 번 그런 적 있거든요. 천장에 눌어붙은 강황가루를 떼어내느라 한세월이 걸렸다니까요. 그나저나 뭐하고 있었어요? 좀…… 더워hot 보이시네요.” 산제이가 말했다.

“어머, 그렇게 말해주다니 너무 고맙네. 한동안 아무도 나한테 ‘핫’하다고 한 적 없는데.” 아이오나가 음탕한 윙크와 함께 대꾸했다. 일부러 오해한 건지 아닌지 알 수가 없었다. “우리 사랑스러운 마사도 아직 여기 있어요. 캉캉을 좀 가르쳐주고 있었지. 이리 와서 함께 춰요. 음식 데우면서 입맛 돋우는 거지. 치마가 필요할 거예요.”

산제이는 약간 불안에 떨며 아이오나를 따라 다이닝룸으로 들어섰다. 테이블과 의자를 한쪽으로 밀어놓고 러그도 돌돌 말아 치워서 윤이 나는 쪽모이 세공 마룻바닥이 드러나 있었다.

“안녕하세요, 산제이!” 마사는 아이오나보다 더 더워 보였다. 여전히 교복 차림이었지만, 남색 교복 치마 위에 알록달록하고 주름 장식이 풍성한 치마를 겹쳐 입고 있었다.

“자, 받아요!” 아이오나는 허리에 고무줄을 넣은 비슷한 치마를 건네주었다.

거절은 선택지에 없다는 확신이 들었다. 산제이는 바지 위로 치마를 끌어올려 입었다.

아이오나는 구식 레코드플레이어 앞으로 걸어갔다. "캉캉계의 고전에 맞춰 춤추고 있었지. 오펜바흐의 〈지옥의 오르페우스〉." 아이오나가 말했다. "약간 촌스럽지만 엄청 재밌다고."

몇 분도 채 지나지 않아 산제이는 전문가처럼 치마를 들어올리고 다리를 뻥뻥 차고 있었다. 역으로 가던 길에 하우스메이트들과 마주쳤던 순간을 떠올렸다. '여자'한테 음식을 가져다준다며 놀려댔다. 우우우, 산제이가 데이트한대요. 그럴 때도 됐다네요. 지금 걔네가 이 모습을 본다면? 난 고개 들고 못 살 거다.

마사가 그를 쳐다보며 깔깔 웃기 시작했다. 그가 볼 때 필요 이상으로 더 크게 웃는 것 같았다. 너무 웃어대서 저러다 숨넘어가는 거 아닌가 걱정되기까지 했다. 바닥에 쓰러져 등을 대고 눕더니 동공이 확장된 채 천장을 바라보았다.

"헉, 방이 빙빙 돌아요." 마사가 말했다.

"마사," 아이오나가 약간 걱정되는 목소리로 말했다. "물 마시러 부엌에 갔을 때 내 쿠키 먹은 건 아니지?"

"어, 사실 먹었어요." 마사가 말했다. "너무 배고파서요. 신경 안 쓰실 줄 알았는데. 그 이상한 쿠키를 먹었더니 배가 더 고픈 것 같아요."

"아이고, 젠장." 아이오나가 말했다. "그건 특별한 쿠키야. 관절염 때문에 먹는 거지."

산제이는 아이오나를 쳐다보고, 마사를 쳐다보고, 모든 상황을 단번에 이해했다.

"아이오나, 마사한테 대마초 쿠키를 준 거예요?" 그가 물었다.

"준 건 아니지, 달링. 마사가 먹은 거지. 곧 효과가 가실 테니 걱정 마요, 괜찮을 거야. 또 한동안은 관절에 통증도 없을 거고."

"저 지금도 괜찮은데요! 괜찮은 것 이상이에요." 마사가 말했다. "우리 엄마한테 말하지만 말아주세요."

음악과 마사의 웃음소리가 한데 뒤섞여 너무 시끄러웠기에 그들은 초인종소리를 한참 만에 들었다.

"아이오나! 저 울리는 소리는 뭐예요? 내 머릿속에서 들려오는 건가?" 마사가 시끄러운 음악소리를 뚫고 외쳤다.

아이오나는 레코드플레이어 바늘을 들어올렸다.

"초인종소리잖아. 세상에, 비가 프라이팬을 가스레인지에 올려놓고 목욕하러 들어갔다가 새까맣게 잊어버린 날 이후로 깜짝 손님이 이렇게 많이 들이닥친 건 처음이네. 킹스턴 소방서 대원 전부가 저녁식사에 초대된 셈이었지. 모든 이성애자 여자들의 판타지가 하필이면 우리한테 일어나다니. 여기서 기다려요, 누군지 보고 올게." 아이오나가 말했다.

산제이는 휴대폰을 확인했다. 엄마에게서 문자가 와 있었다.

〔엄마〕 저녁 같이 먹을 친구 찾았니?

답장을 보내려는데 아이오나가 다이닝룸으로 들어왔다.

"누가 왔나 봐요." 그녀가 말했다. 뒤에 서 있는 사람은 에미였다. 그리고 여행가방도.

네. 엄마에게 문자를 보냈다.

엄마는 답장으로 웃는 얼굴 이모티콘과 파티 폭죽, 하트를 보냈다.

미라는 가끔 부적절한 이모티콘을 보내곤 했다. 가지를 잘못 보냈다가 온갖 곤혹스러운 일을 당한 적도 있었다. 하지만 이번엔 산제이의 기분을 정확하게 나타내주었다.

그러나 환희에 가까운 기쁨은 순식간에 걱정으로 변했다. 에미가 바닥에 그대로 주저앉아 흐느끼기 시작한 것이다.

피어스

08:13 서비턴역, 워털루행

마사가 피어스가 내준 방정식 문제를 푸는 동안 그는 라이트무브 웹사이트에서 동네 최신 매물을 스크롤했다. 지금 사는 집은 이미 매매 제안이 들어왔기에 캔디다와 아이들을 위한 좀더 간소한 집, 그리고 그가 살 인근 아파트를 찾는 중이었다. 문제는 '간소함'이 캔디다에겐 생소한 개념이라 시간이 오래 걸린다는 점이었다.

피어스는 그 집을 파는 데 스스로 전혀 거리낌이 없다는 사실에 놀랐다. 캔디다가 고르고, 인테리어 디자이너가 꾸미고, 수많은 인력이 관리해온 집. 모든 비용을 내가 댔지만 전혀 내 집처럼 느껴지진 않았지. 터무니없이 거대한 저택을 사놓고 가장 좁고 내밀한 구석에 틀어박혀 지냈다는 사실이 아이러니하게 느껴졌다. 피어스는 가식 없고 편안하며 안락한 곳에 자신만의 집을 꾸리길 은근히 고대하고 있었다. 민티와 테오가 방과후와 주말에 오고 싶어할 만한 곳.

마사가 당당하게 문제 풀이 종이를 건넸다.

"앞으론 내가 딱히 필요 없겠다, 마사." 피어스는 모두 정답에 꼼꼼하게 풀이한 문제지를 훑어보며 말했다.

"점점 실력이 늘고 있죠?" 그녀가 말했다. "맞다, 혹시 제가 말했던 장기실업자 지원 자선단체에 안 입는 정장 갖다줬어요?"

"응. 거의 뺏어가다시피 하더라. 지원받는 사람이 면접 보러 갈 때 입으면 딱일 거라면서. 추억거리로 한 벌은 집에 남겨뒀어. 마사, 나 조언을 듣고 싶은 일이 있는데 물어봐도 될까?"

"저한테요?" 역할이 뒤바뀌어 깜짝 놀란 얼굴로 마사가 물었다.

"응, 너한테. 그게, 지난주에 교장선생님이 날 불렀거든. 내가 일을 썩 잘한다고 맘에 든다면서 실제 수업을 해보라고 제안하셨어." 피어스가 말했다.

"헐, 우와! 너무 잘됐는데요!" 마사가 말했다.

"음, 사실 그렇진 않아. 완전 망했어." 머릿속에서 끊임없이 재생되는 치욕적인 기억에 그는 진절머리를 쳤다. "애들이 진짜 눈곱만큼도 집중을 안 하더라. 계속 서로 떠들기나 하고, 종이 뭉치를 던져대고, 휴대폰만 들여다보는데 압수할 용기가 안 나는 거야. 앞자리에 앉은 몇 안 되는 애들은 꿋꿋하게 수업을 따라오려고 했지만, 도떼기시장 같은 데서 가능했겠냐. 완전 엉망진창이었어."

불과 몇 달 전까지만 해도 이렇게 실패와 약점과 자신감 부족을 있는 대로 털어놓는 대화를 하게 될 줄은 꿈에도 몰랐기에 피어스는 문득 놀랐다. 더군다나 십대 청소년과, 그것도 대중교통에서. 하지만 나락의 끝자락까지 가본 후 아이오나와 '상담' 세션을 진행하며 감정 나누기에 대한 욕구가 생겨난 것 같았다. 좋은 현상이길 바랐다. 판도라의 상자를 닫는 방법은 모르니까.

"아, 걱정 마세요." 마사가 말했다. "그게 당연한 거예요. 애들은 모든 임시교사한테 다 그래요. 신고식 같은 거죠. 비록 대부분의 선생님들이 다시 돌아오지 않지만."

"근데 오늘 수업이 하나 더 있단 말이야." 생각만 해도 속이 울렁거렸다. "교장선생님이 지나가다가 내 교실이 아수라장인 걸 보면 어떡해? 교사 연수를 못 받게 될 수도 있잖아."

"데이비드 애튼버러 다큐멘터리 본 적 있어요?" 마사가 뜬금없이 물었다.

"응, 당연히 봤지." 그가 답했다.

"십대는 마사이마라 국립공원의 야생동물 같은 존재라는 걸 아셔야 해요. 그 심리를 이해해야 하죠. 제 말 믿어요, 저는 이 분야를 수년 동안 연구했다고요." 마사가 말했다. "그게 제가 지금까지 살아남은 유일한 이유예요."

"알았어, 더 얘기해봐." 피어스는 냉소적으로 들리지 않게 애쓰며 말했다.

"교실을 야생동물들이 물 마시러 가는 웅덩이라고 생각해봐요. 거기 갈 때는 우두머리 수컷이 돼야 해요. 뭔지 아시죠, 커다란 고릴라 같은 거." 마사가 말했다. "마사이마라에도 고릴라가 있으려나? 없을 수도 있겠다. 그럼 르완다라고 가정해볼게요. 어쨌든 절대로 두려움을 보여선 안 되고, 결정적으로 너무 열심히 하면 안 돼요. 너무 열심이거나 상대가 날 어떻게 생각하나 신경쓰는 것처럼 보이면 상대에게 힘을 실어주는 꼴이 돼요. 우두머리 수컷은 노력하지 않아도 그냥 우두머리잖아요. 아시겠죠?"

"음, 알겠어." 원숭이와 식인 사자와 독사가 득시글거리던 거래소 시절을 떠올리며 피어스가 말했다.

"그리고 누가 우두머리가 되고 싶어하는지 알아내야 해요." 마사가 말을 이었다. "모든 애들이 우러러보는 애가 있을 거예요. 걔가 아저씨랑 우열 경쟁을 할 거예요. 걔를 고립시키고 제압해야 해요. 초장에. 그러면 무리가, 참고로 무리는 고릴라떼를 가리키는 단어예요, 아저씨를 리더로 볼 거예요."

"그 남자애를 어떻게 제압해야 한다는 거야?" 피어스가 물었다.

"여자애일 수도 있고, 성별을 규정하지 않은 애일 수도 있죠." 마사가 단호하게 정정했다.

"그래, 여자애든 성별을 규정하지 않은 애든." 피어스는 고개를 절레절레 젓고 싶은 충동을 꾹 눌렀다. "이를 드러내거나 가슴을 쿵쿵 치라는 건 아니겠지?"

"당연히 아니죠." 마사가 몹시 짜증난 어조로 말했다. "이런 비유를 너무 심각하게 받아들이진 마세요. 스탠드업 코미디언이 야유꾼한테 하는 것처럼 해봐요. 비열하거나 공격적이지 않으면서도 기발하고 위트 있게. 그리고 단호하게요. 할 수 있어요. 난 할 수 있다고 봐요." 자신을 향한 아이의 믿음에 어처구니없게도 뿌듯한 마음이 들었다. "자, 그러니까 교실에 들어갈 때마다 애튼버러를 떠올려보세요. 이렇게 생각하는 거예요. 저 멍청한 침팬지들을 보라. 나는 커다란 고릴라다. 솔직히, 저는 어딜 가나 애튼버러를 생각해요." 마사가 말했다. "그분이 최고예요."

기차가 복스홀역에 정차하자 마사는 매번 그러듯 플랫폼에 서 있는 사람들을 쭉 살폈다. 하지만 이젠 두려움이 아니라 기대감이 담긴 눈빛이었다. 피어스는 아이와 같은 교복을 입은 남학생 무리를 발견했다.

"죄송해요. 저 가볼게요." 마사가 말했다. "로미오랑 같이 앉기로 했거든요. 같이 연극하는 애요."

로미오가 마사를 향해 손을 흔드는 모습이 눈에 들어왔다. 피어스는 저애의 이름이 아덴이라는 걸 알고 있었다. 옥스브리지 입시 특강에 왔던 학생 중 한 명이었다. 소말리아 난민 출신으로 불과 2년 전까지만 해도 영어를 한 마디도 할 줄 몰랐다. 이제 피어스는 그애에게 일대일로 심화 수학 코칭을 해주고 있었고, 케임브리지 스톰지 장학금 신청서 쓰는 걸 도와주겠다고 마음먹었다.

"너네 둘 사이에 뭐가 있나보지?" 피어스가 물었다.

"저기요, 샌더스 선생님. 선 지켜요. 선생님들은 그런 거 안 물어봐요. 소름 끼친다고요." 마사가 말했다. "수업 파이팅!"

마사는 아덴에게로 걸어갔고, 그는 그녀의 어깨에 팔을 둘렀다. 내 말이 맞는 것 같은데, 피어스는 생각했다. 허공에 예스, 하면서 주먹을 꽉 쥐고 싶은 욕구를 참아보기로 했다.

에미

08:07 햄프턴코트역, 워털루행

에미는 토비가 그리웠다. 당연히 진짜 토비 말고, 그녀가 토비라고 생각해왔던 남자, 그리고 둘이 함께 그려갈 거라 믿었던 미래가. 머리로는 그를 증오해야 마땅하다는 걸 알았지만, 가슴 깊은 곳에 묻어둔 마음 한 조각은 아직 머리를 따라가지 못하고 있었다. 마음 한구석에선 자신을 아껴주고 보호해준 남자를 여전히 사랑하고 있었다. 존재하지도 않는 그 사람을. 감정이 혼란스럽게 뒤섞였다. 깊은 슬픔, 그런 슬픔을 느낀다는 죄책감, 그리고 그 위를 뒤덮은 분노와, 두려움으로 인한 전율까지.

반지를 뺀 왼손이 허전하게 느껴졌다. 그 얘길 꺼내자 아이오나는 이렇게 말해주었다. 허전한 게 아니에요, 에미. **가벼워진** 거지. 그 반지에 짓눌리고 있었잖아요! 그건 사랑의 표지가 아니라 **소유의** 상징이었다고.

아이오나는 에미가 활기차고 바쁘게 지내도록 해주려고 최선을 다했다. 울적해하는 모습을 보면 곧장 제인 폰다 운동이나 빵 만들기, '정원 한 뼘 가꾸기' 등등을 제안하곤 했다. 솔직히 진 빠지는 일이었다. 복근이 엄청 땅기고, 빵은 항상 벽돌이 되어 나왔으며, 여전히 잡초와 꽃을 구별할 수 없었다. 아이오나는 나보다 서른 살이나 많은데 에너지는 내 두 배쯤 되는 것 같아.

기차가 뉴몰든역에 정차했다. 플랫폼에 서서 손을 흔드는 산제이를 발견하고 싱긋 웃었다. 저 사람만 보면 늘 미소를 짓게 돼.

"안녕, 에미! 좀 어때요?" 그가 테이블석으로 걸어오며 말을 건넸다. 솔직한 답을 바라듯 그녀를 지그시 바라보았고, 그래서 에미는 평소처럼 적당히 둘러대지 않기로 마음먹었다.

"훨씬 나아졌어요, 고마워요, 산제이." 그녀가 말했다. "근데 아직도 많이 힘들어요." 힘들다는 한마디로는 전혀 표현할 수 없는 복잡한 감정이었지만, 그래도 솔직한 말이었다.

"당연히 그럴 거예요." 산제이가 말했다. "그런 일을 극복하는 데는 시간이 걸릴 수밖에 없어요. 일하는 게 마음을 추스르는 데 도움이 돼요?"

"그럼요." 에미가 말했다. "어떤 면에선 제가 하는 일이 더 무의미하고 하찮게 느껴지기도 하지만요."

"우리 엄마 말이 떠오르네요." 산제이가 말했다. "치유를 위한 가장 좋은 방법은 나 아닌 다른 사람에게 집중하고 베푸는 거라고 하셨거든요. 마케팅 능력을 활용해 정말 좋은 일을 할 수 있는 방법을 고민해보는 건 어때요? 부업으로."

테이블에 놓아둔 산제이의 휴대폰이 울렸다.

"어머니가 정말 현명한 분이시네요." 에미가 말했다. "그게 딱 제가 하고 싶었던 일이거든요."

"현명한 분이죠. 근데 문자는 좀 그만 보냈으면 좋겠어요. 간섭하는 걸 진짜 좋아하신다니까요. 그것도 대문자로." 산제이가 휴대폰을 주머니에 넣으며 말했다. 하지만 이미 에미는 문자 내용을 읽은 뒤였다. **친구가 비리야니 맛있게 먹던?** 산제이의 '친구'가 누굴까 궁금해졌고, 동시에 약간 질투가 일었다. 성가신 파리처럼 그 감정을 얼른 탁 내리쳤다.

산제이처럼 사랑스럽고 멋진 사람이라면 당연히 여자친구가 있겠지. 그래도 나랑 시간을 보내주긴 할 거야. 산제이를 위해 진심으로 기뻤다.

"이제 독립해서 사니까 어머니가 좀 지루하고 외로우시겠어요." 에미가 말했다.

"전혀요!" 산제이가 말했다. "인권변호사이신데, 주로 무료로 일하세요. 솔직히 엄마가 잔소리할 시간이 어디서 나나 싶어요!"

"와, 진짜 멋지네요." 에미는 얼굴이 붉어지는 걸 느끼며 말했다. 산제이의 어머니가 요리를 좋아하고 아들의 삶에 시시콜콜 관심이 많다는 이유만으로 주부라고 단정하다니, 뭐 이런 끔찍한 페미니스트가 다 있어?

"맞아요." 산제이가 말했다. "하지만 프라이버시라는 제 기본권은 어쩌고요?"

"참견하는 여자 얘기가 나와서 말인데요," 에미가 말했다. "아이오나 얘기를 좀 나누고 싶었어요. 기차 여정이랑 매일의 루틴을 정말 그리워해요. 일자리도 절실히 필요하고요. 돈뿐만 아니라 자존감을 위해서도."

그 말을 뱉자마자 전혀 상관없어 보이는 두 가지 생각이 부딪치며 불꽃을 튀겼다. 마케팅 능력을 활용해 정말 좋은 일을 해봐요, 그리고 아이오나는 일자리가 절실히 필요해요.

"산제이," 그녀는 자신의 어설픈 계획이 일을 망치지 않길 바라며 말했다. "방금 좋은 생각이 떠오른 것 같아요."

"안녕하세요, 산제이, 에미." 윔블던역에서 기차에 탄 데이비드였다. 그는 막 자리가 난 테이블석에 앉았다. 에미도 인사를 하려는데 휴대폰에 페이스북 알림이 떴고, 곧장 머리가 핑 돌고 시야가 흐려졌다. 보지 않으면 메시지가 사라지기라도 할 것처럼 휴대폰을 뒤집어 테이블에 놓고 두 손에 얼굴을 파묻었다.

"에미, 무슨 일이에요?" 산제이가 물었다.

"토비예요." 손가락 사이로 목소리가 흘러나왔다. "계속 연락이 와요. 번호를 차단했는데도 다른 방법을 끊임없이 찾아내고 있어요. 이젠 무서울 정도예요."

"에미, 그 사람이랑 무슨 일이 있었던 겁니까? 모든 게 너무 완벽해 보였는데!" 데이비드의 목소리에는 그녀의 아빠에게선 느낄 수 없었던 아버지다운 걱정이 서려 있었다.

"그와 헤어졌어요, 데이비드. 통제를 사랑으로 착각했다는 걸 깨달았어요. 걱정 마세요, 언젠가 이런 괴롭힘도 멈추겠죠." 이렇게 말하며, 그가 자신보다 이 말을 조금이라도 더 믿어주길 바랐다.

세 사람 사이에 감돌던 침묵은 에미의 휴대폰이 울리며 와장창 깨졌다. 발신자 표시 제한.

"토비겠죠." 에미는 속이 메슥거렸다. 어떻게든 연락을 받게 만들려고 유심을 수십 개 샀을 게 뻔하지. 심호흡을 하려 했는데, 마치 토비가 바로 뒤에 바짝 붙어서 목을 조르는 것처럼 숨이 쉬어지지 않았다.

"숨이…… 안 쉬어져요…… 산제이." 말이 얕게 헐떡이는 숨 사이로 새어나왔다. 몸을 가누기 위해, 핑핑 도는 세상을 멈추기 위해 그의 팔을 붙들었다.

"괜찮아요. 지금 공황발작 겪고 있는 거예요." 산제이가 말했다. "투쟁-도피 반응이에요. 스스로를 지키려는 본능적인 반응이죠. 발작이 오면 나는 어떻게 하는지 알아요? 숨을 엄청 깊게 들이마시고, 머릿속으로 주기율표를 원자번호 순서대로 반복해서 외워요. 수소, 헬륨, 리튬. 바보 같은 소리처럼 들리겠지만 저한텐 엄청 도움이 돼요."

"베릴륨, 붕소, 탄소, 질소." 에미가 속삭이며 눈을 뜨고 산제이의 얼굴을 바라보았다.

"와, 괴짜 의료진들 빼고 거기까지 외우는 사람 처음 봐요." 그녀가 방금 원자를 쪼개기라도 한 것처럼 산제이가 말했다.

"나도 학창시절에 괴짜였어요." 에미가 살짝 느려진 호흡 사이로 말을 내뱉었다. 산제이의 손목을 붙잡고 있던 손가락을 천천히 뗐다. 얼마나 꽉 쥐고 있었는지 그의 피부에 손가락 자국이 남았다. "미안해요. 나 진짜 바보 같죠."

테이블에 놓인 휴대폰은 잊고 있었다. 그때 다시 진동이 울리기 시작했다. 그녀가 집어들기 전에 데이비드가 낚아채 통화 버튼을 눌렀다.

“누구시죠?” 그가 말했다. 그런 다음 잠깐 멈췄다가, 에미가 한 번도 들어본 적 없는 톤으로 말을 이었다. “난 에미의 변호사입니다. 한 번만 더 이런 식으로 연락했다간 스토킹, 괴롭힘, 명예훼손, 구류형 같은 단어를 당신이 뱉기도 전에 당장 접근금지 명령을 내릴 겁니다.”

데이비드는 휴대폰을 다시 테이블에 내려놓았다.

“사실 내 전문 분야도 아니고 에미를 대리할 권한도 없으니 약간은 비윤리적인 행동이었지만, 효과는 있었던 것 같습니다.” 그가 말했다.

“와, 데이비드. 정말 달라졌네요.” 산제이가 말했다. 데이비드가 씩 웃었다. “아내도 똑같이 말하더라고요.”

아이오나

토요일이니 아이오나는 마음껏 늦잠을 자기로 했다. 그녀와 비, 그리고 도통 미소를 짓지 않아 도무지 좋아할 수가 없는 포시 스파이스를 뺀 스파이스 걸스 멤버가 등장하는 꿈속으로 다시 빠져들려는 순간, 침실 문을 두드리는 소리가 들렸다.

"들어와요!" 그녀가 말했다.

눈을 뜬 아이오나는 순간적으로 눈이 먼 건가 생각했다가 잠자리에 들 때 썼던 발열 아로마테라피 안대를 아직도 쓰고 있다는 걸 깨달았다.

안대를 벗자 눈앞에 색색의 헬륨 풍선이 둥둥 떠다녔다. 아직도 꿈꾸고 있는 건가? 그러면 스파이스 걸스는 어디로 갔지? 재 밌게 노는 중이었잖아.

"생일 축하해요, 아이오나!" 에미가 외쳤다.

"세상에, 그렇네!" 아이오나가 말했다. "대체 어떻게 알았어요?"

"아래층 화장실 벽에 붙어 있는 초대장 중 하나에서 봤어요. '아이오나의 스물아홉 살 생일을 축하하러 오세요. 6월 19일 목요일, 마담 조조에서 방탕한 밤을 보내봅시다.'"

"아, 맞아. 그 파티 엄청나게 재밌었는데. 깃털에 스팽글에 드랙퀸이 사방에 널렸었죠."

헬륨 풍선은 아이오나의 침대 옆 강아지 계단에까지 둥둥 떠 있었고, 이제 보니 룰루의 볼록한 배에도 줄이 묶여 있었다.

"아침을 준비했어요." 에미가 쟁반을 건넸다. 갓 구운 페이스트리, 과일샐러드, 오렌지주스, 막 내린 향긋한 커피가 놓여 있었다. "그리고 이거요." 에미가 아이오나의 손에 봉투를 건넸다.

"아이고, 정말 너무 친절하네. 그렇지, 룰루? 고마워요. 막 울컥하네." 아이오나가 과장되게 코를 킁킁거리며 말했다. 룰루도 비슷하게 느꼈는지 약하지만 놀랍도록 치명적인 방귀를 뀌었다. 그러고는 두 사람이 법석을 떠는 사이에 쟁반 위 크루아상을 훔쳐 유유히 달아났다.

봉투를 열어보니 에미와 기차 친구들 모두가 서명한 생일 카드와 티켓 두 장이 들어 있었다. 하나는 햄프턴코트에서 워털루로 가는 기차표, 다른 하나는 돌아오는 표.

"세상에. 기차표라니. 다정하기도 하지." 아이오나는 최선을 다해 엄청 감격한 듯 말했다. 사람들이 말하길, 중요한 건 마음이니까.

"사실 기차표는 선물이 아니에요. 선물은 기차 안에 있답니다." 에미가 말했다. "12시 5분 기차니까 서둘러야겠어요."

"다녀올게요, 비!" 집을 나서며 에미가 외쳤다.

아이오나는 한동안 머무는 손님이 있으면 부재한 아내에게 더는 말을 걸지 않겠지 싶었는데, 오히려 에미도 말을 걸기 시작했다. 이젠 정신 나간 사람이 둘이네.

역까지 걸어가는 10분 내내 아이오나는 에미가 준비한 생일 선물이 뭔지 알아내려 애썼다.

"에미, 내가 깜짝선물 싫어하는 거 알잖아요!" 그녀가 말했다. "어떻게 반응할지 미리 계획하고 싶단 말이에요. 깜짝 놀라는 건 질색이라고. 특히나 공공장소에서는." 하지만 에미는 꿈쩍도 하지 않았다.

"있지, 비가 깜짝파티를 해준 적이 있거든요. 사람들로 북적이는 공간에 속옷 차림으로 들어섰다니까." 아이오나가 말했다. 에미는 사인을 전혀 못 알아챘다. 제일 좋아하는 일화 중 하나인데, 더 얘기해달라고 졸라야지.

"빨리 와요, 아이오나." 대신 이렇게 말했다. "12시 5분 기차를 놓치면 안 돼요!"

"룰루는 다리가 짧아서 더 빨리 걸을 수가 없어요." 아이오나가 구시렁댔다. "그리고 풍선이 거치적대나봐."

에미는 룰루와 풍선을 한 팔로 번쩍 들어올렸다. 저렇게 가냘픈데 힘은 엄청 좋네. 이게 바로 제인 폰다 운동의 마법이지. 에미는 다른 팔로 아이오나의 팔짱을 끼고 기차가 정차해 있는 플랫폼 쪽으로 이끌었다.

역무원이 호루라기를 불자마자 둘은 제일 가까운 문으로 뛰어 들어가서 늘 타던 칸 쪽으로 걷기 시작했다.

3번 칸 문 앞에 다다랐을 때, 객차 안에 사람이 가득하다는 걸 단박에 알아차렸다. 나머지 칸은 거의 텅텅 비어 있는데. 문을 열자마자 제각각의 톤으로 함성이 와르르 쏟아졌다. **"생일 축하해요!"** 모두가 입을 모아 소리쳤다. 피어스, 마사, 데이비드, 산제이, 기차 친구들 모두. 심지어 마사의 헬스장 친구인 제이크와 액세서리 취향이 평범하고 무서울 정도로 효율적인 변호사 데버라까지.

"에미! 이 사람들 전부 토요일에 기차에서 뭐하는 거예요?" 그녀가 물었다.

"글쎄요, 오늘은 아이오나의 생일이고, 다들 출퇴근길에 당신을 그리워했거든요. 그래서 기차 파티를 열기로 했어요. 음료랑 풍선, 음악을 준비했고 각자 카나페를 가져왔어요."

"자리에 앉아야 할 것 같아." 아이오나가 말했다. "너무 벅차네요."

아이오나는 결혼식의 신부가 된 기분으로 자신이 앉던 테이블석을 향해 통로를 따라 걸었다. 자리에 도착했을 때는 이미 눈 화장이 엉망이 된 후였다. 다행히 핸드백에 화장품이 들어 있었다.

앞에 놓인 테이블에는 소소한 스낵부터 공을 들인 카나페까지 다채로운 음식이 담긴 접시들이 놓여 있었다. 한 손에는 치즈맛 왓싯 과자를, 다른 한 손에는 훈제연어 블리니를 집어들었다. 누가 어떤 걸 가져왔나 맞혀보려고 했는데 생각보다 쉽지 않았다. 피어스만 해도 그랬다. 몇 달 전이라면 초밥이라고 했을 텐데, 이젠 트위글렛 과자를 더 좋아하는 부류 같았다.

"진짜 최고의 생일 선물이에요." 그녀가 말했다.

"사실, 아직 선물은 풀어보지도 않았어요." 에미가 말했다. "데버라, 데이비드, 시작해주실래요?"

"좋습니다." 데이비드는 두툼한 갈색 봉투를 테이블에 올려놓았다. "자, 첫번째 선물은 이겁니다. 사실 당신의 예전 편집장인 에드 랭커스터가 보내온 거예요. 제 훌륭한 동료 데버라와 몇 차례 만난 후에 말이죠." 룰루가 위협적으로 으르렁거렸다.

"미안해요, 데이비드." 아이오나가 말했다. "그 이름을 들을 때마다 우리 룰루는 으르렁거린답니다."

"데버라요?" 데이비드는 혼란스러운 표정이었다.

"아니, 설마요. 에드 랭커스터요." 아이오나가 말했다. 룰루가 다시 으르렁댔다. "보시다시피, 아직 용서 안 했거든."

"음, 어쨌든 이건 그 사람한테서 얻어낸 건데, 솔직히 말하면 압력을 좀 넣었죠." 데버라가 룰루를 곁눈질하며 말했고, 강아지는 곧장 조용해졌다. 우리 룰루는 누굴 건드리면 안 되는지 늘 잘 알고 있지. "뭔가를 주는 일의 기쁨에 대한 메모는 함께 보내는 걸 잊어버렸나봐요."

아이오나는 봉투의 밀봉한 부분 아래를 매니큐어 바른 손톱으로 그었다. "〈모던 우먼〉에서 처음 제안한 합의금이에요." 데버라가 말을 이었다. "좀더 달라고 압박해볼 수도 있지만, 적절한 수준이긴 합니다. 한번 보세요."

아이오나는 서류를 완전히 꺼내지 않고 봉투에 든 내용물을 들여다보았다. 깔끔하게 타이핑된 내용을 따라가던 눈동자가 0이 여러 개 적힌 숫자 앞에서 딱 멈췄다. 헉 소리가 나왔다.

"오, 세상에, 내가 감히 기대한 것보다도 훨씬 많은데요. 너무 고마워요, 두 사람 모두." 빛에 노출되면 숫자가 사라지기라도 할까봐 아이오나는 재빨리 서류를 봉투에 밀어넣었다.

"저도 드릴 게 있어요, 아이오나." 피어스가 비슷하게 생긴 갈색 봉투를 내밀었다. "조세효율 펀드예요. 매달 꾸준한 수익으로 비의 요양원 비용을 거의 다 충당할 수 있을 거예요." 꺼림칙해하는 아이오나의 마음이 겉으로 티가 났는지 그는 이렇게 덧붙였다. "걱정 마세요. 다른 사람 돈을 투자하는 데는 엄청 능숙하니까. 내 돈일 땐 아니지만. 다음에 자세히 설명해드릴게요." 머리가 빙빙 돌아서 도무지 재정적 통찰력을 발휘할 수 없는 상황이었기에 다행이다 싶었다.

"비의 상황을 해결할 수 있게 돕고 싶었어요." 에미가 말했다. "또 아이오나에겐 일거리가 필요하다는 생각도 들었고요. 그래서 '아이오나에게 물어보세요'를 살려보기로 했어요."

"오, 에미, 그렇게 생각해줘서 고맙지만 이름을 말할 수 없는 그 사람이 옳았던 게 하나 있어요. '아이오나에게 물어보세요'는 시대에 좀 뒤떨어진 게 맞아요. 예전에 비하면 우편물이 절반도 안 온다니까. 질질 끌다 고통스럽고 굴욕적인 죽음을 맞이하기 전에 비참함 없이 끝내준 거지." 에미보다 이 문제를 훨씬 더 오래 고심한 아이오나가 말했다. "그게 인도적인 처사였을지도 몰라요."

"그렇지 않아요." 에미가 말했다. "SNS에서 콘텐츠를 공유했을 때 반응 보셨잖아요. '아이오나에게 물어보세요'는 시대에 뒤떨어지지 않았어요. 사람들은 항상 자기 문제에 도움을 받고 싶어해요. 우리만 봐도 다들 그러잖아요!" 에미가 주변 사람들을 가리키자 모두가 동시에 고개를 끄덕였다. "시대에 뒤떨어진 건 〈모던 우먼〉이에요. 이름이랑 모순되죠.

'아이오나에게 물어보세요'를 유튜브에 올리려고 해요. 고민에 대한 조언을 건네는 내용으로 촬영할 거예요. 용기를 낸 사람이 있다면 직접 만나서 얘기 나눠도 되고, 익명을 원한다면 메일을 읽어주면 돼요. 그런 다음 채널에 게시하고 SNS로 공유하는 거죠. 시간이 지나고 구독자가 쌓이면 광고 수익과 협찬으로 수입이 상당해질 거예요. 제 상사 조이가 스튜디오를 언제든 무료로 사용해도 된다고 했어요. 영상에 에이전시 크레디트를 밝히고 우리 회사 고객에게 협찬 기회를 제공하는 조건으로요. 조이 말로는 당신이 접근성이 부족한 분들을 끌어들일 수 있을 거래요. 이게 바로 우리 에이전시가 잘하는 혁신적이고 창의적인 프로젝트라고도 했어요. 지금쯤 벌써 대형 제휴 브랜드들에 자랑하고 있을걸요." 에미는 긴장한 얼굴로 아이오나의 반응을 기다렸다.

아이오나는 무슨 말을 해야 좋을지 알 수 없었다. 친구들이 보여주는 깊은 믿음은 정말 고마웠지만 이미 너무 늦었다. 그녀는 나이가 너무 많았다. 그녀의 시절은 지나가버린 것이다. 몇 년 동안이나 건재한 척해왔지만 이제는 지쳤다. 절벽 끝에 너무 힘주고 매달려 있었더니 손가락이 다 아렸다. 몸과 마음 모두 아팠다.

"저기, 에미." 그녀는 정중하게 거절할 만한 이유를 고심했다. "아무도 그 영상을 보고 싶어하지 않을 거예요. 늙어서 축축 처진 나를 쳐다보는 데 시간을 낭비하지 않을 거라고." 아이오나가 말했다.

"음, 이 모든 사람이 증명하는 한 가지가 있다면," 에미가 주변 사람들을 향해 손짓하며 말했다. "아이오나는 어딜 가든 시청자를 찾을 수 있다는 거예요. 게다가 우리에겐 비밀 병기도 있잖아요. 피즈. 이미 자신의 모든 채널에 '아이오나에게 물어보세요' 링크를 걸어두겠다고 약속했는걸요. 심지어 고민거리를 들고 게스트로 나오겠다고도 했어요. 자, 이제 어떻게 생각하세요?"

"확실히 에미는 천재라고 생각하지." 아이오나가 말했다. "하지만 내가 아직 쓸모 있다고 느끼게 해주려고 그렇게 많은 시간을 들이진 않았으면 좋겠어요. 불공평하잖아. 에미는 창창한 인생이 한참 남았는데. 집중해야 할 커리어도 있고."

"하지만 아이오나," 에미가 말했다. "제가 하고 싶어서 그래요. 사람들을 실제로 돕고 좋은 일을 하는 데 제 능력을 쓰고 싶어요. 삶을 바꾸는 일에도요. 저 스스로 뿌듯할 거예요, 진심으로요. 솔직히 말해서 당신이 저한테 호의를 베풀어주는 거예요."

아이오나는 잠시 가만있다가 애정을 담아 그녀를 바라보는 친구들을 한 명씩 바라보았다. 숨을 깊이 들이마시고 목을 가다듬은 다음 입을 뗐다.

"고마워요. 정말로, 진심으로 너무 고마워요. 하지만 안 할래요. 그러기엔 너무 늦었고, 솔직히 지금은 마음이 평화로워요. 우리 그냥 파티나 즐기기로 해요. 어때요?" 아이오나는 에미의 낙담한 얼굴을 보지 않으려고 음료를 한 잔 더 따랐다.

"그냥 한 번만 생각해봐주세요, 네?" 에미가 말했다. 모든 에너지와 기쁨이 다 빠져나간 목소리였다. 전적으로 자기 탓임을 아이오나는 알고 있었다.

"그럴게요." 그녀는 에미와 눈을 마주치지 않은 채 답했다.

기차는 워털루역 5번 플랫폼에 정차했지만 친구들은 아무도 내리지 않았다. 다들 왕복표를 산 모양이었다. 열차 검표원도 티켓 확인을 그만두고 파티에 합류했다.

"아이오나," 왼쪽에서 목소리가 들려왔다. 마사였다. "저도 드릴 게 있어요."

마사는 작은 봉투를 건넸다. 오늘은 참 수수께끼 같은 봉투의 날이네. 뜯어보니 또다시 티켓이 두 장 나왔다.

"다음주에 있을 제 연극 첫 공연 티켓이에요." 마사가 말했다. "와주시면 정말 큰 힘이 될 거예요. 오실 거죠?"

"아이고, 무슨 일이 있어도 가야지!" 아이오나가 외쳤다. "근데 엄마 아빠는? 내가 그분들 표를 받을 순 없지. 네 연극 보러 오고 싶을 거 아니야?"

"걱정 마세요." 마사가 말했다. "좀 정신이 없는 분들이긴 해도 완전히 쓸모없는 부모는 아니니까. 두 분은 마지막날 오기로 했어요. 연극이 끝날 때까지 몬터규 가문과 캐퓰렛 가문처럼 소리지르면서 싸우지 않길 바라야죠."

"음, 그렇다면 내가 종을 가져가서 열광적으로 응원해줘야겠군!" 아이오나가 말하고는 마사의 표정을 보고 서둘러 덧붙였다. "진짜 가져가겠다는 건 아니고. 말이 그렇다는 거야."

아이오나는 객차 저 끝에 서 있는 피어스를 발견하고 다가갔다. 그리고 마사에게 안 들릴 만한 거리인지 확인했다.

"피어스," 그녀가 말했다. "마사 학교에 '자리'를 잡은 거 맞죠?" 피어스는 고개를 끄덕였다.

"그렇게 말할 수도 있겠네요. '자리'라는 게 '무급 인턴'을 뜻하는 거면."

"학교 연극 첫날 표를 혹시 몇 장 더 구할 수 있을까요?" 그녀가 물었다.

수년 동안 연예공연업계에 몸담으며 한 가지 배운 게 있었다. 관객은 한 명이라도 더 많이 올수록, 더 열성적일수록 좋다. 그게 정설이다.

마사

학교 강당은 완전히 뒤바뀌었지만 여전히 친숙한 느낌이었다. 마치 초등학교 크리스마스 행사에 산타를 만나러 갔다가 풍성한 옷에 근사한 수염을 기른 남자가 사실은 제일 친한 친구의 아빠였다는 걸 깨달았던 때처럼.

관객들은 근사한 옷을 차려입고 저마다 좌석에 앉아 있었고 은은한 불빛과 잔잔한 노래가 기대감을 주었지만, 그 저변에는 조례 시간의 분위기가 희미하게 남아 있었다. 학부모들이 즐겨 쓰는 향수와 애프터셰이브 향이 뒤섞여 소독제 냄새, 십대들의 땀냄새와 호르몬냄새를 덮었다. 마사는 어떤 의자 밑에든 손을 넣으면 말라붙은 껌이 만져진다는 걸 경험으로 알고 있었다.

마사는 아이오나가 꼭 읽어야 한다고 주장한 『시녀 이야기』의 첫 문단을 읽다가 검색했던 단어가 떠올랐다. 팔림프세스트. 수정

되거나 변형되었지만 여전히 초기의 흔적이 선명히 남아 있는 것.

티볼트가 커튼 뒤에서 밖을 내다봤다.

"사람 진짜 많아!" 그가 말했다. "가운데에 엄청 신기한 여자가 있네. 엘리자베스시대 스타일 러프를 두른 개를 안고 있어. 조그맣고 털북숭이인 엘리자베스 1세 같아. 진짜 웃긴다!"

"개는 출입 금지 아니야?" 벤볼리오가 말했다. "안내견이 아니라면 말이야. 그 여자 시각장애인이야?"

"음, 그렇다면 저 옷차림이 설명되겠다." 티볼트가 말했다.

누굴 두고 하는 말인지 마사는 곧장 알아차렸다. 두 사람 옆에서 빼꼼 내다보니 당연하게도 아이오나가 있었다. 안 그래도 다른 사람들보다 키가 훌쩍 큰데 엘리자베스시대에서 영감을 받은 정교한 헤어스타일 덕에 3인치는 더 커져서 뒷사람들의 시야를 확실히 방해했다. 역시나 뒷줄에 앉은 사람들은 숙덕거리며 아이오나를 피해 이리저리 뒤척이는 중이었다. 마사는 웃음이 났다. 예상했던 일이었다.

마사가 예상하지 못한 건 그녀의 팬클럽이 한 줄을 전부 다 차지했다는 사실이었다. 피어스는 선생님이니까 그렇다 쳐도 에미, 산제이, 데이비드, 그리고 심지어 헬스장 친구 제이크도 있었다.

마사는 모두가 와줘서 기쁘긴 했지만 그래서 더 떨렸다. 학교에서 모욕과 따돌림을 당할 때 의지가 되어준 기차 친구들. 선로 위의 작은 오아시스. 나의 안전한 공간. 그들 앞에서 평생 부끄러울 일을 해선 안 된다. 그럼 견딜 수 없을 거야. 도망갈 곳이 더는 없잖아?

마사는 눈을 비비고 다시 앞을 봤다. 긴장해서 잠깐 환각을 봤나 싶었다. 아이오나와 에미 사이의 빈자리를 향해 좌석열 사이를 걸어가는 사람은 틱톡의 피즈였다. 확실해. 머리 한쪽만 분홍색 물감통에 담갔다가 뺀 다음 콘센트에 손가락을 넣어 감전된 것처럼 끝부분만 노랗게 염색한 미친 헤어스타일은 그 누구도 엄두 못 내지. 좌석열 사이가 너무 좁아서 피즈가 지나갈 때 사람들이 파도타기하듯이 모두 일어섰고, 그 바람에 존재감이 더욱 드러났다.

백스테이지에서 왁자지껄한 대화가 오갔다. 점점 더 큰 소리로, 점점 더 열띠게. 셀럽 관객의 등장을 역시 나만 눈치챈 게 아니네.

미친! 피즈가 **우리 연극** 보러 왔어! 어떻게 온 거지? 우리 찍은 거 채널에 올리려나? 엄청 떨려. 피즈 팔로워가 몇 명이었지? 피즈 맞다니까. 그래, 진짜 피즈. 봐봐! 저기.

마사는 숨을 고르고 차분히 생각하기 위해 무대에서 멀어져 소품이 잔뜩 쌓인 어둑한 구석으로 걸어갔다. 이번주 내내 꿨던 꿈의 잔상을 떨칠 수가 없었다. 몇 번이고 다시 눈부신 조명이 비추는 무대에 올라 첫 대사를 읊었지만 조롱 섞인 비웃음만 들려오던 꿈. 아래를 내려다보자 자신은 완전히 벌거벗고 있었다. 등뒤의 거대한 스크린에 그 사진이 띄워져 있고, 교장선생님은 강단에 서서 레이저펜으로 중요 부위를 가리켰다.

토할 것 같았다. 휴대폰을 꺼내 아이오나에게 전화를 걸었다. 관객들은 휴대폰을 꺼달라는 지시를 그녀가 무시했길 바라면서. 아니나다를까, 영원한 반항아답게 아이오나는 전화를 받았다.

"아이오나," 마사가 속삭였다. "나 못하겠어요. 속이 너무 안 좋아요. 대사가 하나도 기억 안 나요. 망했어요."

"마사," 아이오나가 속삭였다. "모든 위대한 배우들도 무대에 오르기 전에 지금의 너랑 똑같은 기분을 느낄 거야. 나도 공연 첫날밤마다 비를 다독여 화장실에서 끌어내야 했어. 업계에서 수십 년을 일한 뒤에도 말이지. 감독들은 항상 내 번호를 단축키로 저장해놨어. 심장이 쿵쾅대고 손바닥에 땀이 나는 건 아드레날린 때문이야. 근데 아드레날린은 네 친구다? 공연 내내 널 이끌어줄 거야. 당당하게! 일단 시작하면 다 생각날 거야. 그냥 첫번째 대사에만 집중하고, 그다음엔 놓아버려. 자, 이제 심호흡해보자. 길게, 깊게 심호흡해. 우린 너와 함께야."

사위가 조용해졌고, 9학년 조지의 자신감 넘치는 목소리가 울려퍼졌다.

명망이 비등한 두 가문이 있으되
이 무대가 펼쳐지는 아름다운 베로나에서
오래된 원한이 새로운 반란으로 치달으며
시민의 피가 시민의 손을 더럽히게 되었도다.

마사는 심호흡을 하면서 귓가에 밀려오는 익숙한 대사들을 들으며 티볼트와 벤볼리오와 로미오가 무대에 오르는 모습을 지켜보았다. 극장에 잠입한 닌자처럼 머리부터 발끝까지 검은 옷을 입은 백스테이지 스탭들이 매끄럽게 장면 전환을 하는 동안에는 비켜섰다. 몇 주 전 기차에서 에미가 맡았던, 유모가 소리쳐 부르는 장면까지 기다렸다.

"이 아가씨가 대체 어딜 간 거야? 아이고, 줄리엣!"

무대 중앙으로 걸어나가는 길은 끝나지 않을 것 같았고, 걸음을 내디딜 때마다 쏟아지는 스포트라이트에 눈이 부셨고, 관객의 기대감은 손에 만져질 듯했다.

길게, 깊게 심호흡해. 우린 너와 함께야.

"왜! 누가 날 부르는데?" 스스로의 목소리가 마치 다른 곳에서 들려오는 것 같았다. 그 순간, 아이오나가 일러준 대로 관객은 스러지고 모든 단어와 모든 동작이 무의식 깊숙이 묻어둔 몸의 기억처럼 되살아났다.

더이상 겁 많고 외로운 마사도, 대담하고 인기 많은 '다른 마사'도 아니었다. 그녀는 줄리엣, 누군가와 약혼했으나 결코 가질 수 없을 또다른 남자와 사랑에 빠지는 바람에 원치 않던 집안싸움에 휘말리는 열세 살 소녀였다.

산제이

모두 자리에서 일어났고, 강당은 박수 소리와 발 구르는 소리, 7학년 여학생들의 높은 소프라노부터 몇몇 아버지들의 낮은 베이스 톤까지 입을 모아 환호하는 소리로 쩌렁쩌렁 울렸다. 심지어 룰루도 과하게 흥분해 날카로운 고음으로 왈왈 짖었다.

마사의 줄리엣은 대성공이었다. 단 몇 분 만에 산제이는 그녀가 지인이라는 사실을 잊고, 열세 살 줄리엣 캐풀렛이라는 생각밖에 들지 않았다. 그만큼 뭐라 형언할 수 없이 넋을 쏙 빼놓는 연기가 마사의 조용하고도 절제된 모든 움직임에 집중하게 만들었다.

마사는 관객을 향해 환하게 웃고 있었다. 불과 몇 달 전 뉴몰든역과 워털루역 사이 어딘가에서 만난, 겁에 잔뜩 질리고 어색해 보였던 여학생이 저렇게 변하다니.

로미오가 몸을 숙여 그녀에게 키스했다. 저게 연기라면 굉장히 뛰어난 배우인 거고, 아니라면 그저 무대를 위한 키스가 아닌 거겠지.

아이오나는 가방에서 빨간 장미 한 송이를 꺼내더니 무대를 향해 던졌다. 장미는 어느 뚱뚱한 대머리 아버지의 어깨에 불안하게 툭 떨어졌고, 그가 다시 주워 던지자 마사의 발밑에 닿았다. 로미오가 장미를 주워 한 손을 가슴 위에 얹은 채 마사에게 건네자 환호성과 휘파람소리가 한층 더 커졌다. 못 말리는 외침소리도 더해졌다. 방 잡아!

"진짜 대단하지 않아요?" 제이크가 말했다. 그가 하도 열광적으로 박수를 쳐대는 통에 산제이의 박수는 여린 나비의 날갯짓처럼 느껴졌다.

"너무 자랑스러워." 아이오나가 말했다. "내가 멘토거든요. 모든 걸 다 가르쳤답니다."

산제이 옆에 앉은 에미는 주목받지 않고는 못 배기는 아이오나의 모습에 쿡쿡 웃었다. 장례식 장면에서 눈물이 터진 그녀는 여전히 눈가를 닦고 있었다.

피즈는 무대 쪽으로 휴대폰을 높이 쳐들고 있었고, 무대 위 배우들은 그들을 보내고 싶지 않은 관객의 끝없는 커튼콜 세례를 받고 있었다.

이렇게 고조된 감정, 이 모든 긍정적인 에너지, 열정적인 사랑 이야기…… 지금이 그 타이밍이었다. 이보다 더 좋은 순간이 있겠어?

그는 손을 뻗어 에미의 손을 잡고 눈을 감은 뒤 모든 객기를 총

동원해 올림픽경기에서 알몸에 유니언잭 트렁크 수영복만 입은 채 다이빙보드 끝에 선 톰 데일리가 된 심정으로 과감히 뛰어들었다.

"에미," 산제이는 그녀의 귓가에 속삭였다. "내가 당신을 얼마나 좋아하는지 계속 말하고 싶었어요."

에미는 그를 향해 고개를 돌리더니 따스하고 자연스러운 미소를 지었다. 1년도 더 전에 기차에서 처음 본 순간부터 사랑에 빠지게 만든 바로 그 미소.

"아, 나도 당신이 정말 좋아요, 산제이." 그녀의 말에 그의 가슴은 희망에 차 쿵쾅거렸다. "날 침대에 눕히려는 마음이 없는 남자 사람 친구가 있다는 게 얼마나 좋은지 몰라요. 남자 형제가 없지만 만약 있다면 이런 걸까 싶어요. 당연히 남매 간의 경쟁심 같은 건 없고요."

해부학을 공부한 사람으로서 산제이는 심장이 실제로 찢어지진 않는다는 사실을 알고 있었다. 하지만 단지 비유적 표현일 뿐이라면, 지금 나는 왜 이렇게 아픈 걸까? 그는 손에 든 팸플릿 앞면에 적힌 글귀를 노려보았다. 줄리엣과 로미오, 이보다 더 비통한 이야기는 없다.

구내식당은 관객으로 꽉 들어찼다. 어른들을 위한 미지근한 화이트와인과 아이들을 위한 끈적끈적한 과일 펀치가 마련되어 있었다. 산제이는 어느 쪽이 뒷맛이 덜 불쾌할지 알아보려고 양손에 하나씩 들었다. 사람들이 서로 밀쳐대는 통에 불가피하게 음료가 바닥에 엎질러져 발밑이 끈적거렸다. 좀전에 과자 그릇도

엎어져서 바스락거리기도 했다.

자신만의 줄리엣에게 구애하려다 실패한 굴욕적인 순간을 잊기 위해 그는 주변에서 웅성거리는 소리를 엿들었다.

봤어? 피즈가 이미 자기 채널에 커튼콜 영상을 올렸어. 캡션에 이렇게 썼던데. "줄리엣 짱! 내 친구 마사 **멋있어!**"

마사가 어떻게 피즈를 아는 거지? 우리한테도 소개해주려나?

내 파티에 마사를 꼭 초대할 거야. 피즈도 데려오면 좋겠다.

저기 봐. 마사가 아덴이랑 손잡고 있어. 현실판 로미오와 줄리엣이네.

마사가 말했던 그 사진 얘기는 없었다. 아이오나 말이 맞았다. 마사는 온갖 악의적인 소문을 그보다 훨씬 더 흥미로운 것으로 지워냈다.

마사와 아덴은 칭찬을 늘어놓는 사람들에게 둘러싸여 있었다. 쇳가루가 잔뜩 담긴 접시 위의 자그마한 두 자석 같았다. 저 둘에겐 '한 남자와 한 여자의 만남'이 더없이 수월해 보였다. 어떻게 그럴 수 있지? 왜 나는 못하는 거야?

산제이의 눈앞에 한 키 큰 여학생이 사람들 사이를 헤치고 성큼성큼 걸어가는 모습이 보였다. 방금 막 사과를 깨물었다가 반쯤 잘린 구더기를 발견한 듯한 표정이었다. 어, 그애다. 마사랑 만났던 날 기차에 탔던 애들 중 한 명.

"야, 줄리엣!" 모든 웅성거림을 뚫을 만큼 쩌렁쩌렁한 목소리로 여학생이 외쳤다. "로미오한테 보지 사진 아직 안 보여줬냐?"

사위가 잠잠해졌다. 마사 주변으로 기대감에 찬 듯한 침묵이 번져갔다. 모두가 그녀의 답을 기다리고 있었다. 하지만 그녀는 아무 말도 하지 않았다. 대신 오른쪽 팔꿈치를 어깨 높이까지 들고 뒤로 당겼다가 키 큰 여자애의 얼굴을 퍽 쳤다.

여자애는 비틀대며 뒷걸음질치면서 손으로 코를 감쌌고, 여기저기서 헉 소리와 함께 조심스러운 환호성이 들려왔다.

피어스가 사람들을 헤치며 마사에게로 걸어갔다.

"나를 따라와, 학생." 더없이 엄중한 교사의 목소리였다. 얼굴은 분노를 억누르느라 딱딱하게 굳어 있었다.

사람들이 옆으로 비켜서며 두 사람에게 길을 터주었다. 피어스는 마사의 팔을 붙들고 출구 쪽으로 걸어갔다.

산제이와 아이오나, 제이크를 지나칠 때 피어스가 속삭였다. "잘했다, 마사. 상황이 좀 진정될 때까지 나가 있자."

"너무 자랑스러워요." 제이크가 아이오나에게 말했다. "내가 멘토거든요. 모든 걸 다 가르쳤지요."

"여기 의사 선생님 계세요?" 코피가 나는 여자애의 코에 휴지를 대고 있던 다른 교사가 외쳤다.

"어머, 산제이! 이거 완전 데자뷔네!" 아이오나가 말했다. 산제이는 한숨을 내쉬었다. "제가 간호사예요!"

마사의 성공에 들뜬 친구들은 가로등이 켜진 번잡한 웨스트민스터 거리를 지나 역까지 함께 걸었다.

"무대에 오르기 전에 무서웠어?" 코피가 흩뿌려져 피투성이가 된 옷차림으로 산제이가 물었다.

"완전요!" 마사가 말했다. "솔직히 사람들이 훨씬 작게 올 줄 알았어요."

"작게가 아니고 적게." 아이오나가 말했다. "이런, 미안. 수십 년간 언어를 다루는 일을 했더니 문법에 집착이 좀 있는 편이란다."

"저는 문법엔 거의 신경 안 써요." 마사가 말했다.

"요즘은 아무도 신경 안 쓰지 뭐. 이제 작가도 아니니까 떨쳐내려고 해봐야겠어." 아이오나가 허탈한 표정으로 말했다.

"아이오나," 에미가 말했다. "그 멍청한 잡지사 놈들이 당신을 판단하게 내버려둘 거예요? 에드 랭커스터가 이기게 놔두면 안 돼요." 룰루가 으르렁댔지만 에미는 무시하고 말을 이었다. "당신이 할 수 있다는 걸 보여줘야죠! 아직 아이오나의 시절이 지나지 않았다고 말이에요. 아직도 작가고, 상담가예요. 뼈에 새겨져 있다고요. 당신이 진짜 전문가예요."

"에미, 달링." 아이오나가 말했다. "친절한 말 고마워요. 의도도 알겠어. 내가 유튜브를 하길 바라는 걸 테고, 그 끈기에 존경을 보내지만, 아쉽게도 여전히 답은 '아니'예요."

아이오나

아이오나와 비는 요양원의 커다란 내닫이창 앞에 앉아 오래된 대정원을 내다보았다. 아이오나는 지나간 시대의 사냥에서 돌아온 유령들이 떠올랐다. 하루의 사슴 사냥을 마치고 바로 이 응접실로 돌아와 차를 마시며 성과를 자랑하고, 죽음에 가까워질수록 더 살아 있다고 느꼈던 유령들.

오늘은 최고의 날도, 최악의 날도 아니었다. 비는 그녀를 알아보지 못했지만, 적어도 두려워해야 할 낯선 사람이 아닌 친구로는 여겼다. 아이오나가 '독재자'를 가져왔던 때처럼 상태가 좋은 날이면 비는 자신이 누구인지, 어디에 있는지 정확히 알았고, 그럴 때면 마치 옛날로 돌아간 것 같았다. 비가 혼란스러워하거나 두려움에 일렁이는 눈빛으로 바라보다가 아이오나의 손길을 피하는 날은 정말이지 견디기 힘들었다.

아이오나는 가방을 뒤져 낡은 가죽 사진 앨범을 꺼냈다. 클라우드에서 떠돌며 수천 명의 낯선 이들이 버린 다른 추억 수백만 개와 뒤섞여 있는 것보다 이렇게 직접 만질 수 있는 게 더 좋았다. 그 모든 휴가, 결혼식, 생일 파티는 공기 중에 둥둥 떠다니다가 소환될 순간을 기다리거나, 페이스북의 랜덤 추억으로 튀어나오곤 했다.

앨범을 펼치자 '1992년 12월 1일, 세계 에이즈의 날'이라고 쓰인 페이지가 나왔다.

"이거 기억나, 비?" 아이오나가 앨범을 내밀며 말했다. "다우닝 스트리트에서 행진에 참여했잖아. 자기가 플래카드로 경찰관 머리를 때려서 체포됐지."

비는 검지손가락으로 사진을 쓸었다.

"아무것도 아닌 일로 진짜 난리였어. 경찰관은 헬멧을 쓰고 있었고 플래카드는 골판지로 만든데다 비에 흠뻑 젖기까지 했는데. 젤리로 망치를 때리는 것보다 충격은 더 미미했을걸. 뭐라도 핑곗거리를 찾아내려는 인종차별주의자에 동성애혐오자들일 뿐이었어." 아이오나는 단숨에 그날로 돌아갔다. 경찰 바리케이드를 뚫고 비에게 다가가려 몸부림치던 순간의 두려움, 수갑을 찬 채 경찰차 뒷좌석에 떠밀려 타는 연인을 바라보며 느꼈던 분노와 무력감이 아직도 생생했다.

지금 이 순간에도 그녀는 사랑하는 여자에게 닿으려 필사적으로 노력하고 있지만, 이제 두 사람 사이의 거리는 경찰 저지선보다 훨씬 더 멀어졌고 길을 찾는 건 더더욱 어려워졌다. 시간이 흐르면서 길은 한층 더 어두워지고 모양을 계속 바꾸는데다 보이지 않는 장애물로 가득차 그저 감각에 의지해 더듬거리며 나아갈 수밖에 없었다.

비가 뭐라고 나직하게 중얼거렸다.

"뭐라고 했어, 자기?" 아이오나가 물었다.

"자기가 포기하면 저들이 이기는 거야." 그녀가 말했다.

"맞아, 비." 아이오나가 아내의 손을 꽉 쥐며 말했다. "기억나? 내가 퇴원하고 나서 직장 관뒀을 때 나한테 해준 말이잖아. 행진하고 청원하고 로비할 때마다 했던 말이고. 저들이 우리가 위축되길 원하니까 더더욱 어깨 펴고 당당히 서야 해."

"우리가 눈에 보이지 않길 바라니까 눈에 띄어야 하고." 비가 말했다.

"우리가 입다물길 바라니까 목소리를 내야 해." 아이오나가 말했다.

"우리가 항복하길 바라니까 맞서 싸워야 해." 둘은 동시에 말했다. 비는 아이오나 쪽으로 몸을 기울여 어깨에 머리를 기댔다.

질문 하나가 머릿속에 자리를 잡더니 점점 더 커지며 다른 것을 전부 밀어냈고, 마침내 그 질문만 남았다.

언제부터 싸우기를 관둔 거지?

답을 알고 있었다. 비를 낫게 할 수 없다는 사실을, 아무리 싸워도 비를 고칠 수 없다는 사실을 결국 받아들여야 했을 때, 아이오나는 그녀의 싸움도 관뒀다. 백기를 들고 두 팔을 내리고 항복했다.

비라면 절대로, 결코 하지 않을 행동이었다.

아이오나는 오래된 블랑망제 핑크색 피아트 500에 몸을 싣고 기어를 1단으로 거칠게 바꿨다. 왜 이렇게 성이 난 거냐며 피아트 엔진이 항의하듯 웅웅거렸다. 능숙하게 기어를 변속하며 집으로 돌아오는 내내, 어젯밤 에미가 했던 말과 뒤섞여 비와 나눈 대화가 머릿속에 울려퍼졌다.

우리는 눈에 띄어야 해. 우리는 목소리를 내야 해. 네가 뭘 할 수 있는지 보여줘야 해. 아직 너의 시절은 지나가지 않았어. 저들은 우리가 위축되길 원해. 더더욱 어깨 펴고 당당히 서야 해. 넌 하찮은 존재가 아니야. 싸워야 해.

아드레날린이 솟구치며 흥분감이 고조되고 목적의식이 또렷해졌다. 마치 오래전 꽉 찬 객석의 웅성거림을 들으며 무대에 오르려고 기다리던 순간처럼. 마법 같은 일이 곧 일어날 거라는 확신 속에.

현관문을 너무 세게 열어젖힌 바람에 손잡이가 복도 벽에 꽝 부딪히면서 이미 파인 부분이 더 파이고 타일 바닥에 석고 부스러기가 우르르 쏟아져내렸다. 아이오나는 가방을 내려놓고 코트걸이에 걸려 있던 우산을 집어들었다.

"에미!" 그녀가 외쳤다. "에미, 어딨어요?"

에미가 깜짝 놀란 표정으로 계단 꼭대기에서 모습을 드러냈다.

"에미!" 아이오나는 우산을 검처럼 휘둘렀다. "뭘 기다리는 거예요, 이 사람아? 당장 합시다!"

피어스

피어스는 자신이 소호의 트렌디한 디지털 에이전시에 마련된 방음시설이 완벽한 녹음 스튜디오에 앉아 있다는 사실이 믿기지 않았다. 거래소 시절로부터 그 어느 때보다 멀리 온 것 같았다.

피어스는 에미와 아이오나의 초대로 '아이오나에게 물어보세요' 첫 녹화를 보러 왔다. 음, 사실 그렇진 않았다. 오전 수업이 없는 날이라 제발 보게 해달라고 애원해서 마침내 둘이 항복한 거였다.

일반적인 지표에 따르면 피어스의 삶은 크게 나빠졌다. 그런데 어느 때보다도 더 행복했다. 현대를 살아가는 폴리애나*처럼 한

---

* 1913년에 출간된 엘리너 H. 포터의 소설 『폴리애나』의 주인공으로, 부모를 잃고 고아가 되었지만 만사를 매우 긍정적으로 생각하는 소녀.

가닥 희망을 찾아내고 축복을 헤아려보는 자신을 발견했다.

반년 전만 해도 그는 아름다운 아내와 두 자녀와 함께 〈데일리 메일〉에서 '대저택'이라고 일컫는(하지만 캔디다는 '딱 적당한' 집이라고 불렀던) 몇 에이커짜리 집에 살았다. 지금은 슈퍼마켓 주차장이 내려다보이는 역 근처의 평범한 방 두 개짜리 아파트에서 혼자 살고 있다.

카펫은 닳아 해졌고, 커튼은 다 닫히지 않고, 침실 천장 구석에는 아프리카대륙 모양으로 곰팡이가 피어 있었다. 하지만 새 쿠션이나 접시 세트나 촛대를 들일 때마다 성취감을 느꼈다. 앞으로 나아가고 있다는 기분이 들었다.

얼마 전에는 테오와 민티를 데리고 이케아에 갔다. 바닥에 표시된 화살표를 따라 드넓은 매장을 돌아다니며 침실에 놓을 가구를 골랐는데, 집에 어울릴지 혹은 유행에 걸맞은지는 신경쓰지 않고 즐겁게 탐험했다. 사실 세 사람은 유행에 맞지 않을수록 더 좋은 거라고 장담했다. 그후 카페테리아에서 스웨덴식 미트볼에다임 초콜릿바를 먹으며 유대감 넘치는 소매점 삼총사는 풍족하고도 성공적인 쇼핑 사냥을 다 함께 축하했다.

생각했던 것보다 캔디다는 딱히 그립지 않았다. 우리 관계는 오랫동안 공동의 의무, 시간표, 분담한 할일에 의해서만 유지되어 왔구나, 그는 깨달았다. 아이러니하게도 두 사람이 가장 친밀감을 느꼈던 시기는 그녀가 몰래 탈출 작전을 세우고 있던 때였다.

지금 캔디다와의 관계는, 한쪽은 부자 이웃과 몰래 바람을 피우고 다른 한쪽은 몰래 재정을 파탄냈을 때만큼 원만했다. 그녀가 데이트를 하러 나가면 아이들을 데리고 와서 설탕과 인공 방

부제가 들어간 음식을 잔뜩 먹인 후 몹시 흥분한 상태로 돌려보내는 것에 그는 물론 죄책감을 느꼈다. 하지만 난 성인saint이 아닌걸.

피어스는 다음 학기부터 시작되는 교사 연수 프로그램에 합격했고, 그때까지는 휴직 교사들의 수업을 맡을 만큼 신망을 얻었다. 자신의 일이 행정 서류를 처리하고, 벌점을 매기고, 리얼리티 TV 스타나 유명 게이머를 꿈꾸며 대수학은 전혀 모르는 학생들의 머릿속에 수학의 기본 원리를 심어주는 것임을 알고 있었다. 하지만 벌써 이따금 자신이 한 말이나 행동이 학생들에게 영향을 미친다는 느낌을 받았다. 어쩌면 누군가의 미래를 아주 조금이나마 바꿀 수 있을지도 몰랐다. 위궤양에 걸리면서까지 부자를 더 부자로 만들기 위해 이리저리 숫자를 옮기는 것 말고.

환기가 되지 않는 비좁은 녹음실 뒤쪽 어두운 구석에 자리를 잡은 그는 방해하지 말라는 지시를 받았다. 스포트라이트가 비추고 장대에 달린 대형 마이크가 설치된 앞쪽에는 작은 안락의자 두 개가 놓여 있었고, 그중 하나에 케이터링 회사를 운영하는 루이자라는 머리가 희끗희끗한 여성이 앉아 있었는데, 에미가 꼭 와달라고 뇌물을 줘서 온 것뿐이었다.

"비는 비쩍 마른 케이터링 업자는 절대 믿지 말라고 했지." 아이오나가 그에게 속삭였다. "개인 트레이너가 비만이거나, 연애 상담사가 지저분하게 이혼했다는 사실을 알게 되는 거랑 똑같은 거예요. 하루종일 음식을 만들면서 많이 안 먹는 사람은 자기가 만드는 음식을 정말로 좋아하는 건 아니라는 거지."

"코카인을 할 수도 있죠." 피어스가 말했다.

"세상에, 정말 그렇게 생각해요?" 아이오나가 루이자를 의심스럽게 쳐다보며 말했다.

"아뇨, 아이오나. 그렇게 생각 안 해요." 피어스가 말했다.

에미는 삼각대에 설치한 최신형 카메라 뒤에 커다란 헤드폰을 끼고 서 있었는데, 굉장히 프로다운 모습이었다. 핫핑크색 펜슬 스커트가 처음 만났던 날 입었던 옷이라는 걸 알아차렸다. 거의 죽을 뻔한 경험도 '만남'이라고 표현할 수 있다면 말이지.

"좋아요, 시작할게요, 아이오나." 그녀가 말했다.

아이오나는 루이자에게 자신을 소개한 다음 빈 안락의자에 앉았다. 카메라를 향해 고개를 돌리자 에미가 영화 현장처럼 외쳤다. "액션!"

"여러분, 좋은 아침이에요!" 아이오나가 밝은 빨간색 립스틱을 바른 입술로 활짝 웃으며 말했다. "'아이오나에게 물어보세요' 대망의 첫 에피소드에 오신 것을 환영합니다! 저는 아이오나 아이버슨이고요, 오늘 함께할 분은 사랑스러운 루이자입니다. 어서 오세요, 루이자!"

잔뜩 얼어붙은 얼굴로 루이자가 일그러진 미소를 지었다.

"고맙습니다, 아이오나." 루이자가 가늘고 높은 톤으로 말했다. 그러고는 카메라를 향해 긴장한 듯 손을 흔들었다. "안녕하세요, 여러분!"

"자, 오늘 여기 오신 이유를 말해주세요." 아이오나가 말했다.

"음…… 저는…… 물어보고 싶었던 게 뭐냐면……" 피어스는 대망의 첫 손님이 과연 문장을 끝까지 마칠 수 있을지 궁금해하며 침을 꿀꺽 삼켰다.

"……그 변화요." 네 글자가 툭 튀어나왔다.

"오, 그렇군요. 그 변화." 아이오나가 말했다. "우리가 그걸 그렇게 부르는 게 재밌지 않나요? 마치 특정 나이가 되면 늑대인간이나 인크레더블 헐크로 변하기라도 하는 것처럼!"

"음, 가끔 그런 느낌이 들 때가 있어요." 루이자가 말했다. "난데없이 이상하게 체온이 변하고, 맨날 잠이 부족하고, 비합리적인 분노가 치밀고, 방에 들어갔다가 왜 들어왔나 까먹기 일쑤고, 냉장고 안에서 잃어버린 자동차 열쇠를 발견하고, 그런 거요." 피어스는 저 여성에게 점심시간 샌드위치 케이터링을 주문하는 게 정말 안전한지 의구심이 들었다. "더이상 누구한테도 쓸모없는 존재가 된 듯한 느낌이에요. 투명인간이 된 것 같아요."

루이자는 긴장이 풀린 게 확실했다. 불안할 정도로. 저렇게 개인적인 문제를 공개적으로 꺼내는 게 정말 좋은 생각일까? 어느 정도 신비감을 유지하는 게 중요하지 않나? 예를 들어 8년간의 결혼생활 동안 그와 캔디다는 화장실을 쓸 때 한 번도 문을 열어둔 적이 없었다. 그건 로맨스의 종말이니까. 비록, 터놓고 얘기하자면 화장실 문을 열심히 닫았음에도 결혼생활의 모든 로맨스는 이미 오래전에 끝났고, 각종 요구와 수동공격적 비꼬기 등등이 그 자리를 채웠지만. 캔디다와 그녀의 새로운 남자는 서로 보는 앞에서 오줌을 쌀까? 어쩌면 그럴지도.

"달링, 당신은 혼자가 아니에요!" 아이오나가 말했다. "나도 겪었는걸요! 그 터널을 지나온 입장에서 말하자면, 완경에는 엄청난 장점이 있답니다!"

루이자는 믿을 수 없다는 표정을 지었다. 당연했다.

"우리 여자들은 성가신 호르몬의 노예로 일생의 대부분을 보내죠. 지저분하고 아프고 돈까지 드는 생리를 하고!" 피어스는 약간 불편해졌다. 최소한 페인트칠하기나 플로 이모 만나기 같은 유용한 완곡어법을 쓸 수도 있잖아. "생리전증후군은 말할 것도 없고요! 그리고 그놈의 에스트로겐은 우리 자신은 쏙 빼고 모든 사람을 돌보라고 들들 볶죠. 남자들은 이런 말도 안 되는 상황을 안 겪잖아요. 그냥 성별 임금 격차에 만족하면서 계속 모터나 돌리지. 하지만 남자들이 모르는 건, 완경 이후는 페이백이라는 사실이에요. 우리도 살면서 한 시절쯤은 이기적이 되는 거죠. 완전 새로운 삶의 활력을 찾고, 승리의 2막을 맞이하기도 한다고요!"

"그렇게 생각해본 적은 한 번도 없네요." 루이자가 말했다. "말씀을 들으니 마음이 훨씬 나아지는 것 같아요."

"티나 터너의 〈프라이빗 댄서〉 앨범 기억나세요?" 아이오나가 물었다. 루이자는 고개를 끄덕였다. "그게 제일 성공한 앨범이잖아요. 수년간의 공백기 끝에 컴백한 앨범이기도 하고. 그 앨범 나왔을 때 그녀가 몇 살이었게요? 마흔다섯 살! 이제 막 다시 시작하는 시기였다고요. 마지막 세계 투어는 일흔 살에 했고요."

"네, 근데 안면홍조는 어떡해요?" 현실주의자이자, 솔직히 티나 터너는 아닌 루이자가 말했다.

"그래요. 변화를 덜 심하게 겪는 법을 찾아야죠." 아이오나가 다시 현실에 발을 디뎠다. "지역 보건의와 상담하면 개인적인 위험 요인과 호르몬대체요법, 침술 같은 선택지를 일러줄 거예요."

머리카락이 가늘어지고 기억이 흐려지는 증상에 대해 좀더 이야기를 나눈 뒤, 에미가 손으로 '슬슬 마무리하세요'라는 신호를 보냈다.

"'아이오나에게 물어보세요'에 함께해주셔서 정말 감사해요, 루이자. 아이오나의 완경 후 2막이라고 부를 수도 있겠네요. 시청해주신 여러분께도 감사드립니다."

"사무실 케이터링이 필요하시면 오피스케이터링솔루션닷컴으로 와주세요! 가격이나 품질 면에서 절대 뒤지지 않습니다!" 루이자가 다급하게 말했다.

"고민이 있으면 Iona@askiona.com으로 이메일 보내주세요." 아이오나가 끼어들었다. "조금 낯가리는 성격이라면 익명으로 보내셔도 되고, 루이자처럼 스튜디오에서 생방송으로, 아니면 영상 링크로 참여하실 수도 있어요."

"잘하셨어요, 루이자, 아이오나!" 에미가 말했다. "정말 멋졌어요!"

구석에 쭈그러진 채 피어스는 박수를 보냈고, 그러자 그가 거기 있었다는 걸 모두 잊고 있었다는 듯 다들 화들짝 놀랐다.

"다음번에는 원격 게스트도 섭외해봐요." 에미가 말했다. "저희가 줌이라는 새로운 기술을 사용하고 있거든요. 웹 링크를 통해 서로 다른 곳에 있는 두 사람의 화상 대화를 녹화할 수 있어요. 확실히 미래 같죠."

피어스는 픽 웃었다. 그 작은 회사에 투자해달라는 요청을 받았지만 거절했었다. 어떤 것도 대면 회의를 대체할 수 없으니까. 결코 성공할 수 없는 사업이지. 그는 이런 일에 감이 좋았다.

산제이

의료인 지원 모임에 벌써 세 번이나 갔다. 여태껏 왜 이런 모임을 몰랐는지 이해가 안 될 정도였다. 공황발작이 완전히 사라진 건 당연히 아니었지만, 예전보다 빈도가 훨씬 낮아졌다. 정면으로 마주하니 불안의 위력이 조금은 약해진 것 같았다.

제일 큰 변화는 더이상 혼자라거나 부끄럽다고 여기지 않는다는 점이었다. 최고 전문의부터 신규 간호사에 이르기까지, 그를 따라다니며 괴롭히는 불안감을 똑같이 지닌 이들의 이야기를 듣다보니 카타르시스도 느껴지고 마음도 놓였다.

지난주만 해도 수많은 조수를 거느리고 병원 복도를 휩쓸던 노련한 심장외과 의사가 요즘도 큰 수술을 앞두고 늘 먹은 걸 다 게워낸다고 고백했다. 이제는 스스로 불안을 받아들였다고, 자신이 아직도 마음을 쏟는다는 신호라고 여긴다면서 수술대 위에 의식

없이 누운 환자를 치료하는 데 최선을 다하고 싶다고 했다.

산제이는 화학요법 대기실 한가운데에 있는 기둥에 매달린 커다란 황동 종 앞으로 걸어가는 줄리를 바라보았다. 암병동에는 모든 환자가 마지막 치료를 마치면 종을 울리는 전통이 있었다. 늘상 통증과 고통으로 무거운 공기가 깔려 있는 병동에 이따금 들리는 종소리는 언제나 잠깐의, 하지만 기꺼운 막간의 기쁨과 희망을 선사해주었다.

줄리는 종에 매달린 줄을 양손으로 잡고 세 번 당겼다. 종은 좌우로 흔들리며 댕댕 울렸다. 대기중인 환자들의 박수와 환호 소리에 섞여 종소리가 대기실에 울려퍼졌다. 그녀는 산제이에게 다가와 두 팔을 벌려 힘껏 껴안았다. 몇 달 전보다 훨씬 더 작아진 몸에 항암 치료로 여기저기가 헐었는데도 껴안은 두 팔에는 힘이 있었다.

"맨 처음 종소리를 들었을 때부터 이 순간을 기다렸어요." 그녀가 말했다. "드디어 내 차례가 됐다는 게 안 믿겨요."

"그러게요, 우리가 친해진 건 정말 좋지만 여기서 조만간 다시 만나고 싶진 않네요. 아시겠죠, 줄리?" 산제이가 말했다.

"최선을 다해 멀리 떨어져 있을게요." 그녀가 말했다.

"애덤이 데리러 오나요?" 산제이가 물었다.

"네, 근데 먼저 학교에서 애들을 데려와야 해서 30분은 더 걸릴 거예요." 그녀가 말했다.

"음, 저 지금 휴식시간이거든요. 보통은 계속 일했는데 그러지 말라는 말을 들었어요. 그러니까 저랑 카페테리아에서 작별의 차 한잔하면 어때요?" 산제이가 말했다.

"데이트 신청이네요." 줄리가 답했다.

"좋아 보여요, 줄리." 차와 케이크가 담긴 플라스틱 쟁반을 테이블에 내려놓으며 산제이가 말했다. 줄리는 살짝 서툴게 그린 듯한 눈썹을 치켜올렸다.

"간호사님은 진짜 매력적인 사람이에요." 그녀가 답했다. "하지만 내가 안 좋아 보이는 거 알아요." 그녀는 알록달록한 비니를 벗고 반들반들한 대머리를 손바닥 끝으로 문질렀다.

"머리카락 얘기가 아니에요." 산제이가 말했다. "훨씬 더 행복해 보인다는 말이었어요. 한 달 전만 해도 다시는 병상에서 못 일어날 것 같다고 했잖아요."

"맞아요." 줄리가 말했다. "근데 어느 순간 깨달음이 왔어요. 미래를, 혹은 미래가 없을까봐 걱정하느라 제가 온 시간을 다 쓰고 있더라고요. 끝도 없이 날 갉아먹는 두려움을 안고 살았던 거예요. 쥐가 내 내장을 갉아먹는 것처럼."

"어우." 산제이가 말했다.

"징그럽죠." 줄리가 말했다. "미안해요. 너무 아파서 소파에서 일어나지도 못할 때 봤던 〈왕좌의 게임〉에 좀 끔찍한 고문 장면이 나오거든요. 거기서 본 이미지예요. 어쨌든 제 말은, 암이 언제든 재발해서 뒤통수를 칠 수도 있단 걸 알지만, 그런 생각은 하지 않겠다는 거예요. 인생은 짧고, 제 인생은 다른 사람들보다 좀 더 짧을지도 모르죠. 그러니까 제가 통제할 수 없는 일로 괴로워하느라 하루도 더 낭비하고 싶지 않아요."

"저도 걱정이 엄청 많아요, 아시죠." 산제이가 말했다. "어떤 상황에서나 항상 최악의 시나리오를 상상해요. 하지만 줄리 말이 맞아요. 두려워하며 살기에 인생은 너무 짧아요."

바로 그 순간, 탁 하고 머릿속에 전구가 켜졌다. 뭘 해야 할지 알겠어. 그걸 해야겠다.

"그거 아세요? 저 도전할 거예요." 자기검열을 할 새도 없이 이 말이 튀어나왔다.

"뭐에 도전한다는 거예요?" 줄리가 말했다. "승진? 어머, 연애구나? 그렇다고 말해줘요!"

산제이는 찻잔을 바라보며 고개를 끄덕였다.

"자, 스스로에게 물어봐요. 젊고 반짝반짝하고 삶의 기쁨으로 가득차 있는 누군가를 사랑하는 건 쉬워요. 하지만 저를 한번 잘 봐요. 머리카락도, 눈썹도, 속눈썹도 다 빠졌을 때도 그 사람을 사랑할 수 있어요? 그 사람이 밤새 토하는 동안 등을 두드려주고, 민트맛 아이스크림만 간신히 먹을 수 있다면 새벽 3시에 몇 시간을 운전해서 사다줄 수 있어요?" 그녀가 진심어린 눈빛으로 그를 바라보았다.

"네, 정말로 그럴 수 있어요." 산제이가 말했다. "그 사람이 머리카락과 속눈썹이 아름답긴 한데, 그 사람에 관해 제가 좋아하는 것들의 목록에서 그건 엄청 아래쪽에 있거든요."

줄리는 뭔가 말하려다 말더니 그의 어깨 너머를 바라보며 환하게 웃었다.

"줄리!" 애덤이 외쳤다. "다 끝났구나! 당신이 너무 자랑스러워." 애덤은 아내를 일으켜 품에 꼭 끌어안고선 정수리에 몇 번이고 입을 맞춘 다음 다정한 손길로 비니를 씌워주었다.

문을 향해 걸어가다 문득 줄리가 뒤를 돌아보았다.

"그럼 그게 바로 당신이 원하는 거예요." 그녀가 말했다. "놓치지 말아요."

산제이는 빈 컵과 접시를 쟁반에 올리고 카운터로 가져갔다. 간호실습생 두 명이 농담하며 킬킬대다가 산제이를 미처 못 보고 부딪힌 바람에 쟁반에 있던 컵과 접시가 한쪽으로 위태롭게 쏠렸다.

산제이는 사과의 말이 목 끝까지 차올랐지만 애써 삼키고 두 실습생을 노려보기만 했다. 기다렸다.

"아, 정말 죄송합니다." 한 명이 말했다.

"네, 죄송합니다." 다른 한 명이 말했다.

"괜찮아요." 산제이는 빙긋 웃었다.

마사

기차가 서비턴역에 들어서자 산제이와 함께 앉은 아이오나가 보였다. 아이오나가 손을 흔들더니 마사를 가리킨 다음 옆에 앉은 룰루를 손짓했다. 룰루가 자리 맡아놨어, 라는 암호였다. 선택받은 사람이 된 것 같은 기분이었다.

"안녕하세요, 아이오나! 안녕하세요, 산제이." 테이블석에 닿자마자 그녀가 말했다. "오늘은 에미가 없네요?"

"없지." 아이오나가 말했다. "치약 회사 사람들이랑 오전 회의가 있대. 다음 회차 녹화하려고 에이전시에서 만나기로 했어. 산제이가 고맙게도 '아이오나에게 물어보세요'로 온 이메일 정리를 도와주겠다고 햄프턴코트역까지 와줬어. 괜찮으면 같이 할래? 시험 결과가 걱정된다는 학생들이 좀 있거든. 조언을 해줄 수 있는지……"

"당연하죠." 마사가 말했다. "저도 이번 시험을 망쳤다고 확신하거든요. 아마 수학만 빼고요."

"그래, 당연히 안 망쳤겠지만 그 얘긴 나중에 하자." 아이오나가 말했다. "다음 건 뭐예요, 산제이?"

산제이는 형광펜과 포스트잇의 흔적이 가득한 이메일 프린트물을 뒤적였다. 그중 하나를 아이오나에게 건네자, 아이오나는 가방에서 돋보기안경을 꺼내 쓰고 들여다보았다.

"어머, 이거 아주 흥미롭네. 익명으로 보낸 건데," 종이를 훑어보며 그녀가 말했다. "자기가 오랫동안 한 여자를 남몰래 사랑해왔다네. 거의 매일 서로 만나서 좋은 친구 사이가 됐대. 여자가 얼마 전에 유해한 관계를 끊어냈고, 본인을 오빠처럼 생각한다나. 이 남자는 그 이상이 되고 싶고. 절망적인 건가? 어떻게 하면 여자가 이 사람을 다르게 볼 수 있을까?"

아이오나는 종이를 다시 테이블에 올려놓았다.

"그래서, 어떻게 답하실 거예요?" 산제이는 간절한 표정으로 아이오나를 바라보았다.

"글쎄요, 달링." 그녀가 말했다. "나라면 이렇게 말하겠어요. 절친한 플라토닉 친구 관계와 연인 사이의 경계는 웨이퍼만큼이나 얇다고. 〈해리가 샐리를 만났을 때〉 봤어요?" 산제이는 고개를 저었다. "음, 꼭 한번 봐요. 거칠고 열정적인 섹스를 하는 건 아주 쉽지. 하지만 해리와 샐리처럼 친절함, 상호 존중, 비슷한 가치관, 비슷한 유머 감각을 토대로 근사한 우정을 쌓는 건, 그건 정말 어렵다고. 이 남자는 딱 보니까 그런 관계를 맺고 있네. 양쪽 모두 시간과 노력이 필요할 거예요. 근데 거기에 성적 끌림이 더해지면 아주 어마어마한 케이크가 되는 거지. 알겠죠?" 산제이가 끄덕였다.

"어쨌든," 아이오나가 말을 이었다. "힘든 일이 닥치면 섹스가 아니라 우정으로 버티게 돼요. 늘 모든 관계에서 어느 시점이 되면 그렇듯이. 당신도 알잖아요, 산제이. 암병동에서 일하니까 관계가 시험대에 오르는 걸 늘 지켜보겠지."

"그럼 해리와 샐리는 결국 사귀나요? 영화에서요." 그가 물었다.

"네! 12년 3개월이 걸리긴 했지만." 아이오나가 말했다.

"마음이 전혀 안 놓이네요." 산제이가 말했다. "익명의 그 남자 말이에요."

"음, 그렇게 오래 걸리진 않을 거라고 봐요." 아이오나가 말했다. "내가 도와줄 거니까."

"그럼 어떻게 친구 이상의 존재가 될 수 있을까요?" 익명의 남자에게만큼이나 자신에게도 중요한 문제라는 듯 산제이가 물었다. 산제이는 지금껏 만난 모든 어른 중 제일 공감 능력이 뛰어난 사람이구나, 마사는 생각했다.

"당신이, 아니 그 남자가 큰맘 먹고 행동을 해야겠지. 좋아하는 사람이 문득 관심을 갖고 곰곰이 생각하게 만드는 계기 말이야. 이전에 그냥 넘겼던 것들에 의문을 품게 되고 그 사람을 새롭게 바라볼 수 있도록 말이지." 아이오나가 말했다.

"어떤 식으로요?" 산제이가 물었다.

"음, 할리우드 영화를 다시 떠올려봐요. 리처드 기어가 리무진 안에 서서 꽃다발을 들고 줄리아 로버츠한테 사랑 고백하는 장면 같은 거? 휴 그랜트와 앤디 맥다월이 비가 쏟아지는 것도 모르고 키스하는 장면 같은 거? 근데 똑같이 따라 하면 안 되고요. 그 두 사람한테 매우 특별하고 개인적인 맥락이 있어야 해." 아이오나가 말했다. "예를 들면 아내랑 난 무대에서 만났잖아요. 공통의 열정이 있지. 그래서 난 고백하기로 마음먹은 날 저녁에 극장에다 뭘 두고 왔다고 했어요. 돌아가보니 완전히 캄캄하고 텅 비어 있었지. 그 순간 라이브 밴드가 연주를 시작했고 스포트라이트가 탁 켜졌어. 상상해봐요, 여러분!"

아이오나는 팔을 쭉 뻗어 가상의 무대를 가리키며 먼 곳을 바라보았다.

"난 마이크 앞으로 걸어가서 콜 포터의 〈Let's Do It〉을 부르기 시작했어요. 일생의 로맨스가 시작된 순간이었지. 다행히 비는 내가 노래에 재능이 없다는 사실에 실망하지 않았어요. 그러니 익명의 그 남자에게 둘이 어떻게 만났는지, 둘의 관계에 어떤 특별한 점이 있는지 생각해보고, 거기서부터 시작하라고 말해주고 싶네."

"그럼 예를 들어 기차에서 만났다고 하면……" 산제이가 말했다.

"흠, 그러면 기차 여정과 관련된 담대한 시도를 궁리해볼 수 있겠지." 아이오나가 환하게 웃으며 말했다. "안 될 게 뭐야? 잃을 게 뭐 있어요?"

"근데 만약 실패하면요?" 산제이가 물었다.

"시도하지 않는다면 백프로 실패하겠죠." 아이오나가 말했다. "사랑은 가장 큰 위험을 무릅쓰는 일이지만, 사랑 없는 삶이야말로 의미가 없지."

"정말 시적이네요, 아이오나." 마사가 말했다. "누가 한 말이에요?"

"내가 한 말이란다, 달링." 아이오나가 답했다. "방금."

시험 스트레스에 대처할 방법을 알려달라는 이메일을 두고 간단한 논의를 좀더 한 다음, 기차가 워털루역에 도착하자 산제이는 교대근무를 하러 서둘러 내렸고 아이오나와 마사는 프린트물을 한데 모아 정리했다.

"아이오나," 마사가 말했다. "참견하려는 건 아닌데요, 또 아이오나가 전문가이기도 하고요. 근데 기차에서 로맨틱한 이벤트를 하는 게 정말 좋은 생각일까요? 세상에서 제일 창피한 일일 것 같은데."

"어머, 세상에, 네 말이 맞을지도 몰라." 아이오나가 말했다. "문제는, 내가 너무 보고 싶다는 거야. 처음부터 너무 가까이서 개입했던 관계라 그 장면을 놓치고 싶지가 않네."

마사는 아이오나가 무슨 말을 하는 건지 전혀 알 수가 없었다. 이메일은 익명으로 왔는데 아이오나는 어째서 직접 볼 수 있다고 믿는 거지?

에미

08:05 햄프턴코트역, 워털루행

에미는 마침내 자신의 본모습을 되찾아가고 있었다. 토비와 함께 있을 때는 평소의 자기 자신이 아니었다는 사실을 스스로 몰랐으니 실로 낯선 기분이었다. 그는 너무도 천천히, 몹시 교묘하게 그녀를 깎아내렸기에 변화를 전혀 감지할 수 없었다. 질식당하면서도 보호받고 있다고 느꼈다. 고립되어가면서도 사랑받고 있다고 느꼈고. 그가 자존감을 무너뜨리는 동안 지지받고 있다고 느꼈다. 어떻게 그렇게까지 몰랐을까?

에미는 단단하고도 엄격한 규칙을 만들었다. 더이상 내 삶에 남자는 없다. 적어도 당분간은 안 돼. 모든 상처를 회복하고 내 판단을 다시 신뢰할 수 있을 때까지는.

기자를 만나기 위해 아이오나와 함께 기차를 타고 가는 중이었다. '오십대 후반에 새로운 커리어를 시작하고 SNS를 사용할 수 있는 여성'을 왜 이렇게 특이하게 보는 거야? 아이오나의 의문은 일리가 있었다. 피트먼식 속기법을 익히고 텔렉스 기계나 전화교환기를 다루는 거야말로 어려웠다고!

에미는 언론이 보이는 관심의 대부분은 사실 손을 뻗는 것마다 '특별함'을 더하는 아이오나라는 인물 자체에 있지 않을까 싶었다. 그래도 무척 기뻤다. 무료 홍보 덕에 아이오나의 채널은 인기가 천정부지로 치솟았다.

이메일을 훑어보던 아이오나가 하도 크게 코웃음을 치는 바람에 에미는 화들짝 놀라 고개를 들었다.

"세상에, 이것 좀 봐요!" 아이오나가 외쳤다. "적의 시체가 떠내려오네! 내가 제일 좋아하는 중국 속담 기억하죠?"

"다리 위에 오래 서 있으면 적의 시체가 떠내려온다는 거요?" 에미는 토비가 강물에 떠내려오길 기다리는 중이었다. "누구 시체인데요?"

"이름을 말할 수 없는 자." 아이오나가 룰루에게 손짓하며 말했다. "내 예전 편집장. 읽어줄게요." 아이오나는 돋보기를 쓰지 않으려고 글자를 크게 확대한 아이패드 화면을 들여다보았다.

"친애하는 아이오나에게," 에드의 허세를 흉내내며 아이오나가 읽기 시작했다. "엄청난 성공을 거둔 모습을 보고 무척 기뻤습니다. 당연히 그랬겠지, 이 약삭빠른 겁쟁이야. 관대한 합의를 통해 좋은 모습으로 헤어져서 다행입니다. 당신의 소박한 유튜브 채널에…… **소박한** 채널이라고? 내 구독자 수가 너네의 두 배야, 개자식아…… 유료 파트너십을 제안하고자 합니다. 이 관계는 우리 모두에게 큰 도움이 될 거라 확신합니다. 사보이그릴에서 점심식사를 하며 논의해보면 어떨까요? 사랑스러운 개를 데려오셔도 좋습니다. 이만 줄입니다. 어쩌고저쩌고."

"미쳤다." 에미가 말했다. "뭐라고 답장하실 거예요?"

"이거 어때요? 친애하는 에드에게, 꺼져." 아이오나가 말했다. 룰루가 으르렁거렸다.

"좀 너무 직설적이지 않아요?" 에미가 말했다.

"그 말이 맞네. 언제나 그렇듯이. 에미." 아이오나가 말했다. "그놈 수준에 맞출 필요는 없죠. 친애하는 미셸 오바마가 한 말을 기억해야지. 저들은 저열하게 굴어도 우리는 품위 있게 가자! 좀 더 순화해볼게요." 그녀는 잠시 멈춰 고민하더니 검지손가락 두 개로 타이핑했다. 주홍색 매니큐어를 칠한 긴 손톱이 걸리적거렸다. "자. 좀 낫죠?"

아이오나가 아이패드를 건넸다. 이미 전송된 메시지가 떠 있었다.

친애하는 에드에게,
꺼져.
행운을 빌며,
아이오나

기차가 뉴몰든역에 도착했다. 에미는 산제이가 올까 싶어 둘러봤지만 보이지 않았다. 갑자기 실망감이 울컥 솟았다. 바보같이. 매일 같은 기차를 타야 한다는 규칙 같은 건 없잖아. 바로 그때, 어딘가 낯익은 두 얼굴이 눈에 들어왔다.

"아이오나," 그녀가 말했다. "산제이의 하우스메이트들을 만났던 날 기억해요?" 아이오나는 고개를 들더니 끄덕였다. "어, 혹시 저분들 아닌가요?"

두 사람은 창밖으로 플랫폼에 서 있는 두 청년을 내다보았다. 모두가 서둘러 기차에 올라타는데 두 사람은 열차 옆에 서서 에미와 아이오나를 향해 손을 흔들 뿐이었다. 그러더니 동시에 허리를 굽혔다가 커다란 종이 한 장을 들어올렸다.

굵은 검은색 대문자로 한 단어가 쓰여 있었다. **에미.**

에미는 눈살을 찌푸리곤 자리에서 일어나 무슨 일인지 살펴보려고 내리려 했지만, 기차가 덜컹 움직이면서 두 청년의 모습은 이내 왼쪽으로 떠밀리듯 사라졌다.

"이게 무슨 일이죠, 아이오나?" 다시 자리에 앉으며 그녀가 물었다.

"나도 모르지, 달링." 아이오나가 손톱을 매만지며 답했다.

에미는 얼굴을 찡그렸다. 아이오나에 대해 알게 된 한 가지, 무고해 보일수록 더 꿍꿍이가 숨어 있다.

뉴몰든역에서 레인스파크역까지는 3분밖에 걸리지 않아서 에미가 수수께끼를 풀기도 전에 기차가 속도를 줄이며 플랫폼에 들어섰다.

저기, 분주하게 움직이는 사람들 사이에 제이크가 중앙분리대처럼 우뚝 서 있었다. 기차가 멈추자 그는 두 사람을 향해 손을 흔들었다. 그런 다음 바닥에서 커다란 종이 한 장을 집어들었다. 뉴몰든역에서와 같은 종이였다. **혹시.**

레인스파크역에서 윔블던역까지 향하는 3분은 마치 영원처럼 느껴졌다. 데이비드와 그의 아내 올리비아로 보이는 여성이 플랫폼에 서 있는 모습을 보았을 때 더는 놀라지 않았다. 두 사람은 빙긋 웃더니 종이 두 장을 들어 보였다. **나, 랑.**

"에미, 혹시 나랑……" 에미가 중얼거렸다. "저한테 보내는 메시지예요."

"어머, 그렇게 생각해요?" 아이오나는 깜짝 놀란 표정을 지으려 애썼지만 실패했다. 저런 분이 왕년에 셰익스피어 극단에 있었을 거라고 상상했다니 어이가 없네.

다음 역인 얼스필드의 플랫폼이 보이기까지는 4분이 걸렸다. 이번엔 마사와 남자친구 아덴이었다. 두 사람이 든 종이에는 이 단어가 쓰어 있었다. **데이트.**

얼스필드역과 클래펌정크션역 사이 거리가 가장 길었다. 6분이나 걸리다니. 에미는 코를 창문에 바싹 붙이고 좌석 끄트머리에 앉아 있었다. 멀리서부터 그가 보였다. 내 친구. 산제이. 그는 커다란 종이 한 장을 들고 있었다. **할래요?**

아이오나가 커다란 핸드백을 뒤적였다. 그 안에서 종이 두 장을 꺼내 에미 앞으로 밀었다. 하나는 **네**, 하나는 **아니요**, 라고 쓰어 있었다.

"미안하지만," 아이오나가 말했다. "잘 모르겠어요, 좀더 생각해봐도 될까요 카드 같은 건 없어요. 그냥 직감을 따라가야 해요. 얼른. 기차가 다시 움직이기 전에. 빨리빨리!"

에미는 산제이와 함께 있을 때면 얼마나 행복하고 편안했는지 떠올렸다. 그게 다른 무언가의 시작이 될 수 있을까? 좀전에 뉴몰든역에서 산제이를 못 봤을 때 실망감이 차올랐던 것, 내심 함께 시간을 보내고 싶은 사람 1순위가 산제이라는 사실을 떠올렸다. 그가 얼마나 멋있는 사람인지, 몇 주 전 그의 탄탄한 복근을 보고 얼마나 숨이 턱 막혔는지, 그가 다른 사람이랑 사귀는 줄 알았을 때 얼마나 말도 안 되는 질투심이 차올랐는지. 토비가 계속 연락하던 때 겁에 질린 나를 달래준 사람. 내가 아는 사람 중 유일하게 주기율표 전체를 순서대로 외우고, 대프니 듀 모리에를 좋아하는 사람.

어쩌면 이미 친구 이상의 무언가가 되었는데 눈치채지 못한 것뿐일지도 몰랐다. 잃어버린 삶을 어깨 너머로 바라보느라 눈앞에 있는 걸 보지 못했던 거다. 친절하고, 사랑스럽고, 엄청나게 근사한 산제이를.

하지만 스스로를 거의 망가뜨릴 뻔했던 관계에 기꺼이 몸을 던졌던 내가 어떻게 나를 다시 믿을 수 있을까? 믿을 수 없었다. 하지만 아이오나는 믿을 수 있어. 말없이 검지손가락으로 카드 하나를 톡톡 치며 고르라고 재촉하는 아이오나는.

에미는 손을 거의 뻗었다가 문득 멈췄다. 새로운 규칙이 있었지. 더이상 내 삶에 남자는 없다.

하지만 아이오나가 가르쳐준 게 있었다. 규칙이란 깨라고 있는 것이다. 환상적으로, 그리고 당당하게.

에미는 손을 뻗어 카드를 집어들었다. 네.

마사

　　마사는 때때로 샌더스 선생님이 정말 예전의 그 피어스가 맞나 싶었다. 학교 강당 무대에 다른 선생님들과 함께 코듀로이 바지에 마크스앤드스펜서의 버건디색 램스울 스웨터를 입고 앉아 있는 그의 모습은 몇 달 전 그녀가 토를 묻힌 뻔뻔하고 거만한 맞춤 정장 차림의 남자와는 도저히 매치가 안 될 정도로 더없이 편안해 보였다. 휴대폰을 붙들고 큰 소리로 통화하고, 공간을 지나치게 많이 차지하고서 더 많은 산소를 빨아들이던 남자 말이다. 이제 그는 '쿨하고 편안하게 대하기'와 '원칙은 딱 지키기' 사이에서 아슬아슬한 줄타기를 벌이는 소수의 선생님 대열에 합류하기 위한 길을 걷고 있었다.

　　샌더스 선생님과 미술 담당인 코플랜드 선생님이 함께 미술용품 창고에서 나오는 모습을 누가 봤다면서 둘 사이에 뭔가 있다는 소문이 돌았지만, 마사는 그런 가십 따윈 믿지 않았다. 보고 들은 걸 무작정 믿기엔 잘못된 가십 먹이사슬의 끄트머리에서 너무 오래 있었다. 피어스는 점토가 엄청 필요했을 거야. 아니면 뒷면에 접착제가 붙은 시트지가 필요했거나.

복도로 나서자마자 연극 지도 교사인 브레이든 선생님이 그녀를 옆으로 쓱 끌어당겼다.

"마사," 문제가 생겼다는 건지 아니라는 건지 알 수 없을 만큼 묘한 표정으로 그가 말했다. 연극을 오래하고 가르치면 얼굴 표정을 완벽히 통제할 수 있나보네, 마사는 추측했다. 아마 그게 필수 과제겠지? "너한테 줄 편지가 있다. 부모님이랑 상의해보고 결정하면 알려주렴." 그는 얇은 봉투를 건넨 뒤, 마사가 자세한 내용을 채 묻기도 전에 사람들 사이로 사라졌다.

편지가 방사성동위원소처럼 가방 안에서 구멍을 뚫을 듯 불타고 있었지만 점심시간까지 봉투를 뜯어보지 않았다. 오전 내내 들고 다니며 아덴을 만날 때까지 기다렸다. 왠지 이건 혼자서 열어볼 게 아니라는 생각이 들었다.

구내식당에 도착했을 때는 이미 학생들로 북적였다. 여전히 내적 친밀감이 드는 외톨이와 아웃사이더가 차지한 구석 테이블 사이를 돌아다니다 아덴이 앉아 있는 식당 한가운데로 갔다.

몇 달 전만 해도 감히 여기 앉을 엄두를 못 냈을 것이다. 패거리와 위계질서라는 불문율을 깨뜨리는 행동이었을 테니까. 그녀는 계속 같은 사람이었다. 여전히 껑다리에 어기적대고, 최신 용어를 잘 모르고, 딱 맞는 액세서리를 걸치지 못하고, 제대로 된 연예인을 덕질하지 않는 애. 하지만 묘한 연금술 덕에 이상하게 여겨지던 면이 이제는 개성이 되었다.

"안녕, 마사!" 아덴이 비켜앉으며 말했다. "보고 싶었어!"

"두 시간밖에 안 지났잖아, 바보야." 마사가 말했다. "저기, 브레이든 선생님이 이걸 줬어. 아직 열어볼 엄두가 안 나는데. 아마 또 지루한 내용일 테지만……"

"내가 대신 읽어줄까?" 아덴이 물었다.

"아니, 마음은 고맙지만 내가 읽을게. 그냥 옆에만 있어줘." 마사가 답했다. "정신적 지지가 필요하거든."

마사는 봉투를 열고 반으로 접힌 종이를 꺼냈다. 글자를 찬찬히 읽어내려가며 머릿속으로 몇 번이나 되뇌었지만 도무지 믿을 수가 없었다. 결국 말없이 종이를 건넸고, 아덴이 편지를 소리 내어 읽었다.

마사에게,

네 연극 선생님인 닉 브레이든이 친절하게도 얼마 전에 공연한 〈로미오와 줄리엣〉 영상을 보내줬단다. 네 연기에 정말 깊은 인상을 받았어.

지금 영빅극장에서 연극 캐스팅을 하고 있거든. 작지만 중요한 배역이 있는데, 오디션에 참가해주면 좋겠다.

혹시 관심이 있으면 부모님 중 한 분과 세부사항이나 날짜 등을 상의하고 싶은데, 어떠니?

곧 만날 수 있으면 무척 기쁘겠구나.

좋은 하루 보내렴.

피터 던클리

"마사, 이거 대박이다." 그녀가 방금 의자에서 몇 미터쯤 공중 부양이라도 했다는 듯 쳐다보며 아덴이 말했다. 솔직히 진짜 공중부양을 했다고 해도 이것보다 놀랍진 않을 거다.

어안이 벙벙했다. 마사는 그저 가만히 앉아 손에 쥔 종이를 바라보았다.

산제이와 에이미

"이건 어디에 두면 좋을까, 에미?" 산제이가 도자기 찻주전자를 들어 보이며 물었다.

"자기가 두고 싶은 데!" 에미가 말했다. "이 아파트엔 쓸모도 없고 '기쁨을 불러일으키'지도 않는 물건들이 엉뚱한 곳에 죄다 뒤섞여 있을 거야. 곤도 마리에한텐 이제 질렸어."

산제이와 제임스, 이선이 사는 동네에 합리적인 가격대의 아파트가 매물로 나왔고, 에미는 곧장 계약했다. 완벽한 선택지였다. 워털루역까지 세 정거장이나 더 가깝고, 서로 자고 가기에도 충분히 가까우면서 에미가 바라는 만큼의 거리를 확보할 수 있었다. 산제이는 언젠가 머지않은 미래에 에미가 함께 살자고 제안하길 무척이나 바랐지만 밀어붙이진 않을 생각이었다. 에미에게 가장 필요 없는 건 그녀를 통제하려는 사람이니까. 게다가 우리에겐 시간이 아주 많아.

토비의 집에서 에미의 물건을 가져오던 날, 제이크가 망을 봐주겠다고 선뜻 나섰고, 그가 대통령 경호원처럼 현관 앞에 버티고 서 있어준 덕에 모든 게 비교적 순조롭게 진행되었다.

"에미," 스탠리 커터칼로 다음 상자를 열며 산제이가 불렀다. 손때 묻은 책에서 나는 편안한 냄새와 산제이가 집들이 선물로 사온 꽃 향기가 어우러졌다. 아침에 봄맞이 대청소까지 한 터라 더욱 상쾌했다. "뭐 하나 물어봐도 돼?"

"당연하지." 그녀가 답했다.

"우리 가족 만나보지 않을래? 일요일에 점심 먹으러 가면 어떨까 해서." 그가 말했다.

"너무 좋지!" 그녀가 말했다. "어머니를 꼭 만나뵙고 싶었어. 분명 좋아하게 될 거야."

"우리 엄마가 널 더 좋아할걸." 산제이가 말했다. "난 분명 경고했다."

그는 휴대폰을 꺼내 문자 메시지를 보냈다.

엄마, 일요일에 여자친구랑 점심 먹으러 가도 돼요? 잠시 잠잠하더니 **여자친구?!?**라는 메시지와 함께 무작위로 고른 듯한 이모티콘이 화면에 가득찼다. 좋다는 뜻으로 받아들이기로 했다.

산제이는 소설책을 한아름 들고 책장으로 가서 차곡차곡 꽂아넣기 시작했다. 그중 한 권이 그의 손을 멈추게 했고, 단숨에 몇 달 전의 기억이 밀려왔다. 대프니 듀 모리에의 『레베카』.

"뭐 보는 거야?" 에미가 옆에 다가와 앉으며 물었다.

"『레베카』." 산제이가 말했다. "이 책 진짜 좋아하거든."

"나도." 에미가 말했다.

"댄버스 부인에 대해 어떻게 생각해?" 산제이가 물었다. 처음 질문을 건넸을 때와 마찬가지로 그녀는 답하지 않았다. 대신 몸을 기울여 그에게 키스했다. 머릿속이 새하얘질 만큼 황홀한 키스였다.

반쯤 빈 상자들과 소지품 더미로 가득찬 방은 어느새 스러졌다. 그의 모든 감각은 온전히 두 사람, 피부에 닿는 그녀의 손가락, 목에 닿는 그녀의 숨결, 입술에 닿는 그녀의 입술에 온통 쏠렸다.

몇 달 전 기차에서 처음 봤을 때는 에미를 사랑한 게 아니었어, 산제이는 깨달았다. 그때는 그녀라는 이미지를 사랑했던 거야. 내가 만들어낸 완벽한 그녀라는 환상을. 하지만 이제는 모든 단점과 결핍을 지닌 실제의 그녀를 사랑한다. 그녀를 그녀답게 만드는 모든 것을.

산제이는 뭔가 잘못되지 않을지, 미래가 어떻게 될지 생각하지 않았다. 몇 시간이고 헤드스페이스 앱을 틀으며 마음챙김을 해온 끝에 마침내 그는 이뤄냈다. 지금, 바로 여기, 이 완벽한 순간만이 존재할 뿐, 다른 건 없다.

그는 그녀의 머리카락을 손으로 훑고 손가락으로 빙빙 꼬며 그녀의 향기를 맡았다. 다른 어떤 곳도 아닌 바로 여기에만 있고 싶다고, 그는 생각했다.

아이오나

"안녕, 아름다운 비." 아이오나가 말했다.

비는 안락의자에 앉아 창밖으로 노을을 바라보고 있었다. 그녀가 아이오나를 향해 고개를 돌리고 미소를 지었다. 긴장이 스르르 풀렸다. 오늘은 다행히 괜찮은 날이네.

"또 왔구나." 비가 말했다. "우리 아는 사이지?"

"응, 자기야, 나야. 아이오나." 아이오나가 말했다.

"아이오나. 내 애인 이름인데. 파리에 있거든. 이거 봐. 정말 아름답지?" 비는 벽난로 위의 액자를 가리키며 말했다. 아이오나의 집 복도에 걸려 있는 캉캉 댄서 사진을 작게 인쇄한 거였다.

"자기도 정말 아름다워, 내 애인." 아이오나는 비를 따라 말했다. 오류를 고쳐주려는 시도는 비를 더욱 혼란스럽고 속상하게 만들 뿐이었다.

세상엔 정말이지 혼자서 해결할 수 없는 문제들이 있음을 아이오나는 배웠다. 문제와 더불어 살아갈 방법을 찾아야 한다. 만약 비가 아이오나의 세계와 더는 연결될 수 없다면, 그녀가 비의 세계에 들어가면 된다.

"우리 파리로 여행 갈까?" 사이드보드에 놓인 구식 레코드플레이어 쪽으로 걸어가며 아이오나가 말했다. 함께 듣고 싶었던 콜 포터의 앨범이 이미 턴테이블에 놓여 있어서 바늘을 트랙에 걸기만 하면 되었다. 엘라 피츠제럴드가 부르는 〈Let's Do It〉.

"어, 이거 우리 노래잖아!" 비가 손뼉을 치며 말했다.

"같이 춤출까?" 아이오나가 물었다.

그녀가 손을 내밀자 비는 몸을 일으켜 한 손을 아이오나의 등에 올리고 다른 손으로 아이오나의 손을 잡았다.

아이오나는 비의 볼에 뺨을 가만히 대고 부드럽게 노래를 따라 불렀다. 눈을 감자 그들은 다시 라 게테 극장 무대에 서 있었다. 아래쪽 오케스트라 박스에서는 밴드가 음악을 연주하고, 두 사람은 평생을 함께할 여정의 첫발을 내디딘다.

둘은 반짝반짝 윤이 나는 플로어 위를 빙글빙글 돌면서 이전의 모든 춤을 다 품은 춤을 춘다. 가로등이 켜진 샹젤리제에서 비를 맞으며 두 팔을 쭉 뻗고 고개를 뒤로 젖힌 채 팽이처럼 돌던 밤. 파파라치들의 플래시 세례를 받으며 들어선 모든 개막식과 시상식 무대에서 서로를 빙그르르 돌리며 터뜨렸던 웃음. 장미꽃잎 같은 색종이들이 내려앉은 은색 턱시도를 맞춰 입은 결혼식에서 처음 선보였던 아름다운 안무.

"사랑해, 아이오나." 비가 말했다.

비가 눈앞의 자신을 향해 말하는 건지, 아니면 머릿속 기억을 향해 말하는 건지 아이오나는 알 수 없었다. 하지만 지금 이 순간 그런 건 중요하지 않았다. 어느 쪽이든 그 말은 언제나 그랬듯, 언제나 그럴 것이듯, 그녀에게 닿았다.

"내가 자기를 사랑하는 만큼은 아닐걸, 비." 그녀가 답했다.

"우린 어마어마한 케이크야." 비가 말했다.

"아주 어마어마한 케이크지." 아이오나는 따라 말했다.

작가의 말

나는 인생의 대부분을 버스, 기차, 그리고 런던 지하철에서 보냈다. 종종 같은 얼굴을 반복해서 보곤 했는데, 아이오나처럼 함께 출퇴근하는 이들에게 별명을 붙이고, 같은 여정을 오가는 그들이 어떤 삶을 살고 있을지 상상해보기도 했다. 스토리텔링을 향한 열정은 그렇게 생겨났다.

나는 한 번도 그들에게 말을 걸어본 적이 없었고, 내게 말을 거는 사람도 없었다. 말을 걸었다면 이상했을 것이다. 언젠가 지하철에서 멋지게 차려입은 어떤 남자의 얼굴이 새파랗게 질리는 모습을 본 적이 있다. 모두가 그를 곁눈질했고, 결국 그는 값비싼 가죽 서류가방을 무릎 위에 올려놓고 열더니 그 안에 토했다. 그런 다음 다시 가방을 닫고 다음 역에서 내렸다. 누구도 아무 말도 하지 않았다. 런던 시민으로 살아간다는 건 그런 것이다.

직장을 잃은 후에 그 누구에게도, 심지어 자신에게조차 진실을 꺼내기가 너무도 수치스러워 정장을 입고 런던 중심가로 출퇴근하는 남성들에 관한 이야기를 〈이브닝 스탠더드〉에서 종종 접했다. 나는 그 이야기에 매료되었고, 무엇이 그런 행동을 하도록 만들었는지 궁금했다. 이 질문은 무의식에 자리를 잡았고 그렇게 해서 피어스가 탄생했다.

나는 이스트몰시 템스강변에 있는 집에서 자랐다. 사실상 작품 속 아이오나가 그 집에 사는 셈이다. 내가 지닌 1980년대의 기억을 떠올리며 묘사한 터라 집을 확장하고 리모델링했을 게 분명한 현재 소유주분께는 사과드린다. 아버지는 매일같이 햄프턴코트에서 워털루까지 기차를 타고 출근하셨는데, 학창시절에 나도 똑같은 노선을 따라 윔블던역에 있는 학교에 통학했다. 항상 책에 코를 박고 있다며 경쟁 학교의 유난히 고약한 여자애들이 조롱했던 기억이 난다. 청소년 시절 짝사랑했던 데이비드 애튼버러와 더불어 그 기억이 마사라는 인물에 영감을 주었다.

또한 지금 햄프턴코트에서 워털루로 통근하는 모든 분들께 용서를 구하고 싶다. 실제와는 다른 지점이 여기저기 있다는 걸 눈치챘을 테니 말이다. 실제 워털루행 기차는 보통 3번 플랫폼에서 출발하지만, 5번 플랫폼이 좀더 발음하기 좋다고 느꼈다. 또한 지난 10년 사이에 기차의 테이블석이 사라졌다. 아이오나라면 경악했을 것이다! 이제 찻잔과 종이 뭉치를 어디에 놓는단 말인가? 다행히 소설의 이점은 사우스웨스턴 레일웨이의 지독한 변화를 개의치 않아도 된다는 것이었다.

요즘은 집과 도서관, 카페에서 작업을 하는데, 사람들로 붐비는 더럽고 냄새나는 열차를 그리워하게 될 줄은 꿈에도 몰랐다. 하지만 팬데믹이 닥친 후, 나도 모르게 그 시절을 믿기지 않을 만큼 깊이 그리워하게 되었다. 출퇴근하던 시절 불문율을 무시하고 용기를 내 동료 승객과 대화를 나눴다면 어떤 일이 벌어졌을지, 그때부터 궁금해지기 시작했다. 그 대화를 통해 어떤 모험을 떠나게 되었을까?

그 생각이 바로 이 책이 되었다.

이름과 관련해 한 가지 짚어둘 게 있다. 이름에는 힘이 있다는 것을 나는 배웠다. 이름결정론은 진짜다. 새로운 인물이 머릿속에 떠오르는 동시에 그 곁에 적절한 이름이 서서히 나타난다. 일단 인물에 이름이 붙고 나면 그 이름이 인물의 행동에 영향을 미치기 시작한다. 나의 첫 소설 『진실 프로젝트』의 해저드가 꼭 그런 경우다.

아이오나라는 이름은 특히 힘이 있다. 내겐 북유럽 출신인 아이버라는 멋진 친구가 있었다. 아이버는 황소처럼 강인한 농부이자 건설업자였다. 몇 년 전, 그는 자신의 기술로 자선단체를 도와 저렴한 주택을 짓는 일을 하기 위해 몇 달간 탄자니아에 가기로 마음먹었다. 거기 있는 동안 그는 갑작스러운 심장마비로 세상을 떠났다. 아이버의 딸인 아이오나는 내 대녀이고, 아내인 웬디는 나의 가장 친한 친구 중 한 명이다. 아이오나라는 이름은 아이오나와 아이버를 따라 지었고, 그렇게 짓고 나니 이름이 인물을 빚어내기 시작했다. 아이오나라는 인물은 아이버의 괴짜 같은 면모, 유쾌함, 패션 감각과 더불어 딸 아이오나의 용기, 지성, 품 넓은 친절함을 지니게 되었다. 나는 지금도 매일매일 아이버를 그리워하며, 어떤 식으로든 그가 자신에게서 비롯된 이름을 가진 인물이 있다는 것을 알고 그녀를 나만큼이나 사랑해주기를 소망한다.

내게 글쓰기는 언제나 치유의 방법이었다. 세상을 이해하고, 나를 괴롭히는 것들을 탐구하는 방법 말이다. 그것이 내가 근사한 아이오나와 함께한 일이다. 나 역시 거의 20년간 광고계에서 일했다. 초창기에는 정말 좋았다. 활기 넘치고 창조적이며 약간은 거친 맛도 있었다. 서른 살이 되던 해, 나는 광고 회사 J. 월터 톰프슨의 이사진으로 승진했다. 최연소 이사였고, 유일한 여성이기도 했다. 그로부터 10년이 채 지나지 않았을 때 주변을 둘러보니, 서른아홉 살인 내가 사무실에서 가장 나이 많은 사람 중 한 명이 되어 있었다. 그즈음엔 처우도 달라졌다. 능력으로 따지면 한창때였음에도 나는 공룡 취급을 받았다. 시대에 뒤떨어지고 쓸모를 잃은 존재처럼.

남성의 경우 나이가 들어가면서 중후함을 얻는다는 사실에 화가 난다. 은빛 여우라는 별칭처럼 그들은 매력적인 중년으로 여겨진다. 하지만 여성은 보이지 않는 존재가 된다. 친구들이여, 우린 이런 일이 계속되도록 놔두어선 안 된다. 우리 모두 더욱 아이오나처럼 되어야 한다. 아이오나처럼 우리 모두는 승리의 2막을 맞이할 자격이 있다. 내게는 그것이 글쓰기다. 난 쉰 살에 첫 소설을 출간했고, 내 책을 구매하고 추천하는 전 세계 모든 독자분들께 매일매일 깊은 감사를 드린다. 그야말로 여러분이 내 꿈을 실현시켜준 셈이다. 고맙습니다.

감사의 말

이 이야기는 실존하는 세 여성이 아니었다면 결코 세상에 나올
수 없었을 것이다.

첫번째는 내 에이전트인 헤일리 스티드다. '에이전트'라는 직
책만으로는 내 인생에서 헤일리가 하는 역할을 결코 충분히 설
명할 수 없다. 그녀는 나의 멘토이자 심리 상담사, 비즈니스 매니
저, 치어리더, 그리고 친구다. 매들린밀번에이전시의 매들린, 자
일스 밀번, 엘리너 데이비스와 해외 판권팀의 리안-루이스 스미
스, 조지아 시먼즈, 밸런티나 폴미츨, 영화/TV 에이전트인 해나
래즈 등 경이로운 팀원들이 그녀를 지원하고 있다.

감사를 전하고 싶은 또다른 두 명의 뛰어난 여성은 내 편집자
들이다. 영국 트랜스월드의 샐리 윌리엄슨, 미국 패멀라도먼북스
의 패멀라 도먼이 그들이다. 샐리와 팸, 그리고 그들을 보조하는

라라 스티븐슨과 마리 미셸스와 함께 일한다는 건 정말 영광스러운 일이다. 작가로서 나무와 숲을 동시에 보기가 어려울 때가 많다. 뭔가 잘못되었다는 건 알지만 이야기에 너무 빠져 있어 알아채지 못하는 것이다. 나의 탁월한 편집자들은 뭔가 막히거나 이어지지 않을 때 내게 말해줄 용기와 예리함, 작품을 개선할 수 있는 창의력과 비전, 그리고 글을 계속 쓸 수 있게 해주는 열정을 언제나 발휘한다.

스토리텔러는 세상에서 가장 좋은 직업이지만, 한편으론 힘겹기도 하고 무척 외로울 수도 있다. 많은 작가들(특히 여성 작가!)처럼 나 역시 끔찍한 가면증후군에 시달리며, 때로는 내 능력에 의구심을 품는다. 다른 작가들과의 우정이 매우 중요한 건 바로 이 때문이다. 2018년 CBC 소설 쓰기 수업에서 결성된 멋진 글쓰기 모임인 '라이트 클럽' 멤버들에게 감사의 말을 전하고 싶다. 너태샤 헤이스팅스, 조이 밀러, 맥스 던, 제프리 샤린, 매기 샌딜랜즈, 리처드 고프, 제니 파크스, 제니 헤이건, 클라이브 콜린스, 에밀리 밸런타인에게, 여러분의 모든 응원과 지혜와 유머에 감사드린다. 세계적인 팬데믹 속에서 첫 소설을 출간해 마냥 좋다고만은 할 수 없는 영광을 함께 나눈 동료 작가들의 모임인 D20 페이스북 그룹에도 큰 감사를 전한다. 우리는 어떻게든 서로가 서로에게 힘이 되어주었다.

훌륭한 작가 친구인 애너벨 앱스, 그리고 든든한 첫 독자가 되어준 캐럴라인 스키너, 캐럴라인 퍼스와 조니 퍼스에게도 감사드린다.

내 남편 존도 빼놓을 수 없다. 우리는 20년 넘게 함께했으며,

아직도 식기세척기를 잘 못 다루는 모습에 화가 나긴 하지만, 그와 결혼한 것은 내가 살면서 내린 최고의 결정이었다. 남편의 응원과 믿음이 없었다면 내 책들은 존재할 수 없었을 것이다.

언제나 지칠 줄 모르는 응원을 보내주시는 엄마와 아빠, 그리고 놀라운 세 아이에게도 고맙다. 이 책은 큰딸 엘리자에게 헌정했지만, 큰딸만 예뻐하는 건 아니라는 사실을 알아주면 좋겠다. 당연하게도 나는 세 아이 모두 열정을 다해, 전적으로 똑같이 사랑한다. 하지만 찰리, 엄마 책을 한 권이라도 읽어보려고 시도하지 않으면 네게는 절대로 책을 헌정하지 않을 거야!

이 책이 여러분의 손에 놓이기까지 믿을 수 없을 정도로 재능 있고 헌신적인 이들의 노력이 있었다. 그들 모두에게 깊이 감사드린다.

유쾌한 이야기는 사랑할 수밖에

거의 20년간 광고계에 몸담았다. 세 아이 육아와 일에 젊음을 소진한 후 사십대 중반이 되었을 무렵, 밤마다 와인을 마시는 습관이 점점 통제를 넘어서고 있다는 깨달음이 찾아왔다. 일을 그만둔 뒤, 2015년부터 '엄마는 남몰래 술을 마셨다Mummy was a Secret Drinker'라는 블로그를 익명으로 운영하기 시작했다. 알코올 의존증으로부터 멀어지고자 시작한 블로그에는 유방암 진단과 치료의 여정도 담겼다. 비슷한 상황에 놓인 독자들이 공감과 위로의 말을 건네기 시작했다. 이 블로그에 차곡차곡 쌓인 기록은 첫 책『금주 다이어리』(2017)의 마중물이 되었다.

작가 클레어 풀리의 이야기다. 풀리는 자신의 경험을 진솔하게 담아낸 첫 책을 쓴 이후 본격적으로 글쓰기를 배우기 시작했다. 첫 소설『진실 프로젝트』는 뉴욕 타임스 베스트셀러에 오르며 큰 인기를 끌었고, 두번째 소설이 바로 이 책, 『5번 플랫폼의 사람들』이다.

광고업계의 성차별과 나이 차별, 그로 인해 위축되는 마음, 고단한 일상에는 작가 자신이 직접 겪은 바가 고스란히 투영되어 있다. (폴리는 올해 〈헨릿 센트럴〉과 진행한 인터뷰에서 자신이 가장 사랑하고 존경하는 인물로 아이오나를 꼽았다.) 폴리가 그려내는 인물들은 그러한 불안감, 그러니까 유능하게 일하며 이름을 날리던 시절이 지나가고 세상으로부터 영영 잊힐지 모른다는 두려움, 누구에게도 털어놓지 못하는 자신만의 비밀과 수치심과 후회를 안고 있다. 오만하거나 괴팍하고, 쭈뼛대거나 두서없거나 어쭙잖다. 비죽비죽한 편견을 품고 있으면서 동시에 편견의 대상이기도 하다. 그러나 예상치 못하게, 아주 가까운 데서 반짝이는 위안이 찾아온다. 가까운 곳에 사는 누군가, 동네 이웃이나 일터의 동료, 심지어 통근 기차에서 우연히 마주친 사람들로부터.

『5번 플랫폼의 사람들』에는 뜻하지 않은 뭉근한 우정의 여정이 담겨 있으며, 인물들은 더할 나위 없이 생생하게 살아 있다. 그들의 대화, 각자의 시점에서 교차되는 이야기를 번역하며 유난히 즐거웠던 것은 내가 그들을 알지 못함에도 몹시 가깝게, 그리고 한 명 한 명이 오밀조밀 매력적으로 여겨진 덕이다. 소설을 읽으며 작가가 구사하는 유머에 쿡쿡 웃음이 난다면 그것은 울적하고 쓸쓸한, 혹은 부조리한 상황에서도 호방함과 개성을 간직한 인물들이 좌충우돌 활극을 이끌어간 덕이다. 무엇보다도 그들은 기어이 변화할 수 있는 용기를 내는 지극히 평범한 사람들이다. 그들이 몹시 평범하므로, 우리는 우리만의 5번 플랫폼이 어쩌면 지척에 있을지도 모른다는 희망을 품게 된다. 서로를 궁금해하고, 잘 알지 못하면서도 손을 내밀고, 작은 실수를 모른 척해주거나 어쩌다 도움을 건네거나 영감을 주기도 하는, 무슨 사이냐고 물으면 뭐라 답해야 할지 애매한 관계가.

이 작품을 번역하며 '필굿feel-good'이라는 소설 장르가 있다는 사실을 알게 되었다. 작업하는 내내 왜 유쾌하고 따스한 이야기가 널리 사랑받는지 여실히 느꼈다. 이런 이야기를 읽고 나면 기분이 좋아지고, 주변을, 특히 출퇴근길 마주치는 낯선 이들을 호기심어린 시선으로 바라볼 수 있게 되며, 타인들과 연결되는 세상이 제법 살 만하다는 생각에 힘이 난다. 행여 유효기간이 짧은 착각일지라도, 이런 착각이라면 언제든 품고 싶어진다. 독자 여러분께도 부디 즐거운 흔적을 남기는 책이기를 바란다.

최리외

옮긴이 **최리외**

대학과 대학원에서 정치학을 공부했으나 문학과 더 가까이 지내며 번역을 시작했다. 영문학을 공부하면서 영미권 문학을 번역하는 한편, 동네 책방에서 독서모임과 북토크 등을 열며 낭독극과 글쓰기 등 창작 작업도 이어가고 있다. 지은 책으로 『밤이 아닌데도 밤이 되는』이 있고, 옮긴 책으로 『벌들의 음악』『아무도 우리를 구해주지 않는다』『Y/N』『수영 그만두기』『당신의 소설 속에 도롱뇽이 없다면』『멀고도 가까운 노래들』『해달별』 등이 있다.

문학동네 세계문학

5번 플랫폼의 사람들

초판 인쇄 2025년 9월 16일 | 초판 발행 2025년 9월 26일

지은이 클레어 풀리 | 옮긴이 최리외
기획·책임편집 윤정민 | 편집 류현영 오동규 김지호
디자인 최윤미 이원경 | 저작권 박지영 형소진 주은수 오서영 조경은
마케팅 정민호 서지화 한민아 이민경 왕지경 정유진 정경주 김혜원 김예진 이서진
브랜딩 함유지 박민재 이송이 박다솔 조다현 김하연 이준희
제작 강신은 김동욱 이순호 | 제작처 천광인쇄사

펴낸곳 (주)문학동네 | 펴낸이 김소영
출판등록 1993년 10월 22일 제2003-000045호
주소 10881 경기도 파주시 회동길 210
전자우편 editor@munhak.com | 대표전화 031) 955-8888 | 팩스 031) 955-8855
문학동네카페 http://cafe.naver.com/mhdn
인스타그램 @munhakdongne | 트위터 @munhakdongne
북클럽문학동네 http://bookclubmunhak.com

ISBN 979-11-416-1318-1 03840

잘못된 책은 구입하신 서점에서 교환해드립니다.
기타 교환 문의 031) 955-2661, 3580

www.munhak.com